# Sem Defeitos

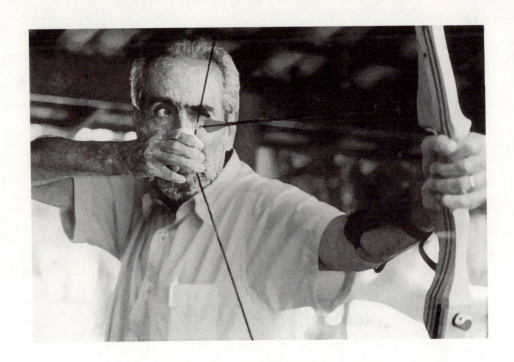

# O Arqueiro

GERALDO JORDÃO PEREIRA (1938-2008) começou sua carreira aos 17 anos, quando foi trabalhar com seu pai, o célebre editor José Olympio, publicando obras marcantes como *O menino do dedo verde*, de Maurice Druon, e *Minha vida*, de Charles Chaplin.

Em 1976, fundou a Editora Salamandra com o propósito de formar uma nova geração de leitores e acabou criando um dos catálogos infantis mais premiados do Brasil. Em 1992, fugindo de sua linha editorial, lançou *Muitas vidas, muitos mestres*, de Brian Weiss, livro que deu origem à Editora Sextante.

Fã de histórias de suspense, Geraldo descobriu *O Código Da Vinci* antes mesmo de ele ser lançado nos Estados Unidos. A aposta em ficção, que não era o foco da Sextante, foi certeira: o título se transformou em um dos maiores fenômenos editoriais de todos os tempos.

Mas não foi só aos livros que se dedicou. Com seu desejo de ajudar o próximo, Geraldo desenvolveu diversos projetos sociais que se tornaram sua grande paixão.

Com a missão de publicar histórias empolgantes, tornar os livros cada vez mais acessíveis e despertar o amor pela leitura, a Editora Arqueiro é uma homenagem a esta figura extraordinária, capaz de enxergar mais além, mirar nas coisas verdadeiramente importantes e não perder o idealismo e a esperança diante dos desafios e contratempos da vida.

Traduzido por Livia de Almeida

# Sem Defeitos
## ELSIE SILVER

CHESTNUT SPRINGS • 1

Título original: *Flawless*

Copyright © 2022 por Elsie Silver
Copyright da tradução © 2024 por Editora Arqueiro Ltda.

Todos os direitos reservados. Nenhuma parte deste livro pode ser utilizada ou reproduzida sob quaisquer meios existentes sem autorização por escrito dos editores.

*preparo de originais*: Luíza Côrtes
*revisão*: Ana Grillo, Rachel Rimas e Taís Monteiro
*diagramação e adaptação de capa*: Gustavo Cardozo
*capa*: Sourcebooks
*imagens de capa*: lisima/Shutterstock (rosa), Lalouetto/iStock (laço)
*impressão e acabamento*: Lis Gráfica e Editora Ltda.

CIP-BRASIL. CATALOGAÇÃO NA PUBLICAÇÃO
SINDICATO NACIONAL DOS EDITORES DE LIVROS, RJ

S592s

    Silver, Elsie
       Sem defeitos / Elsie Silver ; tradução Livia de Almeida. - 1. ed. - São Paulo : Arqueiro, 2024.
       320p. ; 23 cm.    (Chestnut springs ; 1)

    Tradução de: Flawless
    Continua com: Sem coração
    ISBN 978-65-5565-667-1

    1. Ficção canadense. I. Almeida, Livia de. II. Título. III. Série..

24-92159                               CDD: 819.13
                                      CDU: 82-3(71)

Gabriela Faray Ferreira Lopes - Bibliotecária - CRB-7/6643

Todos os direitos reservados, no Brasil, por
Editora Arqueiro Ltda.
Rua Artur de Azevedo, 1.767 – Conj. 177 – Pinheiros
05404-014 – São Paulo – SP
Tel.: (11) 2894-4987
E-mail: atendimento@editoraarqueiro.com.br
www.editoraarqueiro.com.br

*Para ser bem sincera, eu escrevi este livro para mim mesma.
Para a garota que nunca soube muito bem o que queria fazer
da vida e para a mulher que descobriu a resposta.*

"Às vezes, aproveitamos o momento;
outras vezes, o momento se aproveita de nós."
– Gregg Levoy

# 1

## Summer

– *Você me arranjou um filho da mãe bem nervosinho, Eaton.* – O belo caubói montado em um touro enorme faz uma expressão brincalhona e passa a mão pela corda diante dele. Os olhos escuros reluzem na tela, todas as linhas rígidas de seu rosto espreitando por trás da grade do capacete. – *Quanto mais eles resistem, mais eu gosto.*

Em meio ao alvoroço da multidão na vasta arena com música tocando ao fundo, eu mal consigo ouvir o que estão dizendo, mas as legendas na parte inferior da tela não deixam qualquer dúvida.

O jovem inclinado sobre o curral ri e balança a cabeça.

– *Deve ser aquele leite todo que você toma. Nada de ossos fracos para o mundialmente famoso Rhett Eaton.*

O caubói facilmente identificável sorri por trás da proteção em seu rosto, revelando dentes brancos e o piscar de um olho cor de mel dentro do capacete preto. Um sorriso encantador que conheço por ter passado horas olhando para uma versão bidimensional envernizada e imóvel dele.

– *Não enche, Theo. Você sabe que eu detesto leite.*

Um sorriso provocador surge nos lábios de Theo.

– *Você fica uma graça naqueles anúncios com bigodinho de leite. Bem fofo para um sujeito tão velho.*

O homem mais jovem pisca, e os dois riem juntos enquanto Rhett esfrega a mão na corda metodicamente.

– *Prefiro cair do touro todo dia a beber aquela porcaria.*

A risada deles é a única coisa que ouço quando meu pai pausa o vídeo na imensa tela plana. O rubor sobe pelo pescoço e se espalha pelo rosto dele.

– Então tá bom.... – Tento sentir o terreno, ainda sem entender por que aquele diálogo exige uma reunião de última hora com os dois contratados mais novos da Hamilton Elite.

– Não. Não está nada bom. Esse cara é o rosto da montaria profissional e acabou de provocar seus maiores patrocinadores. Mas fica pior. Continue assistindo.

Ele volta a apertar o play, com agressividade, como se o botão tivesse feito algo de errado na história, e a tela mostra uma cena diferente. Rhett está andando por um estacionamento fora da arena, com uma sacola pendurada no ombro. O capacete foi substituído por um chapéu de caubói, e um homem esguio com roupas escuras e largas dá passos rápidos para acompanhar seu alvo, seguido por um cinegrafista.

Não acho que paparazzi tenham o hábito de seguir montadores de touro, mas Rhett Eaton se tornou um nome conhecido com o passar dos anos. Não é um modelo de pureza, de forma alguma, mas virou um símbolo dos homens do campo, rudes e rústicos.

O repórter dá um pulinho para aproximar o microfone da boca de Rhett.

– *Rhett, você poderia comentar o vídeo que está circulando neste fim de semana? Gostaria de se desculpar por alguma coisa?*

O caubói pressiona os lábios e tenta esconder o rosto atrás da aba do chapéu. Um músculo em sua mandíbula se contrai e seu corpo tonificado fica tenso. A rigidez reveste cada membro seu.

– *Sem comentários* – rosna ele, com os dentes cerrados.

– *Qual é, cara, fala alguma coisa.* – O sujeito esguio estende a mão e pressiona o microfone contra a bochecha de Rhett, apesar da sua recusa em fazer comentários. – *Seus fãs merecem uma explicação.*

– *Não, não merecem* – murmura Rhett, tentando aumentar a distância entre os dois.

Por que essa gente pensa que tem o *direito* de receber uma resposta quando embosca alguém que está cuidando da própria vida?

– *Que tal um pedido de desculpas?* – pergunta o sujeito.

É aí que Rhett dá um soco na cara dele.

O movimento é tão rápido que chego a piscar na tentativa de seguir o foco da câmera, que agora treme e gira.

*Putz, que bosta.*

Em segundos, o paparazzo agressivo vai parar no chão, a mão no rosto, e Rhett sacode a mão, se afastando sem dizer uma palavra.

A tela volta para os âncoras sentados atrás de uma mesa e, antes que eles possam dar qualquer opinião sobre o que acabamos de assistir, meu pai desliga a TV e emite um som estrondoso de frustração.

– Odeio esses caubóis. É impossível manter esses desgraçados na linha. Eu não quero lidar com ele. Então, para sorte de vocês dois, esse trabalho está disponível.

Ele está quase tremendo de raiva, mas eu só me recosto na cadeira, impassível. Meu pai perde o controle com muita facilidade, mas também supera as coisas bem depressa. Nesta altura da vida, mal dou bola para as mudanças de humor dele. Não dá para durar muito na Hamilton Elite se você não conseguir aguentar os chiliques de Kip Hamilton.

Por sorte, tenho uma vida inteira de experiência em ignorar seus rompantes, então fico impassível. Passei a ver isso como parte do charme dele, então não levo para o lado pessoal. Ele não está furioso comigo. Ele está apenas... furioso.

– Passei anos trabalhando pra cacete pra conseguir patrocínio pra esse caipira, e agora que a carreira dele está perto do fim, ele me vai e estraga tudo *desse jeito*. – Meu pai aponta para a tela na parede: – Você tem ideia de quanto dinheiro esses caras ganham porque são malucos o suficiente para montar um touro furioso de mais de uma tonelada, Summer?

– Não.

No entanto, tenho a sensação de que ele está prestes a me contar. Continuo a encarar os olhos escuros do meu pai, do mesmo tom dos meus. Geoff, o outro novo funcionário sentado a meu lado, se encolhe todo.

– Ganham milhões de dólares se forem tão bons quanto esse babaca.

Nunca me passou pela cabeça que esse negócio envolvesse tanto dinheiro assim, talvez porque o tema não é ensinado na faculdade de direito. Eu sei tudo sobre Rhett Eaton, o galã sensação da montaria em touros que leva as adolescentes ao delírio, mas quase nada sobre o setor ou o esporte em si. Dou um sorrisinho quando lembro que, há uma década, eu me deitava na cama e contemplava aquela foto dele.

Rhett no alto de uma cerca, olhando por cima do ombro, com um terreno descampado atrás, um sol quente se pondo. Um sorriso no rosto, olhos parcialmente obscurecidos por um chapéu de caubói gasto e a indefectível... calça jeans Wrangler envolvendo as melhores partes daquele corpo.

Pois é, sei pouco sobre montaria em touros, mas sei que passei muito tempo olhando para aquela foto. A terra. A luz. Tudo me atraía. Não era só o cara bonito. Eu queria estar lá, assistindo àquele pôr do sol com meus próprios olhos.

– George, você sabe o valor daquele patrocínio de leite que ele acabou de jogar no lixo? Sem falar de todos os outros patrocinadores de quem vou precisar puxar o saco para acalmar esse fuzuê.

Juro por Deus que quase bufei. *George*. Conheço meu pai bem o suficiente para saber que ele tem plena consciência de que esse não é o nome do funcionário ao meu lado e que ele está fazendo uma espécie de teste para ver se Geoff tem coragem de dizer alguma coisa. Pelo que percebi, nem sempre é fácil trabalhar com atletas e celebridades cheios de si. Já posso dizer que o sujeito ao meu lado vai ter que cortar um dobrado.

– Hum...

O novato folheia a pasta na mesa da sala de reuniões à sua frente, e eu deixo meu olhar vagar pelas janelas que vão do chão ao teto e oferecem uma vista deslumbrante das pradarias de Alberta. Observar Calgary do trigésimo andar deste prédio é algo incomparável. As Montanhas Rochosas cobertas de neve ao longe são quase uma pintura, uma paisagem que nunca me canso de admirar.

– A resposta é dezenas de milhões, Greg.

Mordo o interior da bochecha para não rir. Eu gosto de Geoff, e meu pai está sendo um completo idiota, mas depois de anos aturando essas maluquices, é divertido ver outra pessoa sofrendo como eu sofri no passado.

Deus sabe que minha irmã, Winter, nunca passou por esse tipo de interrogatório. Ela tem um relacionamento bem diferente com nosso pai. Comigo, ele é brincalhão e impulsivo. Com ela, tem uma postura quase profissional. E acho que Winter prefere que seja assim, na verdade.

Geoff olha para mim com um sorriso sem graça.

Já vi essa expressão no rosto das pessoas no trabalho muitas vezes. Ela diz: *Deve ser bom ser a filhinha do chefe*. Ela diz: *E aí, nepobaby?* Mas estou acostumada com esse tipo de tratamento. Desenvolvi uma casca grossa. Não é tão fácil assim me abalar. Sei que em quinze minutos Kip Hamilton vai contar piadas e sorrir. Aquela fachada perfeita que ele usa para atrair os clientes vai voltar ao lugar.

O homem é um gênio, mesmo que um tanto malicioso. Mas acho que isso faz parte da função de prospectar e negociar contratos como um agente de talentos de primeira linha.

Para ser sincera, ainda não sei se estou preparada para trabalhar aqui. Não tenho certeza de que é o que realmente quero, mas sempre me pareceu a coisa certa a fazer. Devo isso ao meu pai.

– Então, pessoal, a questão é a seguinte: o que vamos fazer para resolver essa situação? O patrocínio da marca de leite está por um fio. Esse peão desgraçado simplesmente detonou toda a sua base de consumidores. Agricultores, produtores de leite... Por mais que não devesse importar, as pessoas vão falar. Vão observá-lo de perto, e acho que não vão gostar muito do que vão ver. Isso vai prejudicar o lucro do idiota mais do que imaginam. E o lucro dele é o *meu* lucro, porque esse maluco rende muito dinheiro para todos nós.

– Como foi que a primeira gravação apareceu? – pergunto, obrigando meu cérebro a voltar à tarefa em questão.

– Uma estação local deixou a câmera ligada. – Meu pai esfrega o queixo barbeado. – Gravou a cena toda, legendou e colocou no noticiário da noite.

– Tudo bem, então ele precisa se desculpar – solta Geoff.

Meu pai revira os olhos diante da solução genérica.

– Rhett vai precisar fazer muito mais do que se desculpar. Quer dizer, ele precisa de um plano infalível para o que resta da temporada. Temos alguns meses até o Campeonato Mundial em Las Vegas. Até lá, precisamos colocar uma auréola sobre aquele chapéu de vaqueiro. Ou vamos perder também os outros patrocinadores.

Bato a caneta nos lábios, pensando no que poderíamos fazer para resolver a situação. É claro que não tenho quase nenhuma experiência no assunto, por isso continuo com as perguntas.

– Então ele precisa ser visto como o caipira charmoso, inocente e de bom coração?

Meu pai solta uma risada alta, apoiando as mãos na mesa da sala de reuniões à nossa frente e se inclinando. Geoff se encolhe, e eu bufo. *Covarde.*

– Essa é a questão. Rhett Eaton não é *nenhum caipira inocente e de bom coração*. Ele é um caubói arrogante que vai pra gandaia dia sim, dia não, e tem uma multidão de mulheres a seus pés. E ele adora essa vida. Isso nunca foi um problema, mas agora vão cair em cima e destroçar o que puderem. Bando de abutres.

Arqueio a sobrancelha e me recosto na cadeira. Rhett é adulto e certamente, ao ouvir uma explicação sobre o que está em jogo, conseguirá se controlar. Afinal, ele paga para a empresa administrar essas coisas para ele.

– E aí, ele não consegue se comportar por alguns meses?

Meu pai baixa a cabeça com uma risada profunda.

– Summer, a versão bem-comportada desse cara não convence.

– Você está falando como se ele fosse um animal selvagem, Kip. – Aprendi da forma mais difícil a não chamá-lo de "pai" no trabalho. Ele é meu chefe, mesmo que ao final do dia voltemos para casa no mesmo carro. – Do que ele precisa? De uma babá?

A sala fica em silêncio, o olhar do meu pai fixado na mesa. Seus dedos, por fim, começam a batucar no móvel, algo que ele costuma fazer quando está perdido em pensamentos – e um hábito que peguei dele com o passar dos anos. Seus olhos quase pretos se erguem, e um sorriso toma conta de todo o seu rosto.

– É isso mesmo, Summer. É exatamente disso que ele precisa. E eu conheço a pessoa perfeita para o trabalho.

Ele olha para mim, o que me diz que a nova babá de Rhett Eaton talvez seja *eu*.

## 2

# *Rhett*

**Kip:** Quer fazer o favor de atender o telefone, seu belo de um filho da puta?
**Rhett:** Você me acha bonito?
**Kip:** Acho que escolher esse detalhe específico da minha mensagem faz de você um idiota.
**Rhett:** Mas um idiota bonito?
**Kip:** Atende. A. Porra. Do. Telefone.
**Kip:** Ou esteja aqui às duas da tarde, para eu poder sacudir você pessoalmente.

O avião pousa no aeroporto de Calgary, e fico aliviado por estar em casa. Especialmente depois da confusão dos últimos dias.

O sujeito que eu esmurrei não vai prestar queixa, mas não sei bem quanto Kip, meu agente, ofereceu a ele para garantir isso. Não importa. Se alguém pode fazer tudo isso desaparecer, é o Kip.

Ele está tentando me ligar, o que é um sinal de que está surtando, porque nosso relacionamento funciona mais à base de troca de mensagens. É por isso que, quando ligo meu aparelho antes de o piloto autorizar, não fico surpreso ao ver o nome dele iluminando a tela do celular.

Mais uma vez.

Não atendi porque não estou a fim de ouvir seus berros. Quero me esconder. Quero silêncio. Pássaros. Um banho quente. Um Tylenol. E um encontrinho com a minha mão para aliviar a tensão.

Não necessariamente nessa ordem.

É disso que preciso para retomar o controle. Uma pausa tranquila em casa. Quanto mais velho fico, mais longa a temporada parece e, de alguma forma, com apenas 32 anos, me sinto velho pra caramba.

Meu corpo dói, minha mente está sobrecarregada, e anseio pela tranquilidade do rancho da minha família. Claro, meus irmãos vão pegar no meu pé e meu pai vai me perguntar quando é que planejo me aposentar, mas é isso que a família faz. Isso é estar em casa.

Deve haver uma razão para nós, os filhos homens, continuarmos voltando para a casa dos nossos pais. Somos codependentes de uma forma que nossa irmã caçula não é. Ela deu uma olhada naquele bando de marmanjos morando juntos em uma fazenda e se mandou.

Faço uma nota mental para ligar para Violet e ver como ela está mesmo assim.

Minha cabeça tomba para trás no encosto do assento apertado conforme o avião para na pista.

– *Bem-vindos à bela Calgary, Alberta.*

A cabine é preenchida pela voz do comissário de bordo e pelos cliques ruidosos dos passageiros soltando os cintos antes da hora apropriada.

Sigo o exemplo, louco para sair daquela caixa de fósforo e esticar as pernas.

– *Se você se sente em casa em Calgary, então seja bem-vindo ao lar...*

Depois de mais de uma década na profissão, eu já deveria estar escolado nessa coisa de reservar passagens e hotéis, mas em vez disso estou sempre lutando para conseguir uma vaga de última hora, e por mim tudo bem. Embora no momento eu esteja me sentindo um pouco claustrofóbico.

Quando a pessoa ao meu lado sai para o corredor, dou um suspiro de alívio. Não posso me entregar ao cansaço. Ainda tenho que pegar a caminhonete e dirigir por uma hora até Chestnut Springs.

– *Lembrem-se de que não é permitido fumar dentro do terminal...*

E, antes disso, tenho uma reunião com aquele pit bull do meu agente. Ele está rosnando para mim desde ontem à noite, transtornado porque não atendi o telefone.

Agora vou ter que pagar o preço pelo meu péssimo comportamento.

Solto um gemido interno, estendendo a mão para pegar a mala no compartimento superior.

Kip Hamilton é o homem a quem devo agradecer pela minha situação financeira atual. Para falar a verdade, gosto muito dele. Kip está comigo há 10 anos e é quase um amigo. Também sonho com bastante regularidade em dar um soco naquela cara lisinha. São os dois lados da moeda nesse negócio.

Ele me lembra uma versão mais velha e mais refinada do Ari Gold, de *Entourage*, e eu adoro essa série.

– *Obrigado por voar com a Air Acadia. Estamos ansiosos para recebê-lo novamente.*

A fila de pessoas finalmente começa a se mover rumo à saída, e eu me arrasto pelo corredor do avião até sentir uma cutucada firme no meio do peito. Quando olho para baixo, encontro olhos azuis furiosos e uma sobrancelha franzida em um corpo pequeno. Uma mulher na casa dos 60 anos olha para mim.

– Você deveria ter vergonha. Insultando suas raízes dessa maneira. E insultando todos nós que trabalhamos tanto para colocar comida na mesa de nossos compatriotas canadenses. E depois ainda agredir um homem. Como você pôde fazer isso?

Esta parte do país se orgulha da agricultura e da vida rural. Calgary é sede de um dos maiores rodeios do mundo. Algumas pessoas a chamam de Cidade das Vacas por causa do forte vínculo que a une à comunidade agropecuária.

Eu deveria saber muito bem de tudo isso, porque, afinal de contas, fui criado em uma enorme fazenda de gado. Só não sabia que não gostar de leite era crime.

De qualquer maneira, faço um aceno de cabeça solene.

– Não tive a intenção de insultar ninguém, senhora. Nós dois sabemos que a comunidade agrícola é a espinha dorsal da nossa bela província.

Ela me olha fixamente, se empertigando e respirando fundo.

– É melhor se lembrar disso, Rhett Eaton.

Só me resta dar um sorriso tenso.

– Claro – digo, e então sigo pelo aeroporto com a cabeça baixa, na esperança de evitar mais encontros inesperados com fãs ofendidos.

As palavras da mulher continuam na minha cabeça durante a retirada da bagagem e o trajeto até minha caminhonete. Não me sinto mal por ter dado um soco naquele cara – ele mereceu –, mas uma centelha de culpa surge em meu peito por ter magoado meus fãs, pessoas que dão muito duro para sobreviver. Eu não tinha parado para pensar nisso. Preferi passar os últimos dias resmungando e irritado por minha aversão a leite ter virado notícia.

Quando vejo minha caminhonete antiga no estacionamento coberto, solto um suspiro de alívio. É um veículo prático? Talvez não. Mas foi um presente da minha mãe para o meu pai, e por isso ela é o meu xodó. Mesmo que atualmente esteja cheia de manchas de ferrugem e a pintura tenha vários tons de cinza misturados.

Vou consertar esse carro e deixá-lo novinho em folha. Um presente para mim mesmo. Quero pintá-la de azul.

Não tenho lembranças da minha mãe, mas nas fotos os olhos dela eram de um tom de azul metálico, e é isso que eu quero. Uma pequena homenagem à mulher que nunca conheci.

Só preciso encontrar tempo para isso.

Entro na caminhonete e largo a mala no banco do carona. O couro marrom rachado range levemente enquanto acomodo meu corpo cansado atrás do volante. O veículo ganha vida, soltando um pouco de fumaça escura quando entro na rodovia, indo direto para o centro da cidade. Meus olhos estão na pista, mas minha mente está em outro lugar.

Quando meu telefone toca, tiro os olhos da estrada só por um instante. Vejo o nome da minha irmã na tela e abro um sorriso na mesma hora. Violet sempre me faz sorrir, mesmo quando tudo ao meu redor está uma merda. Ela está me ligando antes mesmo que eu tenha tido a chance de entrar em contato.

Parado em um sinal vermelho, deslizo o botão para atender e ponho no viva-voz. É claro que esta caminhonete não está equipada com Bluetooth.

– Ei, Vi – digo, quase gritando, para minha voz alcançar o telefone no banco ao meu lado.

– Oi. – Sua voz transborda preocupação. – Como você está?

– Bem, acho. Estou indo direto para o escritório do Kip, para descobrir o tamanho do estrago.

– Sim. Se prepara. Ele está nervoso – balbucia ela.

– Como você sabe?

– Sou seu contato de emergência. Ele soltou os cachorros no telefone, reclamando que você o ignorou. – Agora ela está rindo. – Nem moro mais com você. Você precisa atualizar as informações.

Eu dou um sorriso sem graça, pegando a autoestrada.

– É, mas você é a única que apoia minha carreira e não vem me dar sermão sobre desistir se algo der errado. Basicamente, você está condenada a ocupar essa função.

– Então vou ter que largar meu marido e meus filhos e pular num avião para ficar no hospital com você?

Isso me faz refletir. Toda vez que me machuquei, na adolescência ou depois, foi Violet quem cuidou de mim.

– Você é tão boa nisso. Mas faz sentido. Acho que o Cole me mata se eu tirar você de perto dele.

Estou brincando. Gosto bastante do marido dela, o que diz muito, porque nunca pensei que Violet conheceria alguém à altura dela. Mas Cole é incrível. Também é ex-militar e meio assustador, então acho melhor não irritá-lo.

Minha irmã dá uma risadinha. Continua doida por ele, o que me deixa muito feliz.

– Ele ia ficar bem. Posso mandá-lo para aí, se você estiver precisando de um guarda-costas.

– E abandonar as mulheres da vida dele? Cole nunca faria uma coisa dessas.

Ela para de rir e emite um grunhido baixo.

– Você sabe que, se precisar de mim, é só falar, certo? Sei que os outros não entendem. Mas eu entendo. Vou estar do seu lado sempre que precisar.

Esse é o lance entre mim e minha irmã caçula. Ela realmente me entende. Violet também é uma pessoa bem destemida, então nunca condenou minha carreira como o resto da família. Mas tem a própria vida e as próprias filhas para cuidar. Não preciso que fique me mimando.

– Estou bem, Vi. Vem logo fazer uma visita e traz todo mundo com você, beleza? Senão, quando a temporada terminar, eu apareço aí com o rabinho entre as pernas pra apostar corrida a cavalo contigo numa pista chique e te deixar comendo poeira.

Tento parecer bem-humorado, mas não tenho certeza de que meu tom soa convincente.

– Pode deixar – responde Vi. E eu juro que posso vê-la mordendo o lábio daquele jeito que ela costuma fazer, prestes a dizer alguma coisa, mas desistindo. – Provavelmente vou te deixar vencer só porque estou me sentindo péssima por você.

– Bom, uma vitória é uma vitória – digo, rindo e tentando aliviar o clima.

E tudo que ela responde é:

– Eu te amo, Rhett. Se cuida. E, principalmente, seja você mesmo. Você é o máximo quando se mantém fiel à pessoa que você é.

Ela está sempre me lembrando disto: que é para eu ser Rhett Eaton, o garoto que veio de uma cidade pequena. Não Rhett Eaton, o cara arrogante que monta touros.

Normalmente reviro os olhos, mas no fundo sei que é um bom conselho. Um deles é o meu verdadeiro eu, o outro é só fachada.

O problema é que não existem muitas pessoas que ainda conhecem meu verdadeiro eu.

– Também te amo, mana – declaro, antes de desligar e de me perder em pensamentos, seguindo pela rodovia em direção à cidade.

Quando paro na Hamilton Elite e por um milagre encontro uma vaga na rua, percebo que estava tão distraído que nem lembro direito como cheguei ali. Recosto a cabeça no assento. De novo. E respiro fundo. É difícil precisar o tamanho do problema em que me meti, mas levando em consideração como aquela mulher me descascou na frente de todo mundo no avião, me arrisco a dizer que as coisas não estão boas para o meu lado.

Eu conheço as pessoas do campo. São trabalhadoras. Orgulhosas. E ficam chateadas quando acham que gente de outras camadas sociais não entende a sua luta.

E talvez tenham razão. Talvez a maioria dos canadenses não compreenda *verdadeiramente* o trabalho árduo por trás da agricultura. Para abastecer as prateleiras dos nossos supermercados.

Mas eu? Eu entendo muito bem. De verdade.

Eu só detesto leite, simples assim. A situação toda é tão bizarra que chega a ser engraçada.

Entro no edifício opulento. Tudo reluz. O chão. As janelas. As portas de aço inoxidável do elevador. Fico com vontade de esfregar as mãos nelas só para dar uma bagunçada nas coisas.

O segurança assente quando passo por ele e entro no elevador com um monte de gente bem-vestida. Tento me conter e abafar uma risada quando uma mulher me lança um olhar furioso, claramente me julgando.

Botas de caubói surradas. Não me surpreenderia se ainda houvesse estrume de vaca na sola. Calça jeans gasta e uma jaqueta marrom forrada com lã de carneiro. Meu cabelo é comprido, do jeito que eu gosto. Caótico e indisciplinado. Como eu.

Mas não é disso que essa mulher gosta. Na verdade, a repulsa estampada em seu rosto está clara como o dia.

Então, dou uma piscadinha para ela e exagero na saudação:

– 'Dia, dona.

As pessoas de Alberta não têm sotaque arrastado, mas quando você passa a vida em rodeios com caras que têm, é muito fácil imitar. Eu só queria estar com meu chapéu de caubói aqui comigo para completar o personagem.

A mulher revira os olhos e depois afunda o dedo no botão que diz FECHAR PORTA. Quando a porta se abre de novo, ela sai do elevador sem olhar para trás.

Ainda estou rindo disso quando chego ao andar da Hamilton Elite e, a julgar pelo brilho nos olhos da recepcionista quando me vê, ela não compartilha da percepção que a mulher do elevador tem de mim.

Na verdade, a maioria das mulheres não compartilha. Garotas da cidade, garotas do campo, garotas que adoram um peão. Adoro mulher e sempre defendi oportunidades iguais para todas. Mas, de relacionamentos... gosto bem menos.

*Um passeio pelo lado selvagem.* Foi assim que uma mulher me definiu recentemente depois de passarmos um dia inteiro trancados em um quarto de hotel comemorando minha vitória de uma forma que foi divertida na hora, mas me deixou com uma sensação de vazio no final.

– Rhett!

A voz de Kip ecoa pelo saguão antes mesmo de eu ter a chance de conversar com a garota da recepção.

É empata-foda mesmo.

– Obrigado por vir direto para cá.

Ele se aproxima a passos largos e aperta minha mão com tanta força que quase chega a doer. Esse cumprimento efusivo é sua maneira de me punir pela cagada que fiz. O sorriso falso e retorcido é a prova. O dono desta agência não tem o hábito de receber seus clientes na recepção, o que significa que estou mesmo ferrado.

– Sem problema, Kip. Eu pago uma baba pra você mandar na minha vida, certo?

Nós dois rimos, mas também sabemos que acabei de lembrá-lo de que sou eu quem está pagando. Não o contrário.

Ele me dá um tapinha nas costas, e sinto o corpo estremecer. O homem é grandalhão.

– Vem. Vamos conversar na sala de reuniões. Parabéns pela vitória deste fim de semana. Você está indo muito bem este ano.

Na minha idade, nem era para eu estar vencendo tantos torneios assim nesta temporada. Minha carreira deveria estar em trajetória descendente, mas as estrelas estão se alinhando. E *tricampeão mundial* soa muito melhor do que *bicampeão mundial*. E três fivelas douradas na minha estante ficariam melhor do que duas.

– Às vezes as estrelas se alinham.

Sorrio, e ele me conduz até uma sala com uma longa mesa cercada por cadeiras pretas de aparência genérica e um homem de aparência genérica sentado em uma delas. Cabelo castanho e bem aparado. Olhos castanhos. Terno cinza. Expressão entediada. Unhas bem cuidadas. Mãos macias. Garoto da cidade.

Ao lado dele está uma mulher que é tudo, menos genérica. Cabelo castanho-escuro em um coque apertado no topo da cabeça que brilha quase como mogno quando o sol bate. Os óculos de aro preto são um pouco pesados para seu rosto delicado de boneca, mas os lábios quase carnudos demais, pintados de um rosa profundo e quente, de alguma forma os equilibram.

A camisa creme que ela veste está abotoada até em cima, com renda cobrindo o pescoço. A boca levemente contraída numa expressão desconcertada, os braços cruzados protegendo o peito e os olhos cintilantes, cor de chocolate, não revelam nada enquanto ela me avalia por cima dos óculos.

Eu sei que não se deve julgar um livro pela capa. Mesmo assim, a palavra *reprimida* passa pela minha cabeça.

– Senta, Rhett.

Kip puxa uma cadeira bem em frente à mulher e se acomoda suavemente no assento ao meu lado, entrelaçando os dedos sob o queixo.

Eu me jogo na cadeira e me afasto da mesa, cruzando o pé sobre o joelho.

– Então tá, me dá logo essa surra que você quer me dar pra eu poder ir pra casa, Kip. Estou morto de cansado.

Meu agente arqueia a sobrancelha e me olha com atenção.

– Eu não preciso te dar surra nenhuma. Você perdeu oficialmente o patrocínio do Dairy King. Acho que já está de bom tamanho.

Eu recuo, e meu pescoço fica vermelho. É a mesma sensação de quando eu fazia besteira quando era criança. Quando perdia a hora de voltar para casa. Pulava da ponte com os meninos mais velhos. Invadia a fazenda dos Jansens. Sempre havia alguma coisa. Eu nunca *deixei* de estar em apuros. Mas isto é diferente. Não é brincadeira. É o meu trabalho.

– Você só pode estar brincando.

– Eu não brincaria com uma coisa dessas, Rhett.

Kip apertou os lábios e deu de ombros. O olhar diz *não estou bravo, estou decepcionado*. E odeio essa distinção porque, no fundo, odeio decepcionar as pessoas. Quando ficam bravas, elas mostram que se preocupam com você. Querem o melhor para você. Sabem que você é capaz de coisa melhor. Quando são indiferentes assim, é quase como se esperassem que você estragasse tudo.

É por isso que sempre digo que não me importo com o que pensam de mim. Assim ninguém tem o poder de fazer com que eu me sinta dessa forma... mas claramente não está funcionando.

Eu me mexo na cadeira, examinando as outras duas pessoas na sala. O cara tem o bom senso de olhar para os documentos diante dele. Mas a mulher sustenta meu olhar. Um olhar inabalável. E, de alguma forma, eu sei que ela está me julgando.

Passo a mão na boca e pigarreio.

– Bem, o que a gente pode fazer pra reverter essa situação?

Kip se recosta com um suspiro profundo, os dedos tamborilando os braços da cadeira.

– Não sei se dá pra reverter. Na verdade, acho que vamos fazer mais controle de danos do que qualquer outra coisa, na esperança de que os outros patrocinadores também não pulem do barco. Wrangler. Ariat. Todas essas empresas conhecem seus clientes. E foram eles que você irritou. Sem contar que dar um murro em alguém com uma câmera ligada é um pesadelo de relações públicas.

Meus olhos encontram o teto quando inclino a cabeça para trás e engulo em seco.

– Quem diria que não gostar de leite era crime. E aquele sujeito merecia um ajuste na mandíbula.

A mulher à minha frente solta uma pequena risada de escárnio, e meus olhos deslizam para os dela. Mais uma vez, ela não se intimida. Que diabos ela tanto olha?

Ela dá apenas um sorrisinho, como se achasse engraçado eu ter jogado fora um patrocínio multimilionário. Estou exausto. Estou dolorido. Já esgotei minha paciência. Mas sou um cavalheiro, por isso passo a língua nos dentes e volto meu foco para Kip.

– Se aquela câmera não estivesse ligada, estaria tudo bem – diz ele. – Mas não deixe ninguém ouvir você falando assim sobre agredir alguém. Eu dei um duro do cacete para evitar que aquele filho da puta prestasse queixa.

Reviro os olhos. Tenho certeza de que *dei um duro do cacete* é o código para dizer que gastou uma bela quantia do meu suado dinheiro para calar a boca do sujeito.

– Por que estavam filmando? Foi intencional?

Kip suspira e balança a cabeça.

– Isso não importa agora, não é? O estrago está feito.

– Merda.

Eu solto um gemido e fecho os olhos por um momento, girando os ombros, avaliando como o direito está dolorido. Minha aterrissagem naquela última montaria não foi ideal. Desmontei que nem um novato.

– Então, eu tenho um plano.

Olho para Kip, desconfiado.

– Já odiei.

Ele ri. E sorri. Porque esse desgraçado sabe que estou nas mãos dele. Nós dois sabemos que os meus dias estão contados, e eu cometi o erro de lhe dizer que a minha família precisa de mais dinheiro para manter o rancho a longo prazo. Vou pegar o que preciso para viver confortavelmente em algum lugar nas nossas terras e depois trabalhar com meu irmão mais velho, Cade, para manter o Rancho Poço dos Desejos funcionando.

É isso que você faz pela família. Custe o que custar.

– Tudo bem! A gente sabe que você vai segui-lo, querendo ou não.

Eu o encaro, com raiva. Que idiota.

Ele aponta para o outro lado da mesa.

– Essa é a Summer. Ela é nova na equipe. Foi estagiária aqui por vários anos. Também é sua nova sombra.

Minhas sobrancelhas e meu nariz se franzem. Porque esse plano já cheira a merda.

– Explica melhor.

– Nos próximos dois meses, até o final do Campeonato Mundial em Las Vegas, ela vai trabalhar como sua assistente. Um contato com a mídia. Alguém que entende a percepção do público e que vai ajudá-lo a melhorar sua imagem. Vocês dois vão discutir e traçar um plano, que vai ser aprovado por mim, para que eu não te estrangule por ser um completo babaca. Tenho certeza de que ela também está disposta a ajudar em qualquer outro trabalho administrativo necessário. Mas, acima de tudo, ela vai vigiar cada passo que você der e te manter longe dos problemas.

Olho para a mulher, que assente, sem dar qualquer sinal de que está indignada com a sugestão.

– Agora eu tenho *certeza* de que você está de palhaçada. Porque não faz sentido um homem da minha idade andar por aí com uma babá. Isso é um absurdo, Kip.

Quero que ele comece a rir e me diga que estava só zombando da minha cara.

Mas ele não faz isso. Só me encara, assim como a mulher, esperando o meu cérebro entender o que ele já decidiu por mim.

– Fala sério.

Rio, incrédulo, me endireitando para olhar ao redor da sala em busca de alguma prova de que caí numa pegadinha realmente excelente e hilária. Algo que meus irmãos fariam comigo, com certeza.

Mas a única coisa que recebo em troca é mais silêncio.

Não é um teste, nem uma piada. É um pesadelo dos infernos.

– Não, obrigado. Prefiro ficar com esse cara aí.

Aponto para o outro sujeito, o que nem consegue me olhar nos olhos. Ele é perfeito para eu fingir que nem existe. Ao contrário dessa carrasca reprimida que me olha como se eu fosse um caipira idiota.

Kip junta as mãos de novo e cruza as pernas.

– Não.

– Não? – Estou perplexo. – Quem paga seu salário sou eu, não o contrário.

– Então arranje alguém que sugira algo melhor para resolver esse desastre. Vai lá. É só o futuro da fazenda da sua família que está em jogo.

Minhas bochechas ficam quentes. E, pela primeira vez, estou sem palavras. Totalmente sem palavras. Meus dentes rangem, minha mandíbula estala.

Leite. Vencido pela porcaria de um *leite*.

Um pedaço de papel branco desliza na minha frente, do outro lado da mesa. As unhas pintadas de esmalte nude batem duas vezes nela. *Que mulher irritante.*

– Escreve seu endereço aqui, por favor.

– Meu endereço? – Meu olhar dispara até o dela.

– Sim. O lugar onde você mora.

Eu juro que vejo a bochecha dela se retorcer. Que grosseria.

Olho para Kip.

– Por que tenho que dar meu endereço pra essa garota mesmo?

Ele sorri e se aproxima, me dando um tapinha no ombro.

– Porque você não é o Peter Pan, Rhett. Você não vai perder sua sombra. Pelo menos não nos próximos dois meses.

Minha mente gira. Ele não pode estar dizendo...

– Aonde você for, ela vai junto. – Kip abre um sorriso cruel, diferente do que abriu quando entrei na sala. Não, este está cheio de advertências. – E, Eaton, essa *garota* é minha filha. *Minha princesa.* Então, se comporte, mantenha as mãos longe dela e fique longe de encrencas, entendeu?

A *princesa* sarcástica vai ficar morando no rancho comigo? Meu Deus, isso é muito pior do que eu imaginava.

Meu fim de semana está a caminho do fundo do poço desde a porcaria daquele vídeo, e quando saio furioso do escritório reluzente, a situação só piora, porque esqueci de ligar o parquímetro naquela *ótima* vaga que consegui.

# 3

## *Summer*

**Summer:** Indo para lá agora.

**Pai:** Tome cuidado. Não abaixa a calça para aquele idiota.

**Summer:** Eu prefiro saias.

**Pai:** -_-

– Tudo bem, espera. Quanto tempo você vai ficar longe?

– Não é exatamente *longe*, Wils. Vou ficar a uma hora da cidade. É quase o mesmo tempo que você leva do celeiro até sua casa.

– Preciso ser avisada com antecedência de coisas desse tipo. Quem vai encher a cara comigo nos almoços da vida? E se eu encontrar uma nova melhor amiga enquanto você estiver fora?

Eu rio. Minha melhor amiga adora um drama. Faz parte do charme dela.

– Então você nunca me amou de verdade – respondo, fingindo tristeza.

– Essa é a pior notícia de todas. Para mim, pelo menos. Você provavelmente está toda empolgada e com a calcinha molhada. Lembra daquela foto que você...

– Willa, por favor. Isso já tem séculos. Sou adulta. Profissional. Atletas gostosos fazem parte do meu trabalho. Não viaja.

Ela geme.

– Por que você tem que ser tão responsável? E madura? Assim eu me sinto uma criança.

– Você não é uma criança. Está mais para adolescente, talvez?

Olho em volta, tentando não perder a entrada certa, porque as estradas secundárias empoeiradas não são lá muito bem sinalizadas. Mas vejo a placa à frente e viro bem a tempo, os pneus sacudindo cascalho.

– Adolescente tá bom. Crescer é muito chato. Simplesmente não é para mim, sabe?

Eu rio. Willa está bastante crescida. Ela só é brincalhona. *Divertida*. Ela me faz bem.

– Você segura a onda com todos os caras do bar. Acho que é mais adulta do que imagina.

– Retire o que disse! – Ela ri, acrescentando: – E promete que vai dar pro caubói. Eu imploro.

Willa sempre me ajudou a espairecer. É ela que levanta meu astral quando estou triste, foi ela que massageou minhas costas enquanto eu chorava por causa de Rob.

Mas às vezes ela também erra.

– Você quer que eu arruíne minha carreira que acabou de começar para dormir com minha paixão da adolescência, que aparentemente não quer me ver nem pintada de ouro? Obrigada. Vou levar isso em consideração.

– É a única coisa que eu peço, sabe?

Rimos juntas, como temos feito nos últimos 15 anos. Não tenho muitos amigos, mas prefiro só uma Willa a um bando de gente que não me entende de verdade.

Avisto uma entrada de carros à frente e reduzo a velocidade para ler o número na cerca.

– Tenho que ir. Te mando mensagem mais tarde.

– Manda mesmo. Te amo.

– Também te amo – respondo, distraída, suspirando de alívio porque o número corresponde ao que Rhett escreveu no pedaço de papel.

Desligo o Bluetooth e entro na garagem, pronta para enfrentar qualquer confusão em que meu pai tenha me metido.

As cercas de estaca no entorno da propriedade me conduzem até o portão principal, onde elas se erguem bem acima da entrada de automóveis. A viga que atravessa o topo é adornada com uma placa de ferro forjado em forma de um poço dos desejos. E, presa por duas correntes estreitas, está uma placa de madeira com as palavras *Rancho Poço dos Desejos* gravadas.

Os arredores de Chestnut Springs são realmente algo impressionante.

Sinto como se tivesse sido transportada para o cenário da série *Yellowstone*. Fico até zonza. Adeus, escritório abafado. Olá, terra sem fim.

Rhett Eaton olha para mim como se eu fosse um animal atropelado?

Olha.

Mas estou louca para sair do escritório e fazer algo diferente?

Com certeza.

Vou aproveitar muito minha temporada aqui. Vou pegar o touro pelos chifres. Eu rio da minha piada e abaixo o volume da música do Sadies que estava ouvindo no último volume antes de Willa ligar.

Reduzo a velocidade do meu SUV, o cascalho estalando e saltitando sob os pneus. Sério, para onde quer que eu olhe, a vista fica cada vez mais deslumbrante. Março no sul de Alberta ainda tem certa graça. Pode ficar frio e nevar, mas aí bate um vento *chinook* e deixa o ar quente e suave, roçando na pele. A grama ainda não está exuberante. São apenas campos e mais campos dessa cor meio marrom de musgo, como se desse para ver o verde à espreita, pronto para explodir, mas ainda não fosse a hora dele.

Os campos suavemente ondulados que se misturam aos picos cinzentos a oeste por enquanto ainda têm algo de monótono. As Montanhas Rochosas fornecem uma fronteira para o sopé, projetando-se irregulares e cobertas de neve com picos brancos imaculados.

Passei anos olhando pelas janelas do trigésimo andar do meu pai, desejando estar *lá fora*. Imaginava passar meus verões explorando as montanhas e as pequenas cidades rústicas que ficam entre elas, mas, em vez disso, acabei enfurnada naquele escritório reluzente... Ou, se voltar ainda mais no tempo, presa dentro de um quarto de paredes verde-claras, sem energia suficiente para sair da cama.

Esse trabalho é ridículo a ponto de eu ter tido dificuldade em manter uma cara séria durante aquela reunião?

Completamente.

Mas vou tirar o melhor proveito possível. No mínimo, poderei olhar para as montanhas com o vento soprando no rosto, em vez de sentir o cheiro de café queimado e daqueles croissants velhos que Martha serve todas as manhãs. Ou ficar numa sala que cheira a sabão antisséptico e antibacteriano, daqueles que em teoria não têm perfume, mas que com o tempo passam a se entranhar em suas narinas.

A longa estrada de acesso se estende à minha frente até desaparecer em um bosque de choupos plantados um ao lado do outro, mas sem folhas. O contorno de uma grande casa aparece por entre os galhos.

Eu avanço, contemplando a imponente residência diante de mim. Grossas toras fornecem a estrutura para uma casa que se espalha sob a forma de uma discreta lua crescente, engolida pelas árvores e, de algum modo, acompanhando as linhas das colinas atrás dela. É imensa, com janelas enormes. O muro de contenção inferior é revestido com uma fachada de pedra que se transforma em algum tipo de revestimento de vinil num tom suave de verde. Combina perfeitamente com o tom cálido da madeira e com o telhado de cedro.

As casas onde cresci, com suas linhas rígidas e tons ásperos, quase travavam uma guerra com a paisagem. Esta, por maior que seja, parece ter praticamente brotado do chão. Como se fosse apenas parte do cenário, em perfeita harmonia.

Parece que pertence a esse lugar.

Diferente de mim.

Ao estacionar e descer do carro, analiso meus trajes: uma saia preta grossa, camisa xadrez de seda e sapatos oxford de salto alto de cor marrom são provavelmente uma escolha ridícula para o ambiente.

Mesmo que seja um look incrível.

Estou tão acostumada a me arrumar todos os dias e tenho tanto prazer em escolher peças que me deixam mais confiante que nem pensei que o traje é meio ridículo para o que vim fazer aqui.

Só que, na verdade, não sei *nada* sobre o que deveria estar fazendo aqui. Quando Rhett rabiscou seu endereço no pedaço de papel, apertou a caneta com tanta força que chegou a marcar as outras páginas.

Então saiu da sala sem dizer mais nada, furioso.

Um sorriso surgiu nos lábios do meu pai ao observarmos os ombros largos e o cabelo longo de Rhett Eaton se afastando. Garanto que ninguém, ninguém mesmo, ficou admirando aquela bunda.

Afinal de contas, sou profissional.

– Vamos lá, começar com o pé direito – brincou meu pai, assim que Rhett estava fora de vista.

E essa foi a única instrução que recebi. Além de um endereço e de um "Dá um jeito nisso, Summer. Confio em você".

Ah, e: "Não deixe aquele filho da mãe ir parar na sua cama."

Sorri e perguntei:

– E se eu for para a cama dele?

– Você ainda vai me matar, garota – grunhiu ele, saindo da sala de reuniões com a mesma expressão do Gato Risonho de *Alice no País das Maravilhas*.

E foi isso. Agora só preciso acreditar que me lançar na vida da minha paixão de adolescência é uma ótima ideia, embora Rhett Eaton nem deva se lembrar disso.

Eu sei que isso é uma prova. Uma prova de fogo. Se eu conseguir cumprir essa tarefa, vou impressionar meu pai, mas também vou mostrar para todos os outros funcionárias da empresa que sou eficiente, algo que ele e eu sabemos que preciso fazer se quiser subir na hierarquia da Hamilton Elite. Para minha contratação não parecer puro nepotismo, preciso mandar muito bem no trabalho.

Não vai ser uma tarefa fácil, mas nada na minha vida tem sido fácil, então talvez não seja tão assustador quanto parece.

– Você é a babá?

Eu me viro para a varanda da frente da grande casa, seguindo a voz profunda e rouca. Um homem mais velho, grisalho, está encostado no grande pilar de madeira com os braços cruzados e um sorriso malicioso. O chapéu preto de caubói se inclina um pouco para baixo quando o homem me cumprimenta com um aceno de cabeça, contendo uma risada.

– Já faz tempo que não tem uma babá nessa casa para cuidar dos meus meninos.

Eu solto uma risada e deixo meus ombros relaxarem, já me sentindo à vontade perto daquele homem. Rhett pode olhar para mim como se eu fosse a mosca que pousou na sopa dele, mas esse sujeito é simplesmente encantador.

Dou um sorriso maroto e coloco as mãos nos quadris.

– Já faz tempo que não sou babá de ninguém.

– Acho que seria mais fácil se você tivesse que cuidar da criança mais espoleta da região – diz ele, andando até mim.

Eu jogo um verde para ver se consigo descobrir quem é esse homem.

– Suponho que não vai adiantar nada se eu ameaçar contar tudo para o pai dele, né?

O homem retribui o sorriso, a pele queimada de sol formando ruguinhas ao redor dos olhos, e estende a mão.

– Aquele pirralho nunca deu a mínima para nada do que eu falo. – Ele me cumprimenta com um aperto de mão firme. – Harvey Eaton, pai do Rhett. Prazer em conhecê-la. Bem-vinda ao Rancho Poço dos Desejos.

– Summer Hamilton. Prazer em conhecê-lo também. Não sabia bem o que esperar quando parei o carro. Eu e Rhett não nos demos muito bem ontem – confesso.

Harvey gesticula para que eu me afaste um pouco quando aperto o botão para abrir o bagageiro. Ele passa por mim e pega minha mala.

– Bem, preparei um quarto para você aqui na casa principal. Pode esperar ver Rhett de mau humor, que nem um garotinho que perdeu o brinquedo favorito. E quando os irmãos descobrirem, então, ele vai ficar fulo da vida, porque os meninos vão encher o saco dele.

Eu faço uma careta.

– Que sorte a minha.

Harvey suspira e aponta para a casa.

– Não se preocupe, Srta. Hamilton. Eles têm bom coração. São um pouco malcriados, mas mesmo assim têm bom coração. – Ele se vira para me espiar, achando graça. – Além disso, algo me diz que você vai se dar bem com essa turma.

Eu pressiono os lábios. Se consegui chegar à minha idade tendo Kip Hamilton como meu pai e chefe, algo me diz que vai ser moleza encarar alguns caubóis insolentes. Mas não digo nada. Prefiro não dar chance para o azar. Apenas respondo:

– Por favor, me chame de Summer.

Ele abre a porta e a segura, estendendo o braço para o interior da casa.

– Entre, Summer. Vamos acomodá-la e alimentá-la antes de enfrentar o monstrinho.

Balanço a cabeça e rio. Minha avaliação de Rhett se mostra bem certeira. Ou no mínimo o pai dele não quer me iludir, já deixando claro que minha vida aqui não vai ser muito tranquila. Uma dúvida do tamanho de um rochedo se apossa de mim, a ansiedade tomando conta do meu corpo... *E se eu não estiver preparada? E se eu falhar? Sempre vou ser a pessoa que não consegue fazer nada direito?*

Meu monólogo interno se esvai quando paro para observar a casa. O lado de dentro mantém o aspecto rústico da fachada. Tetos com vigas e paredes verde-escuras conferem ao espaço uma atmosfera aconchegante, apesar das grandes áreas abertas. Os pisos são de madeira escura e as tábuas largas estão um pouco desgastadas em áreas de maior circulação. Ao ver Harvey marchar com suas botas pesadas, acho que entendo o motivo.

À minha esquerda, vejo a sala de estar. Os sofás com estofado de couro estão voltados para a enorme lareira, sobre a qual paira uma cabeça de algum tipo de veado. Seus olhos de mármore preto são tão reluzentes que quase parecem reais, e os chifres, enormes e longos, me fazem pensar em galhos grossos e ornamentados.

Franzo o nariz, um pouco desconcertada. Não tenho nenhum problema com caça, pelo menos não com o tipo que é feito com responsabilidade, mas, sendo uma típica garota da cidade, fico um pouco triste ao ver esse animal majestoso pendurado numa parede e imaginar o fim terrível que ele teve.

Sendo bem sincera: estou pensando em *Bambi*.

Tento me recompor e digo a mim mesma que preciso me animar, mesmo que todo esse plano com Rhett seja um tiro no escuro. *Tiro no escuro?* Pobre Bambi. Meu Deus. O que tem de errado comigo?

Diante de nós está a cozinha gigantesca, com uma mesa de madeira bem no meio, e já vejo todos esses caubóis chegando aqui depois de um longo dia no rancho para compartilhar uma bela refeição familiar.

– Por aqui. – A voz de Harvey me tira dos devaneios. Viramos à direita em um corredor com luminárias de latão nas paredes. – Sei que o quarto fica no andar principal, mas vamos tentar fazer silêncio de manhã. Rhett e eu dormimos no andar de cima, então pensei que assim você ficaria um pouco mais à vontade, longe de nós, homens. Tem um banheiro também, conectando dois quartos, e o armário é bem maior.

Ele levanta minha mala. Minha mala muito, muito cheia.

– Acho que foi uma escolha acertada.

Fico sem graça, minhas bochechas corando um pouco. Devo mesmo parecer uma madame esnobe para um homem como Harvey Eaton.

– Eu não sabia muito bem como me preparar para essa tarefa.

Ele ri.

– Prepare-se para um rodeio, garota. Eu amo meu filho, mas ele dá trabalho. Sempre deu. Pensando bem, não sei se alguém um dia já soube lidar com o Rhett. É o filho mais novo, essas coisas. Até a caçula da família amadureceu mais rápido que ele, sempre cuidando do irmão... porque Rhett precisa de cuidados. Quer meu conselho? Não pressiona muito ele, ou ele só vai resistir ainda mais.

Eu assinto, um pouco assustada, porque a descrição dele faz Rhett parecer um osso bem duro de roer.

– Sábio conselho, Sr. Eaton.

Ele larga minha mala à porta de um quarto no final do corredor.

– Garota, se vou te chamar de Summer, você vai me chamar de Harvey. Estamos entendidos?

Sorrio para ele e entro no aposento.

– Estamos.

– Muito bem. – Ele volta para o corredor. – Pode se acomodar com calma. Vou estar na cozinha, qualquer coisa. A gente pode comer, e depois te mostro o lugar.

– Perfeito.

Abro o mais radiante dos sorrisos para o homem, que então vai embora pelo corredor.

Quando fecho a porta, descanso a cabeça na madeira fria e respiro fundo, tentando aplacar a ansiedade.

E então rezo para ter paciência, porque algo me diz que vou precisar muito.

# 4

## *Rhett*

**Rhett**: Não quer sua filha de volta? Eu prometo que vou ficar bem.

**Kip:** Ela nem chegou ainda.

**Rhett:** Pensa só no tempo que ela vai poupar se você pedir para ela voltar agora.

**Kip:** Não.

**Rhett:** Por favor?

**Kip:** Não tente ser educado. Não combina com você.

**Rhett:** Vai chupar uma rola.

**Kip:** É exatamente isso que eu vou ter que fazer pra segurar seus patrocinadores.

Summer Hamilton desceu de sua caminhonete chique com sua roupinha ridícula de madame, como se estivesse indo para uma noitada na cidade, e não para uma fazenda de gado.

Por isso, dei no pé. Posso ter que engolir essa garota, mas não preciso me comportar como se gostasse dessa baboseira.

Porque não gosto mesmo. Odeio ser tratado que nem criança, ou como um idiota que não sabe das coisas. Ou pior, como um criminoso. Pensei que dormir na minha própria cama e tirar um tempo para processar e aceitar o novo arranjo fossem fazer essa ideia parecer menos sufocante – menos humilhante.

Mas ainda acho tudo um horror.

É por isso que estou aqui socando estacas com meu irmão mais velho. Instalando novas cercas para que alguns de seus cavalos fiquem mais perto de sua casa, localizada pouco depois do topo da grande colina onde meu pai e eu moramos. Cade puxa uma estaca da traseira de sua picape e a ergue sobre o ombro com um grunhido. Ele se parece mais com nosso pai, graças aos ombros largos e o cabelo batidinho. Só falta o bigode. Adoro implicar com ele por causa disso, porque o filho da mãe é rabugento até dizer chega.

– Quando você vai deixar o bigode crescer e ficar igualzinho ao Velho Eaton?

Ele me olha, furioso, então larga a estaca e alinha a ponta com o local que deseja.

– Não sei. Quando vai cortar o cabelo, Rapunzel?

Essa implicância é boa. É familiar. Encher o saco de Cade é um dos meus passatempos favoritos. E ele é tão mal-humorado que nunca perde a graça. Ele late mas não morde. É um dos caras mais legais que conheço.

Se você conseguir ignorar a chatice dele.

Eu tiro o boné e jogo o cabelo para trás, tentando não estremecer com a dor que estou sentindo no ombro. Ou com o inchaço no joelho. Ou com o incômodo nas costas.

Que Rapunzel nada. Estou mais para o Pateta.

– Nunca. Como vou fazer uma princesa subir até minha janela?

Ele bufa e pega o socador enquanto eu posiciono a estaca na vertical.

– Só uma princesa, irmão? Não é a sua cara.

Reviro os olhos. Cade é o monge da família. Acho que desde o divórcio não o vejo com nenhuma mulher.

– Estou só tentando transar por nós dois – minto.

Essa parte da minha vida mudou. Não teve o mesmo efeito nessas últimas temporadas. Não é mais como costumava ser. Traz muita complicação para a minha vida, e estou cansado de perder tempo com pessoas que só querem algo de mim ou que me veem como uma espécie de troféu.

Cade tira meu boné com um tapa.

– Idiota. Você vai me ajudar ou vai ficar aí desfilando?

Eu me afasto e cruzo os braços.

– Sou bonito, não sou? Me dizem isso o tempo todo.

Não posso confessar que meu corpo está totalmente esgotado, porque não quero ouvir mais uma vez que preciso me aposentar, que permaneci nessa carreira por tempo demais.

O problema é que sou viciado.

Montar em touros me dá uma euforia que não consigo substituir por nada. É uma sensação da qual não consigo abrir mão.

– Tio Rhett!

Essa vozinha doce me faz sorrir, e fico grato pela distração.

Cade olha para trás, as sobrancelhas franzidas, preocupado.

– Luke! E aí, amiguinho? Achei que você estava com a Sra. Hill – falo.

Meu sobrinho sorri para mim, expondo os dentinhos muito brancos, um ar travesso tomando conta do rosto.

– Eu disse para ela que queria brincar de esconde-esconde.

– Humm...

Luke espia o pai, logo atrás de mim, como se soubesse que está prestes a levar uma bronca. Então chega mais perto e coloca a mão perto da boca.

– E aí eu corri para cá – sussurra ele.

Ele arregala os olhos quando percebe minha expressão e depois a de Cade, que provavelmente está de cara fechada. Tento não rir.

Mas falho miseravelmente. Acho isso engraçadíssimo e solto uma gargalhada. Esse garoto derruba meu irmão. Ele lhe dá leveza – e Deus sabe que Cade precisa disso.

E Luke faz isso com a gente: nos transforma num bando de molengas. Nossa irmã mais nova pode ter saído do rancho, mas agora temos Luke para mimar.

– Vovô está procurando você – continua o menino.

– Luke. – Cade sai de trás de mim. – Você está me dizendo que fugiu da sua babá para ajudar seu avô a encontrar Rhett? Porque, pelo que entendi, você está se metendo onde não foi chamado.

Luke pressiona os lábios, e quase vejo as engrenagens girando em sua cabeça. Quase 5 anos, inteligente à beça, um encrenqueiro terrível, mas ainda muito jovem para perceber quando meteu os pés pelas mãos.

Ele foge da pergunta do pai, arregalando os olhos para mim.

– Vovô foi procurar você lá em casa. Ele está com uma moça.

Solto um gemido, porque sei o que isso significa. *Moça*. Com certeza é Summer Hamilton. A *princesa* do meu agente.

Meu irmão se volta para mim.

– Moça? Você finalmente emprenhou alguém?

Cade é tão idiota.

– P...

– O que é emprenhar?

Nós dois olhamos fixamente para o menino, mas antes de conseguirmos dar uma resposta, meu pai e Summer aparecem no topo da colina.

– Vou ganhar mais um netinho, Rhett?

Meu pai solta uma risada, se aproximando. Ele não deveria ouvir tão bem para um homem de sua idade. Nada escapa do velho. Que raiva.

Coloco as mãos nos quadris e ergo o rosto para o céu azul, soltando um suspiro quente e observando-o se transformar em vapor que dança no ar.

– Desculpe desapontar... – murmuro, me virando para os dois, tentando ignorar o rosto carrancudo e confuso de Cade.

Este é basicamente seu repertório de expressões: carranca feliz, carranca cansada... Imagino que ele tenha até algum tipo de carranca de tesão que andou escondendo nos últimos anos.

– Summer chegou, Rhett – informa meu pai, com um olhar que diz que é melhor eu me comportar. Tenho visto esse olhar durante toda a minha vida. – Você não mencionou como ela é encantadora. Sabia que ela acabou de terminar a faculdade de direito?

Minhas sobrancelhas se erguem. Admito que isso é um tanto impressionante. Mas, de algum modo, também é pior. Ela é certinha, inteligente, talentosa e foi encarregada de tomar conta de mim.

Também é incrivelmente linda. Trocou de roupa e agora está de calça jeans. Estou tentando ao máximo não olhar para o jeito que a calça se ajusta às suas formas esguias.

Com alguns passos seguros, meu irmão se aproxima de Summer, estendendo o braço longo e musculoso para cumprimentá-la.

– Cade Eaton.

A voz dele é áspera, mas sei que meu irmão não está apertando a mão dela com a força de sempre. A garota tem um ar delicado, e Cade pode ser um idiota mal-humorado, mas também é um cavalheiro.

– Summer Hamilton.

Ela sorri, e percebo certo ar de escárnio, como se ela estivesse se divertindo com tudo isso. Aposto que quando fica sozinha ela dá boas risadas às minhas custas, como a madame que deve ser.

– E desculpa perguntar, mas como você conheceu o Rhett? – Cade exibe agora uma carranca de curiosidade.

Aqui está, o momento em que *todos* riem muito às minhas custas. Meu pai já sabe o que trouxe Summer ao rancho e, por mais que ele adore fazer piada, não acho que me entregaria aos leões assim. Nós dois sabemos muito bem que meus irmãos estúpidos não vão me deixar em paz se souberem que fiz merda. De novo.

Meu pai vai apenas ficar na dele e apreciar o desenrolar dos acontecimentos.

Mas Summer nem gagueja.

– Sou nova agente júnior da firma. Só estou tentando aprender o básico com alguém mais experiente.

Seu sorriso é suave e recatado... sincero.

E ela está mentindo descaradamente.

A garota é boa, não dá para negar.

Meu irmão franze as sobrancelhas e meu pai semicerra os olhos, fascinado. Prendo a respiração, esperando que pare por aí. Talvez, *talvez*, eu consiga escapar dessa conversa sem ter que enfiar a cabeça na terra de vergonha.

Cade faz um movimento brusco com a cabeça.

– Mas por que você está a...?

– Estou com fome – anuncia Luke.

– Aposto que está – responde Summer. – Qual é sua comida preferida?

Redirecionamento instantâneo. Meu pai se vira para mim e dá uma piscadinha.

– Pipoca!

Por que as crianças sempre falam com essa animação estridente? Parece até que vão ganhar um prêmio por gritar primeiro.

Summer cruza os braços e olha para cima, como se estivesse avaliando a resposta do garoto.

– Misturada com M&M?

– Caramba! – exclama Luke, e o resto de nós, homens, torce o nariz. – Nunca experimentei!

– Nunca? – Ela arregala os olhos de forma dramática e se agacha.

– O que é M&M? – pergunta Luke, sem a mínima ideia do que ela está falando.

A conversa é uma graça, e meus olhos se voltam para meu irmão, me perguntando se ele está se apaixonando por Summer Hamilton naquele exato momento, mas ele só parece perplexo.

– É um confeito. Com chocolate. Tem com amendoim também. No caminho pra cá eu vi várias lojas que com certeza devem vender. Aposto que seu pai vai levar você para comprar.

E, de uma hora para outra, Cade fecha a cara, parecendo furioso.

– Podemos, pai? – Os grandes olhos azuis de Luke se iluminam.

– Depois de ter fugido da pobre e velha Sra. Hill?

Cade cerra a mandíbula e fuzila Summer com o olhar. Algumas mulheres recuariam diante dessa carranca assustadora, mas Summer nem pisca.

Ela dá de ombros e murmura um "Foi mal", parecendo um pouco constrangida, observando meu irmão e Luke voltarem para a casa. Mas então ela olha para trás, para mim, e um sorrisinho presunçoso surge em sua boca.

E é nesse momento que percebo que ela não ficou nem um pouco constrangida. Toda aquela conversa foi uma forma completamente intencional de interromper o questionamento do meu irmão.

Para salvar a minha pele.

– Vou ajudar Cade com o Luke – diz meu pai, baixando a cabeça para esconder o que certamente é um sorriso sob a aba de seu chapéu de caubói.

Isso significa que Summer e eu ficamos aqui no topo de uma colina seca e raquítica, sozinhos pela primeira vez. Mas ela não me dá atenção. Fica admirando as colinas na direção dos picos das Montanhas Rochosas.

Está tão imóvel que por alguns segundos a única coisa que consigo fazer é fitá-la. O vento fresco assobia entre os galhos nus das árvores esparsas. A friagem corta o ar e, quando há rajadas, os ombros dela se encolhem, o casaco leve de plumas roçando seus brincos, a brisa jogando para trás seu cabelo castanho sedoso.

Então ela dá um suspiro profundo e pesado, e vejo seus ombros relaxarem lentamente, fascinado com a reação. Quando meus olhos descem, balanço a cabeça. Tenho que lembrar que, mesmo que ela tenha me ajudado, não somos amigos.

E nem estamos do mesmo lado.

– Usar um menino de 5 anos para conseguir o que quer. Que golpe baixo.

Ela solta uma risada e enfia as mãos nos bolsos de trás, virando-se para me encarar com os olhos arregalados.

– Eu não o usei. Eu o ajudei. Misturar doce com pipoca é uma experiência de vida que toda criança merece ter.

– Cade vai te odiar por isso.

Ela aperta os lábios e dá de ombros, parecendo não dar a mínima para essa possibilidade.

– Acho que vou ter que torcer para o irmão número três gostar de mim. Ou então posso ganhar a tríplice coroa. Fazer com que todos vocês me odeiem. Seria legal.

A audácia dessa garota é impressionante.

– Você poderia ter dito a verdade.

– Eu disse.

Meus dentes rangem.

– Aprender o básico? Nós dois sabemos que você está aqui para tomar conta de mim.

Ela inclina a cabeça e me encara com uma expressão completamente irritante.

– Acho que cada um enxerga as coisas como quer. Sou nova na firma. Acabei de ser contratada como algo mais do que uma estagiária. E você está bem estabelecido. E eu seria uma idiota se pensasse que não estou aqui para aprender alguma coisa. Ou Kip teria enviado alguém com mais experiência, não é?

Ela caminha de volta para a casa principal.

– Por que você simplesmente não abriu o jogo? – pergunto. – Eles vão acabar descobrindo mesmo.

– Porque esse não é o meu papel. Vem comigo, precisamos revisar algumas coisas.

Fico para trás por alguns minutos, porque se Summer Hamilton acha que pode mandar em mim, ela vai descobrir que não baixo a cabeça para ninguém.

# 5

## Summer

**Pai:** Como está aí?
**Summer:** Aqui é lindo.
**Pai:** Estou me referindo ao caubói.
**Summer:** Ah, sim. Ele me odeia.
**Pai:** Você vai conquistá-lo. Apenas se certifique de que
ele não saia por aí pegando meio mundo.
**Summer:** Vou transmitir o recado. Uma maneira segura
de conquistá-lo!

Os homens são tão frágeis.

Eu disse a Rhett para me acompanhar, e estou quase convencida de que ele ficou para trás, de cara feia, só para contrariar. É até divertido. Tentando não me estressar, preparo minhas pastas e o notebook na mesa da sala.

Precisamos definir um cronograma para os próximos meses, e vou precisar que o Rei do Rodeio venha aqui para fazer isso.

Enfim ouço a porta dos fundos batendo e passos pesados vindo em minha direção. Pelo canto do olho, avisto sua silhueta. Os ombros largos, o cabelo rebelde e a barba escura por fazer. Seria preciso estar morta para não apreciar um homem como Rhett Eaton.

Ele não é bonitinho e bem arrumado. É rústico e um tanto áspero.

Ele é muito homem.

Completamente diferente de qualquer um que conheci. Garotas como eu não costumam se misturar com homens como ele. Nem frequentamos os mesmos ambientes, mas isso não me impede de apreciá-lo. O caimento de uma calça Wrangler em seu corpo não mudou nada desde seus primeiros tempos no circuito.

– Já estava preocupada, achando que tivesse sido atacado por um urso – anuncio, me sentando em uma das poltronas de couro.

– Os ursos-negros raramente atacam as pessoas – rosna ele, entrando na sala de estar, olhando para o meu material como se fosse um explosivo ou algo do tipo.

– E os cinzentos?

– Ficam nas montanhas na maior parte do tempo – resmunga ele em resposta.

– Muito bem. Pumas?

Ele arqueia uma sobrancelha, aproximando-se de mim.

– É isso – suspiro, e me recosto na cadeira confortável, sentindo seus olhos cor de mel percorrendo meu corpo. – Você com certeza parece uma isca de puma.

Ele balança a cabeça, e eu reprimo um sorriso.

– Serão dois longos meses.

– Você pode simplesmente se jogar naquele poço que eu vi no caminho de volta e acabar de vez com essa tortura.

Esse comentário o deixa sério e, em vez de responder com petulância, ele se senta no sofá à minha frente e passa as mãos pelo cabelo. O silêncio se prolonga, e eu o observo com atenção.

– Minha mãe costumava fazer desejos ali, com meus irmãos e comigo. Não me lembro de nada.

*Droga*. Que bola fora, Summer. Sinto um aperto no peito e pigarreio ruidosamente.

– Sinto muito – falo.

Porque realmente sinto.

Ele se limita a fazer um leve aceno com a cabeça, e eu decido mudar de assunto, levar a conversa de volta ao terreno seguro do trabalho. Nosso acordo, que ele tanto odeia, é preferível ao tema em que acabei de tocar.

– Me diz o que você esperava dos próximos dois meses, antes de eu entrar em cena.

– Você quer dizer, antes de eu ter que andar por aí com você no meu pé? Esperava que fossem muito bons.

Eu apenas assinto e digo baixinho "Seguuura, peão", girando o dedo ao lado da cabeça como se estivesse balançando um laço. Rhett não está achando a menor graça da situação. Parece me ver como uma espécie de inimigo, quando estou aqui apenas para facilitar a vida dele.

Pego a agenda na minha frente, seguro minha caneta prateada favorita e fico olhando para ele até que comece a falar. Ele lê as datas dos próximos eventos, evitando completamente o contato visual, e eu anoto tudo.

Trocamos números de telefone e endereços de e-mail, e deixo claro que ele precisa se comportar durante as próximas oito semanas.

Espero que ele tenha entendido o que "se comportar" significa: o Rhett Júnior precisa ficar bem guardadinho dentro das calças. Ditar as atividades sexuais de um homem vai muito além das atribuições do meu cargo, então posso deixar Kip encarregado de explicar os detalhes sórdidos. Se Rhett e eu vamos passar os próximos dois meses grudados, precisamos tentar manter alguma aparência de dignidade.

Rhett reage com grunhidos e olha para o teto como se desejasse que ele se abrisse e o engolisse por inteiro. E, francamente, não posso culpá-lo.

– Muito bem. – Tamborilo na página aberta diante de mim. – Então, temos três eventos de qualificação. Pine River é o primeiro, depois Blackwood Creek, depois aquele aqui em Calgary. Isso é bem legal. Sempre teve uma parada por aqui no circuito?

– É.

– Não há descanso para os ímpios, hein? É uma atrás da outra.

Ele suspira e finalmente sustenta meu olhar por um momento.

– A Federação Mundial de Montaria em Touros, a FMMT, é bem competitiva. Se eu não estivesse na liderança com uma boa folga e precisasse correr atrás de pontos, o mais provável seria participar dos dois eventos antes de Las Vegas. Geralmente temos competição todo fim de semana.

– Certo. As finais do Mundial em Las Vegas.

Olho para a data no calendário. O dia em que me livrarei desta tarefa e deste caubói mal-humorado.

– Campeonatos, não finais. Você sabe alguma coisa desse esporte?

Desenho uma estrela no quadrado do calendário e suspiro, cansada, lançando um olhar fulminante para Rhett, que está sentado à minha frente, ocupando o máximo de espaço possível no sofá, com o braço apoiado no encosto e as pernas bem abertas.

O típico homem que só sabe sentar com as pernas arreganhadas.

– Não. Só sei o que pesquisei na internet. Mas aposto que você adoraria me contar tudo.

Ele me encara com uma expressão furiosa, como se estivesse tentando descobrir o que aconteceu com sua vida, e então pergunta:

– Por que é preciso fazer faculdade de direito para se tornar agente?

– Não é preciso. Bom, não necessariamente. Mas na área precisamos lidar com contratos e coisas do tipo o tempo todo, então ajuda muito.

– Hum. – É tudo o que ele diz, girando o anel de prata no dedo. – Você deve adorar.

Dou um sorriso forçado. Não sei muito bem se adorar seria o caso, mas não vou mencionar isso a um cliente.

– Ok. Pode explicar a pontuação? Para que eu entenda o que vou ver no próximo fim de semana?

Ele me olha com desconfiança e resolve começar:

– Então, tem dois juízes. Cada juiz dá ao cavaleiro até 25 pontos e a mesma coisa ao touro. Somando as duas pontuações, você obtém uma pontuação geral até 100.

– E o que eles julgam?

Minha esperança é que, se eu conseguir fazê-lo falar sobre algo de que gosta, ele fique mais receptivo.

– Várias coisas. Agilidade, velocidade, se você dá voltas. Se você pega um touro que corre pela arena em linha reta, não vai conseguir ganhar muitos pontos de estilo. Mas se pegar um que quer te matar, girar em círculos e jogar os cascos para o céu, aí, sim.

A empolgação de Rhett ao falar do esporte é quase contagiante.

– Para o peão, tem mais a ver com a postura. Seu equilíbrio. Seu controle. – Ele move as mãos, tentando me mostrar como funciona. – A maneira como ele monta o touro. Se você conseguir provocá-lo, ele resiste com mais força e o montador ganha pontos extras. E, claro, você tem que aguentar oito segundos inteiros.

– E se não aguentar?

Ele estala a língua e inclina a cabeça.

– Perde os pontos.

Solto um suspiro e batuco com a caneta na mesa.

– Vai ou racha, hein? Mal posso esperar para ver isso ao vivo.

Ele me olha de cima a baixo, como se não conseguisse me entender muito bem.

– É. – Ele faz uma expressão marota. – Vai ser mesmo incrível.

Não sei o que diabos isso significa, então sigo em frente.

– Vou reservar nossos voos e hotéis para essas datas. Voar um dia antes e sair um dia depois?

– Quartos separados.

Reviro os olhos.

E lá se vai toda aquela positividade momentânea. A cara de pau desse sujeito é realmente impressionante. Jogo meu profissionalismo pela janela.

– Fala sério.

– Só estou deixando claros os limites, *princesa.* – Ele está zombando de mim, mas não dou uma resposta desaforada, mesmo desejando com todas as forças do meu ser que Kip pare de me chamar assim, especialmente na frente de outras pessoas. – Seu pai deu impressão de que você ia me botar na coleira.

– Só se você curtir esse tipo de coisa.

As palavras saem da minha boca antes mesmo que eu consiga compreender o que estou dizendo. Levanto bruscamente a cabeça para avaliar a reação dele. Estou tão acostumada com os comentários mordazes do meu pai, assim como todo mundo no escritório, que fico confortável em responder à altura, mesmo lidando com alguém tão pouco divertido quanto Rhett Eaton.

Ele me olha fixamente com a expressão mais indiferente de seu repertório quando a porta dos fundos se abre de novo, interrompendo a conversa.

Luke entra voando em casa que nem um furacão e se joga no colo de Rhett, seguido por passos mais pesados e vozes profundas. Cade entra na cozinha primeiro, seguido por seu pai e depois por um homem que deve ser o terceiro irmão.

Ele é igual a todos os outros homens da família, mas tem os olhos claros e, ao que parece, o jeito descontraído do pai.

– Você deve ser a Summer – diz ele, abrindo um sorriso bem-humorado e se apoiando no batente da porta.

Seu cabelo está bem aparado e há uma simpatia nele que falta em Rhett e Cade.

– Este é o Beau – diz Harvey, puxando uma cadeira na mesa enorme. – Você o pegou em casa entre missões militares.

Sorrio para o patriarca da família ao ver como seu orgulho transborda ao falar do filho.

Harvey Eaton ama esses caubóis com uma intensidade admirável.

– Prazer em conhecê-lo, Beau. Sim, sou Summer Hamilton.

Sorrio suavemente, já amando o ambiente familiar dessa casa aconchegante, ainda que haja uma sobrecarga de testosterona.

– Já terminaram a reunião? – pergunta Harvey, enquanto Cade começa a vasculhar a geladeira e a retirar ingredientes para o jantar.

– Já – anuncia Rhett, num tom seco, antes que eu possa dizer qualquer coisa.

Eu me levanto, claramente entendendo que estou dispensada.

– Vou deixar você em paz agora.

– Aonde você vai? – pergunta Luke. – Está na hora do jantar. Eu pensei que você morasse aqui agora. O vovô disse isso.

Respiro fundo e olho para Rhett, cujos olhos estão fechados, um pequeno sorriso brincando em suas feições.

Fica bem nele.

– Você vai morar aqui? – Cade levanta a cabeça, com uma expressão que acredito ser a sua preferida: irritada.

– Aham. Só por um tempo.

Meu olhar se fixa em Harvey, que balança a cabeça e baixa os olhos como se soubesse o que vem a seguir.

– Espera aí. – Beau olha para mim e para Rhett, parecendo achar graça da situação. – Sua *agente* está morando com você? Por quê?

– É temporário... – começo.

– É porque você deu um soco naquele cara? – prossegue Beau, seus olhos inteligentes deduzindo tudo com rapidez.

– Você deu um soco em alguém? – pergunta Cade, franzindo as sobrancelhas.

– Mano, você precisa ligar a TV de vez em quando. Você vive na idade da pedra. – Beau ri.

Cade se vira para Rhett, que ainda não abriu os olhos.

– Ele mereceu?

Rhett abre um enorme sorriso.

– Porra, se mereceu!

– Palavrão, tio Rhett! – Luke tapa as orelhas com um sorrisinho bem maroto.

Fico observando cada membro da família, apreciando a intimidade entre eles. É divertido. Encantador. Bem diferente da casa onde passei a infância.

– Ele está tendo algumas dificuldades com os patrocinadores, só isso – explico.

Cade grunhe, cortando cenouras.

– Quando é que ele não está encrencado?

– Espera aí. – O rosto de Beau se ilumina. – Você agora tem uma babá?

Rhett geme e deixa a cabeça cair no sofá.

– Eu também não gosto da minha babá, tio Rhett.

Luke dá tapinhas delicados nele, como se fizesse carinho num cachorro, e não consigo conter uma risada. Porque foi o que Rhett previu. Foi o que Harvey previu. Eles sabiam exatamente o que iria acontecer, e essa familiaridade é reconfortante para mim. Essa casa é um caos, e eu adoro isso. Estou eufórica, acompanhando a interação com um brilho nos olhos.

– Olha os modos, Lucas Eaton – diz Cade, puxando uma panela de baixo do fogão. – Responde, Rhett.

Rhett olha para Beau e diz:

– Você pode entrar em contato com meu agente para obter um comentário.

Beau solta uma risada e olha para mim, unindo as mãos à frente do corpo em súplica.

– Por favor, Summer, me dá essa alegria. Me diz que ele está de castigo, que ele é um homem de 32 anos que tem uma babá em tempo integral.

Contraio os lábios, empenhada em não deixar Rhett em uma situação constrangedora, por mais que eu deseje exatamente o contrário.

– Sou nova na firma. Este trabalho é para me dar alguma experiência fora do escritório.

– É. Ela me disse a mesma coisa – afirma Cade enquanto tempera um pedaço considerável de carne. – Acho que a Srta. Hamilton pode estar mentindo na cara dura.

– Olha os modos, papai! – grita Luke.

Harvey repreende o filho.

– Cade!

Tapo a boca para cobrir o sorriso. Quem foi criada por Kip Hamilton não perde o rebolado facilmente.

– Vou jantar na cidade, assim deixo vocês à vontade. Não quero incomodar.

Beau levanta a mão na mesma hora.

– Nem pensar, Summer. Você vai se sentar com a gente e contar tudo enquanto saboreia a famosa carne assada de Cade. Depois vou levar todo mundo para tomar uns drinques na cidade, no The Railspur, para você receber as boas-vindas de Chestnut Springs e conhecer meu amigo Jasper.

– Jasper está na cidade?

Harvey, que observava o neto com uma expressão divertida, vira bruscamente a cabeça para Beau.

E, assim, sou sugada para um jantar com comida caseira farta, provocações amigáveis e risadas confortáveis.

Até Rhett se anima, agora que não estamos mais sozinhos, mas ainda evita olhar para mim durante a refeição.

# 6

## Summer

**Willa:** Já estou com saudade dessa sua carinha. Está se divertindo, brincando de *Hell on Wheels*?

**Summer:** O quê?

**Willa:** Seu caubói. Eu pesquisei. Ele parece aquele cara gostoso de *Hell on Wheels*. Aquele de cabelo comprido, sabe? Sabia que filmaram essa série por aí?

**Willa:** Você devia dar pra ele.

**Summer:** Não.

**Willa:** Quer que eu imprima uma foto dele pra você pendurar na parede?

**Summer:** Não estou com nenhuma saudade de você.

Rhett e eu ficamos em completo silêncio no carro, o que é ótimo. Isso me dá a oportunidade de me familiarizar com tudo que vejo pela janela enquanto dirijo.

– Vira aqui.

Uma pequena curva nos leva a uma rua lateral sem saída, onde fica o The Railspur.

O pub não é o que eu esperava de uma cidade pequena. Na verdade, Chestnut Springs não é o que eu esperava de uma cidade pequena. Acho que meu pai e eu assistimos a muitos filmes antigos de faroeste, e estou percebendo que não passo de uma garota ignorante da cidade.

Porque Chestnut Springs é linda. A rua principal tem adoráveis calçadas de tijolos, postes de luz ornamentados com pequenas bandeiras da cidade, e os estabelecimentos comerciais mantiveram as fachadas históricas enquanto modernizavam ou complementavam o resto. Antigos edifícios de tijolos com arcos dramáticos ou charmosos toldos coloridos alinham-se em cada lado da rua Rosewood, a principal via da cidade.

E o pub também não é uma espelunca de cidade do interior. É mais no estilo... caubói chique.

– É uma antiga estação ferroviária? – pergunto, entrando no estacionamento que Rhett indicou silenciosamente.

– É.

– Imaginei – digo principalmente para mim mesma, pois Rhett só dá grunhidos e respostas monossilábicas até estacionarmos numa vaga não muito longe da entrada.

Ele grunhe de novo.

E eu me viro enquanto ele tira o cinto de segurança como se quisesse fugir dali o mais depressa possível.

– Você é sempre tão monossilábico assim? Ou é só comigo?

– Não preciso disso – murmura ele, batendo a porta do carona e indo para o bar.

Eu me recosto no assento e solto um suspiro frustrado.

Repito a pergunta que sempre faço.

*Se este fosse o último dia da minha vida, como eu gostaria de partir?*

Meus olhos se fecham e respiro fundo, como se isso fosse me dar mais paciência para lidar com o peão idiota designado para mim. Porque nos meus últimos momentos eu gostaria de me sentir feliz. Se eu sair deste carro e for atropelada, quero sair dessa vida me sentindo bem, e não chateada com um caubói de cabelos compridos, ombros largos e bunda redonda.

Não é assim que Summer Hamilton age.

Não hoje, pelo menos.

Então minha porta se abre.

– Você está tendo um AVC? – Rhett olha para mim, intrigado.

– O que você está fazendo? – pergunto, confusa. Achei que ele tivesse entrado no bar.

– Abrindo a porta para você. Agora desce logo.

Meus lábios se contraem, e dou uma risadinha imperceptível quando percebo que ele está tentando ser, ao mesmo tempo, cavalheiro e um idiota mal-humorado. Então saio da caminhonete, dando tapinhas no capô ao passar, em um silencioso pedido de desculpas, porque aquele imbecil bateu a porta dela com força demais.

Não nos olhamos enquanto caminhamos, mas ele toca suavemente meu ombro e gesticula, me conduzindo para o lado, ficando na posição mais próxima da rua.

Esse homem me deixa desnorteada.

Ele abre a porta do bar, agarrando um dos longos puxadores de latão que se estendem por quase todo o comprimento da estrutura de madeira. Assim que passo, Rhett se afasta sem dizer uma palavra, e fico admirando o interior do pub.

Lá dentro há um longo balcão que percorre toda a extensão do lado esquerdo da construção, e mesas altas pontilham a área principal. Mais atrás, vejo um espaço mais alto contendo uma mesa de sinuca, sofás de couro cor de vinho e uma lareira.

Rhett foi direto para o bar e foi cercado por alguns dos frequentadores. Há tapinhas nas costas e apertos de mão entre os homens, mas também certa tensão, e me pergunto o que as pessoas estão dizendo para ele.

Beau ia buscar um amigo e deve chegar um pouco depois, então decido passar por trás de Rhett e ver se consigo ouvir alguma coisa antes de ir para o banheiro feminino e ficar lá esperando pelas pessoas que realmente reconhecem a minha existência.

Ainda estou usando meu jeans skinny preferido, apertadíssimo, e blusa de renda. Até completei o look com botinhas fofas que têm um ar meio country. São de salto, mas tudo bem.

Você pode tirar a garota da cidade, mas a cidade não sai... e toda aquela baboseira.

Mesmo assim, acho que é evidente para os locais que não sou daqui, porque percebo alguns olhares enquanto caminho entre as mesas. Rhett chega a me olhar de relance quando me aproximo, mas logo volta a atenção para as outras pessoas, me ignorando completamente.

Encaro como um sinal óbvio de que ele não está nem um pouco a fim de falar comigo, então passo direto, sentindo o cheiro da colônia dele. Há uma nota de alcaçuz que eu não havia percebido, além de um cheiro de couro. Não sei se vem das botas, ou do cinto, ou se é apenas porque um homem tão rústico está destinado a ter um cheiro igualmente másculo.

De qualquer forma, é uma combinação inebriante que me faz respirar fundo ao passar por ele, por mais que isso seja meio esquisito da minha parte.

Não posso fazer nada.

Um homem aperta o ombro de Rhett.

– Nós conhecemos você, Rhett. Conhecemos sua família. O que a mídia diz não importa. Você é um bom garoto.

Quase bufo. *Garoto*. Talvez esse seja o problema. Todos ainda o mimam como se ele fosse um menino, em vez de lhe dizer para assumir a responsabilidade por suas ações. Ele deveria ser execrado pelo que disse? Não, mas também não precisa receber tantos tapinhas nas costas.

Os banheiros ficam logo depois do bar. Abro a porta e vejo muito mais mulheres do que eu esperava em uma noite de segunda-feira, todas se enfeitando sob as fortes luzes fluorescentes.

Dou o sorriso forçado que costumo dirigir a estranhos, em vez de apenas dizer oi. Sei que é uma expressão desagradável – e até um pouco assustadora –, mas continuo fazendo mesmo assim.

É um problema e não consigo parar.

Elas me olham com desconfiança, interrompendo a conversa, mas assim que me tranco na cabine, continuam como se eu nem estivesse ali.

– Viu Rhett Eaton no bar?

A pergunta da garota é recebida com um coro de gemidos e exclamações, como se ele fosse um caranguejo gigante numa tigela de manteiga ou algo igualmente apetitoso.

Outra se manifesta.

– Ninguém telefona para a Amber. Ela vai se despencar para cá e surtar quando ele voltar para casa com outra.

– Ela precisa superar.

– Precisa. – A primeira garota dá uma risada. – Tem que dar uma chance para o resto de nós.

– Para você? Não. Para mim. Eu não quero só uma vez. Eu daria um jeito de amarrar esse cara para sempre. Aliás, eles são todos a cara do pai. E Harvey Eaton é um papai bem gato.

– Vamos ver então quem ele vai escolher esta noite – A garota que diz isso está tentando parecer alegre, mas reconheço o toque venenoso em sua voz.

Elas dão risadinhas que só são abafadas porque estou fazendo xixi e esfregando o rosto, exausta.

Ainda é o primeiro dia e já preciso ajudar a manter o Rhett Júnior sob controle.

De volta ao bar, um bando de mulheres cerca Rhett e o conduz até uma mesa.

Estou parada em um canto, me preparando para ir até lá e fazê-lo me odiar ainda mais. Quebrei a cabeça tentando encontrar uma solução que não nos obrigasse a passar por nenhum constrangimento.

Se Kip estivesse aqui, ele iria até lá e o esporro comeria solto, com razão. Mas eu não sou Kip. Sou uma mulher de 25 anos que tem pouquíssima experiência no trabalho e está metida em algo muito além de sua capacidade.

O que meu pai estava pensando?

– Summer!

Sigo o som do meu nome, atravessando o mar agitado de mesas em direção aos sofás da parte de trás. Beau está lá, com um sorriso amigável e acenando para mim. A saída perfeita.

E eu aceito.

Opto por me sentar com ele e planejar em vez de improvisar. Meus saltos batucam no chão de madeira enquanto vou até Beau. Quando chego aos sofás, vejo seu amigo sentado com ele, de costas para o andar principal do bar. Só quando me aproximo da mesa baixa que os separa é que consigo dar uma boa olhada no outro homem. E mesmo com uma barba e um boné cobrindo o rosto, eu o reconheço.

Provavelmente todos no país o reconheceriam.

Jasper Gervais, jogador de hóquei profissional. Goleiro extraordinário. Sensação olímpica canadense. E outro dos clientes de meu pai cujo nome conheço por ter passado os últimos verões da minha vida cuidando de burocracia na Hamilton Elite.

– Summer, este é meu amigo Jasper.

Beau aponta o polegar na direção dele e se senta enquanto eu não consigo conter um sorriso idiota e estranho. Fico um pouco aliviada quando Jasper me devolve um sorriso psicopata semelhante.

– Oi, Jasper – digo, me acomodando no sofá ao lado de Beau.

– E aí? – solta ele.

Claramente não é do tipo falante, o que é bom para mim.

– Pedimos uma bebida para você. – Beau empurra para mim uma taça de vinho, cheia até a borda, fazendo uma careta. – Achei que você era do tipo que gosta de vinho branco.

Jasper ri e bebe a cerveja.

Reviro os olhos. Esses caras estão se divertindo demais com essas piadas sobre garotas da cidade. A pior parte é que eles não estão errados.

– Vinho e tequila. Mas hoje não me parece uma noite para tequila.

Os dois riem, e eu pego a taça de vinho, rezando para não derramar tudo.

Daqui tenho uma visão perfeita de Rhett, sentado em um banco junto de duas mesas redondas que foram unidas. Ele está sorrindo, gesticulando, e meus olhos se fixam nas veias de suas mãos, captando o brilho prateado em seu dedo. O anel que combina com a pulseira de prata em seu pulso.

Só mesmo Rhett Eaton poderia fazer joias como essas parecerem tão masculinas.

Ele dá a impressão de estar se divertindo, mas noto que tem algo errado. Seu rosto parece sereno e relaxado, mas os ombros estão tensos, assim como a mandíbula e os cantos dos olhos. Seu sorriso não chega a se abrir completamente.

– Você está tentando lançar algum tipo de maldição sobre meu irmão? – pergunta Beau, me observando.

Eu bufo e tomo um grande gole de vinho. O gosto é horrível, mas não me importo. Preciso de um pouco de coragem líquida.

– Não. Estou tentando descobrir como fazer meu trabalho sem que ele me odeie mais do que já odeia.

– Justo. Ele parece te odiar mesmo.

– Rhett? – pergunta Jasper, com uma sobrancelha arqueada.

Faço que sim, ainda concentrada no caubói no bar.

– Esse mesmo – responde Beau.

– Que nada – comenta Jasper, franzindo o nariz. – Esse cara não é capaz de odiar ninguém. Ele é legal com todo mundo.

*Será mesmo?* Essa é a pergunta que passa pela minha cabeça enquanto o observo sentado parecendo bastante desconfortável enquanto uma mulher massageia seus ombros com um olhar de puro fascínio.

– Você acha que ele vai ser legal comigo quando eu for até lá e disser que ele não pode levar todas aquelas garotas para a cama hoje à noite? Ou quando eu disser que ele bebeu demais?

Eu deveria ter impedido que ele saísse de casa. Penso em tudo que pode dar errado esta noite.

Jasper balança a cabeça, rindo, mas é Beau quem fala.

– Rhett não quer levar essas garotas para a cama. Ele só é simpático demais para pedir que o deixem em paz.

– Fato – resmunga Jasper com um sorriso, levando a garrafa de cerveja aos lábios.

– Se ele fosse idiota que nem o Jasper, estaria com a vida resolvida.

Jasper nem tenta corrigir a acusação do amigo.

– Não sei... – Franzo o nariz, analisando minhas opções.

– Tudo bem com vocês? – pergunta a atendente. – Vão querer outra rodada?

E então os olhos de Beau se iluminam como os de uma criança no Natal.

– Com certeza. – Ele tira uma nota de 20 dólares da carteira e a coloca no meio da mesa. – Vou te dar uma dessa para cada bebida ultrafeminina à base de leite que você entregar ao meu irmão.

Os olhos da jovem se arregalam. E os meus também.

Jasper cobre a boca com a mão e seus ombros estremecem.

– Coloca um daqueles guarda-chuvinhas também.

Beau ainda não terminou:

– E diz na frente de todo mundo que é um presente da futura esposa dele e que ela sabe que essa é a bebida preferida dele.

Encaro Beau, boquiaberta.

– O que você está fazendo?

– Irritando Rhett o suficiente para ele sair daquela mesa em dois segundos, como você queria.

Eu rio. Não é bem o plano que eu tinha em mente. *Homens.*

A garçonete morde o lábio, olhando para o dinheiro e abraçando a bandeja de plástico marrom contra o peito.

– Isso é alguma pegadinha comigo?

– Não, Bailey – responde Beau, num tom mais suave. – Não tem nada a ver com você. É só uma brincadeira inofensiva.

Ela revira os olhos, parecendo muito jovem neste momento, embora eu saiba que precisaria ter no mínimo 18 anos para trabalhar num bar.

– Está certo. Tudo bem.

Ela pega o dinheiro na mesa e sai depressa.

# 7

## *Rhett*

**Kip:** Falei hoje com o restante dos patrocinadores. Alguns estavam indecisos, mas a Wrangler e a Ariat ainda estão dentro... desde que você mantenha as coisas sob controle.

**Kip:** Olá? Vai me agradecer?

**Rhett:** Não.

**Kip:** Eu sei que você me ama.

**Rhett:** Amo coisa nenhuma. Você soltou um cão de ataque contra mim. Sua princesa é um pé no saco.

**Kip:** Bom. Seu saco anda mesmo precisando de um chute.

Estou contando para as pessoas sobre uma das minhas montarias mais recentes, algo de que realmente gosto de falar, quando um copo aparece à minha frente na mesa.

Meus olhos se voltam para a pequena Bailey Jansen, com suas bochechas rosadas, mordiscando o lábio.

– É um presente da sua futura esposa. – Eu inclino a cabeça ao ouvir isso. – Ela diz que sabe que é o seu favorito. – Bailey mal consegue pronunciar as palavras.

Olho para as pessoas na mesa comigo, fazendo um malabarismo mental, mas todos parecem tão confusos quanto eu. Os poucos homens estão dando risada, e as garotas variam de confusas a completamente furiosas.

Se alguma estivesse sorrindo para mim, eu saberia que era a dona do presente.

Ao dar uma boa olhada na bebida, fico ainda mais confuso.

– O que é isso?

– É... hum... um White Russian.

Franzo as sobrancelhas ao encarar aquele líquido leitoso, com fios de uma bebida escura despontando do fundo. *Que merda é essa?*

– Aproveite! – grita Bailey, e se afasta.

Se eu não soubesse que a garota era a única Jansen que prestava, acharia que aquilo tinha sido obra dela, mas tenho quase certeza de que alguém a induziu a fazer isso.

Meu primeiro palpite é Beau.

Dou uma olhada ao redor para ver onde ele está, enquanto Laura, uma garota que conheço por alto desde o ensino médio, tenta chamar um garçom como se a bebida leitosa com o guarda-chuvinha fosse uma afronta à minha masculinidade. Tem até a porcaria de uma cereja marrasquino por cima, rechonchuda e brilhante. Ela me faz lembrar da boca de Summer.

Eu a deixei de lado assim que chegamos ao bar e não quis nem saber. Não foi muito legal da minha parte. E com certeza não foi uma maneira educada de recebê-la na cidade. Eu giro no banco, tentando ver aonde ela foi parar.

Quando a localizo, ela está numa conversa animada com meu irmão e o amigo dele. Os três parecem descontraídos, alheios a essa gracinha aqui na minha mesa, então os tiro da minha lista de suspeitos. Mas meus olhos se demoram por lá. Summer está falando, e aqueles cretinos estão atentos a cada palavra, como se ela fosse a pessoa mais interessante do mundo.

E, verdade seja dita, se eu não estivesse tão irritado com toda essa história de babá, talvez gostasse de conversar com ela também. Summer parece ser uma pessoa interessante. Há algo intrigante nela. A aparência, o jeito de falar, sua confiança e coragem.

Summer Hamilton é uma combinação incomum.

– Com licença, Rhett *nunca* beberia algo assim.

Eu quase grito em protesto. Laura está falando como se me conhecesse, e isso me dá nos nervos.

Alguém prontamente recolhe a bebida e a substitui por uma garrafa de cerveja local, muito mais do meu agrado.

Poucos minutos depois, no entanto, Bailey está de volta, com ar de quem preferiria sair correndo pela porta a ter que encarar de novo a nossa mesa.

– Sua futura esposa enviou isto. Ela disse que sabe como você adora milk--shake de chocolate.

Bailey sai às pressas, me deixando com a bebida cremosa e amarronzada, servida em uma taça de martíni.

Com guarda-chuva e cereja, de novo.

Essas cerejas vão acabar comigo. De alguma forma, meu cérebro as associou ao batom que Summer usa, e a cor nem é tão parecida, mas ainda assim é para lá que meu pensamento vai.

E não só para lá. Penso, por exemplo, como aquela boca ficaria envolvendo o meu pau.

Quando olho para ela mais uma vez, seus grandes olhos castanhos se voltam na minha direção, mas Summer franze os lábios e se vira, como se tivesse visto algo desagradável em mim.

Alguns caras na mesa estão rindo de verdade.

– Eaton, pensei que você não gostasse de leite – deixa escapar um dos homens mais velhos, com um sorriso malicioso.

Pelo menos essas pessoas não me odeiam pelo que eu disse naquele vídeo idiota. E, como sempre, é bom receber a atenção delas. Eu dou de ombros e escolho ignorar o autor dessa brincadeira hilária.

– Isso é ridículo – chia Laura, esfregando minhas costas como se eu estivesse chateado.

Só que eu não sou de ficar chateado. Eu simplesmente me vingo. E quando descobrir quem está fazendo a gracinha de me enviar essas malditas bebidas cheias de leite, o jogo vai começar. Chamo Bailey de volta e falo:

– Bailey, querida, eu não quero isso.

Ela assente e pega a bebida na mesma hora, se afastando novamente.

Laura se aproxima, os lábios roçando minha orelha de uma forma que deveria ser sexy, mas eu me encolho de nervoso.

– Lamento que alguém esteja fazendo isso com você – sussurra ela. – Zombando de você assim. Está sendo uma semana difícil.

Laura não está errada, mas também não vai ser a responsável por melhorar nada. As coisas não vão mudar até que eu possa dispensar minha babá de uma vez por todas, mesmo que ela não esteja me seguindo como pensei que faria.

Não dou qualquer tipo de encorajamento a Laura, mas também não a afasto. Mesmo sem estar minimamente interessado, não quero ser rude. Então, inclino minha garrafa de cerveja na direção dela e depois dou um gole.

– Tudo bem. Já sou bem grandinho.

Ela sorri de forma sugestiva, lendo uma insinuação que não existe, e eu tomo outro gole, porque não era assim que eu pretendia que isso fosse interpretado.

Com uma piscadela, ela desliza a mão e brinca com as pontas do meu cabelo.

– Já ouvi dizer que é grandinho mesmo.

E é *por isso* que não fico mais com ninguém nesta cidade. Tive uma relação casual antes de aprender a lição. Você recebe um boquete de alguém em Chestnut Springs e no segundo seguinte descobre que está no jornal e que as mulheres estão no cabeleireiro planejando seu casamento. Não, melhor deixar essas coisas na estrada, aonde elas pertencem.

Quando venho para casa, quero privacidade.

Meus olhos se dirigem ao local onde meu irmão está sentado e, desta vez, me deparo com os três me encarando. Summer e Beau baixam a cabeça depressa e pegam suas bebidas.

Jasper dá um sorriso sob a aba do boné. O cara é quieto e não é de sorrir muito. Ele faz pausas pensativas e dá respostas monossilábicas. Isso até beber alguns copos. Dizem que os goleiros são uma raça diferente e, no caso de Jasper, isso é verdade. Nós crescemos com esse sujeito, então eu sei do que estou falando.

No momento estou me perguntando por que ele está me observando como o Gato Risonho de *Alice no País das Maravilhas*. Que merda é essa? Está me dando calafrios ver o sujeito arregalando ainda mais os olhos para a mesa à minha frente.

Eu me viro a tempo de ver Bailey se afastando. Desta vez, ela nem disse nada. Largou a bebida e se foi. A coitada não tem culpa.

– Isso aí é... – Laura parece ofendida, como se alguém tivesse acabado de xingar sua mãe.

A caneca de vidro transparente costuma ser usada para cafés especiais, mas o líquido no interior é completamente branco. E tem cobertura de chantilly.

E uma maldita cereja.

Quando toco na lateral, está morno. Não está quente. Morno, como se eu tivesse preparado um chocolate quente para Luke.

– Isso daí é leite morno? – A voz de Laura soa estridente, e ouço risadinhas ao redor da mesa, mas não ligo.

Desvio os olhos do chantilly que derrete nas laterais da caneca melecando tudo e olho para os sofás no fundo.

Jasper ainda me encara, mas dessa vez está tapando a boca, os ombros balançando, mal contendo as gargalhadas. Beau, como o bom sacana que é, está jogado no sofá como se tivesse feito a piada mais engraçada do mundo.

Alerta de spoiler: não tem graça nenhuma.

Acabei de perder um grande patrocínio por não gostar de leite, e esses idiotas estão me mandando *leite morno*. Quase estremeço só de pensar.

Mas Summer é quem realmente me dá nos nervos. Ela está sentada ali toda arrumada, toda presunçosa. Pernas cruzadas com sensualidade, segurando o martíni de chocolate ao leite que devolvi. Ela gesticula para mim em um silencioso "saúde" e então pega a cereja do topo e a envolve com os lábios.

Agora estou atravessando o bar. Avançando em direção a eles, achando a cena toda divertida e irritante ao mesmo tempo: esses traidores malditos se aliaram à mulher que eles sabem que eu não queria ali, para me pregar uma peça. Eles me conhecem desde sempre, mas parece que é do lado da forasteira que eles estão. Estou tendo uma reação um pouco exagerada a essa brincadeirinha idiota?

Talvez.

Sempre fui a piada da família. Aquele que é ridicularizado. Aquele que ninguém leva a sério.

– Rhett, você esqueceu seu leite quente – diz Jasper quando me aproximo.

Beau emite alguns grasnados enquanto tenta, em vão, não cair na gargalhada. Ele sempre foi o mais bobo, o mais alegre dos irmãos, o que é uma doideira, considerando que ele está na JTF2, a principal unidade de forças especiais do Canadá.

– Não, não, não. – Beau fica sem ar. – Ele veio atrás do White Russian.

Eu balanço a cabeça. Os cantos da minha boca se erguem, embora eu esteja me esforçando para manter o ar de seriedade.

– Vocês são uns otários.

Coloco as mãos nos quadris e ergo o olhar para o teto, onde está pendurado um lustre de latão, completando a decoração country sofisticada que o lugar assumiu depois que mudou de direção.

– Não devia falar com sua futura esposa nesse tom – dispara Jasper, bufando e soltando outra gargalhada.

A risada deles é contagiante, e estou tentando não deixar que ela me domine. Não quero achar graça, mas se existe alguém capaz de me fazer rir, esse alguém é Beau. E agora ele perdeu completamente as estribeiras.

Eu espio Summer. Seus olhos grandes e brilhantes pousados em mim são absolutamente desconcertantes. Ela faz de tudo para não rir, e eu faço de tudo para não ficar com tesão diante desses lábios deliciosos dela. Estamos travando uma batalha difícil.

– Foi ideia sua?

– Não. – Ela solta uma risada, finalmente perdendo a compostura, ruborizando um pouco. – Longe disso. Sou só uma inocente espectadora.

Eu a avalio com a sobrancelha arqueada, sem saber se acredito que ela não teve nada a ver com essa pegadinha ridícula. Ela parece se divertir com meu sofrimento, então não sei por que ficaria de fora.

Além disso, o fato de não conseguir parar de olhar para o rosto lindo dela está contribuindo bastante para a minha irritação, então de certa forma ela é culpada também.

– Olha só – interrompe Jasper com sua voz rouca, tomando um grande gole de cerveja. – Não implica com a Summer. O leite morno foi ideia *minha*. Faz muito tempo que não me divirto tanto.

Beau dá um tapa no joelho e chia.

– Você devia ter visto a sua cara!

Balanço a cabeça e solto uma risada que ressoa em meu peito.

– Você vai me pagar por isso – falo, mas meus olhos se dirigem novamente para Summer.

E então ela faz um meneio com a cabeça, as sombras dos cílios se espalhando pelas maçãs do rosto. Parece quase tímida, nem um pouco presunçosa.

Não era o que eu esperava.

Com um suspiro profundo, me viro e dou um chute na bota de Jasper.

– Chega pra lá, seu babaca.

Desabo ao lado de nosso amigo de infância e me sinto imediatamente mais à vontade do que na outra mesa, mesmo com minha babá de lábios exuberantes ao lado.

Puxo o White Russian à minha frente e dou um belo gole, jogando o braço sobre o encosto do sofá.

– Delicioso – anuncio, com um sorriso arrogante.

Beau volta a rir que nem um garotinho. *Idiota*. Reviro os olhos e então volto minha atenção para Summer, dando outro gole no desastre leitoso em minha mão. Agora ela está sorrindo para mim.

E, por mais que eu odeie admitir, gosto disso.

Achei que alguns drinques me dariam o alívio da dor necessário para dormir bem pela primeira vez desde que desmontei mal no fim de semana passado, mas me enganei.

Estou deitado aqui há duas horas e meia, tentando ficar confortável. E não consigo. Começo a me repreender por ter sofrido uma queda tão idiota. Faço isso há mais de uma década. O touro não me jogou no chão – isso não tem como evitar –, foi apenas uma aterrissagem estúpida.

E como estou realmente velho demais para essa profissão, não me recupero como antes. Tenho me esforçado bastante para não viver à base de analgésicos – afinal de contas, tenho apenas dois rins –, mas já venho engolindo comprimidos como se fossem balas durante a maior parte da vida. Antes eu simplesmente não ligava.

Esfrego o rosto, solto um gemido e rolo para fora da cama, estremecendo. As tábuas de madeira do piso estão frias sob meus pés enquanto vou até a porta e giro a maçaneta. No corredor, ando na ponta dos pés que nem uma criança.

Eu também me sinto uma criança, tentando não acordar meu pai. Eu realmente não imaginava que ainda estaria morando com ele nesta idade, mas não faz muito sentido manter minha própria casa quando passo a maior parte do ano na estrada.

Assim que me aposentar, vou construir uma, assim como meus irmãos fizeram.

*Assim que eu me aposentar.*

Isso é o que digo para mim mesmo. Isso é o que vivo adiando. Porque sem um touro para enfrentar todo fim de semana, não tenho ideia de quem vou ser. Ou do que vou fazer.

É uma perspectiva assustadora. Algo que fico feliz em continuar a ignorar.

Assim que desço a escada, volto a dar passos normais, indo direto para a cozinha, onde guardo os remédios bem no alto, para que meu sobrinho não possa colocar suas mãozinhas sujas e travessas neles.

Ao entrar na cozinha, paro de repente ao descobrir que ela não está vazia.

Summer está sentada à mesa tamanho família, rolando a tela do celular com um copo d'água à frente. A luz do aparelho reflete em seu rosto, capturando a expressão de surpresa quando ela percebe que estou parado à porta observando-a.

– Oi – diz ela com cautela, como se não tivesse certeza de como vou reagir à sua presença.

As coisas pareceram se acalmar entre nós no bar depois que demos boas gargalhadas. Não quero ser um babaca com Summer. Nada disso é culpa dela. Mesmo assim, tenho quase certeza de que me comporto como um babaca. Ela não precisa fazer qualquer esforço para me irritar.

– Ei. Tudo certo? – pergunto, a voz ressoando na cozinha silenciosa.

Isso que é o bom de estar em casa. O silêncio. Algo impossível em hotéis ou na cidade. Por aqui faz silêncio de verdade. É tranquilo de verdade.

Ela coloca o celular de lado e levanta o copo em minha direção.

– Excesso de bebidas açucaradas misturadas com a maior taça de vinho branco de todos os tempos. Obrigada por dirigir na volta.

Estalo a língua e abro o armário sobre a pia.

– O Railspur passou por uma plástica nos últimos anos. Mas ainda não é um lugar para tomar vinho chique.

Ela murmura, pensativa.

– Boa observação. Vou tomar leite morno da próxima vez.

– Você vai passar os próximos dois meses rindo da minha cara?

Sirvo um copo de água e volto para a mesa, ciente de seu olhar percorrendo meu corpo, coberto apenas por uma cueca boxer. Não estou acostumado a ter uma mulher na casa e precisar me cobrir.

Summer pressiona os lábios firmemente quando eu me sento, decidido a não ser um completo idiota e sair correndo daqui. Sua companhia não é das piores. Pelo menos ela não é a Laura, vindo para cima de mim como se fosse um urso atacando uma colmeia. Isso, sim, seria pior.

– Provavelmente. Costumo me comportar assim quando estou pouco à vontade.

Ela não sussurra nem baixa os olhos. Simplesmente mostra vulnerabilidade, como se fosse normal compartilhar esse tipo de coisa.

– Você está pouco à vontade?

Summer solta um suspiro prolongado e se deixa afundar na cadeira desgastada de espaldar de madeira. Só então percebo que ela está usando uma espécie de regata de seda e um short combinando. As peças são lilás e cintilam na luz fraca lançada pela lâmpada sobre o fogão.

– Claro que estou.

– Por quê? Você vive dando sorrisinhos e respostas rápidas. Conquista todo mundo.

Ela passa os dedos pelo longo cabelo sedoso, que reluz tanto quanto seu pijama. Noto uma cicatriz em seu peito, seguida pelo contorno de seus mamilos na parte superior. Não estão eriçados, mas vejo a ondulação, seu formato provocante. É quase mais atraente *imaginar* como eles são.

Eu ergo os olhos, mas eles acabam pousando nos lábios sorridentes dela, o que me lembra que Summer Hamilton me irrita muito.

– Você acha que estou adorando essa situação? – pergunta ela. – Ter que seguir alguém que claramente não me suporta enquanto tento fazer um trabalho totalmente novo e ao mesmo tempo não fazer com que essa pessoa me odeie ainda mais? Ah, sim. Que bela prova de fogo. Estou dentro. Divertidíssimo.

Levanto uma sobrancelha.

– As bebidas com leite ridículas foram uma excelente forma de me fazer gostar de você. Boa jogada. Aliar-se ao meu irmão babaca também foi uma ótima ideia.

Na verdade, talvez essa fosse a pior parte. Eu queria que ela ficasse do meu lado, não do lado de Beau. Todo mundo escolhe Beau porque ele é divertido, bonito e tal.

Summer faz uma careta e fecha os olhos com força, o primeiro sinal de frustração que vejo nela.

– Você ia preferir que eu marchasse até lá e me intrometesse? Que te constrangesse na frente de todo mundo?

Minha testa se franze quando engulo o comprimido.

– Por que você faria isso?

Ela me encara e diz com muita seriedade:

– Porque eu estava surtando, achando que não deveríamos ter saído de casa, pensando que não sou capaz de lidar com isso... ou com você.

– Eu não estava fazendo nada de errado.

Caramba, é tão grave assim querer tomar umas cervejas no bar perto da minha casa?

– Eu sei que você não estava fazendo nada de errado, mas eu tenho que manter o Rhett Júnior sob controle. E aquela garota estava pronta para levá-lo para casa e agasalhá-lo.

– Hein?

– Seu pinto. – Ela aponta para o meu colo. – Tem que ficar guardado até que tudo isso seja resolvido. Ordens do Kip. Sua reputação não aguentaria mais um baque. Você tem que parecer um sujeito de caráter.

– Eu *tenho* caráter. Gostar de sexo me faz ser uma pessoa ruim?

Ela estremece e rapidamente revira os olhos, como se não acreditasse no que está ouvindo.

– Não importa o que você é ou não é. Precisa ter uma aparência de bom moço, o que significa manter seu pinto dentro das calças. Não ponha as mãos em mais ninguém. Ganhe todas as provas que puder para que nós dois possamos deixar isso para trás.

Eu a encaro fixamente. Essa beldade recém-saída da faculdade de direito está me dizendo o que posso ou não posso fazer com meu pau? Quem ela acha que eu sou?

– Pelo amor de Deus, Rhett. – Ela se levanta e pega o telefone, apontando para mim. – Eu estou do seu lado, tenta entender isso. Eu não *quero* que isso aqui seja horrível. Eu não *quero* envergonhá-lo. A gente pode se dar bem, em vez de brigar o tempo todo. Podemos ser um time. Só depende de você. Use a cabeça.

Estou acostumado a levar bronca. Me meter em confusão não é nenhuma novidade para mim, e não vou me abalar e aceitar o que ela diz de cabeça baixa. E é por isso que eu pergunto:

– Qual delas?

Ela sai da cozinha, furiosa, o shortinho de seda mal cobrindo a bunda, e eu me pergunto se aquele seria o novo uniforme do "time".

Porque, se for, acho que vou querer entrar.

# 8

## Summer

**Pai:** Ele está sendo um cuzão?
**Summer:** Não.
**Pai:** Você me contaria se ele estivesse sendo?
**Summer:** Também não.
**Pai:** Summer, se precisar de reforços, é só me dizer. Posso enviar o Gabriel.
**Summer:** Esse nem é o nome dele. Além do mais, eu cresci perto de você. Sei lidar com cuzões.
**Summer:** Porra. Esquece que eu disse isso.
**Pai:** Já deletei.

Não dormi nada. Todas as respostas sagazes que eu gostaria de ter dado a Rhett ontem à noite passam pela minha cabeça como as chamadas no rodapé de um canal de notícias.

Ele me irritou num grau... Eu permiti que ele me irritasse e não deveria ter deixado. Fui embora com um ar de superioridade, embora minha vontade fosse dar um chute nele. Tudo bem que eu é que me machucaria, porque tudo em Rhett Eaton é duro, tonificado e rígido.

Ele não é todo musculosão, mas está em forma. Tem a constituição de um nadador: atlética e forte o suficiente para se garantir, mas nada exagerado.

E talvez seja por isso que estou agitada. É engraçado admirar um anúncio de revista com o Rhett adolescente usando calça jeans, mas não tem graça nenhuma vê-lo despido na vida adulta.

É frustrante demais. Preciso espairecer um pouco, e é por isso que estou vestindo minha calça legging favorita, top e camiseta larga. Uma pesquisa rápida na internet me mostrou uma opção de academia na cidade, e é para lá que estou indo.

Marcho pelo corredor, o rabo de cavalo balançando freneticamente, e entro na cozinha com a cabeça erguida, tentando não me lembrar de como a luz valorizou cada músculo do corpo de Rhett ontem à noite – as sombras do abdômen, a depressão na cavidade de seu pescoço, aquele V perfeito indo em direção à cabeça *de baixo*.

Caubói bobão.

E o pai do bobão já está sentado à mesa, tomando um café e lendo jornal.

– Bom dia. – Harvey sorri para mim. – Acordou com as galinhas, foi?

– Pois é. – Pego uma caneca e coloco um pouco de café, sem cerimônia, porque nesse momento só a cafeína vai me salvar. – Sempre acordo cedo.

– Eu também – diz ele.

Ao passar pela geladeira com o café na mão, vejo uma foto, presa por um ímã de cabeça de cavalo. Uma loira diminuta sorri para a câmera ao lado do cavalo preto mais reluzente que já vi. Ela está vestindo roupa de jóquei preta e dourada e o cavalo está com um cobertor de rosas no dorso.

– Quem é? – pergunto a Harvey, curiosa.

Na mesma hora ele abre um sorriso profundo e genuíno.

– Essa é minha garotinha. Violet. Ela é jóquei e campeã de corridas de cavalos. Mora perto de Vancouver com o marido e meus outros netos.

Puxo a cadeira na frente dele.

– Você deve ter muito orgulho dela.

Um brilho triste surge em seus olhos, mas ele o afasta rapidamente.

– Você não faz ideia.

Engulo em seco, sentindo que toquei num ponto delicado e que é melhor não forçar a barra, então mudo totalmente de assunto.

– Estou indo para a cidade conhecer a academia.

Ele assente.

– Bom para você. Aposto que quando voltar o Rhett ainda vai estar dormindo.

– Perfeito. Se ele se levantar antes, pode dar a ele um tranquilizante pra quando eu voltar?

– Ele já está dificultando sua vida?

– Não, de forma alguma. Ele é um amorzinho – brinco, dando uma piscadela para Harvey, e nós rimos, engatando uma conversa tranquila.

Faço uma torrada para mim e para Harvey, o que parece deixá-lo impressionado. Quando chegamos a uma pausa natural na conversa, eu lavo a louça e saio para a academia.

Durante a hora seguinte, malho até ficar encharcada de suor. Juro que estou cheirando a vinho barato, mas não me importo. Meu coração bombeia sangue pelo meu corpo e me sinto viva. Forte. A academia está em silêncio, e eu monopolizo um aparelho de agachamento até meus músculos queimarem e minhas pernas tremerem.

Quando entro de novo no Rancho Poço dos Desejos, me sinto substancialmente mais calma.

Respiro o ar fresco da manhã e ando até a casa ampla, admirando a paisagem pontilhada de branco e reluzente, efeito da geada na grama morta. Daqui a pouco ela não vai estar mais aqui, derretendo assim que o sol da pradaria ficar alto o suficiente no céu azul.

Quando volto para a cozinha em busca de outra xícara de café, Rhett está sentado à mesa, parecendo tão gelado quanto a grama.

– Bom dia – cumprimento, sorrindo ao notar a expressão mal-humorada dele, parecendo um adolescente emburrado com a cara enfiada no celular.

Ele grunhe. Nem tira os olhos da tela.

Já começamos o dia com o pé direito, ótimo.

– Que cara é essa de quem comeu e não gostou, Eaton? – pergunto, sem dar a mínima para aquele azedume, porque o café já está pronto, à minha espera.

Ah, as pequenas alegrias da vida...

– A única que eu tenho.

Eu bufo.

– Que pena, seu cereal tá com uma cara ótima.

Rhett rosna e joga o celular na mesa com tanta força que o aparelho desliza quase até a outra ponta.

– Eu sou uma piada para você, é isso? Acabei de perder outro patrocinador. Você acha engraçado ver tudo pelo que trabalhei nesses últimos 10 anos descendo pelo ralo?

Eu me viro e o observo. Obviamente não estamos trocando provocações mordazes nesta manhã. Ele está realmente chateado.

– Não acho a mínima graça.

Ele põe os cotovelos na mesa e apoia a cabeça nas mãos, a cabeleira tombando sobre o rosto como uma cortina que esconde qualquer que seja a expressão que está fazendo.

Eu suspiro e me aproximo, puxando a cadeira ao lado dele e me sentando. Rhett continua de cabeça baixa e, pelo ar que sai com força de suas narinas, está claramente experimentando alguma técnica de respiração profunda.

Minha caneca de barro bate na mesa quando estendo a mão livre em direção às costas largas dele. Hesito, minha mão parada sobre sua camiseta branca lisa, porque me pergunto se tocá-lo é realmente uma boa ideia.

É tipo enfiar a mão por um portão para fazer carinho em um cachorro desconhecido. Ele pode ser bonzinho e adorar. Ou pode te morder.

Mas sou uma pessoa empática. Gosto de cuidar dos outros. Percebo a decepção que emana de Rhett. Um abraço sempre faz com que eu me sinta melhor, mas não vou abraçá-lo, até porque tenho a impressão de que eu ia gostar mais disso do que seria recomendado. No entanto, um tapinha delicado nas costas nunca fez mal a ninguém.

Então, coloco a mão em seu ombro. Primeiro eu aperto, mas ele se encolhe e respira fundo, como se estivesse com dor.

Eu retiro a mão, mas ele não reage, sem fazer qualquer menção de se afastar de mim, então coloco a mão nas suas costas, um pouco mais para baixo dessa vez, passando das escápulas.

Movo a mão em um círculo suave, do jeito que meu pai fazia comigo quando eu tinha um dia difícil. Ele se sentava na cadeira ao lado da minha cama de hospital e massageava minhas costas por *horas*. E nunca reclamava.

– Eu fiquei mal quando era adolescente. Fiz uma cirurgia que deu errado – conto, baixinho, me permitindo pensar naquela época. – Fiquei muito tempo no hospital. Cheguei a pensar que nunca mais sairia de lá. Então, descobri uma nova maneira de enxergar as coisas. Você está interessado em ouvir as reflexões de uma adolescente eternamente otimista?

– Claro. – Sua voz é tensa, e ele pressiona as mãos na testa com ainda mais força.

– Se estes fossem seus últimos momentos na Terra, você partiria feliz?

Ele dá um suspiro entrecortado. Pigarreia.

– Não.

– Por quê? Você tem tanta coisa. Realizou tanta coisa. Ninguém tem uma vida perfeita.

Rhett se endireita na cadeira, os olhos cor de mel me examinando como se ele tivesse percebido que talvez eu não seja o demônio que ele imaginava.

– Já pesquisou meu nome no Google? É tudo... – ele solta uma risada triste – ... tão estúpido.

– É – concordo, assentindo e deixando a mão cair.

– Recebi um e-mail do seu pai sugerindo que a gente invente que eu estava brincando quando disse que odiava leite.

Eu me recosto na cadeira e pego minha caneca fumegante, me deleitando com o vapor. Se fosse possível respirar café, eu respiraria. Tenho certeza de que estou tentando fazer exatamente isso nesse momento.

– Você pode fazer algo assim.

– Mas eu não quero.

Eu inclino a cabeça.

– Por quê?

Ele levanta as mãos em frustração.

– Porque não é verdade! Eu odeio leite e pronto. E isso não deveria ser crime.

Deixo escapar uma risada muito curta, cerrando os lábios com força para conter um sorriso.

– Está vendo? Você está rindo de mim. – Ele passa a mão no queixo, na barba por fazer. – Você está fazendo isso desde o primeiro dia no escritório. Essa risadinha sarcástica.

Eu me sento mais ereta, e ele baixa o olhar de novo.

– Rhett.

Ele revira os olhos e evita fazer qualquer contato visual comigo, como uma criança birrenta. Eu me inclino para a frente e encosto o joelho no dele.

– Rhett.

Quando ele volta toda a sua atenção para mim, meu coração dispara no peito. Nenhum homem tem o direito de ser bonito assim. Os cílios escuros, o queixo quadrado.

Balanço a cabeça e recupero o foco.

– Eu não estava rindo de você. Eu estava rindo dessa situação. Sabe o que eu acho?

– Sei. Que eu sou um caubói burro.

Eu recuo, o rosto franzido.

– Não. Acho isso tudo tão descabido que não consigo deixar de achar graça. Quem se importa com o que você bebe ou deixa de beber? Estou rindo, ou sorrindo com desdém, ou o que quer que você pense, porque toda essa situação é tão ridícula e absurda que, se eu não rir disso, talvez seja melhor largar logo meu emprego e virar personal trainer.

Ele me encara, os olhos percorrendo meu rosto como se estivesse procurando uma prova de que estou brincando.

– Se eu pensar muito no assunto, vou ficar com raiva por você. E não quero ficar com raiva.

Ele olha para as mãos e gira o anel de prata no dedo antes de sussurrar:

– Tudo bem.

Meu Deus, ele realmente domina esse jeito de menino ferido e inseguro. Eu cutuco seu joelho novamente.

– Tudo bem – repito. – Você vai me dizer por que odeia tanto leite?

– Já tomou leite cru de fazenda? – pergunta ele.

– Não.

– Pois bem, é grosso, amarelo e gorduroso. Nós tínhamos uma vaca quando eu era criança, e meu pai nos obrigava a tomar um copo todos os dias. Tenho quase certeza de que isso beira o abuso infantil. Então, hoje em dia, a ideia de sentar e beber um copo inteiro... – Ele estremece. – O dia em que aquela vaca morreu foi o mais feliz da minha vida.

– Meu Deus! – Eu começo a rir. – Mas deve ter sido horrível passar por isso, eu admito.

– Fui devidamente traumatizado.

Ele me dá um sorriso suave, um sorriso genuíno que faz meu coração dar um salto.

Será que acabamos de ter um progresso? Estou achando que sim. Mas Rhett é bem imprevisível, então talvez eu esteja errada.

O que sei com certeza é que estou suada, fedida e descabelada, então me levanto, sem perceber como estou perto dele. Nossos joelhos roçam, e seus olhos se fixam no ponto de contato dos nossos corpos.

Respiro fundo e saio. Estou precisando muito de um banho, mas paro na porta, refletindo sobre a conversa que acabamos de ter. Quando me viro, vejo Rhett descendo os olhos pelo meu corpo, ávido, mas ele logo me encara. Minhas bochechas coram do mesmo jeito. Afinal, Rhett Eaton acabou de dar uma sacada na minha bunda com roupa de academia.

Deve ser por isso que minha voz sai mais rouca do que o normal.

– Não fica remoendo essas coisas. E não deixa o Kip intimidar você.

Ele contrai os lábios e assente. Então eu vou embora. Em direção ao banho.

Um banho frio.

# 9

## *Rhett*

**Summer:** Quer ir para a academia comigo? Vai ser bom para você. Não dá para você simplesmente ficar deitado sem fazer nada a semana toda.
**Rhett:** Você também é minha nova personal trainer?
**Summer:** Isso vai fazer você se sentir melhor por eu estar aqui?
**Rhett:** Talvez.
**Summer:** Bem, então eu sou o que você quiser que eu seja.
**Rhett:** É um perigo você dizer isso.

– Andei fazendo umas pesquisas sobre exercícios indicados para quem monta em touros.

Summer está esperando na porta do vestiário masculino, começando a falar no segundo em que saio lá de dentro.

– Tá – digo, quando passo por ela rumo à área de cárdio, prendendo o cabelo com um elástico.

Esteiras, bicicletas e aparelhos elípticos ficam de frente para a janela que dá para a rua Rosewood.

– Você malha muito? – diz Summer.

Ela me olha com curiosidade enquanto subo na bicicleta e enfio a garrafa de água no suporte. Esse exercício vai ajudar a alongar meu quadril, espero.

– Normal. Muita coisa específica de equilíbrio. Mas não nos últimos tempos. Às vezes é mais difícil manter a rotina na estrada.

Summer sobe na bicicleta ao meu lado.

– Também posso te ajudar com exercícios específicos para qualquer lesão que você possa ter. – Ela solta um adorável guincho ao tombar para a frente, no guidão da bicicleta. – Merda.

Olho para baixo e me obrigo a não sorrir. Summer estava tão ocupada conversando comigo que não percebeu que o assento da bicicleta era alto demais para alguém tão baixo e se desequilibrou ao se acomodar no selim.

Suas bochechas estão rosadas como se ela estivesse envergonhada. Tento me concentrar no fato de que a cena foi engraçadíssima, em vez de ficar babando pelo corpo dela, que fica maravilhoso com essas roupas justas. As peças abraçam as curvas de Summer de um jeito que chega a dar inveja.

– Devo perguntar se eles dispõem de bicicletas infantis que você possa utilizar?

– Muito engraçado. – Ela salta e olha para a bicicleta como se o aparelho tivesse cometido algum tipo de ofensa pessoal. – Eu odeio cárdio.

– Os aparelhos são complicados demais para você? – Pisco para ela, que faz uma careta quando salto da minha bicicleta e aponto para o assento alto demais. – Fica aqui do lado.

Ela cruza os braços.

– Sou perfeitamente capaz de ajustar o assento da minha própria bicicleta.

– Você quase me enganou, então – balbucio, girando a maçaneta para afrouxar o suporte e soltá-lo.

Ergo uma sobrancelha para ver se ela pretende se aproximar para que eu possa medir a altura do assento, mas ela continua parada, de cara feia. Calculo por alto, dou de ombros quando me parece bom o suficiente, volto para a bicicleta e inicio o programa de aquecimento.

Ela se aproxima da bicicleta e reajusta o assento. Para cima. Para baixo. E deixa exatamente no mesmo lugar em que eu havia colocado.

*Teimosa.*

– Ah, sim. Parece bem melhor – falo, bufando, mantendo os olhos grudados na rua à minha frente.

Não preciso olhar para ela para saber que está emburrada.

– Como eu disse, sou perfeitamente capaz de fazer isso sozinha. Especialmente se você decide ser um babaca condescendente. E se eu tivesse me machucado?

Balanço a cabeça e reprimo um sorriso.

– Está machucada, princesa?

– Não – resmunga ela, voltando a subir e começando a pedalar. – Mas você está.

– Não, não estou. Estou bem.

– Você mente muito mal.

Agora é ela que balança a cabeça para mim, mas não insiste no assunto. Em vez disso, coloca os fones de ouvido, baixa a cabeça e começa a pedalar, ignorando minha presença.

Ela pega pesado no treino, mais do que eu, até porque estou muito ocupado olhando de relance para ela e tentando disfarçar que estamos juntos. Tem muita gente da cidade na academia, e com certeza vão comentar que eu apareci aqui com uma garota. Não preciso dar mais motivos para fofoca.

Eu só não contava que o suor reluzindo em sua pele seria uma distração tão desconcertante, assim como seu peito subindo e descendo e as veias de seu pescoço pulsando.

É irritante. Não consigo parar de lançar olhares esquivos para ela, dolorosamente consciente da sua presença ao meu lado.

O mais chato de tudo, no entanto, é que ela não presta a menor atenção em mim. Vinte minutos depois, ela desce da bicicleta, limpa o assento e vai embora – me oferecendo uma gloriosa visão de sua bunda empinada – sem dizer uma única palavra para mim.

Tenho quase certeza de que Shirley, da recepção, percebe que estou secando a bunda de Summer com os olhos enquanto ela atravessa a academia em direção a um rack de agachamento. A mulher arqueia as sobrancelhas para mim e me dá um sorriso cúmplice, eliminando qualquer dúvida sobre o que ela viu ou deixou de ver.

Abaixo a cabeça e tento me concentrar no meu próprio treino, no meu próprio corpo. Faço um inventário físico de cada dor. Quanto mais me movo, melhor fica meu quadril. Eu sabia que alguns dias de descanso ajudariam, mas o ombro ainda não está bom, nem melhorando muito depressa.

No fundo, suspeito que seja algo mais grave do que uma simples distensão que levará alguns dias para se curar. Quando você já maltrata seu corpo há tantos anos, consegue saber a diferença.

Não quero admitir isso, porque, se eu aceitar, vou me sentir pior. Vou começar a questionar minhas escolhas, e não tenho condições de fazer isso.

Espio Summer de novo. Ela está sentada no chão com as costas apoiadas em um banco e uma longa barra apoiada nos quadris. Quando meu olhar chega até o final da barra, meus olhos se arregalam. A quantidade de anilhas que ela colocou parece, bem, quase impossível para uma mulher do seu tamanho.

Mas então seus quadris se erguem e ela levanta a barra com a força da... não sei dizer. Da bunda? Seu corpo está rígido, os lábios se abrindo em uma respiração ofegante.

É tudo apenas uma confirmação de que sou um safado.

Safado a ponto de abandonar a bicicleta e ir dar uma olhada mais de perto. Não preciso *gostar* de Summer para ficar impressionado com ela, certo?

– Como se chama esse? – pergunto, me aproximando.

– Elevação pélvica. Quer experimentar?

Eu?

Ela me olha de um jeito que faz meu pau se manifestar.

Summer aponta para a barra, e meu quadril tem espasmos só de olhar.

– Não, obrigado.

– É porque você está machucado?

Ela me dá um sorrisinho sarcástico. Acho que não consegui enganá-la.

– Não estou machucado – respondo, sentindo seu olhar correr pelo meu corpo como o suor que escorre por ele.

Ela apenas suspira.

– Tudo bem. Você não está machucado. Mas...

Ela tira a barra e dá impulso para ficar diante de mim. Observo uma gota de suor escorrer pelo seu peito, passando pelo vale entre os seios e indo direto para o top rosa-choque.

– Vamos imaginar que um peão de rodeio se machucou. – Summer arqueia a sobrancelha para mim. – Qual seria um tipo de lesão comum nesse caso?

Eu a observo, percebendo sua estratégia e tentando decidir se quero confiar nela o suficiente para continuar.

– Mãos e ombros – deixo escapar.

Ela assente, e olho para a barra que ela estava erguendo com o quadril.

– E, às vezes, quadris – complemento.

Ela bate o dedo nos lábios e suspira, pensativa.

– Então, esse suposto montador de touro provavelmente se beneficiaria de um treino específico para fortalecer o core, não? E talvez alguns alongamentos?

Sinto um pouco da minha tensão se dissipar, aliviado por isso não ter se transformado em uma bronca ou em uma conversa sobre minha imprudência. Com as mãos apoiadas nos quadris, faço que sim, meio rígido.

É o sinal de que ela precisa para me fazer malhar até meu abdômen queimar. Vinte minutos depois, ofegante, falo:

– Estou pedindo para sair.

Desabo no colchonete, absolutamente destruído pelo minúsculo furacão que acabou de tentar me assassinar com seu "treino específico".

Específico para me matar.

– Ok, vamos alongar – diz ela, jogando um colchonete no chão e se ajoelhando ao meu lado.

Vejo um leve sorriso surgir em seus lábios. Ela olha para mim, me avaliando.

– Por que você tá com essa cara alegre? Está até com aquele sorrisinho maligno – falo, ainda com dificuldade para normalizar a respiração... sem sucesso.

Ela apenas ri, pegando um longo rolo de espuma que tinha trazido antes.

– É um sorriso de satisfação. Foi divertido.

– Você gosta de torturar homens por diversão. Entendi.

Ela me dá um tapinha no ombro.

– Só os que merecem.

Eu solto uma risada. Porque provavelmente eu mereço mesmo.

– Tudo bem, senta. Vou colocar isso nas suas costas, e você vai se deitar um pouco. Abra os braços e estique o peito.

Ela me faz sentar antes mesmo de terminar a frase, e fico cara a cara com ela. Mais perto do que deveria estar, com os olhos grudados em seus lábios se movendo e no brilho dos dentes brancos.

Summer não tem ideia de como é desconcertante.

Quando chega perto de mim com o rolo de espuma, sinto aroma de cereja e um cheiro salgado de suor.

– ... e então você vai deixar que seus ombros relaxem no chão.

Perdi a maior parte da explicação, mas ela não percebe. Coloca a pequena mão no meio do meu peito e me pressiona contra o chão.

Penso no fedor de uma granja cheia de galinhas para não ficar de pau duro. E quando estou deitado, com a coluna apoiada no rolo, me obrigo a focar no conjunto de luzes acima de mim e no barulho dos aparelhos ao meu redor, e não na visão de Summer pairando sobre mim e murmurando "Isso, assim".

Ela faz uma contagem em voz baixa, e eu fecho meus olhos, tentando relaxar no rolo, entregando-me ao alongamento das costas e do peito. A dor vai diminuindo quando seu toque se desloca para a frente do meu ombro, pressionando-o suavemente para baixo, aprofundando o movimento.

– Que tal? – Há curiosidade na voz de Summer.

Eu olho para ela, observando a expressão séria em seu rosto e o cabelo úmido na base do pescoço, logo abaixo da orelha. Ela é realmente uma graça.

E toda a sua atenção está voltada para *mim*.

– Muito bom – respondo, com a voz rouca. Então me arrisco a olhar nos olhos dela e dizer um profundo: – Obrigado.

O rosto dela se ilumina, um sorriso suave e satisfeito tomando suas feições.

– De nada. Disponha.

E assim, de repente, acho que tenho meu primeiro crush na academia.

# 10

## *Summer*

**Pai:** Quantas entrevistas você marcou para este fim de semana?

**Summer:** Duas.

**Pai:** Legal. Precisa combinar com ele o que dizer. Ele está se recusando a dizer que foi brincadeira. No mínimo ele tem que parecer arrependido.

**Summer:** Por dar um soco em um cara ou por não gostar de certo tipo de bebida?

**Pai:** Pelas duas coisas. A gente podia fazer com que ele saísse e pedisse um copo de leite. E chamar alguém para tirar fotos.

**Summer:** Não. Não vamos fazer isso. Nem vem.

**Pai:** Por quê?

**Summer:** Porque ele não gosta leite.

– Como está o caubói gostoso? – pergunta Willa, parecendo um tanto distraída do outro lado da linha.

– Bem. Tudo bem – respondo, me atracando com minha bolsa de viagem de couro para conseguir fechá-la.

Achei que ela seria perfeita para nossas viagens de fim de semana, mas não sou uma mulher acostumada a levar pouca bagagem.

– Verdade? – Ela parece surpresa, e acho que, depois da nossa última conversa, isso faz sentido.

– Verdade. Acho que conseguimos estabelecer algum tipo de trégua no início desta semana. Passo os dias assim: malho todas as manhãs e depois faço preparativos de viagem e envio solicitações de entrevistas para as cidades aonde vamos. Acho que se eu conseguir selecionar mais matérias para o Rhett, elas podem ser mais favoráveis.

Resolvo não contar que ontem quase subi nele na academia. Que ele estava delicioso e que finalmente havia me tratado como se não me odiasse.

– Humm... E ele está se comportando?

– Wils, ele não é um cachorro que fica fazendo xixi no lugar errado. Passa a maior parte do tempo dormindo, lendo e ajudando o pai e os irmãos no rancho. Ele não é um idiota e não tem muito o que fazer por aqui, na verdade. Não vou ficar em cima dele desnecessariamente.

– Mas você deixaria ele ficar em cima de você? – murmura ela, maliciosa.

– Ok, foi ótimo conversar com você! Tchau!

– Santinha – murmura ela.

– Também te amo – digo, encerrando a ligação e focando na última seção do zíper da bolsa.

Quando finalmente percebo que a bolsa vai arrebentar se eu insistir, desisto e coloco tudo na mala rígida.

Arrasto minha mala pelo corredor e encontro Rhett na porta da frente, pronto para seguir rumo ao aeroporto. Ele leva a mão à boca para conter uma risadinha. Bom, acho que prefiro um risinho debochado a uma cara emburrada.

– Kip está escondido nessa mala aí?

Meus lábios se contraem.

– Cala a boca.

Ele não cala.

– Você sabe que vamos passar só quatro dias fora, não é?

Ele sorri para mim, e isso me deixa atordoada. Ele exala uma confiança viril e um charme bem-humorado.

E esse deve ter sido o sorriso mais sexy que alguém já me deu.

O assento de plástico da arena está fresco. Checo meus e-mails, todos lidos e respondidos – até mesmo as mensagens incessantes do meu pai perguntando como andam as coisas, o que estamos fazendo e se Rhett está mantendo as mãos longe de mim.

Essas partes me fazem revirar os olhos, porque mesmo que Rhett e eu tenhamos estabelecido uma relação amigável, ele nunca se interessaria por alguém como eu. Já deixou isso bem claro. E isso é bom, porque eu não suportaria ficar com o coração partido de novo.

Meu ex, Rob, juntou os pedaços do meu coração só para despedaçá-lo de novo depois. Eu adoraria dizer que o odeio. Eu *deveria* odiá-lo. Mas é difícil me livrar dele. Há algo extremamente íntimo em deixar alguém entrar no seu corpo daquela maneira.

Mas agora meu coração está ótimo. A não ser pelo fato de estar batendo forte enquanto observo o ringue de terra batida.

Tenho que admitir, é um espetáculo e tanto. As arquibancadas do grande estádio estão se enchendo com conversas alegres e risadas ao som de algumas músicas country vibrantes. Não é um rodeio qualquer, é um entretenimento completo. Grandes patrocinadores, muita coisa em jogo.

Muita coisa mesmo. Porque, de acordo com a pesquisa que fiz sobre o esporte, o risco de lesões graves é suficiente para acabar com as esperanças de muita gente. Estatisticamente, é um milagre que Rhett ainda esteja na ativa, na sua idade, sem ter sofrido uma lesão grave, embora eu desconfie que ele anda sentindo mais dores do que deixa transparecer. Os analgésicos, o corpo se encolhendo ao fazer alguns movimentos, ou mancando, igual a mim quando faço uma série longa de agachamentos na academia.

É óbvio que ele está sentindo dor.

Digo a mim mesma que é por isso que estou nervosa neste momento. O joelho que cruzei sobre a perna ainda está balançando quando desligo o celular, mas isso não me impede de batucar na tela também, ansiosa.

Quando as luzes se apagam, paro de respirar. Mas aí os holofotes se acendem e o locutor começa a falar sobre a disputa por pontos nas finais. Rhett está firme no primeiro lugar, alguém chamado Emmett Bush está em segundo e Theo Silva, o sujeito mais jovem naquele infame vídeo do leite, está em terceiro.

Mais cedo, Rhett me disse que tirou um bom touro, e quando perguntei o que isso significava, uma expressão levemente psicótica tomou conta de seu rosto e seus lábios se esticaram em um sorriso cheio de dentes.

– Quer dizer que ele vai querer me matar, princesa.

*Princesa.*

A garota de 15 anos que habita em mim desmaiou naquela hora, porque dessa vez o tom dele não foi nem um pouco pejorativo. A garota de 25 anos levantou um dedo para ele e disse:

– Não me venha com essa história de princesa, Eaton.

Ele riu e se dirigiu para os vestiários onde todos os peões se preparam, nem um pouco preocupado. E eu o deixei em paz. Embora Kip tenha me aconselhado a fazer o contrário, não vou invadir o camarim para segui-lo. Tudo tem limites, e esse é o meu.

Então, aqui estou eu, observando e mordiscando o lábio. A energia na arena é absolutamente contagiante. O cheiro de poeira e pipoca paira nas arquibancadas, e olho para a área com um portão na extremidade mais próxima do ringue.

Um touro marrom está na rampa. Consigo ouvi-lo bufando e ver alguns caras se aproximando das cercas de metal. Chapéus de caubói a torto e a direito. Bundas firmes em jeans apertados – realmente não tenho do que reclamar.

Principalmente quando avisto Rhett subindo no topo da cerca. Meu coração acelera. Sim, eu vi vídeos no YouTube, mas ao vivo é outra coisa.

Homens que são muito bons no que fazem me atraem demais. Cada passo é seguro. Experiente. Cheio de confiança. Suas perneiras de couro marrom, com manchas de uso, combinam com seus olhos.

A gola da camisa azul-escura roça em seu cabelo, que está preso em um rabo de cavalo curto, e os ombros largos despontam do colete que está usando, aqueles com acolchoamento para proteger o peão de quedas fortes, ou de cascos batendo, ou de chifres bem posicionados.

Ele parece muito frágil comparado com o touro enorme na rampa, como uma criança com uma espada de espuma prestes a lutar contra um cavaleiro de verdade.

Theo salta para cima do touro e depois olha para Rhett com um sorriso besta e dá uma piscadela. Eles riem e trocam soquinhos. Sinto um alívio por ainda não ser Rhett quem está assumindo a montaria. Estou tão ocupada observando seu corpo se equilibrar no alto da cerca que dou um pulo quando os portões se abrem e o touro avermelhado surge.

O focinho do animal mergulha em direção ao chão, e seus cascos se erguem bem alto, atrás da cabeça de Theo. Sua única proteção é um simples chapéu de caubói, e eu me sinto uma mãe superprotetora querendo correr até lá e mandá-lo colocar um capacete.

O touro gira em um círculo fechado, e meus olhos piscam para o cronômetro, chocada ao descobrir que os oito segundos estão quase acabando. Quando a campainha toca, os palhaços do rodeio correm para ajudá-lo a desmontar, mas ele salta e joga a mão para o alto antes de se virar e apontar para Rhett, que ainda está sentado na cerca, batendo palmas com força.

Parece orgulhoso do peão mais jovem, o que acho bem fofo.

– Está se sentindo bem, querida? – pergunta uma mulher ao meu lado.

Eu sorrio para ela.

– Estou bem. Só... nervosa.

– Dá para ver – Ela faz um sinal com a cabeça na direção das minhas mãos, que no momento estão agarradas ao tecido da saia. – Está com algum dos rapazes?

– Ah... – Rio, nervosa, sem querer dedurar Rhett para alguém que está usando uma camiseta da Federação Mundial da Montaria em Touros com a caveira de um touro com chifre longo. – Trabalho no setor comercial. É a primeira vez que venho a um rodeio.

– Agora a saia faz sentido – comenta ela com delicadeza, olhando para minha roupa.

Não me importo de parecer deslocada nos lugares. Eu gosto de usar saia. Depois de anos odiando o que eu via no espelho, usar roupas bonitas me faz bem. Então, eu uso. Mesmo que pareça elegante demais para algumas ocasiões.

Sorrio educadamente, mas quando ela bufa e faz uma careta, sigo seu olhar, cravado em Rhett, que no momento coloca na cabeça um capacete com grade enquanto um touro branco e preto trota para dentro da rampa. O portão se fecha atrás do animal, prendendo-o entre os painéis, algo que ele claramente odeia, pela forma como está investindo contra eles. Rhett se levanta na cerca, estremecendo.

Um nó se forma na minha garganta, mas Rhett só leva um segundo para pular nas costas da fera, como se aquilo não fosse aterrorizante.

Acho que só eu estou aterrorizada.

Rhett passa as mãos na corda à sua frente e, mesmo à distância, juro ter ouvido o som de sua luva de couro raspando nela. O aperto firme. A mão ondulando sobre ela.

É hipnótico. Reconfortante.

– Aquele cara acha que tem um deus na barriga – diz a mulher ao meu lado.

Seu comentário me faz endireitar a coluna e levantar o queixo em desafio. Sou a fã número um de Rhett? Não. Mas depois de passar uma semana com o sujeito, depois de testemunhar o esforço que ele faz para suportar tudo isso – a vulnerabilidade que ele expôs naquela manhã na cozinha –, meu instinto protetor está acionado e pronto para se manifestar.

Eu cerro a mandíbula e me viro, ignorando a mulher. Se estes fossem meus últimos momentos na Terra, preferiria passá-los aproveitando a emoção de ver Rhett montado no touro do que dizendo desaforos para uma superfã antipática.

Observo com fascínio como ele se segura no touro, com a outra mão apoiada na cerca. Por um instante, seus olhos se fecham, e o corpo fica estranhamente imóvel.

Então ele dá um aceno de cabeça.

E em seguida é como se voasse.

O portão se escancara, e o touro enlouquece. Eu tinha achado que o outro touro empinava com força, mas aquele ali é realmente assustador. Seu corpo chega a ficar suspenso no ar enquanto se retorce. A boca salivando, os olhos se revirando quando muda inesperadamente de direção. É uma visão chocante.

Isso me faz arquejar e levar a mão ao peito, com os nervos à flor da pele.

Rhett é poesia em movimento. Ele não luta contra o touro. É como se ele se tornasse uma extensão do animal. Uma das mãos para o alto, o corpo acompanhando o movimento com naturalidade, sem jamais perder o equilíbrio.

Verifico o relógio, achando essa montaria bem mais demorada que a anterior. Fico com medo de Rhett ser morto antes do soar da campainha.

As cores dos remendos que adornam seu colete se misturam, o som da multidão e do locutor se unindo num burburinho. Eu me inclino, engolindo em seco, o olhar se alternando entre o corpo tonificado de Rhett e o relógio, sugada pelo momento.

E quando a campainha finalmente soa, todo o barulho e movimento voltam, atordoantes, e Rhett puxa a mão.

Mas ele não se solta. Parece estar com dificuldades, e de repente me vejo de pé, observando tudo com o coração quase saindo pela boca.

Um caubói a cavalo galopa ao lado dele, e os dois se aproximam. Com um puxão forte, a mão de Rhett se liberta e o touro avança, o outro caubói colocando Rhett de volta em terra firme.

A voz do locutor crepita nos alto-falantes.

– Incríveis 93 pontos para Rhett Eaton esta noite, pessoal. Será uma pontuação difícil de bater e praticamente garante sua volta aqui amanhã à noite.

A multidão aplaude, mas com menos entusiasmo do que aplaudiu Theo. Na verdade, é quase silencioso. Rhett fica no meio do ringue, de cabeça baixa, com uma das mãos no tórax, protetora. Ele olha para a ponta de suas botas, um sorriso triste tocando seus lábios, e eu juro que sinto um aperto no peito ao olhar para ele.

Mais de uma década colocando a vida em risco para entreter essas pessoas e é isso que ele ganha?

Por isso, coloco dois dedos na boca e lanço mão da habilidade mais inútil que já aprendi. Uma habilidade que eu *domino*.

Assobio tão alto que é possível ouvir apesar de todo o burburinho. Tão alto que Rhett se vira na minha direção. E quando ele me vê no meio da multidão, sorrindo para ele, a tristeza em seu rosto desaparece, dando lugar à surpresa.

Nossos olhares se cruzam e, por um momento, examinamos as feições um do outro. Então, quase como se aquele momento nunca tivesse acontecido, ele balança a cabeça, ri baixinho e sai mancando do ringue, as franjas das perneiras balançando conforme ele avança.

Junto minhas coisas para encontrá-lo nos bastidores. Quero cumprimentá-lo. Ou fazer um sinal de joinha. Ou qualquer outro tipo de celebração igualmente profissional.

Mas não antes de me curvar para a mulher arrogante ao meu lado e dizer:

– Talvez ele tenha mesmo um rei na barriga.

# 11

## Rhett

**Kip:** Para de ficar pesquisando seu nome no Google. Isso é trabalho meu. Você só tem que vestir um jeans Wrangler e montar os touros.

**Rhett:** Esse é o pior conselho de pai que você já me deu.

**Kip:** É só fazer o que a Summer diz e vai ficar tudo bem. Não se estressa. Deixa isso com a gente.

**Rhett:** Para de ser legal comigo. É muito esquisito. E sua filha é um pé no saco.

**Kip:** Não seja bundão, Eaton.

**Rhett:** Melhor assim. Obrigado.

– Rhett!

Algumas garotas estão reunidas bem na saída do ringue, onde tiro meu capacete e coloco o chapéu de caubói marrom de volta na cabeça. Reconheço algumas. O resto... bem, eu reconheço o tipo.

– Foi incrível – diz uma delas, mordendo o lábio de uma forma bem provocante.

– Obrigado – respondo e continuo andando.

Não estou com vontade de parar para dar atenção a elas.

Pode parecer meio bobo, mas uma das coisas que me fazem adorar esse trabalho é receber atenção por ser bom. Isso me faz acreditar que tenho algo legal a oferecer, que as pessoas me admiram, e não simplesmente querem montar no meu pau para depois sair contando por aí.

Por mais próximo que eu seja do meu pai e dos meus irmãos, nenhum deles jamais levou meu trabalho a sério. Sempre tive a impressão de que eles achavam que eu fosse superar essa fase. Que fosse crescer. E eu odeio isso.

Cerro os dentes, andando pelos bastidores rumo a um dos vestiários. Uma onda de calor consome minhas bochechas. Uma das melhores montarias da minha vida e tudo que a multidão tem a me oferecer são algumas palmas educadas? Juro que pude sentir o desdém deles por mim.

Exceto Summer. Aquela mulher não se cansa de me surpreender. Não consigo entender muito bem qual é a dela. Achei que fosse só uma princesinha esnobe, mas todo dia ela me faz questionar essa avaliação.

– Rhett!

Levo um susto ao ouvir essa voz e estremeço quando a dor reverbera pelo meu ombro. Eu disse que não ia parar, mas vou abrir uma exceção para Summer.

Até porque não dá para evitá-la. Ela é implacável e é mesmo muito legal, o que faz com que eu me sinta um completo idiota por tratá-la mal.

Eu me viro, o corpo ainda rígido, e vejo sua silhueta minúscula caminhando em minha direção, um toque de cor em um mar de concreto, terra batida e painéis de cerca marrons. Ela combinou o suéter amarelo-escuro com uma saia esvoaçante com uma estampa floral e botas de salto alto. A jaqueta de couro e a bolsa estão penduradas no braço, e os saltos batem no concreto, chamando a atenção de todos ao redor.

Ela se comporta como se fosse da realeza, alheia aos olhares que recebe das pessoas daqui, principalmente das fãs de carteirinha que estão perto dos portões.

– Aquilo foi... – Seus olhos escuros se arregalam, brilhando como estrelas, e aqueles lábios de cereja se abrem sem palavras. – Foi simplesmente incrível. Acho que meu coração ainda está acelerado.

Sua empolgação com a minha montaria é verdadeira – nem um pouco forçada. A pele sob as sardas em seu nariz e bochechas é de um rosa suave, e ela parece sem fôlego.

Isso não deveria mexer comigo. Eu não deveria gostar da sua animação. Então, apenas digo:

– Bem-vinda ao lado selvagem, princesa.

Eu me viro para ir embora, louco para me livrar do colete pesado, que está me incomodando demais. Eu aceno para ela, mas o movimento faz a dor atingir meu pescoço.

Ouço o barulho dos saltos dela atrás de mim, e então sua mão desliza sobre meu cotovelo, dedos delicados me tocando quando ela se inclina e sussurra:

– Você piorou?

Eu solto um resmungo incompreensível, porque não quero que um monte de gente saiba que estou machucado. Só vai dar mais combustível para fofocas, e não estou me sentindo muito confiante.

– Vamos voltar para o hotel.

Quero sair daqui antes que algum médico da organização fique sabendo disso ou que alguém me convença a ir para alguma festa hoje à noite.

O toque dela é delicado, fazendo o tecido da minha camisa roçar minha pele e fazendo florescer um calor desconhecido que percorre meu corpo. Ela dá um aceno firme e se afasta.

Ao deixar a arena, nosso trajeto no carro alugado é silencioso, algo que não me incomoda muito. Continuamos em silêncio ao chegarmos ao hotel e cruzarmos o lobby.

No elevador, nos encostamos em paredes opostas. O alto-falante reproduz uma versão instrumental horrorosa daquela canção do *Titanic*, sério. Meus braços estão cruzados e os dela estão tensos, junto do corpo.

E nós nos encaramos. Na verdade, eu a encaro. Mas essa garota não recua, não fica nervosa. Ela apenas sustenta meu olhar. Sem dizer uma palavra. Como se pudesse ler meus pensamentos.

– Perdeu alguma coisa, Summer?

Ela não sorri.

– Se jogar no chão quando você já está lesionado é burrice. Você precisa se cuidar.

– Quem não monta não ganha – retruco.

Parece ríspido, mais ríspido do que eu pretendia, mas já tive essa conversa um milhão de vezes. Todos na minha família tentam me convencer a me aposentar. Eles não tiveram sucesso, e Summer também não vai ter.

– Como você está cuidando das suas lesões? Está fazendo alguma coisa?

Cruzo os braços com mais força e cerro a mandíbula.

– Você vai brincar de enfermeira também? Vai dar uma de Mary Poppins pra cima de mim?

Ela dá um suspiro profundo e deixa os ombros caírem.

– Você se lembra da parte em que ela sonhava em pegar uma daquelas crianças pelos braços e enfiar pela goela abaixo uma colher cheia de açúcar?

Lanço um olhar furioso para ela.

– Pois é, eu também não me lembro – murmura Summer.

Quando as portas se abrem, eu saio com muita raiva, deixando-a para trás. Vou para o quarto e entro no chuveiro escaldante ainda me sentindo um merda pela falta de educação. A culpa *quase* supera a dor de ter que tirar todas as minhas roupas com um ombro machucado.

Quase.

Saio do banho com uma toalha enrolada na cintura e estou servindo bourbon de uma garrafinha num copo de plástico quando ouço uma batida na porta.

– Não! – rosno em direção à porta.

Às vezes as fãs são implacáveis. Não seria a primeira vez que uma delas teria me seguido até o hotel. Mas eu não quero isso agora. E mesmo se quisesse, estou dolorido demais para fazer qualquer coisa. Não vou abrir essa porcaria de porta para ninguém.

– Sim! – rosna Summer, batendo novamente. – Abre agora.

Talvez eu abra uma exceção para Summer.

Suspiro e tomo um grande gole de uísque, a bebida queimando minha garganta enquanto avanço e abro a porta.

Summer me olha feio ao entrar no quarto – sem ser convidada –, indo até a mesa perto da janela que dá para o estacionamento. Ela coloca um saco plástico no tampo e começa a pegar pequenas caixas de remédios e pomadas.

– O que você pensa que está fazendo? – pergunto, tomando outro gole.

– Cuidando de você – murmura, abrindo um frasco de comprimidos com movimentos bruscos.

– Por quê?

– Porque você é burro demais para cuidar de si mesmo. Fui comprar umas coisas na farmácia para tentarmos dar um jeito em você.

– Eu não preciso da sua ajuda.

Ela solta um rosnado fofo, parecendo um gatinho zangado, e coloca as mãos na mesa, abaixando a cabeça e encarando a superfície envernizada.

– Alguém já disse que você é um grande babaca quando quer?

Eu rio, me deleitando ao ver a frustração dela vindo à tona. Nossas discussões me entretêm. Summer não ter medo de me enfrentar. Ela é espirituosa, e gosto disso.

– Não. Você é a primeira. Normalmente, dizem apenas que sou bem *grande*.

Ela dá uma risada baixa, mas não olha para mim.

– Ninguém vai ligar pro seu pau quando você estiver todo quebrado para comer alguém, Eaton. Agora vai se vestir.

Meu Deus. As barbaridades que saem desses lábios de cereja.

Levo de novo o copo à boca e observo Summer. Seu cabelo sedoso preso atrás das orelhas, as costas subindo e descendo sob o peso de respirações profundas.

Eu realmente devo irritá-la. E até que me divirto com isso. Também me divirto com a maneira como a palavra *pau* soa em seus lábios.

Quando ela volta sua atenção para mim, nossos olhares se encontram por um breve momento, e o dela desce pelo meu peito nu, pousando na toalha branca barata enrolada na minha cintura.

– Não fui clara?

Eu me resigno a fechar a cara, pegar a calça de moletom que deixei na cama e ir ao banheiro para me trocar. Quando volto para o quarto, ela já colocou praticamente uma farmácia inteira em cima da mesa.

– Camisa também, por favor – acrescenta ela, arrumando todas as embalagens.

Ignoro seu pedido. A verdade é que, no momento, acho que não consigo levantar os braços o suficiente para vestir uma camiseta.

– Por que você está fazendo isso?

– Porque é o meu trabalho.

Fico quieto, porque no fundo essa não é a resposta que eu esperava.

– Onde você tá machucado?

Meus olhos pousam nos lábios dela, franzidos numa expressão de desgosto. *Preciso de mais uísque.*

– No ombro.

Ela assente e pega um frasco.

– Você pode tomar um destes aqui a cada doze horas. E um destes – ela aponta para a mesa – a cada quatro. Mas, para começar, vamos dobrar a dose.

Ela põe um comprimido de cada na palma da mão e depois a estende para mim, erguendo a cabeça para me encarar.

– Toma.

– Por quê?

– Porque amanhã você vai montar num touro de um jeito ou de outro. Não faz sentido sofrer.

Ela balança a mão com os comprimidos, impaciente. Que criaturinha mais insistente!

Pego os comprimidos e os coloco na boca, sem tirar os olhos dela mesmo ao dar o último gole na bebida.

– Feliz?

– Ainda não. – Ela se afasta com um suspiro e pega duas pomadas na mesa. – Isso aqui é pomada de arnica. É homeopática, mas juro que funciona e que não tem um cheiro horrível. Também comprei uma pomada analgésica, que vai arder e abrir suas narinas. Não esfregue os olhos depois de usar. E quando voltarmos para casa, você vai procurar alguém para cuidar disso.

– Temos um médico na organização do evento. Estou bem, obrigado. Vou fazer fisioterapia assim que a temporada terminar.

– Então vai ao médico.

– Não.

Suas bochechas ficam coradas.

– Por quê?

Eu bufo, porque ela não está entendendo o xis da questão.

– Ele vai me falar para não montar mais. Todo mundo diz isso.

– Então não monte – diz Summer, com firmeza.

– Tenho que montar.

– Por quê?

Ela parece perplexa, como o restante das pessoas. Ninguém entende. A euforia, o vício, a emoção. Se parar, vou ter que descobrir quem eu sou sem essas coisas.

Dou alguns passos e me sento na beirada da cama.

– Porque só me sinto eu mesmo quando estou montado num touro – confesso. – A vida toda fui apenas um peão de rodeio.

A frustração dela dá lugar a um misto de dúvida e compreensão. Baixo os olhos para o copo de plástico, pequeno e frágil entre minhas mãos, e depois do que parece uma longa pausa, ela finalmente volta a falar.

– Tudo bem. Quando voltarmos para Chestnut Springs, que tal você me deixar marcar uma massagem ou uma consulta com um acupunturista? Podemos pelo menos controlar a dor com responsabilidade pelos próximos meses até você vencer?

Levanto a cabeça, as pontas do meu cabelo roçando meus ombros.

– Você acha que eu vou vencer?

De repente, me sinto como o garotinho que tanto quer atenção, que desejava que a mãe estivesse ali para vê-lo fazer algo impressionante. O encrenqueiro que não se importava de levar bronca porque isso pelo menos mostrava que alguém se importava com ele. Sendo um dos quatro filhos de um pai solo que dava duro para administrar um rancho, às vezes eu ficava esquecido no meio da confusão.

Ela solta um assobio e vai até a porta.

– Você é pura magia em cima de um touro. Claro que vai vencer. Agora passa a pomada e vai para a cama.

Meu peito se aquece ao ouvir isso e, de repente, não quero mais que ela vá embora.

Quero saber tudo que ela pensa de mim.

É uma bobagem enorme.

Eu pigarreio e balbucio o que estou tentando dizer desde que ela mencionou a pomada.

– Acho que não consigo levantar o braço para passar a pomada no ombro.

Já com a mão na maçaneta para abrir a porta e ir embora, ela para bruscamente, a saia balançando nos joelhos. Com um suspiro pesado, ela se vira para mim com uma expressão que não consigo decifrar muito bem. Algo entre irritação e tristeza. Então ela tira as botas e anda pelo quarto de meia, pegando na mesa as duas pomadas e engatinhando na cama até se ajoelhar atrás de mim.

– Qual dos ombros? – Sua voz está tensa, a respiração acariciando minhas costas nuas.

– O direito.

– Onde?

– Em todos os lugares.

– Meu Deus, Rhett – diz ela, estarrecida.

– Não ajudou muito ficar preso hoje.

Isso é horrível, porque dá para ver o desastre chegando em câmera lenta. É um pânico que se instala nas vísceras, dizendo que sua mão está realmente presa ali.

– Tudo bem. Antes de hoje, onde doía?

– Embaixo da escápula.

Os dedos dela pousam suavemente entre minha escápula e as costelas, e eu estremeço.

– Aqui?

– Deus do céu, que mão gelada é essa?

– Porque está congelando lá fora, e eu tive que sair para comprar tudo isso para você, seu besta.

Seus dedos pressionam os contornos da escápula, e a dor quase me desestabiliza.

– Cuidado aí. Seu pai me disse para manter as mãos longe de você.

– É, mas ele não me disse para manter as *minhas* mãos longe de você.

Um ruído baixo e estrangulado se aloja em minha garganta enquanto suas mãos percorrem minha pele. De alguma forma, essa simples frase saída dos lábios dela fez todo o meu sangue correr em uma única direção. E, de repente, as coisas parecem estranhas. Tranquilas demais. Íntimas demais.

– Obrigado – resmungo.

É bem mais fácil dizer isso sem olhar nos olhos dela.

Ela apoia a mão nas minhas costas e responde calmamente:

– De nada.

Eu a ouço espremer a pomada e esfregá-la entre as mãos, em seguida a espalhando pelo meu ombro, deslizando pela minha pele com tanta ternura que nem dói. Ela massageia suavemente, e eu deixo meus olhos se fecharem e meus ombros relaxarem, embora não tivesse percebido que estavam tão tensos.

Seus dedos pressionam cada músculo, indo até minha cintura, em direção à lombar, e subindo até o ombro novamente.

– Seus músculos são duros que nem pedra – murmura ela, com uma ponta de irritação na voz.

É. E tem outra coisa que também está dura que nem pedra.

Quando seus dedos viajam do ombro para o pescoço, solto um gemido.

– Seu pescoço também está doendo?

– Eu disse que tudo estava doendo.

Ela suspira e vai pegar outra pomada. Sinto o perfume mentolado no instante em que ela espreme o tubo.

– Seu pescoço está dolorido porque todos os músculos perto dele estão ferrados.

– É esse o diagnóstico médico? Músculos ferrados? – pergunto, e ela afasta meu cabelo para o lado.

Ela ri baixinho, mas no momento seguinte suas mãos estão no meu pescoço, os dedos descendo até a base do meu crânio, os polegares pressionando os pontos doloridos com força. E quando volto a gemer, é de prazer, não de dor. Eu me apoio nela como um cachorrinho que está recebendo um carinho atrás da orelha.

Detesto o médico da organização do evento, mas depois do Tratamento Summer vou passar a ter horror daquelas mãos ásperas e duras, quando posso ser cuidado por essas mãos tão cuidadosas e suaves.

Meu pau lateja entre minhas pernas, e me sinto grato por estar vestindo uma calça de moletom larga.

Pelo menos ela nunca vai saber.

Summer espalha o bálsamo em meus ombros, cobrindo áreas que ela já havia massageado. E, por um momento, eu me permito imaginar que ela realmente gosta disso. De se preocupar comigo. De cuidar de mim. De pôr as mãos em mim. Que não se trata apenas de um trabalho. Que ela não está só tentando provar seu valor num ramo que imagino ser terrivelmente competitivo.

Quando ela se afasta, pressiono os lábios para não pedir que ela continue.

Ela engole em seco e se arrasta para fora da cama, se endireitando ao meu lado.

– Não esquece de cobrir essa pomada com uma camiseta, para que a área fique bem protegida e aquecida.

– Tudo bem. Tá.

Olho para minha mala e me pergunto se vou ser capaz de levantar os braços a ponto de vestir uma camiseta e não urrar de dor.

Summer deve ter percebido minha expressão, porque ela dá um suspiro profundo e vai até a mala aberta, balançando a cabeça.

– Essa aqui está boa? – pergunta.

Ela se vira, segurando uma camiseta cinza muito gasta.

– Está, sim.

Coço a barba, um pouco constrangido por colocá-la nessa situação, mas também aliviado. Porque estou cansado. Cansado de sentir dor. Cansado de saber que meu corpo não está aguentando e de fingir que está tudo bem. É bom não precisar fingir na frente de alguém.

Ela volta para perto de mim, segurando a camiseta e oferecendo a manga direita primeiro, se posicionando entre minhas pernas. Em silêncio, levanto o braço o mínimo possível e o enfio na manga. Summer está muito perto, e fico inebriado ao sentir o cheiro dela. Cereja. Até o cheiro dela é de cereja. Depois que consigo colocar os dois braços na camiseta, ela se aproxima ainda mais, as pernas roçando na parte interna da minha coxa enquanto levanta a gola sobre a minha cabeça e puxa para baixo.

Tudo que consigo ouvir é o roçar do tecido e as nossas respirações.

A camiseta cai sobre meu corpo, e ela me dá um sorriso contido. Ela passa a mão no meu ombro, como se estivesse ajeitando a camiseta, e então se afasta de repente, quase como se não conseguisse fugir de mim rápido o suficiente.

Eu entendo. Tenho certeza de que vestir um marmanjo não era o que ela imaginava que faria ao entrar para a faculdade de direito.

– Obrigado, Summer. – Minha voz sai rouca na minha garganta seca.

– Tudo bem. É meu trabalho – responde ela, calçando as botas. – Você foi incrível hoje. Deveria estar orgulhoso.

Summer diz isso e sai, sem me olhar nos olhos, o que é ótimo, porque ela veria como me incomoda saber que tudo isso é apenas parte de seu trabalho.

Não consigo entender por que me incomoda, mas incomoda.

O pior é que ainda assim o incômodo não me impede de mancar até o banheiro assim que ela vai embora e me masturbar pensando em seus lábios de cereja.

12

# *Rhett*

**Beau:** E aí, tudo bem com a Summer?

**Rhett:** Está falando sério?

**Beau:** Estou. Você está sendo legal com ela?

**Rhett:** Por que tá todo mundo tão preocupado com a Summer?

**Beau:** Porque você é um babaca e ela é muito legal.

**Rhett:** Ah, sim. Com certeza você está interessado na personalidade dela.

**Beau:** Ela também parece muito inteligente, na verdade.

**Rhett:** Você terminou?

**Beau:** Também gosto muito de olhar para ela, então é isso. Ela é o pacote completo, entende?

**Rhett:** Por que você não vai encher o saco de outro?

**Beau:** Infelizmente não posso. Você está preso comigo para sempre. Vê se não morre hoje!

**Rhett:** E se essa fosse a última coisa que você dissesse para mim?

**Beau:** Então eu pensaria: o Rhett bem que podia ter ouvido meu conselho.

Estou sentado na beira da cama, esfregando a barba por fazer, quando ouço uma batida suave na porta.

Quando vou atender, percebo que, apesar de ainda estar cansado, não estou tão dolorido quanto antes. Mesmo assim, acordei de madrugada e precisei tomar mais comprimidos, os mesmos que Summer havia deixado separados para mim em uma fileira.

Vê-los arrumados assim me dá uma quentura no peito, uma sensação completamente nova para mim.

Sinto a mesma coisa ao abrir a porta e ver aquela pequena silhueta parada no corredor, embrulhada em uma jaqueta estofada segurando um copo de papel com o que presumo ser café.

– Bom dia – diz ela, estendendo o copo para mim.

Está um pouco abatida.

– Você está bem? – pergunto, segurando a porta aberta para que ela entre.

Summer suspira e passa por mim, indo direto até a mesa com os remédios que ela comprou e organizou.

– Estou, sim – responde, contando os comprimidos que deixou lá. – Como você está? Acordou mais cedo para tomar os remédios? Ou acabou de tomar? Precisa tomar agora o de 12 horas.

– Sim, chefa.

Eu me aproximo, rindo comigo mesmo da preocupação dela. Curto isso 100%.

Depois de pegar os comprimidos e o copo de água de ontem – ainda com gosto de uísque –, tomo o remédio e observo as olheiras profundas dela e a sofreguidão com que toma o café, como se precisasse dele para sobreviver.

– Você parece cansada.

Ela inclina a cabeça e me encara com um olhar de puro desdém.

– Obrigada. Você é encantador. Agora tira a camiseta e vai para a cama.

Franzo a testa, tentando decifrar o verdadeiro significado do que ela está dizendo.

– É uma atitude muito audaciosa de sua parte, Summer.

– Não testa a minha paciência de manhã, Eaton. Preciso de pelo menos três xícaras de café antes de poder lidar com essa sua versão adorável.

– Está tudo bem. Gosto de mulheres que sabem o que querem e simplesmente pedem.

Eu rio e vou para a cama, me sentando na beirada, no mesmo lugar de ontem.

– Alguém acordou de bom humor hoje – resmunga ela, trocando o copo de café pela bisnaga de pomada e depois a jogando na cama.

Não chega a perguntar nada. Simplesmente se posiciona entre minhas pernas e puxa a barra da minha camiseta para cima. Sem alarde, sem arquejos admirados ou respirações ofegantes, como algumas mulheres fizeram no passado. Direto ao ponto.

Ainda assim, noto que ela deixa o olhar passear pelo meu corpo discretamente. Em geral, Summer parece indiferente aos meus encantos, mas de vez em quando eu juro que sinto uma energia diferente entre nós.

– Como posso não estar de bom humor? Você acabou de me chamar de adorável.

Ela muda de posição ficando atrás das minhas costas.

– Guarde isso para as suas fãs, Rhett.

Quando suas mãos tocam minha pele, sinto que estão geladas. Eu dou um pulo.

– Credo, Summer! Você está congelando. Veio lá de fora?

– Não – responde ela, antes de começar a passar a pomada em meu ombro sem dizer nada.

– Como sabe das fãs? – pergunto, tentando falar sobre algo que impeça meu pau de fixar a atenção nas mãos de Summer deslizando pela minha pele.

– Eu pesquisei no Google antes de ir para o seu rancho.

– Ah. – Tensiono os lábios, me perguntando o que ela poderia ter lido sobre mim, sobre o esporte.

Ela massageia meus ombros como ontem à noite, mas não parece a mesma coisa à luz do dia. De alguma forma, é menos íntimo, embora não menos gentil. Tento não pensar por que ela acordou, tomou café e atravessou o corredor para cuidar de mim. Especialmente porque ela não *precisa* fazer isso.

– Por que você está tão gelada?

Ela suspira, passando o polegar em um grande nó.

– Meu quarto não estava aquecido.

– O quê?

– O aquecedor não estava funcionando. – Ela aponta para a grade de metal embaixo da janela.

– Então você dormiu no quarto gelado?

– Aham. Com meu casaco e cobertores. Mas foi tudo bem. Já sobrevivi a coisas piores.

Fico tenso, com o corpo retesado, menos focado em suas mãos e mais no fato de que, depois de passar a noite num quarto gelado, ela está aqui cuidando de mim.

– Precisam conseguir outro quarto para você. Já ligou para a recepção e pediu?

– Já. O hotel está lotado por causa do evento.

Eu me viro para ela, observando as sardas no seu narizinho.

– Então precisam consertar. Ou a gente troca de hotel.

Ela volta a suspirar, soando tão cansada quanto aparenta.

– Eu pensei nisso. Pine River não é grande. Tem poucos hotéis e todos estão lotados. Hoje ficaram de mandar alguém da manutenção para dar uma olhada.

– Esses babacas têm que resolver isso logo. – De repente, fico furioso por ela ter passado uma noite inteira congelando. Por achar que não poderia bater na minha porta e pedir ajuda. – Vou falar com eles.

– Ok, machão. – Ela ri. – Cala a boca e me deixa massagear suas costas. Está aquecendo minhas mãos.

E eu deixo, porque quando ela fala desse jeito, parece que está gostando de me tocar.

Passei o dia dando entrevistas e bancando o humilde quando me perguntavam sobre minhas opiniões e ações em relação ao episódio do leite.

Summer me fez praticar a expressão facial correta enquanto me alimentava com pequenos comprimidos, como se distribuísse balinhas.

Eu disse que não estava arrependido, e ela falou que às vezes precisamos fazer ou dizer coisas em que não acreditamos para deixar outras pessoas confortáveis. Passei o dia inteiro com esse comentário na minha cabeça.

Não sei se concordo.

Andamos pela feira anexa ao rodeio e, quando os fãs se aproximavam, ela se afastava. Estava sempre por perto... mas sem ficar no caminho. À medida que o dia passava, eu me sentia ainda mais cretino. Não era um bom sentimento.

Quase no final dos estandes, ela encontrou um artesão que fazia chaparreiras personalizadas, aquelas calças vazadas que caubóis usam, e experimentou um par. Elas eram de um couro preto bem escuro, com detalhes em marfim e ornamentos de prata. A bunda dela parecia uma maçã dentro da peça, e eu daria um braço para mordê-la.

Ela verificou o preço, e notei que estava hesitante, ponderando se deveria comprar. Conheço Summer há pouco tempo, mas já sei que ela gosta de coisas legais. Botas bonitas, saias bonitas, coisas de qualidade.

– Quer aprender a cavalgar, vaqueira? – provoquei.

– Eu já aprendi. – Ela sorri, com um olhar distante. – Já faz um tempo. Eu gostava muito, mas parei quando fiquei doente.

Summer devolveu a calça ao homem e seguiu rumo à multidão. Dou uma boa olhada naquela bunda perfeita – de novo – antes de alcançá-la, desejando que ela tivesse ficado ali para que eu pudesse fazer mais perguntas sobre seu passado.

Agora estou de volta ao vestiário com os outros peões, tentando me concentrar no esporte, embora meus pensamentos fiquem voltando para Summer.

Seus dedos afastando meu cabelo.

Sua respiração no meu pescoço.

Seus lábios franzidos em desaprovação.

Seu corpo com aquela maldita calça jeans e com as chaparreiras.

– Quem é a gostosa da vez, Eaton? – pergunta Emmett, do banco onde está descansando, do outro lado da sala.

Não odeio Emmett, mas também não gosto dele, é nem é porque estou sentindo o bafo dele no meu cangote, quase me alcançando na classificação desta temporada.

Ele finge ser um bom rapaz, com aquele cabelinho loiro bem cortado e os grandes olhos azuis que fazem as meninas perderem a cabeça, mas é um sujeito desprezível, algo que elas descobrem rápido. Depois que consegue o que quer, Emmett não dá a mínima para as garotas, tratando todas como lixo.

Em geral, prefiro sexo sem compromisso. É menos complicado. Não tenho nada contra ficar com uma fã de vez em quando, mas não sou um babaca desrespeitoso, simples assim. A diferença entre mim e Emmett é que eu gosto das mulheres... no caso dele, já não tenho tanta certeza. Eu não ia querer que minha irmã ficasse presa com ele em um elevador. De jeito nenhum.

Também sei que ele está se divertindo com esse escândalo envolvendo meu nome. Para Emmett, é só uma oportunidade, e não algo ruim que aconteceu com um amigo ou colega.

Pois é, eu não confio nesse filho da mãe e estou louco para derrubá-lo, o que, considerando o estado atual do meu ombro, talvez não seja tão fácil.

– Ela não é a gostosa da vez – respondo, com um tom mais agressivo do que pretendia, colocando bandagens nas mãos sem me dar ao trabalho de olhar para ele.

Ele ri, como se soubesse que tocou num ponto sensível que eu nem sabia que existia.

– Então está na roda?

– Ela é minha agente. Então, não. Não está na roda.

Emmett apoia uma bota sobre o joelho, sabendo que conquistou a atenção dos outros caras.

– Achei que seu agente fosse o Kip Hamilton.

– E é. Ela é filha dele.

– Aí, garoto! – Ele dá um tapa no joelho e ri, seu sotaque caipira realmente a todo vapor. – Então ela não está na roda para *você*. Mas está na roda para mim.

Eu solto um grunhido em resposta. Tenho certeza de que Summer conseguiria lidar com esse idiota sem minha ajuda, mas não gosto de pensar no assunto. De jeito nenhum.

– Ignora ele. – Theo me dá uma cotovelada e murmura: – Você sabe que ele está tentando te desestabilizar.

– Para um bebê, até que você é bem inteligente, Theo.

Ele sorri e me dá uma cotovelada um pouco mais forte. Seu pai, um peão de rodeio brasileiro superfamoso, foi meu mentor, até que um touro o tirou de nós. Então, coloquei Theo sob minha proteção e faço questão de vibrar com o seu sucesso e dar a ele todo o apoio que seu velho me deu no passado.

– Pronto, vovô?

Ele tira os fones de ouvido e para na minha frente, me puxando para cima, e lá vamos nós, andando pelos bastidores em direção ao barulho da multidão e às luzes cintilantes do ringue.

Peguei outro bom touro hoje à noite. Um verdadeiro saltador. Um girador cruel. Ou ele vai me jogar no chão que nem um saco de batatas ou me proporcionar a melhor montaria da minha vida. Later Gator é exatamente esse tipo de touro. Já montei nele antes, e o bicho odiou, mas minha pontuação foi ótima. Então espero que ele odeie sentir minhas esporas contra suas costelas novamente esta noite, porque, depois dessa conversa, com certeza que não quero que Emmett Bush me ultrapasse na classificação.

As pessoas me cumprimentam, mas estou muito focado. Isso sempre acontece comigo antes de entrar na arena. Parece que o mundo fica em suspenso e não ouço mais nada. Não vejo mais nada. Minha atenção se fixa em apenas uma coisa, e adoro essa sensação.

Peões entram e saem da arena. A vibração e a cor da multidão se tornam um pano de fundo para mim e para o que estou prestes a fazer.

Eu sei que um touro pode me matar? Claro. Mas tento não pensar nisso. Nesse esporte é preciso ter nervos de aço. Se eu achar que vou morrer toda vez que competir, não vai dar certo. Eu sempre disse a mim mesmo que quando olhar para um touro e sentir medo em vez de expectativa, é aí que vou saber que é hora de parar de vez.

Então, exagero na arrogância. Na confiança. No sorriso despreocupado. É uma máscara destinada tanto aos fãs e competidores quanto a mim.

Quando chamam meu nome, coloco meu protetor bucal e troco meu chapéu marrom favorito pelo capacete preto para subir a cerca enquanto Later Gator desce pela rampa.

Meu ombro está dolorido, muito dolorido, mas não como estava antes de Summer cuidar dele. Ela nem tentou me impedir de montar esta noite, algo que aprecio mais do que ela imagina.

Meu olhar se volta para a arquibancada, para onde Summer estava ontem à noite. Ela está exatamente no mesmo lugar. Sinto um calor no peito ao observá-la, inclinada para a frente no assento, os cotovelos apoiados nos joelhos, as mãos esparramadas no rosto. Ela parece *nervosa*. Não porque acha que vou me machucar, mas porque está torcendo por mim, como quando seu time de futebol favorito está numa disputa de pênaltis pela vitória.

Summer parece *envolvida*.

E isso me faz sorrir para o touro vibrante de 900 quilos embaixo de mim.

Em poucos instantes, pulo e esfrego a corda, a resina aquecendo e amolecendo quando faço isso, para que eu possa enrolá-la do jeito que gosto.

Vai ser uma boa montaria. Às vezes tenho esse pressentimento e me agarro a ele, deixando que penetre em cada osso.

Theo me diz algo, mas não consigo ouvir direito. Ele bate no meu ombro e eu me preparo, encontrando meu centro de equilíbrio. Nem noto a dor.

Então faço o sinal.

E o portão se abre.

O touro furioso na mesma hora dá um giro pela direita, jogando terra no meu colete. Eu encontro meu equilíbrio, afastando-me do buraco que ele cria naquela curva. Não quero cair ali.

Oito segundos parecem durar uma eternidade quando tudo o que se quer fazer é permanecer montado, com o braço no formato de um L perfeito. Por causa do meu tamanho, minha postura precisa ser absolutamente exemplar para que todos os ângulos funcionem a meu favor. E é o que sempre acontece. Sou uma anomalia.

Mantenho o queixo encostado no peito, porque sei que esse filho da mãe vai virar para a esquerda em algum momento.

E eu sei que vai doer.

Algumas respirações depois, é isso que acontece. Ele salta no ar, girando como o atleta que é antes de cair e virar. Meu ombro grita, e me concentro em manter os dedos firmes na corda e o cotovelo bem apertado contra as costelas. É tudo que posso fazer no momento.

Meu corpo se revolta, mas eu o obrigo a ficar em posição, xingando baixinho enquanto o touro continua sua jornada de destruição.

A campainha toca, e sou tomado pelo alívio.

No passado eu sentia que poderia ficar para sempre nas costas de um touro furioso como esse, mas ultimamente, assim que a campainha toca, eu quero sair. Uma pequena parte de mim sabe que minhas chances de vitória diminuem toda vez que subo em um touro. Depois de todo esse tempo, algo tem que dar errado.

Ninguém pode ter tanta sorte.

Esta noite, minha mão se solta e eu pulo, caindo de pé. Os palhaços de rodeio assumem o controle e Later Gator os persegue em direção ao portão externo enquanto eu corro para a cerca lateral.

Ficar de pé e comemorar no meio do ringue sempre parece muito cinematográfico – até você ver alguns desavisados sendo pegos pelas costas por um touro que volta segundos depois.

Na segurança dos bastidores, meus olhos vão direto para o lugar onde Summer estava sentada. Pela segunda noite consecutiva, ela está de pé, assobiando como louca e vibrando como uma verdadeira fã de esportes. Isso me faz rir. Quando ela me vê, faz um tímido sinal de positivo com o polegar, seguido de um sorriso discreto.

E, nossa, como isso é bom.

Porque isso – aquilo ali – não faz parte das atribuições do seu cargo.

# 13

## Summer

**Pai:** Como foram as entrevistas?

**Summer:** Bem.

**Pai:** Só isso? Ele se comportou bem?

**Summer:** Ele deu excelentes entrevistas. A imagem do profissionalismo. Ao contrário de você, que fala como se ele fosse um cachorro.

**Pai:** Está reprendendo seu chefe?

**Summer:** Não. Estou reprendendo meu pai. A não ser que você ainda não tenha descoberto o nome do seu novo funcionário. Aí talvez eu reprenda meu chefe.

**Pai:** Tadinho do Geronimo.

Estou animada demais para alguém que só deveria estar fazendo seu trabalho. Ver Rhett montar um touro me faz sentir uma emoção que nunca experimentei. É a demonstração suprema da masculinidade: um homem insano o suficiente para subir em um animal que quer matá-lo, forte o suficiente para permanecer montado e talentoso o suficiente para continuar gato enquanto faz isso.

Tenho certeza de que o latejar entre minhas pernas significa que acabo de me transformar em uma maria-breteira, uma caça-peão, uma tarada por caubóis.

Eu rio sozinha ao pensar nisso. Desço as arquibancadas em direção à área de bastidores, mostrando minha credencial para o segurança.

Estou animada com a vitória de Rhett, mas também preocupada com a lesão no ombro dele. Em vez de montar, ele deveria estar recebendo cuidados médicos, ou a dor só vai piorar. Mas meu trabalho não é me preocupar com a saúde de Rhett.

Meu trabalho é ajudá-lo a recuperar sua imagem. Cuidar dele.

Ou pelo menos é o que continuo dizendo a mim mesma, embora tenha certeza de que Kip nunca acompanhou nenhum de seus atletas em viagens de trabalho nem passou a noite fazendo massagem em seus ombros musculosos.

– Ei, boneca.

Um caubói com cara de Ken-Barbie está encostado na parede quando viro a esquina.

Ele estende a mão para segurar meu braço de um jeito que não aprecio, mas desvio, evitando seu toque.

– O nome é Summer – falo, com um sorriso forçado.

O cara abre um sorrisinho, mas seu olhar é duro. Bem nessa hora uma luva de couro envolve meu cotovelo, e no instante seguinte ouço um profundo e rouco:

– Ei.

Rhett não precisa me puxar com força. Meu corpo se move em direção a ele naturalmente, como manteiga derretendo na torrada quente.

Dou as costas para o outro peão e encaro o rosto áspero e com barba por fazer de Rhett. *Droga*. Ele é muito gostoso. Tenho me esforçado bastante para não admitir isso, mas, de vez em quando, só um vislumbre dele já me deixa com as pernas bambas.

Seu cabelo está solto, e ele ainda está usando o colete coberto de logotipos dos patrocinadores por cima de uma camisa de botão. Dessa vez, uma cinza-clara, aberta o suficiente para deixar à mostra os pelos do peito sarado, como pude comprovar ontem à noite.

Engulo, tentando fazer algum som sair da minha boca subitamente seca.

– Eu nem sei qual foi a sua pontuação – deixo escapar, me sentindo ridícula. – Mas você foi incrível.

Seus olhos cor de uísque, cheios de raiva quando estavam voltados para o outro cara, se tornam calorosos e brilhantes.

*Para mim.*

– Sério?

– Sério! – Dou um passo para trás, precisando me afastar um pouco do calor tentador de seu corpo. – Você... – Gesticulo que nem uma doida, procurando as palavras apropriadas para dizer a ele. – Você botou aquele touro pra correr.

Rhett joga a cabeça para trás, tomado por uma risada profunda e sincera. Seu pomo de adão se mexe, e seus dedos dão um aperto familiar em meu cotovelo.

– Você deveria fazer com que colocassem essa frase em um anúncio sobre ele – diz Theo Silva, surgindo ao nosso lado, sorrindo.

Ele é bonito e tal, mas perto de Rhett parece um bebê.

Ele afasta as mãos no ar, como se estivesse imaginando uma manchete de jornal.

– "Velho pra caramba, mas ainda sabe botar um touro pra correr."

– Seu merdinha.

Rhett dá um soquinho de brincadeira no ombro de Theo. Os dois riem.

Então o homem loiro desagradável ali perto acrescenta, já se afastando:

– Ao contrário do que faz com todas as fãs do circuito.

E é neste exato momento que me afasto de Rhett. Porque esse outro caubói pode ser um idiota, mas não está errado. Rhett tem uma reputação de cafajeste, e eu tenho o péssimo hábito de ser magoada por homens que deveriam ficar bem longe de mim.

Nosso caminho até o hotel é tranquilo. Quase tenso.

No rodeio, as coisas pareciam naturais. Eu estava rindo, ele estava rindo, suas mãos estavam em mim e o amigo zombava dele. Rhett parecia ele mesmo.

E então aquele comentário sarcástico nos trouxe de volta à realidade. Porque estou aqui trabalhando e ele é o trabalho. Preciso sempre me lembrar disso.

Desta vez, no elevador, não nos encaramos. Pelo menos, eu não o encaro. Em vez disso, fico muito concentrada estudando minhas botas e mexendo os dedos dos pés.

Posso sentir seu olhar, mas resisto, mantendo a cabeça baixa. Porque quando levantei o polegar para ele e ele sorriu para mim, senti um frio na barriga que se espalhou por todo o meu corpo. Da mesma forma que costumava acontecer quando Rob piscava para mim, e não posso deixar isso acontecer de novo.

– Consertaram o aquecedor do seu quarto?

Mais cedo, ao abrir um sorriso para a recepcionista do hotel e falar do aquecedor do meu quarto, a única coisa que ele conseguiu foi um papelzinho com o número de telefone dela, que a mulher deslizou discretamente sobre o balcão. Com certeza ela mal prestou atenção ao que ele estava dizendo.

Quando estávamos longe o bastante da recepção para que a mulher não nos ouvisse, fiz uma piada sobre a situação, mas Rhett casualmente jogou o papel com o telefone numa lixeira do lobby.

– Não sei. Ainda não voltei para o quarto – respondo, ainda no elevador.

Quando ergo a cabeça, ele desvia o olhar e assente.

– Como está seu ombro? – digo, percebendo que ainda não tinha perguntado.

– Não piorou.

– Bom. – Umedeço os lábios. – Isso é bom.

– Olha, sobre o que o Emmett disse...

Ele hesita, e eu levanto a mão.

– Você não precisa me explicar nada.

– Eu acho que preciso, sim. Não sou mais daquele jeito – afirma Rhett, parecendo quase desesperado.

– Sério, está tudo bem.

Só de falar com ele sobre outras mulheres sinto um nó excruciante se formar na minha garganta. Ajeito os ombros, ficando mais ereta. Não vou me retrair.

– Eu já aprontei muito, mas boa parte do que você vê na mídia é puro exagero – diz ele. – Eu não sou nenhum escroto.

– Rhett. – Não sei por que ele precisa continuar falando sobre esse assunto. – Eu sei. Eu sei.

– Como você sabe?

– Porque estou grudada em você há dias e você não fez nada que me fizesse pensar isso de você. Está sendo um perfeito cavalheiro.

Nós nos encaramos agora, e meus lábios se contraem.

– Um cavalheiro mal-humorado e teimoso.

Ele solta uma risada e balança a cabeça. O elevador apita, e o momento se esvai. Acenamos, nos despedimos, e vamos cada um para o próprio quarto.

Ou, melhor dizendo, ele vai para seu quarto quentinho e eu vou para o meu, geladinho. Porque está na cara que não consertaram aquecedor nenhum.

Decido tomar um banho quente, me vestir e me enfiar sob as cobertas para sonhar com o quarto aconchegante em que estou acomodada no Rancho Poço dos Desejos. O café quente na cozinha, todas as manhãs. Os encantadores jantares de família em que todos os homens da fazenda vão para a casa principal para caçoar uns dos outros enquanto preparam a refeição.

Mas, antes disso, meu telefone toca.

O nome de Rob aparece na tela. Ele liga às vezes, quando a barra está limpa. E eu sei que não deveria atender, mas nossa relação é tão confusa que é difícil distinguir o certo do errado quando se trata dele.

– E aí, tudo bem? – falo, arrancando as botas e me sentando na poltrona do canto.

– Liguei para saber como você está.

Rob sempre diz isso, e eu não acredito mais nele.

– Estou ótima. E aí?

– Eu vi você na TV esta noite.

Franzo a testa.

– Como?

– Em um rodeio. Fazendo um joinha para algum peão.

Ah. Aí está. Sempre que percebe que existe qualquer possibilidade de eu seguir com minha vida, ele reaparece. Antes eu achava que isso significava que eu tinha uma chance de recuperá-lo. Agora, tenho idade suficiente para saber que é um jogo de poder. É assim que ele me mantém na linha. Sob seu controle.

Quando ele me vê interessada em outra coisa, balança uma cenoura na minha frente, tentando me fazer perder o foco. O problema é que não gosto muito de cenouras hoje em dia. Ando preferindo uísque e couro.

– Entendi. Mas vem cá, aconteceu alguma coisa? Sempre acho que aconteceu alguma coisa quando você me liga.

– Me preocupo com você, só isso. Você precisa se cuidar. Especialmente com sujeitos desse tipo.

Quase solto uma risada de deboche, mas ainda há uma parte patética de mim que vibra quando Rob diz coisas assim. Coisas que me fazem sentir que ele se importa comigo. Rob me seduziu de um modo quase irremediável.

– Estou bem, obrigada. Não preciso que você se preocupe comigo.

Minha paciência se esgota. Estou cansada. Com frio. E, verdade seja dita, com tesão. Fui bombardeada por testosterona demais nesse fim de semana, e uma garota da cidade como eu não teria como passar por isso sem ficar afetada.

Também devo confessar que não gosto de ouvi-lo falando sobre Rhett desse jeito.

– Escuta... – recomeça ele.

– Olha – eu o interrompo. – Por aqui já está na hora de dormir. A gente conversa melhor na minha próxima consulta. Tchau. – Desligo na cara dele.

Agitada, mas também voltando no tempo, fico sentada na poltrona não sei por quanto tempo, perdida nas lembranças de Rob e dos momentos que passei com ele.

Só sei que não consigo mais sentir os dedos dos pés por causa do frio quando uma batida na porta me traz de volta ao presente. Avanço com firmeza em direção a ela, balançando meus membros gelados para me aquecer. Quando abro a porta, Rhett já está de banho tomado, com um cheiro delicioso e uma aparência ainda melhor.

Seus braços estão cruzados e seus olhos examinam meu corpo – vestido creme e casaco caramelo. Quando vesti o casaco, me lembrei das chaparreiras de Rhett.

Eu o vesti porque era bonito, não porque fosse tão quente assim. E, agora, com seus olhos traçando meu corpo, eu estremeço.

– Então você está com frio. – Ele range os dentes, passando por mim e entrando no quarto. – Summer, está um gelo aqui. – Seu tom de voz me faz estremecer ainda mais. – Achei que iam consertar isso ainda hoje.

Eu me apoio na parede, meio que gostando de vê-lo vagar pelo quarto como um homem das cavernas. A única coisa que falta é um porrete na mão.

– Pelo visto, não consertaram.

– Você não vai dormir aqui – diz ao se virar, com as mãos nos quadris, me olhando bem nos olhos.

– Não. Vou levar meu travesseiro e meu cobertor para o corredor e dormir por lá. – Sorrio para Rhett, mas ele não retribui.

– Não seja ridícula. Você vai dormir no meu quarto.

Pisco lentamente algumas vezes, esperando Rhett terminar a piada. E como ele não fala mais nada, começo a rir.

– Isso – aponto para ele – *não vai* acontecer.

– Eu durmo na poltrona. Você pode ficar com a cama.

– Vai ser ótimo para o seu ombro. Nenhuma chance.

– Então eu pego o travesseiro e um cobertor e durmo no chão.

– Rhett – disparo, sentindo um calor queimando no peito diante de toda essa insistência. – Não vou fazer isso. Não *vamos* fazer isso.

Ele abre um sorriso digno do idiota arrogante que é.

– Por quê? Está com medo de não resistir a mim?

Fico chocada com a audácia dele.

– Que grosseria. E não. Estou mais preocupada com a possibilidade de, acidentalmente, segurar um travesseiro sobre seu rostinho bonito e presunçoso até você parar de respirar. Eu tenho um moletom. Vou me agasalhar. Vou ficar bem.

Ele se vira e, em poucos passos, fecha a minha mala. Eu fico olhando para ele, irritada.

– O que você pensa que está fazendo?

– A única coisa que ouvi é que você acha que eu tenho um rostinho bonito – diz ele, passando por mim e empurrando minha mala.

– Claro, você só perdeu a parte que eu disse que morro de vontade de te matar.

Quando ele chega à porta, faz um sinal com a mão por cima do ombro e sai para o corredor.

– Continua, princesa. Pode me matar se quiser. Pelo menos vai ficar aquecida. E vai passar a noite comigo.

# 14

## Summer

**Willa:** Já deu pra ele?

**Summer:** Boa noite, Willa.

**Willa:** Só se vive uma vez, sabia? Você vai poder contar essa história pros seus filhos um dia.

**Summer:** Que tipo de história você planeja contar pros seus filhos, Wils?

Avalio meu conjunto de calcinha e sutiã no espelho do banheiro de Rhett. Um conjunto que custou uma fortuna, com sua seda prateada pela qual sou obcecada. Talvez seja melhor tirar e vestir apenas a calça e o suéter de moletom rosa que estão dobrados sobre a bancada ao meu lado.

Estou pensando demais no assunto.

Se eu ficar com a lingerie, o que isso significa? Quer dizer alguma coisa? Se for lá e separar um sutiã e uma calcinha diferentes, só vou chamar a atenção para mim. E, para ser sincera, não tenho nada muito diferente disso. Lingerie chique é meu ponto fraco.

Os longos meses que passei com uma camisola de hospital me ensinaram a apreciar tudo que me faz sentir bonita. Sexy. Nem a cicatriz vermelha no meio do meu peito consegue roubar isso de mim. Superei essa insegurança.

Mas será que ficar nua por baixo do moletom é melhor?

É, sim. É mais casual. Mais confortável, com certeza.

Puxo meu sutiã para baixo e estou prestes a virá-lo para abrir os fechos quando vejo meus seios no espelho.

Fartos e claros. E coroados por mamilos duros como pedra.

– Foda-se – murmuro, puxando o sutiã de volta e recolocando as alças nos ombros.

Vou ficar de sutiã mesmo, porque não tenho condições de enfrentar Rhett Eaton com os faróis acesos.

Visto o moletom e dobro cuidadosamente minhas outras roupas antes de voltar para o quarto básico do hotel.

O quarto básico com uma cama queen. E uma cama queen nunca me pareceu tão pequena como neste exato momento. No fundo, sei que não posso deixar Rhett dormir no chão. Não no estado em que seu corpo se encontra. Não seria justo.

Ainda estou com frio por ter ficado sentada no quarto gelado e sinto um arrepio quando o vejo parado na porta conversando com alguém. Seus ombros largos acentuam seus quadris, que por sua vez acentuam sua bela bunda.

O corpo de Rhett Eaton é um verdadeiro parque de diversões. Cada parte é melhor que a outra. Quando ele se vira para mim segurando embalagens de comida, minha mente imagina como seria ter aquelas mãos grandes na minha pele nua. Grandes, quentes e calejadas.

Ele não se parece em nada com os homens com quem estou acostumada a sair. São todos muito pálidos e macios. Bem cuidados. Alguns até vão à manicure.

Rhett exibe sinais do tempo, a marca da camiseta do verão passado ainda levemente perceptível. E, quando ele sorri, aparecem ruguinhas nos cantos dos olhos. É tudo tão genuíno.

Suas mãos talhadas pelo trabalho deslizando sobre minha pele devem ser o paraíso.

Estremeço de novo, mas desta vez não acho que seja por causa do frio.

– Comida? – pergunta ele, interrompendo meus pensamentos traiçoeiros.

– Ah – respondo, lutando para pensar em algo para dizer que não seja perguntar em voz alta como seria sentir as mãos dele em mim. – Estou bem.

Ele arqueia uma sobrancelha, como se não acreditasse em mim, e vai até a cama. Com a comida na mão, ele se senta na ponta do colchão e liga a TV. Vai mudando de canal até parar num programa em que as pessoas têm que enfrentar uma sequência de obstáculos extremos e fazer o possível para não morrer, uma coisa meio gladiador.

– Vai ficar aí parada, princesa?

Minha boca se abre e se fecha, mas não sai nada. Sério, os neurônios não estão se comunicando muito bem nesse momento.

– Você já comeu? – Ele abre a caixa branca.

– Não.

Mordisco o lábio inferior. Sinto que já estou invadindo o espaço dele. Não vou roubar a comida dele também.

– Summer. – Ele balança a cabeça e joga um guardanapo no canto oposto da cama. – Senta. Você precisa comer.

Vou até a cama e me ajeito na beirada, me sentando ajoelhada em frente a ele.

– Estou bem. Você precisa...

– De quê? – Ele espreme um sachê de ketchup na caixa cheia de batatas fritas.

– É isso que você está comendo?

Ele ri, mas continua arrumando a comida.

– Rhett, você é um atleta. Não pode tratar seu corpo dessa maneira. – Eu olho para as batatas fritas de um lado e as asinhas de frango empanado do outro. – Essa comida? Nenhuma fisioterapia? Tudo bem que você malha, mas...

Ele dá um sorriso torto.

– Por quê? Acha que não estou malhando o suficiente?

– Eu acho... – Meus olhos voltam a vagar sobre Rhett, sentindo seu cheiro de couro se misturando ao aroma das asinhas. – Acho que você está se sabotando, de certa forma. Se quer vencer, precisa se cuidar mais.

– Gostei de como você falou. Você talvez seja a única pessoa que conheço que não está tentando me convencer a me aposentar.

Meu estômago escolhe esse momento para roncar, parecendo um urso-pardo.

– Escuta, chefa, se comer alguma coisa, vou deixar você mandar em mim como quiser por duas semanas, até o próximo rodeio. Se eu soubesse que você viria, teria pedido mais. Podemos pedir mais. Vamos dividir isso que tem por enquanto, para eu não me afogar na culpa de manter uma garota faminta como refém no meu quarto.

– Se eu comer, você vai fazer o que eu mandar nas próximas duas semanas?

Ele olha para mim, com olhos cor de uísque, barba por fazer e cabelo rebelde. Mas a expressão é sincera.

– Vou.

Respondo com um suspiro.

– Tudo bem. Negócio fechado.

Ele assente, mas estamos presos naquele limbo estranho em que nos encaramos, em silêncio. Como se quiséssemos dizer mais, mas não soubéssemos por onde começar.

Decido quebrar a tensão pegando uma batata frita e enfiando na boca. Rhett sorri e faz o mesmo.

Assistimos ao programa, soltando exclamações quando as pessoas caem e comemorando quando parecem estar indo bem. Devoramos a comida, mas acho que mais por estarmos sentados aos pés de uma cama horrível de hotel, com as pernas cruzadas e embalagens espalhadas ao nosso lado, do que exatamente por fome.

– Acho que eu conseguiria fazer isso – anuncio.

– É? – Ele me olha com curiosidade e aponta para a caixa de asas de frango. – Isso é seu.

A última asinha.

– Pode ficar – digo.

– Sem chance. – Rhett lambe os lábios e continua assistindo ao programa, e não consigo desviar o olhar. – Você precisa de energia para me aturar. Fique com ela.

Juro que a asinha de frango está me encarando, me desafiando a enxergar coisas onde não há nada. Mas me dar o último pedaço é tão... fofo. Quase não consigo aceitar. Quase tenho vontade de perguntar a mim mesma o que isso quer dizer.

Mas me recuso a ser tão patética. Então, pego a asinha e mordo, voltando ao que estava falando.

– Sim, acho que poderia fazer isso. Acho que sou forte o suficiente.

– Inteligente o suficiente também. Acho que ter uma estratégia conta bastante. Não dá para simplesmente usar a força, entende?

Mordo o último pedaço da asinha, assentindo. Porque ele tem razão. E meu coração está totalmente acelerado com o elogio.

– Obrigada – digo, com um sorriso.

Ele bufa.

– De nada. Mas você está com molho na cara. Bastante.

Coloco a mão na boca depressa.

– Onde?

– Você está escondendo metade do rosto, então fica difícil dizer.

– Mas se eu tirar a mão, você vai rir de mim.

Volto a ficar de joelhos, uma posição de alguma forma menos vulnerável.

O sorriso de Rhett se alarga quando ele se aproxima.

– Ah, com certeza.

Solto um gemido exasperado e deixo cair a mão, olhando para o teto.

– Beleza. Me diz onde está sujo. Estou cansada demais para ir ao banheiro.

Depois de alguns instantes, quando volto a encarar Rhett, ele está olhando minha boca.

Não. Ele está *secando* minha boca com os olhos.

Sua mão se move na minha direção, e fico com falta de ar. Sou como um cervo assustado na frente dos faróis de um carro, surpreendida demais e fascinada demais para fugir do perigo.

– Tá bom... – A voz dele é baixa e rouca.

Não consigo parar de encará-lo. Seu olhar é quase indecente, como se deixasse à mostra cada pensamento que passa pela mente dele.

Meus lábios se abrem levemente quando imagino Rhett se aproximando de mim, segurando meu rosto e pressionando seus lábios nos meus, me dando um gostinho das fantasias que vêm ocupando minha mente.

Ele se aproxima, os dedos gentis segurando meu queixo. Seu polegar paira por ali, como se ele estivesse tentando decidir se deve ou não me tocar.

Quando a ponta do polegar roça logo abaixo do meu lábio inferior, é leve como uma pluma. Sinto que os pelos dos meus braços se arrepiam e meus olhos se fecham.

Mas ele não para, não hesita.

Seu polegar acaricia meu lábio superior, um gemido estrangulado preso no fundo de sua garganta. Minha respiração se torna mais entrecortada, e quando vejo a expressão em seu rosto, estou ofegante.

O olhar dele... não é educado. É voraz.

Eu me inclino para a frente, buscando seu toque, buscando a promessa em seus olhos. E não faço nenhum movimento para me afastar.

Quando seu polegar faz o próximo movimento, é mais áspero, pressionando meu lábio inferior para o lado. Os olhos de Rhett estão em chamas, e seu corpo, retesado.

– Pronto – rosna ele, ainda fascinado pela minha boca.

– Rhett – murmuro, sem saber o que mais dizer.

Sinto meus mamilos roçando os bojos de seda do sutiã, e o forro da minha calcinha em contato com minha pele me faz suspirar mais alto do que o apropriado.

– Hum.

Os olhos dele se fixam nos meus, e há uma pergunta naquelas profundezas. Juro que se eu diminuísse a distância entre nós, ele com certeza não deixaria que eu me arrependesse.

No entanto, a carreira dele está por um fio e eu prometi ajudar. Preciso ser uma profissional que consegue trabalhar com atletas. E sabendo o que eu sei sobre Rhett Eaton, ceder à tentação destroçaria meu coração, bem como a reputação dele.

– É melhor a gente ir dormir – afirmo, pigarreando e me afastando.

Eu sei que tomei a decisão certa, mesmo que meu alívio tenha uma pontada de frustração, a mesma frustração que atravessa o rosto de Rhett, que recua como se eu tivesse lhe dado uma bofetada.

Mas aquela expressão desaparece rapidamente, substituída por um ar de indiferença e olhos que não encontram os meus enquanto ele silenciosamente começa a arrumar o quarto.

*Quase nos beijamos.*

Esse é o pensamento que se repete na minha cabeça enquanto estou deitada. Aqui. Na cama dele.

Sou nova em uma função que exige que eu trabalhe com atletas gostosos todo santo dia, e depois de um curto período convivendo com um, minha cabeça está um caos.

*Ótimo trabalho, Summer.*

O cobertor parece se esfregar na minha pele com muita aspereza e meu coração está acelerado. Mesmo debaixo das cobertas, não consigo me livrar do frio. Quase me levantei para pegar um par de meias, mas não quero incomodar Rhett.

Estou deitada no quarto escuro há não sei quanto tempo, ouvindo a respiração dele, o zumbido do aquecedor, o som do elevador e o baque surdo de passos no corredor, seguido por vozes abafadas de pessoas se dirigindo aos quartos.

O sono me escapou e, se depender da minha cabeça girando a mil, ele vai continuar fora do meu alcance. Especialmente porque todos os meus pensamentos e emoções estão tomados pela culpa por Rhett estar contundido e dormindo no chão.

Eu ainda estava sem palavras para argumentar quando ele pegou o que precisava e se sentou no tapete.

Ele solta um suspiro que beira um gemido.

– Você está acordado? – sussurro.

– Estou – resmunga ele, mudando de posição.

– Está dolorido?

– Não.

Pressiono os lábios e olho para o alarme de incêndio acima de mim, o minúsculo ponto verde que prende meu olhar.

– Você está mentindo?

Ele grunhe em resposta, o que vejo como uma confirmação de que, sim, ele está mentindo.

– Rhett.

– Summer. – Ele parece exasperado comigo.

– Para de bancar o difícil e vem dormir na cama.

O silêncio preenche o aposento, e eu me pergunto se ele escutou o que eu disse.

– Não quero deixar você desconfortável – diz Rhett.

O tesão já está me deixando desconfortável o bastante, mas não digo nada.

– Não vou ficar desconfortável. O que me deixa desconfortável é ver você dormindo no chão sujo com uma lesão no ombro ou nas costas. Vem pra cá.

Rhett solta o ar, e ouço o farfalhar de cobertores enquanto sua silhueta vaga pelo quarto. Quando ele se senta na cama, o colchão afunda. Rhett esfrega o rosto, e o som da barba raspando nas mãos parece mais pronunciado no escuro.

– Tem certeza?

Seu ombro deve estar dolorido para ele ter cedido com tanta facilidade.

– Eaton, para de ser tão covarde e deita aqui. Achei que você não tivesse nenhuma dificuldade em estar na cama com uma mulher.

Levanto o cobertor e vou para o lado, abrindo espaço para ele.

Ele ri, se movendo sob as cobertas e afundando a cabeça no travesseiro que trouxe com ele.

– A maioria das mulheres não é tão assustadora quanto você.

– Ah, tá.

Aperto bem as cobertas ao redor do corpo, como se elas fossem me proteger do cheiro de alcaçuz e couro que me envolve. Como se eu não fosse sentir o calor do corpo de Rhett se aproximando do meu e deixar minha mente vagar.

Ele está deitado de costas, com as mãos cruzadas sobre o abdômen esculpido. Porque, é claro, ele não está de camisa.

Quando o cotovelo dele esbarra em mim, tento não reagir.

– Bom, você disse que ia me matar quando eu estivesse dormindo. Tenho algum senso de autopreservação, sabia?

– Você monta em touros furiosos para ganhar a vida. Não tenho tanta certeza disso.

Ele solta uma pequena risada, e caímos em um silêncio desconfortável.

Então, com meu característico jeito desastrado, deixo escapar:

– E por onde anda sua mãe? Tem muita testosterona naquele rancho. O festival da linguiça.

– Ela se foi. – Sua voz assumiu um tom suave.

– É. A minha também.

Sua cabeça se vira em minha direção.

– É mesmo? Já ouvi Kip falar sobre a esposa.

Meu rosto se contrai.

– Sim. História engraçada, essa.

– Eu bem que gostaria de dar umas risadas.

– Minha mãe era a babá da minha irmã.

O corpo de Rhett fica rígido ao meu lado, e eu rio. Essa história sempre horroriza as pessoas.

– Hã? Como assim?

Pigarreio e afasto o cabelo da testa.

– Kip andava se divertindo com a babá. E, de repente, lá estava eu.

– Merda.

Eu queria que a luz estivesse acesa para ver o rosto dele nesse momento.

– Pois é. Uma grande merda. Minha mãe veio do exterior para trabalhar na nossa casa. Basicamente, ela me teve, me entregou para meu pai e voltou para o país dela. Não posso nem dizer que ela agiu errado. Não sei se gostaria de estar vinculada às consequências desses acontecimentos.

– Pois é... Tudo isso é realmente muito complicado.

Eu rio, e sei que ele está olhando para mim sem conseguir decidir como agir. A maioria das pessoas não sabe o que fazer.

– Quando você descobriu?

Levanto as sobrancelhas. Em geral, é nesse momento que as pessoas mudam o rumo da conversa e buscam desesperadamente algum outro assunto.

– Acho que, de alguma forma, eu sempre soube. Minha madrasta garantiu que eu soubesse.

– Ela continuou com seu pai?

– Com certeza.

– Hum.

– É. Também não entendo. Principalmente porque ela sempre se esforçou para criar um clima tenso entre a gente. Entre mim e minha irmã. Entre ela e meu pai. Quase me sinto mal por ela. Eu sei que meu pai não deveria tê-la traído, óbvio, mas parece que ela ficou com ele só para deixar todo mundo infeliz. Eu queria que ela conseguisse ser feliz.

– O que ela faz? – pergunta Rhett.

Sei que ele está pensando que minha madrasta ficou com Kip por dinheiro.

– Ela é cirurgiã. Assim como minha irmã. Ou assim como minha irmã vai ser.

– Que loucura. – Ele parece genuinamente chocado. – E você e sua irmã?

– É complicado. – Realmente muito, muito complicado. – Ela é... Bem, ela é praticamente o oposto de mim. Na aparência. Na personalidade. Até o nome dela é o oposto do meu. Winter. Inverno. Acho que meu pai, em seu desejo equivocado de que fôssemos uma grande família feliz, tentou seguir uma tendência de nomes sazonais. Em vez disso, acabou nos colocando uma contra a outra. Mesmo em momentos em que não tínhamos consciência disso.

O silêncio se estende entre nós.

– Lamento que você tenha crescido nessa situação – murmura ele.

– Pois é, a gente se acostuma. Prefiro o clima do seu rancho.

– Já tentou encontrar sua mãe?

Eu respiro fundo.

– Não. Se ela quisesse me conhecer, teria facilmente me encontrado. Mas ela nunca fez isso, e não quero ser um fardo para alguém que nem conheço.

Rhett fica em silêncio. Depois de um longo momento, pergunto:

– O que aconteceu com sua mãe?

– Ela morreu no parto da minha irmã mais nova.

Sem hesitar, eu me aproximo e encosto o braço no dele, na esperança de lhe proporcionar algum tipo de conforto, já que estamos sendo tão sinceros um com o outro. Uma conversa pesada, compartilhando segredos no escuro.

– Sinto muito, Rhett.

– Eu não tinha nem 2 anos, então não me lembro dela. Na verdade, acho que essa é a pior parte. Eu perdi todo esse lado da vida. Nunca vou ter a experiência de ter uma mãe. E meu pai nunca se recuperou.

– Eu consigo te entender. Mas pelo menos sua mãe queria você. – Parece terrivelmente trágico dizer isso, mas deixo escapar antes de pensar melhor. – Meu pai passou a vida inteira provando que me ama, e acho que muito disso é para compensar toda a confusão ao meu redor.

– Kip me irrita às vezes – diz Rhett.

Eu bufo, porque Kip Hamilton tem um talento especial para *irritar* as pessoas.

– Mas, pelo que eu vejo, ele é um bom pai – continua ele. – Engraçado. Protetor. *Obviamente*. Podemos não contar a ele sobre esse negócio de compartilhar a cama?

Nós dois rimos. Pensando em suas ameaças. Nas regras que ele estabeleceu para nós.

– É. Levei um tempo para aceitar, sabe, as circunstâncias do meu nascimento. Para aceitar que meu pai pode ser um homem cheio de defeitos, mas que ao mesmo tempo é um homem bom. Quando eu estava doente, ele ficava comigo todos os dias. Literalmente. Trabalhava no quarto do hospital e dormia numa cadeira, até que uma enfermeira teve pena dele e arranjou uma cama.

Minha voz falha. Isso sempre me pega. Esse tipo de amor... bem... é raro. Alguém que não sai do seu lado, aconteça o que acontecer. Ao contrário da minha mãe ou da minha madrasta.

Dessa vez, é Rhett quem se move, entrelaçando os dedos nos meus num aperto suave em minha mão. Sinto seus calos raspando na minha pele exatamente como eu sabia que fariam, e, deixando o juízo de lado, eu não me afasto.

– Eu não sabia. – Isso é tudo o que ele diz e, de alguma forma, essa frase simples e o toque de sua mão quente me trazem conforto.

– Pois é, tive muitos problemas de saúde enquanto crescia. Descobriram que era um defeito cardíaco congênito. Podia ser corrigido com cirurgia. O problema é que a cirurgia deu errado e houve complicações. Grandes e assustadoras. Além disso, tive uma bela infecção persistente. Meio que liquidou minha adolescência. Eu realmente me tornei um fardo e tudo mais.

Ele aperta minha mão.

– Duvido que Kip enxergue dessa forma.

Sorrio no escuro, porque *eu sei* que meu pai não me vê dessa forma. De jeito nenhum. E é bom ouvir que alguém também percebe isso. Alguém que percebe que eu tenho o mesmo direito a essa conexão, que não preciso me sentir culpada por amar meu pai, não importa até que ponto ele possa ser complicado.

Então, aperto a mão de Rhett de volta e me viro em direção a ele, cruzando os pés para o seu lado da cama. Procurando calor.

– Meu Deus, Summer. – Ele se sobressalta, mas não se afasta. – Seus pés estão congelando.

Eu os encolho instantaneamente, grata por ele não poder me ver corando no escuro.

– Desculpa!

Estremeço, lamentando muito ter tomado a liberdade de tocá-lo desse jeito quando as coisas já estão tão delicadas entre nós esta noite.

– Você tinha que se desculpar por não ter me falado que tinha virado um cubo de gelo. Eu devia ter batido na sua porta mais cedo – resmunga ele, assim que suas longas pernas se esticam e ele as enrosca nas minhas, capturando meus pés congelados entre suas panturrilhas.

– Tá bom.

Solto um suspiro ofegante conforme o calor de seu corpo penetra no meu, me aquecendo pouco a pouco.

E ficamos juntos em silêncio. Ouço o ritmo regular de sua respiração e sinto sua expiração em meu peito. E é assim que caio no sono, embalada por esse som suave, pelo conforto que encontro nele. Minha mão segurando a dele com força, meus pés contra sua pele e meu coração quente envolto por suas palavras.

# 15

*Rhett*

**Kip:** Vi as entrevistas. Você foi bem. Está sendo
legal com a minha princesa?
**Rhett:** Obrigado. Fiquei acordado a noite toda pensando
se ia conseguir seu selo de aprovação. E é claro que
estou sendo legal.
**Kip:** Mas não legal demais, certo?
**Rhett:** É isso que devo fazer? Ser legal, mas não legal demais? É
um espanto que você tenha criado uma adulta
tão funcional que nem a Summer.
**Kip:** Por que você não está reclamando dela?
**Rhett:** Porque ela não é tão ruim assim.

Estou ferrado. Estou superferrado. Estou tão, tão, tão ferrado.

Summer tinha razão. Sou um belo de um babaca. Porque estou acordado há quase uma hora, sentindo-a se aconchegar em mim. Olhando para ela, tentando gravar na memória cada pequena sarda. Observando-a dormir como se eu fosse um serial killer ou algo do tipo.

Acordei quando senti a ponta de seu nariz no meu bíceps, e quando abri lentamente os olhos, estava tão perto de sua boca quanto ontem à noite.

Mas agora ela está praticamente *em cima* de mim. Coxa jogada sobre minhas pernas, logo abaixo do lugar onde meu tesão matinal saúda o mundo... e, mais especificamente, saúda Summer.

Seu braço pesa em meu peito, enquanto a bochecha descansa em meu ombro. Ela ainda está segurando minha mão. Algo que provoca uma dor no meu peito...

Estou tentando ser cavalheiro. Eu *realmente* estou, mas também não deixei de notar como o casaco de moletom dela subiu pela cintura. A maneira como o cós de sua calcinha de seda aparece por baixo da calça.

Que tentação.

Quero fazer coisas claramente pouco cavalheirescas com Summer Hamilton, mas também quero que ela aqueça os pés gelados em mim, de novo. Sempre que ela quiser. Detesto pensar nela sentindo frio e desconforto.

Quero cuidar dela, mesmo que ela não precise de cuidados.

Sinceramente, é tudo muito confuso. Também é uma ideia idiota. Mas boas ideias nunca foram meu forte. Por que mudar agora?

Ela se mexe, e eu observo seus olhos fechados novamente. Cílios suaves cerrados, um punhado de sardas na ponta do nariz e nas maçãs do rosto. Eu me pergunto se elas aparecem em alguma outra parte do corpo de Summer.

Meu pau se manifesta, e acho que não posso mais culpar a fisiologia matinal pela minha ereção de agora. A verdade é que estou morrendo de vontade de transar com a filha do meu agente.

E depois me aconchegar junto dela. Desenhar suas sardas com as pontas dos dedos.

Merda. Esfrego o rosto com a mão livre e me condeno por não ter aguentado a dor e dormido no chão, por pior que fosse. Não poderia ter sido pior do que essa constatação.

Eu me afasto dela, tentando libertar meus membros e sentimentos emaranhados.

Mas quando me alivio silenciosamente no chuveiro, minutos depois, não tenho tanta certeza de que consegui. Especialmente porque o nome dela escapa de meus lábios quando me derramo na base da banheira de louça.

— Você vai ficar feliz em saber que, enquanto eu usava o banheiro no voo de volta, Summer pediu um copo de leite para mim.

Summer ri e dá outra mordida no bolinho em sua mão.

Do lado oposto da mesa do café da manhã, Beau gargalha, segurando a caneca de café.

– Summer, quer se casar comigo?

Meu irmão está brincando, mas meu cérebro ciumento não entende a piada. Na verdade, parece que Beau está dando em cima de Summer, e meu primeiro instinto é agarrá-la e escondê-la. Porque Beau é tudo que não sou: heroico, organizado, confiável e barbeado.

Se eu tivesse que escolher um tipo para Summer, imaginaria alguém como Beau.

Para evitar dizer algo de que vou me arrepender depois, escaldo o fundo da garganta com café quente. Para o meu alívio, Summer apenas revira os olhos, o que faz com que eu me sinta melhor, por mais que isso seja patético.

– Ai, magoei! – Beau leva a mão ao peito em um gesto dramático. – Você pode pelo menos ir ao Railspur comigo hoje?

– Você não tem que sair em missão em breve? – pergunto, interrompendo-o.

– Está tentando se livrar de mim, mano?

Beau pisca para mim, e me pergunto por um momento se ele sabe que estou me transformando em um bebê chorão ciumento.

Summer ignora nossas palhaçadas. Na verdade, ela está sendo a imagem do profissionalismo desde aquela noite em que dividimos a cama. Não age de forma estranha, nem legal, nem constrangida. É apenas... profissional.

Durante a última semana, muitas vezes desejei que ela fosse um pouco menos profissional. Um pouco mais imprudente.

– Rhett vai fazer uma ressonância magnética no hospital – diz ela. – Depois, acupuntura às quatro. E aí ele tem uma entrevista por teleconferência. Então vai ser bem difícil sair hoje à noite.

– Você pode ir sem ele, sabia?

Summer sorri para o meu irmão e se levanta da cadeira. É um sorriso gentil, mas não sincero. Não como aquele que vi em seu rosto quando ela vibrou por mim nas arquibancadas.

É exatamente o sorriso forçado que costumava me incomodar. Mas agora vejo isso sob uma luz diferente: ela acha que é um sorriso educado. É o equivalente a um carinho na cabeça.

– Posso mesmo – concorda, se virando e indo embora.

Meus olhos descem para sua bunda na calça legging. Ela é baixinha e tem curvas em todos os lugares certos. Músculos firmes. Parece uma ginasta.

– Vamos, Rhett. Está na hora de ir para a academia.

Solto um grunhido e me levanto, ainda dolorido. Embora eu deva confessar que essa rotina que Summer me impõe não é terrível. Eu me sinto melhor a cada dia. Minha maior reclamação é que estou recebendo massagens profissionais, e não dela.

Eu tomo o resto do café e deixo a caneca na pia. Beau pode lavá-la, usar a disciplina militar para fazer alguma coisa útil, em vez de paquerar minha babá bem na minha frente.

– Divirta-se.

Ele dá uma piscadinha e um sorriso malicioso.

*Babaca.*

Coloco o dedo na boca e enfio na orelha de Beau quando passo por ele. E é surpreendentemente satisfatório.

– Você sabe que não precisa ficar aqui comigo, né?

Eu cutuco o ombro de Summer com o meu e olho para a revista de culinária que ela está folheando.

– Eu sei.

Isso é tudo que ela diz. Não dá mais detalhes nem olha para mim. Na verdade, parece quase exasperada ao meu lado.

– Você pode sair com o Beau, se quiser.

Dizer isso em voz alta é bem mesquinho, mas ver meu irmão flertando com ela ofuscou minha razão. Beau é assim com todo mundo, mas me incomoda quando se trata de Summer.

Ela pressiona os lábios e dá um sorriso sem graça para a página.

– Eu sei.

– Então por que está sentada aqui comigo?

Ela inclina ligeiramente a cabeça e olha para mim. Lado a lado na sala de espera da radiologia, não sobra muito espaço entre nós, principalmente se quisermos conversar sem que ninguém ouça cada palavra do que estamos falando. Seus lábios se entreabrem por um momento, como se ela estivesse prestes a dizer alguma coisa.

– Sou paga para isso.

Só que o que ela parecia prestes a dizer antes de soltar essa baboseira me faz acreditar no contrário.

Ela pisca rapidamente e depois volta a olhar a revista, de novo com aquele sorriso falso.

– Além disso, preciso impedir que você dê em cima de todas as enfermeiras daqui. Não seria bom para sua imagem.

– Ah, sim, porque sou um animal incontrolável.

Ela arqueia as sobrancelhas e dá de ombros.

– Você é famoso por isso.

– Você teve alguma prova disso nas últimas semanas?

Os lábios dela se contraem de uma forma muito sedutora, mas Summer não responde.

– Imagina pensar que alguém não muda nem cresce no decorrer de uma década – acrescento, firme.

Ela desvia o olhar.

– Meu pai, meu irmão, os fãs da Federação, todos parecem ainda me ver como o campeão mundial de 20 e poucos anos, sem limites. Ou, no caso da minha família, como o garotinho rebelde que faz qualquer coisa para chamar a atenção.

Eu bufo, a frustração vindo à tona enquanto continuo:

– Aqui estou eu, um homem na casa dos 30, e não importa o que eu faça, as pessoas me tratam como se eu fosse uma criança. Como se eu fosse irresponsável. E, pior, me tratam como se eu fosse estúpido. E meu trabalho é sorrir e acenar. Por quê? Por dinheiro? É assim que as pessoas querem me ver? É exaustivo. Tudo que eu queria era montar em touros e sentir aquela euforia, sentir *alguma coisa*. Aquela sensação de estar no controle do meu destino por oito segundos completos. Como se eu pudesse prender a atenção de todos por um breve momento. E agora aqui estou, me esforçando para apaziguar as massas porque me tornei uma espécie de símbolo sexual famoso ou mascote de determinados setores de produção. Nunca pedi esse tipo de responsabilidade.

Estou quase sem fôlego quando termino meu desabafo. Summer me encara, os olhos cor de chocolate arregalados e as bochechas levemente rosadas. Quando solto o ar, ela inspira, o ar ao redor formando um casulo silencioso na clínica movimentada.

Ela fala tão baixinho que quase não escuto.

– Não é assim que eu vejo você.

Meu coração acelera, e meus olhos pousam nos lábios de cereja exuberantes dela. Uma declaração tão simples nunca significou tanto.

– Summer.

Uma voz cortante interrompe o momento e nós dois nos afastamos, sobressaltados, como se tivéssemos sido pegos no flagra.

Summer passa as mãos no casaco de veludo cotelê.

– Winter. Olá. Que surpresa agradável.

Ela abre um sorriso forçado e, ao observar as duas, me dou conta do porquê.

– Não tenho visto você nos jantares de família ultimamente.

A mulher tem traços semelhantes aos de Summer e, ainda assim, não poderia ser mais diferente. Pele de porcelana e cabelo loiro-claro muito puxado para trás, fazendo seu rosto parecer igualmente tenso. Olhos astutos e gélidos, assim como sua expressão.

Quase rio dos nomes. Winter, Inverno, toda gelada e cortante. Summer, Verão, toda quentinha e suave.

– Estávamos viajando. – Summer aponta com o polegar para mim. – Papai me botou para trabalhar exclusivamente com Rhett.

De jaleco e usando um vestido azul elegante por baixo, Winter olha para mim com um sorriso de desdém, e não gosto nem um pouco do jeito como está falando com Summer. Decido intervir, querendo protegê-la.

Então me levanto, usando minha altura a meu favor, ficando perto o suficiente de Summer para que o joelho dela roce na minha perna.

– Rhett Eaton, prazer em conhecê-la – digo, estendendo a mão para Winter.

Seu aperto é firme e tão frio quanto ela, e seus olhos se voltam momentaneamente para a irmã. Winter abre um sorrisinho malicioso.

– Dra. Winter Valentine. Sou a meia-irmã de Summer. – Summer estremece ao ouvir isso, mas é o que a irmã diz em seguida que a deixa perturbada. – E claro que sei quem você é. Summer passou *anos* com aquele pôster da Wrangler pregado na parede do quarto.

Minha mente fica perturbada com essa revelação.

Summer pigarreia e lança um olhar furioso para a irmã, mas mantém a compostura, apesar do vermelho em suas bochechas, que desce pelo pescoço e pelo peito.

Vou pegar no pé de Summer mais tarde? Claro que sim. Adoro implicar com ela. E adoro vê-la tentando virar o jogo em situações de crise, mas neste exato momento só sinto raiva. Vejo que a irmã mais velha está sendo cruel de propósito, *tentando* envergonhá-la. Isso me faz abrir um sorriso cruel.

Ainda apertando a mão de Winter, dou uma piscadinha para ela.

– Pelo visto o pôster também não sai da sua cabeça, hein?

*Escrota.*

Seus lábios se contraem, e ela puxa a mão da minha.

– Talvez no próximo jantar em família você possa se juntar a nós. Seria a realização de um sonho para a Summer, pode ter certeza. – Ela vira seu olhar mordaz para a irmã e acrescenta, alegremente: – Bem, tenho que cuidar dos exames de um paciente. Foi um prazer ver vocês dois.

E então vai embora, de cabeça erguida, imperturbável. É baixinha que nem a irmã, mas seu corpo é rígido, todas as linhas duras e finas, quase como um duende.

– Uau. Rainha do gelo? – Eu solto o ar e desabo de volta no sofá.

Um barulho baixo e estrangulado vindo da garganta de Summer me faz virar em sua direção. Ela cobriu o rosto com as duas mãos e não tenho muita certeza do que está fazendo, mas seu corpo está se sacudindo, então talvez ela esteja rindo.

Ou chorando. Uma coisa ou outra.

– Você está bem? – pergunto.

– Não.

– Você está se escondendo porque sua irmã é uma babaca ou porque agora sei que sou a inspiração para seus sonhos eróticos de adolescente?

Tenho quase certeza de que a ouvi murmurar um "Ai, meu Deus".

Quando ela me espia por entre os dedos, levanto as sobrancelhas. E quando sua única resposta é gemer e inclinar a cabeça para trás, contra o encosto da cadeira de vinil, eu rio.

– Podemos, por favor, fingir que isso nunca aconteceu? – As palmas das mãos abafam o som de sua voz.

Eu sorrio e balanço a cabeça, cruzando os braços, inexplicavelmente satisfeito com a situação toda.

– Sem a menor chance, princesa.

# 16

## Summer

**Pai:** Você pode vir para a reunião de equipe essa semana?
**Summer:** Que dia? Que horas?
**Pai:** Quinta-feira às 13h.
**Summer:** Tá. Talvez eu tenha que cancelar um dos compromissos do Rhett que coincide com esse horário.
**Pai:** Tenho certeza de que ele consegue encarar um compromisso sozinho. Parece que você colocou o cara na coleira mesmo.
**Summer:** Pai, já te falei que ele não é um cachorro.

Hoje está ventando bastante. Seria de esperar que a brisa esfriasse meu rosto, mas o ar está completamente cálido. Todo o esforço que fiz para me recompor na sala de espera enquanto Rhett fazia seu exame foi para o ralo no minuto em que ele voltou com aquele sorriso espertinho.

Filho da mãe arrogante.

Ao sairmos do hospital, evito seu olhar. É constrangedor. Realmente constrangedor. E é algo tão a cara da Winter. Ela nunca é abertamente malvada comigo. Ela é passivo-agressiva, calculista. Sempre à espreita para dar o bote. Consigo imaginar nosso pai mencionando o que ando fazendo e ela arquivando essa informação até o momento perfeito para me envergonhar.

Detesto chamá-la de ardilosa, porque há uma pequena parte de mim que a ama de verdade. Que a admira. Eu queria que tivéssemos tido a oportunidade de criar laços, mas a madrasta malvada se enfiou entre nós e nos manipulou como se fôssemos marionetes, me fazendo parecer a fonte de todos os conflitos familiares. Winter nunca teve a chance de gostar de mim, e não importa quanto eu tente, ela não parece interessada em ter qualquer tipo de relação comigo. Isso me tira o sono. Queria muito que fôssemos próximas. Queria muito ter mais uma pessoa que eu pudesse considerar da família, alguém além de Kip.

Ver Rhett e sua família juntos – mesmo com todas as implicâncias entre eles – faz meu peito doer. Quero ter isso um dia.

– Você escreveu nossos nomes juntinhos dentro de um coração no fichário da escola?

É assim que ele quebra o silêncio.

Eu pressiono meus lábios em uma linha firme, determinada a não sorrir. Não quero dar a ele a satisfação de achar graça de sua piada. Mesmo que seja engraçada.

– Não.

– Você... – ele hesita, esfregando a barba – ficava beijando a página que arrancou da revista?

– Não arranquei – falo, com desdém. – Cortei com muito cuidado. E não vejo a hora de atirar dardos nela.

Ele ri e depois dá um sorrisinho cínico para mim, parecendo muito bonito e satisfeito consigo mesmo, o que me obriga a desviar o olhar para esconder o sorriso. Mas, ao fazer isso, vejo a McLaren estacionada à nossa frente, em uma zona de reboque, com o pisca-alerta ligado. É a placa que me faz parar.

*DR. CORAÇÃO*

Quando adolescente, achava espirituoso. Agora, acho extremamente ridículo.

– Você está bem? – Rhett pousa a mão na parte inferior das minhas costas, a preocupação estampada no rosto. – Estou só brincando. Você provavelmente deveria me demitir por importunação sexual.

– Eu... – Eu balanço a cabeça. – Não. É que acabei de ver o carro do meu ex. – Aceno com a cabeça em direção ao veículo estacionado cerca de 10 vagas à nossa frente.

Ele revira os olhos quando avista o carro esportivo caro.

– Claro.

Só consigo engolir em seco.

– Gostamos desse ex?

Seus dedos pulsam na parte inferior das minhas costas, e eu me viro para ele, sem esquecer como ele tentou me proteger quando Winter mostrou as garras.

– É complicado – falo, com um suspiro.

– Complicado como? – A voz de Rhett assume um tom que me faz olhar para ele e para longe do carro estacionado em vaga proibida de Rob.

– Complicado tipo já está tudo acabado, muito bem acabado. Ele seguiu em frente. Mas toda vez que ele percebe que estou fazendo o mesmo, dá um jeito de ressurgir. Tipo, aparentemente, ele me viu na TV fazendo um sinal para você em Pine Lake, e isso foi o suficiente para ele começar a bisbilhotar.

Rhett se aproxima mais, eliminando qualquer distância respeitável que restasse entre nós. Seus olhos estão grudados nos meus, me encarando do jeito que ele sempre faz. Com uma intensidade incomparável.

– Esse evento não foi televisionado, o que significa que esse cara está se esforçando para descobrir o que você anda fazendo e provavelmente pesquisa imagens dos eventos no YouTube.

Naquela noite, quando Rob disse que tinha me visto na TV, eu nem questionei nada. Mas Rhett tem razão. Eu sei quais eventos são televisionados. Kip é muito exigente com esse tipo de coisa. Então não há como Rob ter visto a cena por acaso. Não posso acreditar que não percebi a mentira na hora.

– Droga. Que... bizarro.

Rhett coloca a outra mão no meu cotovelo e me vira para ele.

– Talvez devêssemos dar a ele motivo para bisbilhotar. Você acha que ele está naquele carro?

O homem enorme na minha frente sorri de uma forma que faz todo o meu corpo vibrar.

– Em vez de beijar as páginas da revista, você pode experimentar a versão em carne e osso.

– Você não tem jeito – murmuro, mas também não me afasto.

Eu faria uma coisa dessas? Meu coração acelera tanto que abafa os sons ao meu redor. Tudo que ouço é o ruído surdo e acelerado dos meus batimentos.

– E se alguém vir? E se vazar? – pergunto.

Rhett pressiona a coxa contra a minha, deslizando a mão nas minhas costas até a lombar, bem perto do cós da calça jeans, os dedos me apertando de uma forma que faz meu corpo latejar.

Ele se aproxima, o cabelo esvoaçando, seu perfume me envolvendo. O ar entre nós vibra, e olho para sua boca, me perguntando como seria sentir sua barba no meu rosto, no meu corpo.

Nunca beijei um homem como Rhett.

– Pois é, princesa – diz ele com a voz rouca, e eu sei que deveria detestar o maldito apelido que nasceu da zombaria por eu ser quem sou. Mas, de repente, parece que aquela palavra atinge o fundo do meu ser. Como um elogio. Como uma forma de adoração. – Estou descobrindo que não me importo muito com o que os outros pensam quando se trata de você.

O comentário me desconcerta, e por um momento me permito imaginar um mundo em que não me importo com a opinião dos outros, em que eu não precisaria me esforçar o tempo todo para agradar todo mundo. Um mundo em que eu não sentisse a necessidade constante de me desculpar pelo fato de ter nascido sendo um fardo. Como seria esse tipo de liberdade? Como seria fazer algo que eu desejo sem me preocupar com todas as consequências possíveis?

E algo no jeito impulsivo e na aparência rústica de Rhett me faz querer abraçá-lo num momento de loucura. Eu mereço um momento como esse.

Engulo em seco e aceno com a cabeça uma vez, me perdendo em seus reluzentes olhos cor de mel. A mão dele no meu cotovelo desliza para cima, me deixando arrepiada, o metal frio de seu anel deslizando pelo meu ombro, traçando minha clavícula e subindo pelo meu pescoço.

E me deixando em chamas.

Apesar de todas as vezes que imaginei suas mãos em mim, nunca pensei que meu corpo reagiria *assim*.

Quando ele baixa a cabeça, e estamos separados por apenas um fio de cabelo, os nós dos dedos roçando minha bochecha, noto a porta do lado do motorista do carro de Rob aberta. E então murmuro:

– Tá. Mas isso não significa nada.

Em resposta, Rhett arqueja e roça os lábios nos meus. É como se eu levasse um choque elétrico, como se cada ponto eriçado pelo seu toque enviasse uma faísca que dança, que gira pela minha pele. Atiçando cada terminação nervosa.

Suas mãos são possessivas em meu corpo. Ele me puxa com força, de forma quase agressiva, segurando meu pescoço com delicadeza e me beijando com muito cuidado. Rhett me acende, me faz arder. E eu me deleito com seu calor.

O burburinho da clínica ao nosso redor desaparece quando seus lábios voltam e pressionam com mais firmeza. As pessoas, as sirenes, a presença de Rob. Tudo desaparece como poeira em uma estrada de terra, enquanto eu retribuo o beijo de Rhett.

Eu não deveria. Realmente não deveria estar beijando este homem. Este *cliente*. Eu definitivamente não deveria corresponder, mas às vezes é exaustivo demais ser responsável, especialmente diante de alguém irresistível como Rhett Eaton.

Sou eu que enfio a língua em sua boca. Sou eu quem chega ainda mais perto, sentindo sua mão deslizar até minha bunda enquanto ele me aperta contra a protuberância de aço dentro de suas calças. Sou eu quem geme quando ele pressiona o corpo ainda mais contra o meu.

Saber que *eu* provoco isso *nele* me deixa louca. Parece improvável. *Nós* parecemos improváveis.

Mesmo assim, eu teria que ser uma idiota para negar que há uma conexão aqui. A implicância. As piadas. A maldita paixão adolescente.

Seu polegar desce pelo meu pescoço enquanto sua língua sedosa se enrosca na minha. Ele beija tão bem. Fico com as pernas bambas. De repente, quero-o mais perto, quero *mais*.

E quando praticamente o envolvo entre minhas pernas e sinto meu corpo se contrair, percebo que também quero isso. O que é um problema. Porque ainda preciso passar algumas semanas com este homem. *Sozinha* com este homem. O que significa que isso precisa parar.

Eu me afasto, ofegante. Minhas mãos estão cerradas, agarradas na frente de sua camisa, e nossos quadris ainda se alinham de uma forma totalmente inapropriada para a entrada principal da clínica.

Rhett também está sem fôlego e voltou a me fitar.

Ele observa algo atrás de mim, e sigo seu olhar, sem querer que o momento acabe. Nós nos viramos bem a tempo de ver os cabelos dourados de Rob deslizando para dentro de seu carro veloz. O som da porta batendo me faz pular. E então volto a olhar para Rhett, cuja mandíbula está cerrada com tanta força que parece que o osso está atravessando a pele.

– Bom... Acho que funcionou.

Minha voz soa ofegante e suave enquanto me afasto do corpo duro como pedra de Rhett, a brisa soprando entre nós como se estivesse levando embora todos os sentimentos que surgiram quando nos beijamos.

Quisera eu que ela também pudesse levar embora minha confusão.

Começamos a andar novamente, e estou apenas tentando me manter de pé depois do beijo mais alucinante da minha vida. *Beijo de mentira.*

Eu me pergunto se vamos conversar sobre o assunto, mas Rhett apenas se ajeita e direciona a conversa de volta para um território mais seguro. Tirando sarro da minha cara.

– Você planejou nosso casamento enquanto estava confinada no hospital? E a nossa noite de núpcias? Eu adoraria ouvir.

Eu olho para sua virilha com um sorriso, secretamente gostando de ver o volume ali.

– Aposto que sim.

Seu dedo mindinho envolve o meu com ternura antes de ele mover a mão para a parte de baixo das minhas costas, guiando-me com segurança ao atravessar a rua, fazendo meu peito vibrar.

Está rindo da minha cara. Mas eu imaginei, sim, uma noite de núpcias com ele. Há muito tempo.

Faz anos que não pensava nisso.

Mas talvez volte a imaginar hoje à noite.

– Me fala dele – diz Rhett no banco do passageiro, enquanto me concentro até demais em uma rua vazia.

– Dele quem?

Olho para ele com a testa franzida, fingindo não saber do que ele está falando.

– O Dr. Paspalho.

Eu reprimo uma risada, um pouco desconfortável, umedecendo os lábios e segurando o volante com força.

– Ele não é um paspalho.

– Cai na real. Eu vi a placa personalizada. Seu segredo foi oficialmente revelado.

Eu sorrio.

– Tudo bem, é mesmo *horrível*.

– Horrível? É mais que horrível. Aposto que ele também adora bebidas à base de leite.

Eu dou uma risada e balanço a cabeça.

– Quando vocês terminaram? – pergunta Rhett.

– Não sei se eu chamaria de término. A gente não estava junto, junto. Não da maneira como você pode estar pensando.

Mordo o lábio inferior, revirando as lembranças em minha mente. Eu só contei essa história para Willa, e é assustador falar com Rhett sobre o assunto.

– Nós... Merda. Não sei como dizer. Não contei isso a ninguém, só à minha melhor amiga.

– Está dizendo que Kip não chegou a conhecê-lo? – A curiosidade em seu rosto é flagrante.

– É. Não. Quer dizer, ele o conheceu.

– Summer, não estamos num filme do Christopher Nolan. Eu não mereço ficar tão confuso assim depois de te dar o melhor beijo da sua...

– Ele era meu médico – deixo escapar.

Rhett fica em silêncio, jogando pela janela todas as piadas, que a essa altura devem estar sendo esmagadas pelas rodas do carro.

– Tipo seu médico de família?

– Não. Ele é cirurgião cardiotorácico. Ele realizou minha operação corretiva quando eu era adolescente.

Rhett deixa a cabeça cair para trás.

– Meu Deus. Você acabou de dizer... *adolescente*?

– Só aconteceu alguma coisa depois que eu já era maior de idade. A gente ficava às escondidas, e era isso – acrescento depressa, olhando para ele, porque posso apostar no que Rhett está pensando.

– Summer. – Ele geme e coloca a mão no rosto. – Isso não melhora em nada a situação.

– Eu sei – respondo, com calma.

– Alguém deveria denunciá-lo. Médicos não podem sair por aí namorando pacientes adolescentes. – Seu tom é mordaz.

Arregalo os olhos. Não quero dar importância a esse assunto. Quero deixar tudo no passado, onde é para ficar. Eu não odeio o Rob. Quero apenas me afastar dele.

– Por favor, *por favor*, não diga nada a ninguém. Eu não deveria ter contado nada para você. Eu só estava... me explicando, eu acho.

Rhett solta um suspiro dolorido.

– Você não me deve explicação nenhuma. É ele quem deveria se explicar. – Ele olha pela janela, balançando a cabeça e resmungando: – Viu você na TV, até parece.

Olho novamente para ele, desta vez quase nervosa. Minhas mãos giram no volante.

– Sei lá. Ele gosta de agradar as pessoas, acho. As coisas entre mim e Rob eram complicadas. Acho que ainda são. É como se, na teoria, eu soubesse que nosso relacionamento era todo errado, mas ele salvou minha vida. Antes dele eu estava muito doente, e ele me consertou. E é impossível conciliar essas duas coisas.

Rhett grunhe. Aposto que muitos dos meus relacionamentos familiares parecem terrivelmente complicados para ele.

– Você merece coisa melhor, Summer. Acho que você está tão ocupada se obrigando a sorrir e a ser feliz o tempo todo que nem percebe quando tem o direito de ficar furiosa.

Sua declaração me pega desprevenida, e procuro desesperadamente uma resposta adequada.

– Obrigada por me defender hoje. Da minha irmã. E com o... – Retiro uma das mãos do volante e agito-a quase num espasmo.

– O beijo? – sugeriu ele.

– Sim, isso. Estou muito feliz por podermos voltar a uma relação profissional depois disso.

Rhett levanta uma sobrancelha, me observando lamber os lábios e engolir em seco, evitando seu olhar.

– E obrigada por guardar meu segredo.

A única resposta de Rhett é um ranger de dentes.

## 17

# *Rhett*

**Summer:** Por favor, não faça nenhuma besteira enquanto eu estiver na reunião. Confio em você para segurar as pontas sozinho por uma tarde.
**Rhett:** Putz, princesa. Não sei. Eu posso ficar louco sem você.
**Summer:** Vai se ferro.
**Summer:** Ferro
**Summer:** *Ferro
**Summer:** CACETE. Por que meu teclado não me deixa mandar você se ferrar? Estarei de volta na hora do jantar.
**Rhett:** Quac.

– É uma péssima ideia. – Cade parece absolutamente tomado por um instinto assassino, montado em sua égua castanha enquanto cavalgamos pelo pasto.

– Como assim? – Beau, por outro lado, parece animado. – Vai ser divertido. Como nos velhos tempos.

– Nos velhos tempos, quando éramos o quê? Adolescentes?

– Isso. Exatamente. – Beau aponta para ele. – Nossa família se baseia na luta contra os Jansens. Somos como os Hatfields e os McCoys.

Cade bufa.

– Não somos como os Hatfields e os McCoys.

– Você tá mais pro Zangado da Branca de Neve, o Beau é o Capitão América, e eu sou o cara legal de *Tombstone* que arrasa muito girando as armas na mão – respondo.

– Tá mais pra Sansão, com esse cabelo todo – bufa Beau. – E eu sou o Capitão *Canadá*, muito obrigado. Ah! – Beau dá um tapa na coxa, na sela. – Não, não, não, sou o Maverick de *Top Gun*.

– Por que diabos eu sou o Zangado da Branca de Neve? – Cade resmunga por baixo da aba do chapéu.

Beau e eu só precisamos trocar um breve olhar antes de cair na gargalhada.

– Sério? – dispara Cade, balançando a cabeça. – Se vocês tivessem passado a vida inteira sendo responsáveis por dois malucos e agora cuidassem de uma criança que puxou aos tios, vocês também viveriam de mau humor.

Isso me incomoda um pouco. Eu sei que Cade carrega o peso do mundo sobre os ombros. Nos últimos anos, passei a entendê-lo melhor. Sou um meio--termo dos meus dois irmãos. Às vezes posso ser quieto e mal-humorado como Cade, mas também posso ser brincalhão e imprudente como Beau.

O problema é a falta de consciência de Beau. Ele adora o perigo, a diversão, e viver a vida ao máximo. É o filho despreocupado e nada tem o poder de abalá-lo. Pelo menos é o que parece.

Ele faz parte de uma unidade ultrassecreta, o que significa que nunca sabemos onde ele está ou o que está fazendo.

Mas somos unidos.

E é por isso que estamos aqui, cavalgando juntos até a divisa da nossa propriedade. Quando Cade mencionou que os Jansens estacionaram o trator e o cultivador em nossas terras – *de novo* –, Beau traçou um plano que só alguém com seu nível de maturidade poderia conceber.

Pelo visto estou desequilibrado o suficiente para concordar com ele. Nos dias que se seguiram ao nosso beijo, Summer continuou sendo completamente profissional, embora um pouco cautelosa. Como se estivesse apreensiva e não quisesse me irritar agora que sei de um segredo dela.

Quando vamos para a academia, ela não é mais tão dura comigo. Ela tinha adorado criar os exercícios aeróbicos mais difíceis que poderia imaginar. Tipo, me jogando uma bola enquanto eu me equilibrava em uma perna só em cima de uma meia-bola suíça. Quando eu caía, ela ria. Mas agora ela me oferece palavras de encorajamento. E é superesquisito. Eu odeio. Passei a gostar dela pegando no meu pé. Seus pequenos cutucões sarcásticos.

Eu anseio por essas interações com ela.

Então, aqui estou, recaindo em velhos hábitos. Fazendo algo que sei que não deveria porque, bem, acho que vai ajudar a gastar energia. O que me recuso a reconhecer é que o risco de ser pego também traz a chance de atenção.

Atenção negativa. De Summer, que atualmente está em reunião com o pai na cidade, e vai surtar quando descobrir que eu fiz isso.

Mas mesmo a atenção negativa de Summer parece um prêmio. Se ela quiser me dar uma bronca, tudo bem. Gosto do jeito que suas bochechas ficam rosadas, do jeito que seu lábio inferior faz beicinho, do jeito que ela revira os olhos.

Eu gostaria de fazê-los revirar de outras maneiras também, com ela se arqueando para trás enquanto seus cílios se fecham. A visão que eu teria posicionado entre suas pernas seria espetacular, eu simplesmente sei.

Chegamos ao topo da colina e vou me esforçar para acabar com essa ereção. Se meus irmãos perceberem, vai ser um inferno.

– Está vendo? – O queixo de Cade se projeta e ele balança a cabeça na direção do trator azul estacionado. Isso tem alguma importância? Provavelmente não. Mas aqui estamos de qualquer maneira. – Era de se esperar que depois de tantos anos fazendo essa merda, eles iriam parar. Só sei que fizeram isso de propósito. Eles são um lixo, todos eles.

Os Jansens não têm uma reputação muito boa na cidade, nunca tiveram. Se houver alguma confusão, pode ter certeza de que tem um deles envolvido. Na traseira de um carro da polícia, vendendo drogas, roubando, pode escolher. Eu não acho que eles sejam tão assustadores... acho apenas que são todos um lixo, como Cade disse.

Nós ficamos em nossa propriedade e eles ficam na deles. O único ponto de discórdia fica perto do riacho onde Beau construiu sua casa. Ele gosta de pescar por lá e teve que expulsar esses filhos da mãe de nossas terras duas vezes por pescar onde não deviam.

A maioria das minhas pegadinhas com os Jansens se resumia a abrir o galinheiro ou me esgueirar e cortar o barbante dos fardos de feno. Cheguei a colocar açúcar no tanque de gasolina deles uma vez? Não vou dizer.

Basicamente, o comportamento arruaceiro habitual de um menino criado em fazenda.

– Bailey não é tão ruim – interrompe Beau.

– Sim, eu me sinto mal pela Bailey – concordo.

Bailey é tranquila. Ela trabalha no turno da noite no pub e fica no seu canto. Não acredito que tenha sido fácil para ela ser a irmã mais nova de uma quadrilha de criminosos numa cidade pequena.

Cade grunhe. Eu sei que ele tem uma quedinha por Bailey. Nós três temos um carinho especial por irmãs caçulas.

– Tudo bem, pessoal. – Beau sorri e abre seu alforje, tirando um rolo de papel higiênico. – Vamos agir.

Cade realmente ri agora, enquanto passa uma perna por cima de sua montaria e pula no chão.

– Vamos lá.

Faço o mesmo, pegando meus próprios rolos de papel higiênico, tentando conter meu sorriso e a alegria infantil borbulhando dentro de mim. Na minha idade, eu não deveria ficar tão empolgado com a ideia de empastelar o trator do vizinho com papel higiênico.

Mas aqui estamos.

Cuidamos dos pneus. Da caixa de câmbio. Beau fica por baixo e cuida dos eixos. Cade se encarrega dos pistões presos ao carregador frontal. Com os três juntos, não demora muito para terminarmos.

Recuamos para admirar nosso trabalho, sorrindo de orelha a orelha. Os três meninos Eaton, unidos em suas brincadeiras infantis. Isso é bom. Parece *normal*. Não há frustração de expectativas. Não há preocupação com patrocinadores, torcedores ou pontuações.

Nossos cavalos bufam atrás de nós e me sinto hilariantemente... em paz.

– Vou dar uma olhada por dentro antes de irmos – anuncio.

– Isso, isso, cuida dos pedais e do resto – incita Beau enquanto Cade fica ali, balançando a cabeça.

– Nunca é suficiente para você, não é, Rhett? Está sempre procurando algo mais.

Eu me esquivo da verdade dessa afirmação baixando a cabeça e caminhando de volta pela grama seca em direção ao trator, com papel higiênico na mão, enquanto o sol se põe no horizonte.

Abro a porta e entro na cabine, imediatamente enrolando o volante. É quando me abaixo para tratar dos pedais que ouço uma comoção.

– Ei! Que porra é essa?

– Ah, que merda. – Esse rosnado profundo só pode ser Cade.

Eu não me precipito. Continuo abaixado e espio o campo por cima do painel. Há dois irmãos Jansen parados no lado oposto de uma vala rasa, vermelhos que nem um tomate, gritando e gesticulando.

E então olho para meus irmãos. Dois covardões que já estão subindo nos cavalos, rindo.

Os outros dois correm em direção a eles e assustam meu cavalo. Em poucos instantes, meus irmãos e *a minha montaria* se afastam pelo campo, gritando e rindo.

Também começo a rir quando vejo Beau virar para trás e levantar três dedos em uma espécie de saudação, antes de gritar:

– Que a sorte esteja sempre a seu favor!

Que idiota.

Os Jansens dão início à perseguição, o que é uma estupidez, considerando que estão a pé.

Eu analiso minhas opções. Posso sair do trator e correr, ou posso ficar abaixado e torcer para que eles fiquem com preguiça de limpar toda essa sujeira neste momento.

Quando vejo o mais velho tomar um longo gole de uma lata de cerveja, opto por ficar quieto. Se eu tomasse uma ou duas cervejas, deixaria para resolver essa bagunça amanhã.

– Detesto aqueles filhos da puta – diz Lance Jansen, chutando uma pedra.

– Devemos mover o trator daí? – pergunta o mais novo.

Eu nem consigo lembrar o nome dele. Ele é mais novo que eu, enquanto Lance estava na minha série.

– Agora foda-se. Vou estacionar aqui todos os dias a partir de hoje. Já basta saber que isso os deixa irritados.

Eu inclino a cabeça. Ele tem razão. Não que eu vá admitir isso em voz alta. Fico escondido até que a conversa deles acabe e, quando tenho certeza de que se foram, termino meu trabalho.

E capricho *muito*. Ou seja, cubro aquela porcaria de papel de cima a baixo. Então, saio e subo a colina, olhando para trás de vez em quando para me certificar de que aqueles caipiras filhos da mãe não voltaram para me pegar. Alguém mais esperto teria percebido que havia três cavalos e apenas duas pessoas.

Mas Lance e seu irmão não são espertos.

A primavera está no auge e nem fico aborrecido com a caminhada. Eu me perco em pensamentos sobre as montarias deste fim de semana. Partimos amanhã e preciso me concentrar na competição. Meu ombro não está tão ruim, mas também não está ótimo – o que faz sentido, considerando que os resultados do exame mostraram que preciso de uma cirurgia.

Mas não vou nem pensar em operar até que este último Campeonato Mundial esteja garantido. O médico odiou minha recusa. Acho que Summer também não gostou muito, considerando a maneira como ela apertou os lábios com força. Mas pelo menos não me repreendeu.

Ela entende.

Por tudo que passou, entende meu desejo de ter sucesso. De perseverar. De não ser vítima das circunstâncias. E em vez de me dissuadir, ela gritou com o médico para ele parar de me tratar como uma criança.

A voz dela era dura e cortante e...

– Rhett Eaton. O que diabos você acha que está fazendo?

Áspera. Bem assim. Levanto os olhos bem a tempo de vê-la montada no meu cavalo, com um vestido branco esvoaçante e botas de couro de cobra.

Se a expressão dela estivesse mais para *Por favor, me come* e um pouco menos para *Vou te matar*, eu ficaria de pau duro só de vê-la.

– Estou caminhando de volta para casa – respondo com uma piscadela.

Algo que percebi que ela odeia. A piscadela. Adiciono isso mentalmente à minha lista de maneiras de irritá-la.

Ela me olha furiosa.

– Aquilo. – Ela aponta o trator.

– Ah. Aquilo. Eu e meus irmãos estamos só gastando um pouco de energia.

Ela para com o cavalo na minha frente, o corpo balançando suavemente em cima do animal.

– É assim que três homens com mais de 30 anos na cara gastam energia? Por que você não pode simplesmente ser um babaca padrão e me fazer correr atrás de você enquanto tenta comer todas as suas fãs?

Eu olho para ela, um pouco surpreso com a explosão.

– Jura que é isso que você prefere?

Seu lábio inferior se projeta quando ela levanta o queixo. Summer engole em seco enquanto olha para mim, furiosa, mas não diz nada por vários segundos, só me encarando.

Eu finalmente encolho os ombros e baixo o olhar.

– Foi mais pela nostalgia. Tenho certeza de que Beau irá partir a qualquer momento. Na nossa profissão, a gente nunca sabe quando será a última vez que faremos merda juntos.

Ela pisca. Como se não tivesse levado em conta que nós dois temos um emprego que coloca nossa vida em risco. Então, ela dá um tapinha na traseira do cavalo enquanto levanta uma perna para me oferecer o estribo.

– Sobe aqui, seu bobalhão.

– Vai me fazer montar que nem uma mocinha, princesa?

Apoio um pé no estribo e subo um pouco desajeitadamente.

– Se a carapuça serviu... – resmunga ela, fazendo o cavalo avançar.

Em vez de segurar na sua cintura, deslizo os braços em torno de seu corpo minúsculo e cubro suas mãos com a minha.

– Peguei.

Por um minuto, seus dedos se fecham com força, como se ela não quisesse soltar. As rédeas, ou o controle, ou toda a tensão em seus membros.

Mas então ela suspira, e sinto seu corpo relaxar contra o meu enquanto nós dois balançamos no ritmo oscilante de nossa montaria. Ela parece sem fôlego, assim como o pobre cavalo.

– O que você fez? Partiu a galope para a batalha? – pergunto.

– Não sem antes esculhambar seus irmãos. Mas enfim, eu não sabia em que tipo de encrenca você estava metido. Se precisava de ajuda.

Ela estava correndo para me ajudar. Para estar ao meu lado.

Seus dedos seguram a sela e seus ombros roçam meu peito. Não consigo me conter. Pego as rédeas com uma das mãos e ponho a outra na frente de seu corpo.

– E como foi? – digo baixinho, sentindo-a estremecer enquanto um arrepio percorre seu corpo.

Summer pigarreia.

– Bem, Cade só cruzou os braços e ficou me olhando, furioso. Beau parecia um cachorrinho depois de levar um pontapé. Ah, acho que seu pai e Luke podem ter feito xixi nas calças de tanto rir.

Uma risada profunda ressoa em meu peito, e eu sinto que ela ri também, suas costas tocando meu peito enquanto subimos outro sopé ondulado. É muito bom segurá-la nos meus braços. Ela está relaxada comigo, e eu curto a sensação.

Sem nem pensar, meu polegar começa a se mover em círculos suaves na sua pele. Esfregando a costura inferior do sutiã através do algodão.

– Acho que você não estava mentindo quando disse que sabia montar.

Ela coloca a mão sobre a minha, a mesma que segura as rédeas. Respiro fundo, surpreso com sua ousadia repentina. Seu toque é quente enquanto as pontas delicadas de seus dedos acariciam meu anel de prata. Mas qualquer que seja o estado hipnótico em que ela tenha entrado, ele evapora diante dos meus olhos, e ela puxa a mão de volta.

Ela se senta um pouco mais ereta, afastando-se consideravelmente.

– Desculpe. É, pois é, eu era muito boa antes de os problemas cardíacos piorarem. Foi assim que conheci minha melhor amiga, Willa, aliás. É também por isso que eu deveria saber que montar com essa roupa ia ferir minhas coxas. – Ela se mexe na sela.

Eu me inclino e sussurro em seu ouvido:

– Bem, sua bravura não me passou despercebida.

Ela me dá uma cotovelada.

– E sua estupidez não me passou despercebida. Se você tivesse sido pego, ia sobrar para *mim*. Eu teria decepcionado outras pessoas.

– Você nunca se cansa de viver para agradar todo mundo o tempo todo? Não fica chato?

Brinco dando uma mordida divertida na ponta da sua orelha, mas com base na maneira como Summer fica tensa, ela não acha graça.

– Deixa eu sair daqui. – Ela empurra um dos meus braços que está encostado no dela.

– O quê?

– Deixa. Eu. Sair. Daqui.

– Summer, não tive intenção...

– Eu sei qual era a intenção. E é apenas mais uma prova de que você não entende o que é responsabilidade além daquilo que *você* quer e daquilo que faz *você* se sentir bem.

Afasto meu braço e ela passa a perna por cima do pescoço do cavalo, e desce com facilidade. Chego a vislumbrar a calcinha rendada, mas desvio o olhar depressa. Ela está claramente chateada, e parece pouco cavalheiresco olhar sua calcinha enquanto ela tenta dar o fora.

– Summer, espera.

Ela levanta a mão para me impedir.

– Por favor. Me deixa um pouco sozinha. Preciso pensar. Preciso de espaço.

– Eu...

Ela balança a cabeça e fecha os olhos para respirar fundo.

– Rhett. Por favor. Eu preciso de *espaço*.

Percebo a oscilação em sua voz e, por mais que eu queira ficar, abraçá-la e fazer tudo ao meu alcance para que se sinta melhor, respeito seu pedido.

Porque sou um *cavalheiro*. E aceitarei os desejos dela, mesmo quando não gostar deles. É óbvio que toquei em um ponto delicado. Então, faço meu cavalo andar e inclino meu chapéu no caminho, numa saudação casual.

Passo os minutos seguintes tentando entender o que aconteceu. Que gatilho eu acionei com meu comentário? Foi alguma coisa que a fez querer dar o fora, isso é certo.

De volta ao rancho, meus irmãos não estão em lugar nenhum. Eles se esconderam para lamber as feridas – algo que me faz abrir um sorriso. Eu queria estar aqui para ver Summer soltar os cachorros em cima deles. Seu lado cuidador é forte. Por mais que queira agradar as pessoas, ela tem esse lado implacável. Esse jeito protetor.

E eu adoro isso.

Tiro a sela do meu capão baio, dou-lhe uma escovada rápida e o dispenso com um tapinha no ombro. Então caminho de volta até o portão que dá para o pátio principal, me encosto em um poste da cerca e espero Summer.

Quando ela finalmente aparece, minha respiração congela em meus pulmões. Ela é uma deusa em um vestido branco esvoaçante apertado na cintura e em botas de cano alto. Coxas musculosas fazem uma aparição inesperada pela fenda da saia. Suas mãozinhas estão cerradas ao lado do corpo, e ela encara o chão, resmungando sozinha, fios escuros de cabelo voando à frente de seu rosto.

Parece que está no meio de um conflito interno. Um canto da minha boca se ergue, achando divertido vê-la adoravelmente irritada.

– Rhett, não estou no clima – diz ela quando ergue a cabeça e me pega olhando para ela.

– Tá bem. É justo. Parece que você está se saindo muito bem sozinha.

Seus lábios se abrem, mas nenhum ruído sai. É uma distração e tanto. Distrai o suficiente para eu ficar aqui, encostado no poste da cerca enquanto ela vem em minha direção.

Com um suspiro pesado, Summer baixa os ombros.

– Você poderia simplesmente parar? Por favor.

– Por quê?

Estico os braços para segurar a cerca, porque sem algo para agarrar, posso agarrar *Summer*. E não é disso que ela precisa neste momento.

Ela passa as mãos pelos cabelos. Parece agitada, mas também derrotada.

– É só que... estou tentando fazer tudo direito. Estou me esforçando para não decepcionar ninguém. O meu pai. A empresa. Você. É muita responsabilidade, e parece que me envolvi demais com esse trabalho.

O tremor em sua voz e a exaustão em seu corpo realmente mexem comigo. Ela só tem 25 anos, acabou de sair da faculdade, e, embora eu não tenha tornado a vida dela um inferno ou algo parecido, sei que não tenho sido exatamente prestativo.

Summer se dedica tanto aos outros. Ao pai. À irmã. À madrasta. A todos que ela conhece.

*A mim*.

Mas quem é que está cuidando *dela*?

Ela é alegre e otimista, e faz piada mesmo nas adversidades. Mas agora ela parece cansada. E depois de tudo que fez por mim, dar força a ela parece a coisa certa a fazer.

Solto a cerca e mantenho os braços bem abertos.

– Vem cá – chamo.

– Não é uma boa ideia.

Ela revira os olhos e mordisca o lábio inferior, mas tenho a sensação de que faz isso principalmente para afastar as lágrimas. Ela reluta, mas acaba vindo para os meus braços, e eu a envolvo com eles.

Nos primeiros momentos ela mantém uma distância educada, mas quando abaixo a cabeça e solto um suspiro na curva de seu pescoço, ela se entrega. Um braço está jogado sobre meu ombro enquanto o outro traça hesitantemente minhas costelas.

E eu apenas a abraço com mais força.

Ela é saudável, forte e resistente, e ainda assim tão frágil. Parece pequena em meus braços, e a maneira como me agarra beira o desespero. Eu gostaria de poder aliviar toda a sua dor, toda a sua preocupação, toda a sua ansiedade.

É quase como se ela não percebesse toda a força que tem.

Mas eu percebo.

E queria poder fazê-la ver isso também.

Não tenho certeza de quanto tempo ficamos abraçados, enquanto o sol dourado se põe nas colinas atrás de nós.

Quando ela finalmente se afasta um pouco, seus olhos se grudam aos meus. E o que eu vejo é um ar de confusão.

– Sinto muito por ter dificultado seu trabalho hoje – digo, e é verdade. – Passei tanto tempo cuidando de mim que, sinceramente, aquilo parecia uma forma de diversão. Bem, não estou acostumado a prestar contas a outra pessoa.

É uma constatação preocupante. Sou um homem que vive seu dia a dia de acordo com o que parece bom, sem se importar com as pessoas ao redor.

Ela assente, os olhos agora encarando a minha boca.

– Dá pra você esperar até ganhar o campeonato para se divertir? Então pode fazer o que quiser. Não vai demorar muito.

Meus dedos pulsam em sua cintura e é minha vez de ficar olhando para sua boca. Eu solto um gemido. *O que eu quiser*. Que tentação.

Seu peito sobe e desce com alguma tensão agora.

– Rhett. Você não pode me olhar desse jeito – diz ela, ofegante. – Realmente não pode.

Seus olhos se fecham, como se ela pudesse me apagar de sua mente.

– Por que não? – Minha voz está completamente rouca enquanto absorvo a expressão de sofrimento em seu rosto.

– Porque é confuso.

*Pra cacete.* Eu me abaixo e levanto suas pernas, colocando-as em volta da minha cintura. Exatamente onde deveriam estar.

– Eu estava tão errado sobre você. E agora? Agora não estou nem um pouco confuso.

Meus dedos apertam com força sua coxa tonificada e minha mente viaja, imaginando como seria se ela me envolvesse todo.

*Com todo o corpo.*

– Rhett?

Ela não se afasta. Na verdade, seus dedos estão enroscados no meu pescoço, puxando meu rosto para mais perto dela, quer ela perceba ou não.

E então sua boca se aproxima. Seu corpo diz sim, mas as palavras dizem que ela não tem tanta certeza.

Deixo minha mão percorrer seu torso, sentindo-a estremecer ligeiramente sob meu toque. Eu acaricio seu pescoço com meu polegar, sentindo sua pulsação. A maneira como ela está acelerada.

– Me diz o que você quer, Summer. – Nossos lábios estão tão próximos, mas sem se tocar. – Se este fosse seu último momento na terra, o que você gostaria que eu fizesse?

Um gemido desesperado escapa dela enquanto seus olhos se fecham novamente.

E ela se afasta. Baixa as pernas e a brisa da primavera a empurra para fora do meu alcance. Sua expressão está abalada e sua postura é de derrota.

Summer é orgulhosa e responsável. Duas características que eu admiro muito.

Por isso uma pequena parte de mim não se surpreende. Eu fito sua mão trêmula, erguida entre nós, num sinal para que eu não me aproxime mais.

– Infelizmente, este não é meu último momento na terra. – Ela engole em seco e olha para trás, como se estivesse envergonhada. – Até agora passei a maior parte do tempo fazendo trabalho burocrático na Hamilton Elite. Estou... Estou tentando manter nosso relacionamento profissional. *Preciso* manter esse relacionamento profissional, se for trabalhar neste setor. Não posso gerenciar atletas se vou ficar com eles. Você precisa encontrar outra pessoa para esse joguinho.

Essa última frase é um tapa na cara. Primeiro porque ela pensa que tudo que eu quero dela é sexo, segundo porque pensar nela com outros homens me deixa louco, e terceiro porque sei que ela não está errada.

– Preciso ir – sussurra ela com tristeza. – Preciso fazer as malas. Nosso voo é amanhã.

E então ela se vira. Quase vou atrás dela, mas Luke contorna em disparada um canto do celeiro principal, acenando para mim, gritando algo sobre carneiros enquanto passa correndo por Summer com uma saudação entusiasmada.

Ela se vira para me olhar, a expressão tensa e confusa. E quase me sinto mal por tocá-la, porque sei que ela também quer e que vai se culpar por isso.

Isso é o que alguém responsável faria.

Mas não sou *tão* responsável assim.

É por isso que *quase* me sinto mal por tocar Summer Hamilton. Não há nenhuma outra mulher com quem eu queira fazer esse jogo.

# 18

## Summer

**Summer:** Eu quase beijei o caubói de novo.
*chamada de Willa*

– Espera aí. Então você não o beijou? – Willa parece horrorizada com a ideia.

– Não, Wils.

Eu suspiro. Esta manhã ainda estou confusa por causa do incidente de ontem com Rhett. Ainda um pouco envergonhada pela minha reação ao descer do cavalo e voltar para o rancho mal-humorada. E ainda um pouco obcecada com a sensação de apertá-lo contra mim enquanto fazíamos o caminho de volta.

Parecia bom demais.

Ah. Também estou com hematomas na parte interna das coxas por ter cavalgado que nem uma louca para resgatar Rhett daquilo que eu imaginava ser uma espécie de duelo caipira.

– Que decepção. Você é tão chata às vezes. Uma chata jovem e atraente que deveria estar aproveitando a vida.

Ela suspira e, do outro lado da linha, dá uma mordida em algo crocante.

– Obrigada pelo voto de confiança, minha melhor amiga. Como vai sua vida amorosa, se eu sou assim tão chata?

– Blé. Cada vez que penso que conheci alguém especial, ou a pessoa acaba me matando de tédio ou começa a querer me dizer o que fazer.

Eu rio.

– Boa sorte para o homem que tentar dizer o que Willa Grant deve fazer.

– Amém – responde minha amiga.

– Você precisa mesmo se colocar em primeiro lugar. Não aceite qualquer coisa, Wils.

Ela fica em silêncio por alguns momentos. Ouço apenas os sons da mastigação. Deve ser cookie. Ela adora fazer guloseimas.

– Você deveria seguir seus próprios conselhos.

Solto um grunhido ao ouvir isso. Acredito que, se tenho o direito de bombardeá-la com a verdade, ela também tem esse direito.

– Vou tentar, se você fizer o mesmo.

– Tudo bem – Eu percebo o sorriso na sua voz. – Vai me dando notícias sobre a montaria no caubói.

Balanço a cabeça e digo "Eu amo você, sua psicopata", antes de desligar.

Vou até a cozinha aconchegante para tomar uma xícara de café antes que Rhett e eu precisemos ir para o aeroporto.

Sinto um frio na barriga só de pensar em ficar cara a cara com ele depois de praticamente me jogar nos braços dele na noite passada. Ele foi um perfeito cavalheiro, sem avançar além daquilo que eu estava disposta a conceder. Mas há uma parte de mim que gostaria que ele tivesse agido de forma diferente. Então eu não estaria me culpando por não pedido a ele para me beijar de novo.

Porque eu sei que seria bem diferente se Rhett Eaton me beijasse de verdade, e não apenas para fazer uma cena para o meu ex. Diferente de um jeito *bom*.

E não sei se estou pronta para ultrapassar esse limite com ele. Já estamos perigosamente próximos, mais próximos do que pode ser considerado profissional, mas não no nível de falta de profissionalismo que arruinaria a carreira.

*Amigos.*

Solto uma risada silenciosa ao ver como tenho talento para mentir para mim mesma enquanto entro na cozinha e abro meu sorriso favorito, aquele que uso como uma armadura.

Mas não tem necessidade. As únicas pessoas aqui são Harvey e Cade.

– Bom dia – cantarolo, enquanto entro e pego uma caneca do armário de madeira.

– Bom dia, Summer. – Harvey sorri gentilmente, como sempre.

Cade cruza os braços e se recosta na cadeira. Solta um grunhido baixo e inclina o queixo em forma de saudação.

– Não é uma pessoa matutina, Cade? – pergunto, sabendo que estou cutucando a onça e sem me importar muito.

Ele bem que precisa de umas cutucadas.

– Sou fazendeiro. Claro que sou uma pessoa matutina. Já estou acordado há horas.

Sirvo-me da última xícara de café, recosto-me no balcão e sorrio para ele por cima da borda da caneca.

– Quer dizer que seu problema é apenas com o bom humor, de uma forma geral?

Sua bochecha se ergue momentaneamente antes que ele a esconda com sua própria xícara de café.

– Não, estou apenas me esforçando para pedir desculpas.

– Para quem? – Minha cabeça gira enquanto meus olhos se voltam para Harvey, que bufa.

– Para você – resmunga Cade, como se lhe doesse fisicamente fazer isso. – Rhett é meu irmão mais novo. Eu não deveria ter deixado ele lá ontem à noite. Eu é que deveria ter voltado e buscado ele. Deveria ter ficado ao lado dele para ajudá-lo.

– Hum. – Assinto e tomo um gole de café, pensativa. – Então você quer pedir desculpas a Rhett, certo?

Cade revira os olhos.

– Mulheres. – Isso é tudo o que ele diz.

E me faz querer acertar um soco em seu rosto viril e esculpido.

– Se ele for pego se metendo em mais encrenca, isso prejudicará seus patrocínios. Sua carreira.

– Que bom. Já está na hora de ele largar essa história de montaria.

– Ah, que bom. Essa conversa de novo – diz Rhett, anunciando sua presença na cozinha.

Ele vai direto para a cafeteira.

– Ai, que droga, desculpe, vou fazer mais.

Estendo a mão para o recipiente cheio de grãos ao mesmo tempo que Rhett. Nossas mãos se tocam, o que provoca faíscas na minha pele enquanto puxo o braço e olho para ele. Para sua cara feia. Para seus calorosos olhos dourados que encaram o ponto onde aperto minha mão contra o peito.

Os irmãos Eaton estão *atacados* esta manhã.

– Está tudo bem. Eu cuido disso. – Ele faz um sinal com a mão para eu sair do caminho, para longe dele.

E isso faz meu estômago embrulhar. Ele nem quer ficar perto de mim. E quem poderia culpá-lo, depois dos sinais contraditórios que tenho dado?

– Você sabia que eles desenvolveram os eventos de rodeio para mostrar e aprimorar habilidades úteis na pecuária, Summer? – pergunta Cade enquanto puxo cuidadosamente um assento à mesa.

– Não sabia – respondo com cautela, observando as costas tensas de Rhett no balcão.

– E você sabe o que ninguém em um rancho ou fazenda faz?

– Não, mas pelo visto você está doido para me contar – balbucio, sabendo que isso vai acabar mal.

Depois de anos vendo Winter preparar um insulto com toda a habilidade, meus sentidos-aranha são aguçados.

– Montar um touro – prossegue Cade, sem dar a mínima para a linguagem corporal do irmão. – Não serve para nada, não demonstra nada. É só perigoso e inútil. E aí, enquanto o Rhett está passando o rodo nas marias--breteiras da vida e arriscando o pescoço...

– Cade – alerta Harvey, os olhos se alternando entre os dois irmãos.

Percebo que não é a primeira vez que ele testemunha essa conversa.

– Estou aqui dia após dia, trabalhando feito um corno para dar conta desse lugar. Cuidando do meu filho. Sendo responsável. Como já faço há anos.

Rhett gira o corpo no mesmo instante.

– Se quer que eu tenha pena de você, mano, pode ter certeza de que eu tenho. Mas essa conversa de pobre coitado nem é o que mais me dá nos nervos. O que me irrita mesmo é o fato de você ter *tanto* e ainda estar tão *puto* com tudo. – Ele balança a cabeça e pressiona os lábios para não dizer o que está prestes a dizer. Sai da cozinha, olhando para trás. – Vamos lá, Summer. A gente pode tomar café na cidade.

A cozinha fica mortalmente silenciosa. Tudo o que consigo ouvir é o ti-que-taque do relógio de pêndulo na sala de estar, algo que parece ameaçador após a discussão acalorada.

Sem dizer uma palavra, despejo o café na pia e coloco minha caneca na máquina de lavar louça. O ar está pesado, e eu quero escapar dali correndo. Gosto de agradar os outros, mas essa é uma situação sem saída.

Sigo em direção ao corredor, mas paro quando chego ao arco, agarrando-o e batendo meus dedos contra ele antes de me virar para encarar os dois homens na cozinha.

– Sabe, não cabe a mim dizer, mas vocês precisam saber que o Rhett faz o que faz por vocês. Por este lugar.

O queixo de Cade se projeta quando ele me olha fixamente. E em seus olhos vejo um lampejo de confusão.

– Eu não estava brincando. Você deve um pedido de desculpas a Rhett. Um grande pedido de desculpas.

Bato na parede e dou um sorriso inexpressivo. Então, vou embora.

Porque, embora Rhett possa não querer estar perto de mim agora, estou descobrindo que não quero nada além de estar perto dele.

Estou grudada a Rhett desde que chegamos a Blackwood Creek. Ele tem estado distante e, para ser franca, vem se comportando como um idiota resmungão.

Mas não deixo isso me afetar. Passei a conhecê-lo bem o suficiente nas últimas semanas para saber que às vezes ele só precisa lamber as feridas. Para processar.

E não tenho dúvidas de que Cade o constrangeu hoje de manhã.

Ele está sentado em um banquinho numa mesa diante de uma câmera, dando uma entrevista. Está fazendo um trabalho excepcional ao ativar o charme e se apoiar em sua educação rural para acalmar seus fãs ofendidos.

– Sabe, Sheila, como fui criado em uma fazenda de gado, sei o quanto nossos produtores trabalham para levar um produto de qualidade ao mercado. Já vi meu pai ralar muito. Ele só parou por causa de um acidente de trabalho, e agora meu irmão mais velho passa os dias administrando o lugar. Minha esperança é fazer o mesmo na fazenda da família em algum momento.

Sheila sorri, um pouco simpática *demais* para o meu gosto, e se inclina em direção a ele.

– Isso é louvável, Rhett. Sua família deve estar muito orgulhosa de você.
Ele olha para mim antes de abrir um sorriso em seu rosto muito bonito.
– Somos muito unidos.

Sinto um nó no estômago. Rhett é muito mais duro consigo mesmo do que qualquer um imagina. Ele encarna tão bem o personagem que todos ao seu redor estão convencidos de que ele é bem mais feliz do que realmente é.

Bem mais saudável também.

Porque não deixo de reparar como ele geme ao levantar do banquinho. Está todo dolorido, e nem toda a terapia, todos os exercícios e alongamentos que temos feito conseguem esconder isso. Seu corpo está compensando as lesões não tratadas. Sinto vontade de amarrá-lo e obrigá-lo a se cuidar direito.

Mas também compreendo a necessidade dele de fazer algo para provar a si mesmo que consegue, para realizar algo que será bom para todos ao seu redor. Então, mordo a língua sempre que tenho vontade de dizer a ele o que fazer.

Minha simples presença já deve ser suficientemente irritante. Não preciso abusar da sorte.

Quando finalmente se aproxima de mim, ele estende o braço, apontando para as escadas que saem da sala da imprensa. Enquanto ando na frente dele, olho para trás. E eu o pego em flagrante olhando para minha bunda.

Comprei uma calça Wrangler de lavagem clara hoje de manhã, de uma loja local, e está claro que Rhett aprova. Não chega aos pés daquelas lindas perneiras customizadas que eu andei paquerando no último evento, mas pelo menos chamo menos atenção com essa calça e minha nova camiseta da Federação estampada com a caveira de um touro Longhorn.

Além disso, com a calcinha rendada vermelha brilhante que estou vestindo e as botas de couro de cobra, me sinto uma espécie de gostosona no estilo western.

– Você foi bem – digo, obrigando-o a me encarar. – Um rubor cobre meu rosto e desvio o olhar ao acrescentar: – Estou orgulhosa de você.

A mão enluvada de Rhett esfrega a corda de forma metódica, o queixo tenso, o rosto concentrado. Da última vez, vê-lo se preparar para a montaria me deixou empolgada. Fascinada.

Mas hoje estou nervosa.

Não tenho certeza do que mudou nas últimas semanas. Tudo que sei é que, esta noite, vê-lo subir em um touro é diferente. Parece que meu coração está batendo tão forte que vai sair do peito... Caramba, todo o meu peito vibra com a adrenalina.

Eu sei que ele sabe o que está fazendo. Sei que é um dos melhores. Mas quando ele faz um sinal positivo com a cabeça, acho que vou vomitar de nervoso.

Os portões se abrem e o touro preto dispara, de cabeça baixa e levantando os cascos, sacudindo Rhett por todo o lado. A multidão aplaude desta vez, mas eu enterro os cotovelos nos joelhos e tapo a boca, sentindo um calor desconfortável por todo o corpo.

Ele é um espetáculo para ser visto. A maneira como se move. A calma em seu corpo, o braço erguido. Quando o touro vira, seu corpo vira junto, tudo em sincronia. A raiva do touro parece ser compensada pela expressão de paz no rosto de Rhett.

De alguma forma, yin e yang. Nem todo caubói que entra neste ringue tem essa qualidade. A serenidade, a magia enquanto o touro se contorce violentamente. Rhett tem um dom intangível que o coloca num patamar acima de seus concorrentes. Para mim, está claro como o dia.

Eu me pergunto se todo mundo enxerga o mesmo que eu.

Quando a campainha toca, relaxo na cadeira e esfrego o peito, esperando que a bola de tensão que se acumulou ali se dissipe.

Isso só acontece depois que um cavaleiro remove Rhett das costas do touro, com toda a segurança.

E quando anunciam sua pontuação de 91, eu me levanto e vibro. Assobio alto, só que desta vez minha comemoração se mistura aos aplausos da multidão.

Seus olhos me encontram de qualquer maneira, e eu rio, cercada pela vibração das pessoas que ele pensava ter afastado. Espero que ele desfrute desse momento. Ele merece.

De algum modo, porém, Rhett não parece tão feliz quanto deveria estar.

Está parado no ringue, de capacete na mão, olhando para mim. Seu olhar parece me atravessar. Como se ele pudesse ver meu coração remendado dentro do meu peito.

Com todos ao meu redor gritando seu nome e torcendo por ele, alguém que pertence *a eles* há mais de uma década, parece que ele é meu. Porque ele está olhando *para mim*.

Rhett não parece pertencer a eles quando me olha desse jeito. Eu me pergunto por um momento se ele sente que sou dele. A única pessoa na multidão que ele busca.

A boca de Rhett se abre em um sorriso irônico e ele balança a cabeça, tirando o elástico de seu cabelo rebelde, tão gostoso que chega a me doer.

Eu o vejo sair da arena, as franjas da calça balançando, os ombros caídos – apesar de todo o burburinho da multidão. E me pergunto: se este fosse meu último momento na Terra, eu partiria feliz?

A resposta é: eu partiria cheia de arrependimentos. Partiria sabendo que fiz tudo ao meu alcance para deixar todos ao meu redor felizes, mas não consegui fazer o mesmo por mim.

Estou de pé, em movimento, pedindo licença repetidamente enquanto meus joelhos colidem com os das pessoas na minha fileira de assentos, sentindo a conexão entre mim e Rhett mais acentuada do que nunca. Como um puxão no centro do meu peito me levando para ele. Como se fosse uma força da natureza e eu não pudesse negar a atração.

Desço correndo os degraus antes de caminhar o mais rápido que minhas pernas curtas conseguem me levar até os bastidores, passando pela rampa de touros e descendo o beco que leva aos vestiários. Eu mostro a credencial para o segurança com um sorriso breve e inexpressivo.

Ele me diz algo, mas tudo que consigo ouvir são as batidas saudáveis e uniformes do meu coração no peito. Vejo Rhett e quase sorrio antes de parar bruscamente.

Ele está com um braço apoiado em uma cerca metálica e o chapéu de cauubói voltado para trás na cabeça. Posso ver as pontas de seu cabelo roçando as costas enquanto ele se inclina para a mulher à sua frente.

Ela é linda. E eu a reconheço do último rodeio.

Meu estômago revira e meu peito dói. É exatamente o que eu disse a ele para fazer. Ele me deu a oportunidade de dizer que eu também o queria, mas eu neguei. Eu disse a ele para fazer o jogo dele com outra. Eu deveria estar feliz por ele ter me dado ouvidos pela primeira vez.

Mas estou arrasada. Nunca ignorei a reputação de Rhett, mas ele nunca fez jus a ela na minha frente. Sinto um gosto ruim na boca diante dessa visão.

Viro-me para ir embora, sem querer ver mais do que já vi, mas colido com um peito duro como pedra e olho para o rosto sorridente de Emmett Bush.

– Está indo para onde, querida? – diz ele lentamente.

Eu junto os lábios, examinando minhas opções, avaliando as emoções conflitantes dentro de mim e me culpando por sempre ser tão responsável. Tão responsável a ponto de fazer com que alguém de quem eu realmente gosto aja *assim*.

– Não tenho certeza. Minha agenda está em aberto. Tem alguma ideia? – pergunto, a imprudência correndo em minhas veias.

Emmett sorri de novo e passa um braço em volta do meu ombro.

– Tem um bar para irmos.

Fico rígida e me afasto um pouco. Ele não me dá a mesma sensação de conforto que sinto quando estou nos braços de Rhett. Mas talvez não seja preciso sentir nada.

Talvez eu só esteja precisando de diversão.

– Ei, Eaton – grita Emmett, e eu estremeço. – Pega a sua garota e vamos para o The Corral. Vamos comemorar o fato de você ter me derrotado por muito pouco! – Ele ri e vai me puxando.

E eu vou, recusando-me a olhar para trás. Estou apavorada demais com o que posso ver.

# 19

## Rhett

**Kip:** Belo espetáculo essa noite, garoto.
**Rhett:** Foi.
**Kip:** Tem alguma coisa errada?
**Rhett:** Sua filha é o que tem de errado.
**Kip:** Não acredito em você. Essa garota é uma das melhores pessoas que eu conheço. E não estou dizendo isso só porque sou o pai dela.
**Rhett:** Sim, ela é. Esse é o problema.

Tomo um gole agressivo da cerveja de merda que tenho nas mãos antes de colocá-la de volta na mesa com muito mais força do que pretendia.

– Cuidado pra não quebrar esse negócio aí, chefe. – Theo ri e dá um gole, os olhos alegres enquanto se senta à minha frente na mesa alta.

Em vez de responder à sua provocação, rolo a garrafa entre as mãos, enquanto a música country toca a todo volume no bar.

– Achei que seu humor fosse melhorar depois de vencer. De novo. Você morreria se desse ao resto de nós uma chance de brilhar?

– Você é jovem, Theo. Trabalhe mais. Faça por merecer. Provoque mais o seu touro e aguente firme, em vez de seguir o caminho mais fácil. Não basta ser medíocre para vencer essa competição.

Estou sendo duro, mas provavelmente é hora de ele subir de nível. Se o pai dele ainda estivesse por perto, diria a mesma coisa. Lembro-me dele fazendo o mesmo comigo.

Ele passou a mão na minha cabeça até que um dia me jogou aos leões. Tudo para o meu bem. Para alguém competitivo como eu, funcionou.

Theo bufa, jogando a cabeça ligeiramente para trás. Ele está mantendo a calma, mas posso dizer, pelo brilho em seus olhos, que o deixei um tanto irritado. Só o suficiente para fazê-lo querer melhorar. Pequenos incentivos o tempo todo.

Eu adoro vê-lo se desenvolver e adoro estar ao lado dele, mesmo desejando que fosse o pai dele que estivesse aqui, em vez de mim.

Por mais que eu tente manter meus olhos focados na cerveja em minhas mãos, eles são atraídos para onde Summer está sentada com aquele verme desprezível, Emmett. Só consigo ver suas costas, o contorno da sua cintura no ponto em que sua nova camisa da Federação está enfiada naqueles jeans justos, apertados com um cinto com costuras coloridas. O modo como se ajustam à curva generosa dos seus quadris me perturba de uma forma indescritível.

Estão sentados em banquinhos muito próximos um do outro, e ele se aproxima para dizer algo a ela, todo cheio de risadinhas. Faz o estilo menino de ouro despreocupado, enquanto estou sentado aqui carrancudo como um Neandertal.

– Você acha que ficar com Cindy é uma má ideia? – Theo chama minha atenção de volta para ele com uma mudança completa de assunto.

– Não sei. Por que seria má ideia? Ela gosta de você. Foi por isso que ela quis falar comigo, para descobrir se eu sabia o que você ia fazer hoje à noite. Como se eu fosse uma das amiguinhas dela. – Balanço a cabeça e tomo outro gole da minha cerveja.

Nas outras temporadas, se eu tinha vontade de comemorar depois de uma boa montaria, saía do ringue e arranjava uma fã. Mas a vontade de fazer isso diminuiu de forma gradual, e além disso as meninas estão ficando cada vez mais jovens. Jovens demais.

Ou eu continuo envelhecendo. Acho que é o mais provável.

– Porque ela é maria-breteira, cara. Também ficou com outros caras da competição.

– E daí, Theo? Tenho certeza de que vi você atracado com uma das amigas dela um dia desses, quando entrei no vestiário.

Ele ri alto agora.

– Tinha esquecido disso.

– Você gosta dela?

Ele assente com um sorriso tímido.

– Gosto. Acho que sim.

– Então, quem se importa? Talvez dê certo, talvez não. Só não precisa ser babaca. Seja direto. Marias-breteiras também têm sentimentos. – Pisco para ele.

– Ah, conselhos amorosos do famoso mulherengo Rhett Eaton!

Ele aponta a garrafa de cerveja na direção da minha para um brinde e eu ignoro, optando por apenas tomar outro gole. Não tenho tanta certeza de que meu comportamento do passado seja motivo de comemoração.

Volto a dar uma espiada em Summer. Não consigo impedir que meus olhos ou minha mente se dirijam a ela. Se ela for embora com Emmett, eu posso explodir de ciúme.

Ele passa o braço nas costas da cadeira dela como se tivesse direito sobre ela.

– E por falar em garotas... – Theo ergue e abaixa as sobrancelhas e aponta para Summer com o queixo.

– O que é? – disparo. – Minha babá?

– Eu não julgaria. Pegar a babá é um clássico por algum motivo.

– Eu não acabei de falar que você não precisa ser babaca? – Tenho que me lembrar de que ele tem apenas 22 anos, e que anda por aí com uma ereção constante, antes de arrancar sua cabeça.

– Ué, cara, só fiz um comentário. Você não consegue tirar os olhos dela. É *quase* como se você estivesse com inveja do Emmett.

Decido, aqui e agora, não voltar a olhar para lá.

– Inveja de Emmett Bush? – Eu bufo. – Vai sonhando. Vou até começar a fazer luzes no cabelo e tratamentos faciais só para ficar mais parecido com ele.

– Com certeza você não parece *nem um pouco* com inveja – zomba Theo.

Tomo outro gole, irritado.

– Ótimo. Porque eu não estou.

– Mas eu até entendo que você sinta inveja. A Summer está mandando bem em cima daquele touro.

– O quê?

Viro-me tão depressa que derrubo minha garrafa.

Quando olho, vejo que Summer subiu mesmo no touro mecânico. Está cercada por tapetes de espuma e uma multidão se reuniu em volta.

Sua pequena mão está enrolada pela corda, e seus jeans claros estão tão apertados que posso ver a dobra onde sua coxa encontra seu quadril.

Ela está dando um enorme sorriso e, quando olha para Emmett, seus dentes superiores se cravam no lábio inferior.

Esses malditos lábios.

Ela faz um pequeno sinal com a cabeça e ri. Parece tão despreocupada. Tão jovem. Muito mais feliz do que fica normalmente na minha companhia.

O operador liga a máquina e seus quadris balançam com o movimento.

Eu tenho que desviar o olhar. Meu cérebro está em chamas e meu pau está endurecendo. Quero jogá-la por cima do ombro e carregá-la para fora daqui. Colocar minha marca nela.

É diferente de tudo que já senti.

Mas ela não quer isso. Ela não precisa disso, e continuo me lembrando de que preciso ser um cavalheiro. Eu disse ao Theo para não ser babaca e preciso ter certeza de que também não vou ser.

Giro no banco para encarar Theo e bebo o resto da minha cerveja antes de acenar para o garçom, pedindo outra.

Eu preciso disso.

– Oi, pessoal. – Cindy se aproxima e olha para Theo como se ele fosse o último biscoito do pacote. – Como vão as coisas?

– Tudo ótimo. – Theo sorri e dá um tapinha no banco ao seu lado.

Eu fico quieto. Os feromônios entre eles só me irritam. Eu queria que a única coisa que estivesse me mantendo separado de Summer fosse o fato de sermos estúpidos demais para simplesmente ter uma conversa.

Mas não. Ela tem que ser totalmente inteligente, responsável e focada na carreira. Transformou nós dois em um problema quando em qualquer outra situação seríamos uma combinação óbvia.

– Sua garota monta bem, Rhett – diz Cindy, acenando para Summer.

Claro que monta. Ela é forte. O fato de conseguir montar um touro mecânico melhor do que a média não me surpreende nem um pouco. Eu a observei malhar, vi aquela bunda coberta pela legging se tensionar. Eu vi o suor escorrer entre seus seios, seus lábios entreabertos enquanto ela ofegava depois de uma série difícil.

Dou uma olhada para trás, porque sou um filho da puta muito fraco no que diz respeito a Summer Hamilton. Realmente ela está mandando muito bem. Braço para cima, queixo para baixo, ombros para trás.

Mas não é bom para os negócios quando alguém demora demais, e eu me viro no momento em que o operador a joga na outra direção, fazendo-a cair do touro.

– Ela não é minha garota.

Eu ouço os aplausos, torcendo para que ela esteja bem.

Theo revira os olhos, mas quando ele observa a cena atrás de mim, eles se arregalam.

– Você está certo. – Cindy concorda com um aceno de cabeça. – Parece que ela vai ser a garota do Emmett.

Desta vez, fico de pé e avisto Summer enquanto ela tira o chapéu de caubói de Emmett e o coloca na própria cabeça enquanto os dois se dirigem para o bar do outro lado do salão.

Agora chega.

Atravesso o bar, querendo chegar junto dela o mais rápido possível. Parece que leva uma eternidade, mas deve ter demorado menos de oito segundos.

Summer está colocando um shot entre os seios quando me aproximo e arranco a droga daquele chapéu da sua cabeça.

– O que... – Ela para de falar quando me vê. – O que houve?

Ela parece genuinamente confusa. Como se não tivesse ideia de como me deixa louco.

Do quanto eu a quero.

– E aí, cara? – Emmett serpenteia como a maldita cobra que ele é. – Você conhece as regras.

– Sim, eu conheço. Mas ela não. Guarde a droga do seu chapéu com você.

– Ei, ei, ei. – Summer tira o copinho do decote e levanta a mão para nos interromper. – Que regras?

– Não se preocupe com isso, boneca. Vamos continuar com nosso *body shot*. – Emmett tenta redirecionar a conversa, colocando o corpo na frente do meu para me bloquear.

Mas meus braços são mais longos, então eu desvio dele e tiro o copinho de bebida da mão de Summer.

– Nenhuma chance.

Emmett se vira para me encarar, toda aquela fachada educada e alegre de garoto de fazenda ruindo.

– Não enche, Eaton.

– Você não me ouviu? Eu disse que não tem nenhuma chance. Eu conheço seus jogos. Vai jogar com outra pessoa. Se respirar da maneira errada perto dessa garota, eu acabo com você aqui mesmo, em vez de te destruir só na arena.

Seus olhos azuis brilhantes se estreitam enquanto ele me olha com fúria, o queixo erguido, os ombros contraídos. Não é preciso ser nenhum gênio para saber que ele quer me bater. Eu queria que ele partisse para cima de mim, para eu ter uma desculpa para pisar em seu rosto estúpido, brilhante e predatório.

É Summer quem se aproxima agora, com aquele sorriso sexy estampado em seus lábios carnudos enquanto levanta a mão para apontar para mim. Sei que ela está tentando amenizar a situação, para me manter longe de encrenca, e é por isso que fico tão surpreso quando ela diz:

– Tudo bem. Então é você que bebe.

Ela não tira os olhos de mim enquanto se coloca diante de Emmett. Ele está atrás dela e o bar está lotado ao nosso redor, mas só enxergo Summer.

Olhos brilhando, bochechas rosadas pelo esforço, cabelos escuros soltos e desarrumados sobre os ombros.

Summer estufa o peito em minha direção e meus olhos pousam nos contornos de seus seios, na linha do decote e na cicatriz vertical no meio.

– Bota aqui.

Eu solto um gemido. Ela mordisca o lábio, ciente do que acabou de dizer. Então, me aproximo, contendo-me para não passar as mãos nela, e levanto o copo fino. Lentamente, pressiono-o entre seus seios macios, passando a ponta do meu dedo anelar sobre o topo arredondado de sua carne, antes de traçar a linha que sobe por todo o seu peito. A cicatriz que ela não se preocupa em cobrir porque é muito forte. Corajosa.

Eu toco a pele exposta. Não me importo se parece íntimo demais fazer isso em público. Seu peito fica arrepiado, e mesmo com a música estridente, escuto seu suspiro silencioso. Sinto sua respiração deslizando pela minha pele. É perturbador demais. Meu pau está inchando na minha calça jeans.

Sua mão se estende e ela segura uma lata de chantilly com um brilho desafiador nos olhos. Desde aquele dia na cerca, estamos ariscos um com o outro. Mal conversamos. Mas agora ela está olhando para mim como se quisesse fazer bem mais do que conversar.

– Tem certeza que não gosta de leite, Rhett?

Ela balança a lata e, antes que eu possa impedi-la, ela borrifa uma linha sobre o copo preso entre seus seios, bem ao longo da cicatriz.

É bem pornográfico. Ou talvez já faça muito tempo que eu não transo com ninguém. De qualquer forma, quero tirá-la daqui para poder dobrá-la e dar palmadas em sua bunda perfeita por ela ter colocado o chapéu de Emmett. Colocá-la de joelhos e enfiar meu pau entre esses lábios que estão me provocando há semanas. Observar seus olhos se arregalarem quando eu atingir o fundo de sua garganta.

Ela me encara e o chantilly lambuza seu peito, indo até a base de seu pescoço.

– Ou será que isso é demais para você?

Baixo a cabeça na direção dela, bloqueando a visão de alguns dos espectadores com a aba do meu chapéu.

– Quer que eu lamba esse chantilly, princesa?

Sua língua molha o lábio inferior enquanto seus olhos examinam meu corpo com avidez.

– É. Acho que eu quero.

Não preciso que ela peça duas vezes. Eu me agacho, pressionando a língua em sua pele nua enquanto suas mãos massageiam meus ombros. Minha boca desliza sobre seu peito, e também não me preocupo em ser educado. Lambo, arrasto os dentes e, quando chego àquele vale suave, chupo sua pele antes de dar um leve beijo.

Seus dedos agarram minha camisa e seus olhos estão fincados em mim quando olho para seu rosto.

Dou a ela meu melhor sorriso arrogante e sedutor e mergulho de volta entre seus seios. Uma de suas mãos desliza pela minha nuca, os dedos passando pelo meu cabelo antes de segurá-lo. Meus lábios envolvem o copo com algo meloso e doce. Algo que eu normalmente nunca beberia, mas se Summer quiser que eu lamba cada centímetro de seu corpo delicioso, ficarei feliz em passar horas obedecendo.

Ergo novamente o tronco e passo um braço em volta de sua cintura, puxando-a para mim enquanto inclino a cabeça para trás e tomo tudo.

Posso sentir seu coração batendo contra minhas costelas. Ela cabe bem debaixo do meu braço, como se esse lugar fosse feito para ela.

– Tudo bem, minha vez.

Emmett tenta interromper, mas eu afasto Summer sob o abrigo do meu braço. É insuportável a ideia de deixá-la. Com ele ou com qualquer outro.

*Vez dele*? Isso não é boliche, seu babaca.

– Já disse que não tem a mínima chance.

Percebo que ele tenta dizer alguma coisa a Summer, mas eu a seguro pelo pulso e abro caminho até a porta.

Vamos dar o fora daqui.

# 20

## Summer

**Pai:** Summer, o que você fez com aquele coitadinho?
**Summer:** Não sei do que você está falando, mas eu queria que todos parassem de falar de um homem de 30 anos como se ele ainda fosse uma criança. Ou um cachorro.
**Pai:** Ok. Você também está na defensiva. Entendi.
**Summer:** Não estou na defensiva. Estou apenas chamando atenção para uma coisa.
**Pai:** Na defensiva.

– Para onde você pensa que está me levando? – pergunto enquanto saímos para o ar fresco da noite.

Ar fresco de que eu preciso desesperadamente depois que Rhett Eaton deixou todo o meu corpo em chamas.

Estou furiosa com ele. Estou morrendo de desejo por ele. E essas duas coisas se misturam até ficarem quase indecifráveis.

Rhett bufa enquanto nos encaramos.

– Estou levando você para longe de Emmett. Antes que ele conte sobre a regra do chapéu de caubói.

Eu zombo:

– Qual é a regra do chapéu de caubói?

– Se você põe o chapéu, monta o caubói.

Meus olhos ficam arregalados.

– O quê?

– Você me ouviu. Ainda quer dar uma volta com Emmett, Summer?

A voz dele é puro veneno. Eu recuo, sem reconhecer aquele tom.

– E daí se eu quiser? – Não vou recuar só porque Rhett está bancando o homem das cavernas. – Isso não é da sua conta, afinal você foi para cima daquela loura na primeira oportunidade... – Levanto a mão, que ainda segura a estúpida lata de chantilly, criando uma barreira entre nós, e fecho os olhos. – Sabe o que mais? Não importa. Por um minuto, tive um grande lapso de julgamento e simplesmente... Esquece!

Girando nos calcanhares, viro e saio correndo em direção à faixa de pedestres, aliviada por nosso hotel ficar logo do outro lado da rua. Enfio o dedo no botão do semáforo, desejando que ele feche logo e eu possa me afastar de Rhett antes de tomar mais uma decisão errada.

Sinto que ele vem para o meu lado, mas não diz nada. Caminhamos em um silêncio tenso. O som estridente do sinal para pedestres é nossa única companhia enquanto a música alta do bar toca à distância. Meus dedos envolvem com firmeza a lata de chantilly e, por um momento, imagino ser o pescoço de Rhett. Só que esse pensamento só faz minhas palmas suarem.

Por que logo ele tem que ser o primeiro sujeito desde Rob a me dar frio na barriga? E não é a mesma sensação que ele me provocava quando eu era uma adolescente com tesão olhando as fotos dele. Esse frio na barriga chega a doer. É um sentimento que se espalha sob minha pele, consumindo meu corpo, turvando minha visão.

Porque tudo que consigo ver é Rhett. Com as pálpebras fechadas, quando durmo. E no restante do tempo, quando não estou dormindo, também.

É como se ele tivesse se tornado uma extensão de mim, uma parte necessária do meu ecossistema pessoal. Fico louca de desejo só por estar perto dele. É como se eu estivesse destinada a isso.

Entramos no hotel, ele apenas um ou dois passos atrás de mim. Não nos olhamos, não nos falamos, mas uma intensa sensação de expectativa cresce em meu peito. Expandindo, pressionando, machucando.

Quero que essa sensação pare e, ao mesmo tempo, que continue para sempre. Quero dar uma espiada nele, mas acho que, se eu fizer isso, a realidade do que está por vir pode me tirar do transe que me domina. Pode dissuadir qualquer resolução minha.

Esperamos o elevador com outro cara e, quando entramos na cabine, ficamos em lados opostos. Cruzo os braços, a lata de metal fria pressionando minhas costelas e vazando na minha camisa enquanto eu o encaro.

O outro cara fica entre nós. Está com uma expressão cansada, pronto para ir para a cama, nem de longe tão agitado quanto Rhett, que parece um fio desencapado brilhando no escuro.

E acho que estou prestes a tocar esse fio e ser eletrocutada por ele.

Quando o homem percebe que está entre duas pessoas que se olham como se pudessem atear fogo uma à outra apenas com o poder da visão, ele se endireita. Eu o pego nos espiando, girando a cabeça enquanto olha para cada um de nós.

Ao chegarmos ao andar dele, o elevador apita e juro que ele balança a cabeça ao sair, como se soubesse que haverá algum tipo de conflito entre nós.

As portas se fecham atrás dele e meu corpo formiga – a começar pelas pontas dos meus dedos, subindo pelos braços, disparando direto para os ombros.

Rhett me encara como nenhum outro homem. E em todas aquelas vezes que não consegui decifrar seu olhar e pensei que ele estava me observando com irritação, frustração ou desgosto...

Eu estava errada.

Ele está me encarando como se me quisesse. *Realmente* me quisesse. Como se sofresse por mim. Como se pudesse derreter só por mim.

Minha respiração acelera enquanto examino suas feições. As sobrancelhas pesadas, o nariz reto, os olhos profundos e calorosos, aquela barba por fazer. Deus sabe que já olhei bastante para ele ao longo dos anos, mas ele só melhora. Ombros largos e firmes, cintura estreita e músculos longos e esguios.

Quando o elevador apita, me assusto e engulo em seco, observando seu pomo de adão subir e descer também, enquanto ele estende a mão e gesticula para que eu saia primeiro.

Aperto os lábios, mas saio, com a mente pensando freneticamente no que fazer a seguir.

Eu deveria ir para o meu quarto.

Eu deveria ir para o quarto dele.

Eu deveria tomar um banho gelado.

Eu deveria sair correndo e pular pela janela como o James Bond fugindo de um supervilão, porque não importa o que eu faça, isso vai acabar mal. Eu simplesmente sei.

Rhett Eaton vai acabar comigo se eu lhe der a oportunidade, e nem sei como agir em relação a isso.

Acho que talvez eu queira que ele faça isso.

Conforme caminhamos em direção aos nossos quartos vizinhos, concentro-me na respiração. Estou tão consciente de sua presença que posso esquecer de respirar, se não me lembrar ativamente de fazê-lo.

Quando finalmente chego à porta, coloco a palma da mão nela para me apoiar enquanto espero que ele passe por mim. Sem a menor dúvida, é o sentimento mais descontrolado e confuso do mundo. Quero ficar olhando para ele a noite inteira. Ao mesmo tempo, quero fechar os olhos e nunca mais vê-lo.

– Rhett, eu...

– Vai dormir, Summer.

– Dormir? – retruco, surpresa com o que ele está dizendo.

– Isso. Antes que eu pare de agir como um cavalheiro com você.

Minhas sobrancelhas se erguem. Estou desconcertada com sua franqueza.

– Fazendo o quê? – Minha voz sai baixa e vacilante.

As pequenas implicâncias entre nós são minha zona de conforto, mas sozinha com um homem como Rhett Eaton enquanto ele olha para mim desse jeito, bem, elas viram o oposto de zona de conforto.

O sexo com Rob era apressado e insatisfatório.

As amizades coloridas que tive durante a faculdade de direito terminaram com sentimentos não correspondidos.

E aquele caso de uma noite que tive foi... simplesmente ruim.

Não sei o que isso me faz esperar de Rhett. Não sei o que quero dele. Mas sei que não quero ir dormir.

Pelo menos, não sozinha.

Um músculo em seu pescoço salta e ele cruza os braços, a camisa enrolada em volta do bíceps.

– Eu começaria por essa boca gostosa.

Meus cílios tremulam e um gemido sai da minha garganta enquanto tento descobrir como devo responder.

Opto por pegar o touro pelos chifres. Dou um passo à frente, estendo a mão, tiro o chapéu de caubói da cabeça dele e o coloco na minha. Seu cheiro de couro e alcaçuz me envolve e eu suspiro.

Eu queria engarrafar esse aroma, se pudesse. Doce e terroso, e ao mesmo tempo tão masculino.

Ele dá um grunhido quando me afasto usando seu chapéu e apoio as costas contra a parede entre nossos quartos, deixando um pequeno sorriso brincar em meus lábios. Eu me delicio com a forma como seus olhos se acendem quando eu faço isso.

Com dois passos, ele fica junto de mim. Minha cabeça se inclina para trás para absorver toda a sua gloriosa agitação.

– Sabe o que está me cansando, Summer?

Sua mão paira próxima ao meu pescoço de um modo tão suave que me arqueio em direção a ele para que ele me toque.

– O quê? – digo.

– Você achar que estou comendo todo mundo enquanto não olho para nada nem para ninguém desde o dia em que coloquei os olhos em *você*. Eu entrei naquela maldita sala de reuniões e você praticamente exigiu que eu ficasse obcecado por você.

Fico ofegante, sem palavras.

As pontas dos dedos dele acariciam meu pescoço com tanta ternura que chego a piscar, mais emocionada do que imaginava.

– Você sabe o que mais está me cansando?

– O quê? – Minha pergunta é um suspiro, um sussurro. Um apelo.

A mão dele sobe e seu polegar aperta meu queixo com firmeza, obrigando minha boca a se abrir inteira. Há algo grosseiro nisso, mas a maneira como ele olha para mim me faz estremecer de ansiedade. Sinto que estou toda molhada quando junto as coxas.

– Ter que passar o dia todo olhando pra você e pra essa boca... – Sua mão livre arranca a lata de chantilly da minha mão suada. Ele a segura, me olhando com um sorriso safado. – Sem poder fazer o que eu quero. Sem poder preencher ela com o que eu quero.

Sua voz está rouca, mas mal tenho tempo de registrar porque o barulho do creme pressurizado enchendo minha boca permeia o ar entre nós.

Quando ele para, pressiona meu queixo de volta, fechando minha boca.

– Tá gostoso, princesa?

– Humm. – É tudo que consigo dizer enquanto minhas papilas gustativas dançam com a doçura cremosa e cada terminação nervosa dança sob a eletricidade abrasadora.

– Muito bem. Você ia preferir se fosse meu gozo, não é? – Um gemido estrangulado se aloja na minha garganta enquanto faço um sinal afirmativo para ele, presa em seu olhar âmbar. Então ele se aproxima, o hálito úmido contra meus lábios, e rosna: – Engole, Summer.

Uma forte ansiedade corre em minhas veias, e solto um pequeno gemido desesperado enquanto obedeço.

– Paramos com os joguinhos? – Sua voz está pesada, cheia de promessas, arrepiando os pelos dos meus braços.

Assinto com a cabeça, lambendo os lábios nervosamente e incapaz de desviar o olhar.

– Bom. – Seu polegar acaricia o ponto sensível abaixo da minha orelha enquanto ele agarra minha nuca. – Agora me diz sinceramente, Summer. Se este fosse seu último momento na Terra, o que você gostaria que eu fizesse?

Eu nem preciso pensar. Eu sei o que quero dele.

– Acaba comigo.

– Ótimo. Estou cansado de ser cavalheiro com você. Agora vou acabar com você e com a sua vontade de estar com outro.

Ele passa o cartão e nos empurra porta adentro.

E parece, afinal de contas, que estou indo para o quarto dele.

# 21

## *Rhett*

Deixo cair a lata no carpete assim que a porta pesada se fecha atrás de nós, e tudo pode acontecer. Todo o meu corpo vibra de desejo. Por *ela*.

*Acaba comigo.*

Ela me disse para acabar com ela. Vou apenas acabar com sua vontade de estar com qualquer outro cara. Vou dar a ela uma noite que ela nunca vai esquecer. Uma noite que a fará voltar pedindo mais.

Eu a empurro contra a porta fechada, a aba do meu chapéu em sua cabeça roçando meu rosto enquanto me aproximo para provar seus lábios. Mas desta vez não é para fazer teatrinho nenhum. Desta vez é porque ela me disse que era assim que gostaria de passar seu último dia neste mundo. *Me* beijando.

E, porra, uma afirmação como essa é uma droga poderosa.

Eu a beijo como se minha vida dependesse disso, assim como a dela. Nós nos unimos, seus braços em volta do meu pescoço enquanto os meus percorrem seu corpo.

É um beijo desesperado, cheio de ansiedade e desejo. Ela parece ter pressa. Como se achasse que isso pode acabar. Como se houvesse um limite de tempo para isso que estamos fazendo.

Eu me afasto um pouco, segurando sua nuca, seu cabelo sedoso em minha mão, sua respiração ofegante, seu hálito doce como mel, as mãos ainda me puxando febrilmente.

– Não precisa ter pressa, princesa. Temos a noite toda. Economize energia. Você vai precisar dela.

– Puta merda – sussurra ela, enquanto respira fundo.

– Deixa eu te mostrar. Vai ser bem devagar – murmuro antes de tomar seus lábios lentamente, engolindo o doce gemido que ela emite, sentindo seus braços amolecerem, as mãos contornando meus ombros.

Suas unhas me acariciam e um arrepio percorre minha espinha.

Não sei o que é isso que existe entre nós dois, mas quero adorá-la em seu trono. Quero dar a ela o melhor de tudo. O melhor de *mim*.

Ela desliza a língua contra a minha e sinto o gosto do chantilly que acabei de fazê-la engolir. Mesmo com os olhos fechados, enxergo os movimentos da sua garganta, o modo como ela engoliu, do jeito que eu mandei. A imagem está gravada nas minhas pálpebras.

Não pensei que meu pau pudesse ficar mais duro do que já estava, mas ele esbarra dolorosamente no zíper do meu jeans quando tenho essa lembrança.

Deslizo a mão pelas curvas de seu corpo. Meu polegar acaricia seu mamilo através da camisa de algodão fina enquanto liberto seu seio e ela geme em minha boca, tentando acelerar o ritmo vagaroso que estabeleci.

– Sua gulosa – rosno enquanto me afasto e dou um beijo em seu queixo.

Depois outro bem ao lado de sua boca.

– Rhett.

Meu nome nos lábios dela. *Puta merda*. É uma oração. É um apelo. É a minha maldita ruína.

Eu beijo sua bochecha.

– Achei que eu gostasse de ouvir as fãs gritarem meu nome nas arquibancadas.

Eu beijo sua têmpora.

– Mas ouvir você gemer...

Ela inclina a cabeça, me dando mais acesso. Pedindo mais.

– Ouvir você gemer é muito melhor.

Eu beijo o ponto logo abaixo de sua orelha, e ela se contorce contra meu corpo. Fica toda ofegante e geme meu nome novamente.

– Rhett...

– Tá gostoso? – Eu mordo sua orelha.

– É a barba. Isso é tão bom. Eu... eu nunca experimentei isso antes.

A garota que costuma ser tão organizada e falante está completamente desmanchada, tudo por causa da minha barba.

E eu gosto. Gosto de ser o primeiro homem a ralar sua pele com a barba. Seu pescoço não está seguro esta noite, nem a parte interna das coxas.

Eu rio e passo os dentes pela lateral do seu pescoço, estimulado pelos seus gemidos. Pelos quadris dela, que oscilam em minha direção. Pelos dedos dela na parte de trás do meu cabelo.

Meus dedos pousam no cós de sua calça jeans apertada e puxam sua camisa para fora. Instantaneamente aperto a cintura dela, sua pele macia e quente, notando a tira da calcinha sexy subindo pelo quadril da maneira mais atraente que existe.

E então tiro a camisa branca por cima da cabeça dela, querendo livrar-me dela o mais rápido possível. Querendo ver o que Summer está escondendo debaixo desta fachada tão bem arrumada.

Ela ergue os braços e, quando a camisa sai, meu chapéu cai no chão, aos seus pés. Mas deixo ele onde está, só para ver Summer encostada na porta, cabelos desgrenhados, peito arfante, seios fartos no sutiã de renda vermelha. Tiras da calcinha de renda combinando, escapulindo da calça jeans.

Ela parece um pouco tonta e muito desesperada. Totalmente desgrenhada.

E eu adoro.

Eu me agacho rapidamente para pegar o chapéu e a lata antes de devolvê-lo para sua cabeça. *Meu chapéu*. Eu gemo e fecho os olhos ante o sonho erótico que está se tornando realidade diante de mim.

– Queria que você se visse agora. – Seus dentes mordem o lábio inferior carnudo, completando a visão. – Gostosa demais.

– Não para, por favor.

– Não estava planejando parar. Só estou admirando a vista.

– Tira a camisa.

Eu rio.

– Aí está. Minha garota mandona. – Dou um passo à frente, pressionando-a contra a porta. – Se quer me ver sem camisa, tira você mesma.

Uma expressão desafiadora surge em seu rosto, mas em poucos instantes ela cede. As mãos pequenas alcançam minha camisa, e ela agilmente abre os primeiros botões.

Quando ela me espia com aquele sorrisinho nos lábios, sei que está prestes a aprontar alguma. Ela agarra minha camisa e rasga. Os botões voam à nossa volta.

Ela parece estar se divertindo até que eu arranco seu sutiã e o som da renda rasgando ressoa alto no quarto silencioso.

– Ei! – começa ela, mas seus seios nus estão expostos bem na minha frente.

Macios e plenos, com mamilos duros que nem pedra. As luzes de neon da espelunca do outro lado da rua lançam um fulgor azul no ambiente, o que aumenta sua beleza etérea. Até a cicatriz no centro do peito combina com ela. Uma cicatriz de batalha. Uma prova do quanto ela lutou. De como ela é forte.

Estou absolutamente impressionado.

– Esse sutiã era de grife. Você me deve...

Eu a calo borrifando um círculo de chantilly no mamilo direito. Em vez de se irritar, ela começa a gemer e a passar as mãos pelo meu cabelo enquanto eu abaixo a cabeça e encho a boca com seu seio.

Seu peito se arqueia em minha direção enquanto eu lambo o chantilly. Nunca achei uma coisa feita de leite tão gostosa. Posso sentir o arrepio de sua pele contra meus lábios e, depois de limpá-la, roço seu mamilo com os dentes.

– Humm – murmuro, inclinando-me ligeiramente para trás para admirar a forma como seu seio reluz, antes de me aproximar de novo e terminar de tirar o sutiã rasgado.

Ela observa, sem palavras.

Vou até o outro mamilo, cobrindo-o com creme, e paro por um momento para apreciar sua expressão toda escandalizada e pintada com chantilly.

A cena me dá várias ideias. Ideias que deixo passar por minha mente enquanto abaixo a cabeça novamente e me demoro limpando-a enquanto ela geme e se contorce.

Quando me endireito e deixo cair a lata no chão, seguro seus seios e sorrio para ela.

– Achei que você odiasse leite – diz ela, rindo, com os olhos vidrados e ansiosos.

– Estou começando a gostar – rosno enquanto a levanto, pressionando-a contra a porta e beijando-a novamente.

Suas pernas envolvem minha cintura, apertando meus quadris enquanto ela me beija com vontade, meu chapéu caindo de sua cabeça aos nossos pés.

Tudo que consigo sentir é o sabor de chantilly e cereja, e o único aroma que percebo é o cheiro *dela*.

Tudo que eu quero é *ela*.

Então carrego Summer pelo quarto de hotel, banhado de luz azulada, com passadas longas e seguras, ignorando a pontada em meu ombro – quem precisa de um ombro saudável com uma garota dessas? Então a lanço na cama, com os cabelos brilhando ao seu redor, como raios de sol em seu rosto doce e sardento.

Paramos por um segundo, ela deitada na minha cama enquanto eu fico em transe entre suas pernas. É o momento em que ponderamos se estamos mesmo prestes a fazer isso.

– Você me quer, princesa? – pergunto, enquanto tiro uma bota de cada um de seus pés.

Seus lábios se entreabrem e ela me encara quando eu largo suas botas no chão com um baque forte.

– Quero.

Eu me abaixo e desabotoo sua calça jeans, me afastando apenas para arrastá-la por suas pernas.

– Por quê?

– Porque...

Eu jogo a calça para o lado e olho para ela, com a calcinha enfiada, mostrando o contorno de sua feminilidade. Eu gemo. Essa visão somada às meias até o joelho que ela está usando e os seios à mostra poderia me fazer explodir agora mesmo. Lambuzá-la com algo completamente diferente de chantilly.

Fico de joelhos na cama, agarro suas pernas e as abro bem. Enquanto faço isso, sua calcinha desliza, expondo-a.

– Porra, Summer, olha para você.

Ela geme, as mãos caindo sobre os seios como se estivesse tentando cobri-los. Mas eu a pego roçando o polegar e o indicador nos mamilos, claramente tentando evitar responder à minha pergunta.

– Me diz. Me diz por que você me quer.

Seus lábios se juntam, sua respiração ofegante bem audível.

– Quer isso?

Ela assente.

– Responde, Summer. Você quer que eu te coma toda?

– Quero, me come toda.

As palavras saem de sua boca involuntariamente, e seus olhos se arregalam de surpresa. Uma princesinha tão bem-comportada.

– Agora eu tenho a sua atenção?

– Você sempre teve minha atenção, Rhett.

Sua confissão é feita num tom baixo e suave. Como um segredo comparti-lhado entre amantes. Como um bálsamo para minhas feridas mais profundas.

Eu gemo e estendo a mão, passando o polegar sobre a costura que cobre sua intimidade, sentindo como ela pulsa e se agarra em mim. Sentindo como a renda já está molhada. Empurrando a tira de tecido para o lado, enfio um dedo e me deleito com ela, suave e escorregadia. Encharcada.

– Você tá toda molhada, Summer. É tudo para mim?

Juro que posso ver suas bochechas ruborizando, ganhando um tom ro-sado sob a luz azulada.

– É – diz ela humildemente, parecendo quase envergonhada.

E, bem, isso simplesmente não basta.

Ela precisa saber como me deixa louco.

– Eu adoro – rosno, ficando de joelhos no chão, jogando sua perna por cima do meu ombro e puxando sua bunda para a beirada da cama.

Quando arrasto o pedaço de renda para o lado, deleito meus olhos com o que até agora só havia tocado.

– Tudo isso para mim. – Volto a roçar o dedo nela, sentindo sua perna apertar meu ombro enquanto sua cabeça vira timidamente para o lado. – Que delícia.

Ela tenta fechar as pernas, e eu deslizo um dedo em seu calor úmido enquanto a repreendo.

– Não, não, não. Nada de timidez agora. Abre as pernas para mim, princesa.

Deslizo uma das mãos pela parte de trás de sua coxa para abri-la enquan-to ela suspira baixinho:

– Tá bom.

Dou um beijo na parte interna de seu joelho, certificando-me de que ela sinta a aspereza da minha barba, e pergunto:

– Quer que eu continue?

Ela demora um pouco para responder. Então, eu espero, dando mais bei-jos na parte interna de sua coxa, sorrindo quando seus quadris rebolam.

– Eu nunca... bem, nunca fiz isso.

Fico paralisado por um momento, ajoelhado no chão, olhando para o contorno dela.

– Nunca? Ninguém nunca te chupou?

Esfrego-a novamente e meu pau lateja quando percebo que ela está ainda mais molhada do que antes.

Ela balança a cabeça, numa negativa.

Doutor Paspalho é realmente o pior de todos. Mas eu não digo nada. Em vez disso, pego a calcinha de renda e arrasto-a por suas pernas. Se esta vai ser a primeira vez que alguém vai chupá-la, vai ser bom. E nenhuma calcinha chique vai ficar no caminho.

Quando a calcinha sai pelo tornozelo, retomo minha posição.

– Isso é um crime, Summer. Uma vergonha. – Deslizo um dedo para dentro e sinto-a se contrair ao meu redor enquanto exala. – Acho que preciso consertar alguns equívocos. – Eu massageio para dentro e para fora, observando extasiado como ela aceita meu dedo, e depois dois. – E nem estou lamentando. Sabe por quê?

– Por quê? – responde ela rapidamente, a voz rouca e grossa.

– Porque se este fosse meu último momento na Terra, é assim que eu gostaria de partir. – Entro com força, observando seu corpo estremecer, ouvindo o palavrão que ela dispara – Com a cabeça entre essas pernas lindas, a língua na sua boceta.

Eu a mantenho aberta, abaixo a cabeça e me dedico à tarefa com afinco.

## 22

# *Summer*

Reviro os olhos e vejo estrelas. Luminosas, cintilantes, quase ofuscantes. Já ouvi dizer que sexo bom é comparável a uma experiência extracorpórea e nunca tinha entendido bem essa sensação.

Mas com a cabeça de Rhett Eaton entre minhas pernas, eu entendo.

Seus braços musculosos envolvem minhas pernas e uma das mãos está aberta sobre minha barriga, me segurando. A outra está entre minhas coxas, e seus dedos se cravam em mim com tanta força que sinto que ele poderia deixar hematomas bem parecidos com os que a sela deixou alguns dias antes.

Sua língua.

Sua. Língua.

*Puta merda, sua língua.*

Ele está me chupando, quase como fez com o chantilly no meu mamilo, com reverência, mas com pressão suficiente. Com sucção suficiente.

A quantidade certa de dentes. Ele desliza a língua dentro de mim e, quando tento me contorcer, sua mão calejada me empurra com mais força contra o colchão macio. Sua barba áspera espeta minha intimidade. Rala a parte interna das minhas coxas. Aumenta meu prazer dez vezes mais. Em parte por causa da sensação real e em parte porque, bem, porque é Rhett.

Rhett Eaton. Minha paixão adolescente. Rhett Eaton. Símbolo sexual. Rhett Eaton. Um conquistador.

Será mesmo? Estou achando que é uma imagem ultrapassada da qual ele não conseguiu se livrar.

Ele disse que está obcecado por mim. Isso foi quase tão chocante quanto a sensação boa de estar com sua boca entre minhas pernas.

Achei que Rhett me odiasse, só conseguisse me tolerar.

Mas com base nas coisas que ele acabou de dizer, parece que estou errada. Muito, *muito* errada.

– Rhett! – exclamo, com uma das mãos ainda tocando meu mamilo enquanto a outra desce até sua cabeça.

Às vezes me sinto constrangida, às vezes não me importo com droga nenhuma porque isso está muito bom.

Ele se afasta, fazendo uma pausa:

– Me diz o que você quer, Summer.

Ele está me matando com toda essa conversa. Ser obrigada a dizer as coisas em voz alta está definitivamente fora da minha zona de conforto. Para um homem que nunca gostou muito de jogar conversa fora, ele com certeza tem muito a dizer depois que fiquei sem roupa.

Eu me apoio nos cotovelos e olho para ele, seus olhos ainda fixos no meu sexo.

– Quero que você pare de me obrigar a dizer as coisas em voz alta – respondo, rindo um pouco.

Seus olhos voam até os meus e ele dá um sorriso safado, o mais sexy dos sorrisos, antes de lamber os lábios e piscar para mim.

– O que posso fazer? Gosto das suas bochechas rosadas e de ver você se contorcer.

Eu coro mais ainda.

Ele gentilmente se desvencilha das minhas pernas e fica de pé, elevando-se sobre meu corpo exposto, fazendo com que eu me sinta extremamente vulnerável. Ele deixa a camisa rasgada cair no chão e arqueia uma sobrancelha para mim.

– Eu mandei você parar?

– Parar o quê?

– De se tocar. Continua.

Eu engulo em seco, me perguntando como estou conseguindo fazer tudo isso. É desafiante e nem considero a possibilidade de recusar. Em vez disso, tombo de volta na cama e deslizo uma das mãos pela minha barriga acima antes de agarrar meu seio.

Agarro o outro com a mão livre, mas quando minhas pernas começam a se fechar, a mão calejada de Rhett empurra uma delas para abri-la.

– Ainda não acabei aqui – rosna, enquanto tira as calças, virando-se brevemente para pegar algo na bolsa, me dando uma visão gloriosa de sua bunda.

Redonda e musculosa, e tão boa de agarrar.

Quando ele se vira de volta, está segurando uma embalagem de preservativo. Seu pau é enorme e duro, e está apontando diretamente para mim.

– Ainda quer, Summer?

Ele parece quase inseguro agora, como se estivesse preocupado que eu pudesse mandá-lo embora.

– Quero – respondo ofegante, desejando lhe dar mais. – Quero você dentro de mim.

As mechas de seu cabelo caem sobre seu rosto. Ele está todo desgrenhado e gostoso, acho que até um pouco constrangido. Eu me pergunto o que ele quer que eu diga. O que está tentando arrancar de mim?

Achei que ele estivesse simplesmente falando sacanagem, mas a maneira como está me observando agora, enquanto põe uma camisinha, me faz pensar se é outra coisa.

– Eu quero você em cima de mim – deixo escapar sem jeito, enquanto me sento.

Preciso aprender a falar sacanagem. Seus olhos se estreitam enquanto ele aperta o pau, mas mantenho meu olhar em seu rosto, e ele avança sobre mim, meu coração trovejando contra minhas costelas. Como se quisesse pular do meu corpo e se entregar a esse homem.

Como se soubesse de algo que eu não sei.

Quando ele por fim está pairando sobre mim, coloco a mão entre nós para agarrar seu membro grosso. E é mesmo *grosso*.

– Meu Deus. Vou estar toda dolorida amanhã, não vou?

Rhett dá um sorriso cínico.

– Se você não estiver andando com as pernas abertas amanhã, é porque não fiz direito o meu serviço.

Agora ele parece tão brincalhão, tão gostoso, tão confiante. Toda a sua atenção está em mim, e somente em mim. Ele parece o tipo de homem com quem eu poderia facilmente me envolver e que me deixaria com o coração partido no final.

Deslizo a cabeça de seu pau ao longo da minha abertura molhada, esfregando a ponta, observando seus olhos se fecharem.

Ele me beija, um beijo ardente que faz os dedos dos meus pés se contraírem e meus quadris se arquearem de encontro a ele. E aí ele começa a dar estocadas dentro de mim – lento, constante e delicioso –, me preenchendo e dando ao meu corpo o tempo necessário para se ajustar. Levanto uma perna e envolvo suas costas, puxando-o para mim. Querendo-o mais perto.

– Puta merda, Summer – rosna ele contra meus lábios. – Puta merda. Como você pode ser assim tão apertadinha?

Minhas unhas deslizam sobre suas costas enquanto deixo minhas mãos vagarem da forma que não permiti no dia em que o massageei. Não há nada remotamente profissional na forma como estou tocando Rhett Eaton neste momento.

Quando chega ao fundo, descansando em meus quadris, ele geme.

– Você está bem? Porque acho que não consigo ser mais delicado que isso.

Eu mordisco seu queixo.

– Pensei que tivesse dito que era para você acabar comigo.

Ele se ergue acima de mim, seríssimo, lindo de doer.

– Cuidado com seus desejos, princesa.

Ele sai completamente de dentro de mim antes de arremeter. Meu corpo estremece, e jogo a cabeça para trás. Sinto cada ponto de contato entre nós, cada centímetro de pele, cada fio de cabelo. Sinto até mesmo o peso de seu olhar, como se ele estivesse arrancando minha alma das entranhas e deixando-a exposta apenas com seus olhos.

Ele estabelece um ritmo lento, mas poderoso, me comendo com força, observando cada movimento meu, absorvendo cada ruído.

Por um lado, é quase enervante. Por outro, sinto-me como uma deusa embaixo de Rhett Eaton. Como se ele não conseguisse tirar os olhos de mim, como se tivesse todo o tempo do mundo, como se nunca fosse se esquecer desse momento.

Ou se satisfazer completamente.

Eu sei que nunca vou.

Meus gemidos ficam mais altos enquanto ele arremete e se afasta, cai de joelhos e volta a se deliciar comigo.

A mudança na pressão, na sensação – tudo isso – deixa meu corpo enlouquecido para alcançá-lo. Um suor leve surge em meu peito enquanto ele usa a língua como se eu fosse a melhor coisa que ele já provou na vida.

– Rhett – suspiro seu nome, completamente perdida na sensação que ele provoca ao tocar meu corpo como se fosse um instrumento que ele conhece muito bem.

– Sim, princesa? Agora vai me dizer por que quer isso? – Ele se levanta, agarrando meus tornozelos, dobrando-me como ele quer, e neste momento meus pés estão perto de seus ombros enquanto ele paira sobre mim como uma espécie de deus selvagem.

E aí ele se alinha, desliza de novo para dentro de mim. Vai bem fundo, preenchendo cada centímetro.

– Eu não sei – ofego, meus olhos concentrados na forma como sua pele brilha com a transpiração.

– Tenta de novo. – Ele me penetra, estabelecendo um ritmo mais punitivo. Joga a cabeça para trás, destacando a protuberância de seu pomo de adão. A cada arremetida, meus gemidos ficam mais altos, mais frenéticos, assim como seus movimentos. – Vou fazer você gritar a noite inteira até me dizer.

*Porra, estou gritando?*

Bem quando minhas terminações nervosas voltam a se eletrizar, quando estou alcançando aquele ponto que quero tanto atingir, ele se afasta e vai para o chão. Deixando-me vazia e sem fôlego.

– Vou fazer você gozar a noite toda, Summer, mas só depois que você me disser isso em voz alta. Eu quero ouvir – Seus dedos lentamente, muito lentamente, esfregam meu clitóris intumescido. Ele enfia dois dedos, e o som que produzo, mostrando como estou molhada por causa dele, é o suficiente para me fazer corar. Mas ele só ri baixinho, profundamente. – Quer trepar com um peão, querida?

Sua cabeça desce para o meio das minhas pernas e ele volta a me chupar, com a língua espalmada, seus movimentos calculados, me arrastando para longe da borda.

– Não. – Minhas mãos, por vontade própria, encontram meus seios, meu corpo ansiando pelo orgasmo.

Ele chupa meu clitóris, roçando os dentes ao longo da minha boceta.

– Quer ter um gostinho do lado selvagem com um caubói, em vez de andar com aqueles almofadinhas da cidade? – murmura, a visão de sua cabeça entre minhas pernas marcando minha memória.

– Não! – Minha resposta é mais contundente desta vez.

Ele chupa com mais força e minhas pernas se abrem ainda mais. Nunca saberei de verdade como deixei de ser aquela que nunca havia feito isso para ser a que é devorada pelo rei do sexo oral. Mas definitivamente não estou reclamando. Ainda mais quando estou me aproximando vertiginosamente do orgasmo, jogando-me sobre ele, os dedos beliscando meus mamilos sem parar.

Mas ele se afasta.

Solto um grunhido frustrado e me apoio nos cotovelos. Ele me dá um sorriso diabólico e arqueia uma sobrancelha, como se soubesse exatamente o que está fazendo.

– Me diz por que você quer isto, Summer. – Sua voz é rouca, com uma aspereza que não existia antes.

*Isto.*

Eu me dou conta de que ele fala de si mesmo como uma mercadoria. Talvez isso não seja mesmo um jogo para ele. Talvez ele realmente esteja tentando descobrir por que uma garota como eu desejaria um homem como ele.

Eu o prendo com os olhos enquanto me sento na beira da cama e estendo a mão para ele.

– Eu não quero *isto*, Rhett. Eu quero *você*.

Minhas mãos o percorrem, procurando gentilmente, mas ele permanece quieto. Está me observando como sempre faz.

– Estou cansada de fazer o que *deveria* e ignorar o que eu quero. E o que eu quero é você. Dentro de mim. Ao meu redor. Quero você *comigo*. E quero ser a única.

Em voz alta, parecem palavras cheias de insegurança. Mas meu coração não aguenta ser partido de novo. Não vou conseguir suportar que um homem como Rhett me trate como se eu fosse nada mais do que uma diversão. Não sei o que tudo isso significa, mas sei que quero que ele entenda que não é uma brincadeira para mim. Posso não saber o que é, mas sei que não é uma brincadeira.

Ele me encara, como se estivesse processando o que acabei de dizer, antes de se inclinar sobre mim, segurando minha cabeça com suas mãos grandes com tanta ternura que meu peito dói.

– Eu sou seu, princesa. Só seu, eu prometo – diz ele, antes de me beijar.

Um beijo intenso. Sinto meu gosto em seus lábios e sua barba em meu rosto. Seu cabelo despenca ao nosso redor, nos fechando em uma bolha íntima, e eu sorrio contra sua boca porque ele está ao meu redor agora.

Depois de um momento de relaxamento, meu corpo se aquece novamente por ele com muita facilidade. Como se eu tivesse um interruptor e ele fosse o único que soubesse onde encontrá-lo.

Não falamos mais nada enquanto ele gentilmente me deita de volta, mantendo nossos corpos próximos, beijando-me enquanto avançamos, esfregando sua boca – sua barba – em mim até que eu esteja toda desgrenhada, me contorcendo e choramingando embaixo dele. Seu rosto paira sobre o meu, seus cotovelos caem na cama ao lado da minha cabeça e ele olha nos meus olhos.

Sempre me olhando. Como se eu fosse desaparecer, caso ele pisque.

A ponta de seu polegar desliza pela minha têmpora com reverência, tirando uma mecha de cabelo da minha bochecha. A ponta grossa de seu pau pressiona minha coxa enquanto aproveitamos este momento. Com a antecipação. Porque, de repente, esta noite parece diferente.

– Nunca desejei tanto alguém na minha vida – confesso a ele.

Seu sorriso em resposta é suave, um sorriso que não tenho certeza se já o vi dar.

Seu polegar ainda acaricia minha têmpora com uma gentileza dolorosa enquanto ele desliza para dentro de mim. Suspiramos em uníssono e então ele diz:

– Nem eu, princesa. Nem eu.

Nós nos beijamos, nos tocamos, ele rebola dentro de mim, me comendo até eu estremecer embaixo dele. Isso em todos os cantos do quarto. Ele passa a noite inteira provando o quanto me quer, me fazendo perder a cabeça, observando como eu me derreto por ele repetidas vezes.

Eu acho que ele se derrete um pouco por mim também.

Quando estamos ambos exaustos e sem forças, ele me puxa para o abrigo de seu corpo e me abraça como se nunca mais fosse me soltar.

E quando sente como meus pés estão frios, ele os enrosca entre suas pernas.

## 23

# *Rhett*

**Kip:** Está tudo bem? Nenhum dos dois respondeu às minhas mensagens sobre o encontro com os caras da Ariat.
**Rhett:** Sim, papai. Está tudo bem. Algumas pessoas costumam dormir à noite.
**Kip:** Fiquei preocupado achando que ela pudesse ter matado você. É pelo seu bem, filho.
**Rhett:** Ela quase fez isso mesmo.

Nunca dormi tão bem. Summer se ajusta ao meu corpo como se tivesse sido feita para mim. Eu nem me importo com seus pés frios.

Acordo para puxá-la para mais perto, ou para mexer em uma mecha de seu cabelo sedoso, ou para dar um beijo leve em seus lábios. Mas não chego realmente a acordar, é apenas uma extensão do meu bem-aventurado conforto. Cheiramos a sabonete e pasta de dente com menta porque, na verdade, não dormimos tanto tempo assim.

É a sensação de estar sendo observado que finalmente me faz abrir os olhos no quarto já iluminado. Summer está acomodada debaixo do meu braço, o cabelo uma bagunça emaranhada, os lábios carnudos e rosados, o rosto limpo salpicado de sardas como açúcar em cima de um bolinho.

Quando encontro seus olhos, ela não os desvia.

– É nessa hora que você me mata enquanto eu durmo? Você chegou a mencionar isso. – Minha voz matinal é rouca, assim como sua risada suave enquanto eu a aperto com mais força. – Esse tempo todo você apostou no longo prazo, não é? Você não tinha nenhuma paixão adolescente por mim. Você vem planejando meu assassinato há mais de uma década.

Ela esfrega o rosto no meu peito.

– Cala a boca.

Seus cílios roçam minha pele enquanto ela passa os dedos nos pelos do meu peito.

– Você está se escondendo de mim, Summer? – Agarro seu cabelo e puxo, obrigando-a a levantar o queixo.

– Estou só resolvendo as coisas na minha cabeça.

Sim, bem, não posso dizer que isso me pegou desprevenido. Eu sabia que ela daria o fora pela manhã. Todas as pessoas que eu quero que fiquem nunca ficam. As que ficam são aquelas de quem não consigo fugir rápido o suficiente. Aquelas que querem algo de mim.

Eu solto um grunhido evasivo, sentindo-me irracionalmente ligado a Summer depois de passar a noite com ela. O que é muito novo para quem em geral não quer passar de uma noite.

– Não resmunga para mim, Rhett Eaton.

Suspiro e esfrego o rosto, querendo voltar àquele sentimento de paz e tranquilidade anterior a esta conversa.

– O que você está resolvendo?

Ela olha para mim.

– Bem, para começar, como te convencer a repetir a dose.

Ergo as sobrancelhas.

– É?

Ela sorri.

– É, sim, mas olha a hora. Você precisa estar na arena daqui a uma hora para outra entrevista e uma reunião com um patrocinador.

Eu a faço rolar para cima de mim, sem me importar com a droga do horário. Principalmente quando suas pernas envolvem minha cintura e ela suspira como se soubesse que esse é seu lugar.

– Que se fodam as reuniões. – Eu agarro sua cintura enquanto ela bate no lábio.

O lençol envolve sua cintura e o sol brilha intensamente atrás dela, destacando as marcas deixadas pela barba em seu peito, logo acima de onde seus seios empinados olham para mim.

– Também estou tentando descobrir como vou continuar dormindo com um cliente que nunca fica com ninguém mais de uma vez.

– Que se fodam os casinhos sem compromisso. – Minhas mãos deslizam sobre suas costelas, juntando seus seios.

– Seria pouco profissional da minha parte continuar, mas... – Ela está sorrindo agora, parecendo leve, doce e totalmente pronta para ser comida.

– Que se foda o profissionalismo – rosno, beliscando um mamilo.

– Tudo bem, mas Kip Hamilton pode não compartilhar desse sentimento. Você ainda é um cliente. – Seu olhar fica mais sério.

– Que se foda Kip Hamilton também. Ele está demitido.

– Rhett...

Eu a silencio deslizando uma das mãos para cima e empurrando meu polegar em sua boca, observando seus lábios se separarem. Vislumbro sua língua rosada enquanto a pressiono.

– Se você continuar falando sobre coisas sem importância, não vai sobrar tempo para fazer as coisas que importam.

Ela apenas assente e chupa meu dedo enquanto eu esfrego meu pau duro em sua bunda nua.

– Agora cala a boca e monta em mim. Quero ver esses peitos lindos balançando enquanto você goza no meu pau.

Ela arregala os olhos, quase comicamente, mas fica de joelhos e monta em mim com um pequeno gemido desenfreado.

Eu disse a ela que gosto de ficar com a cabeça entre as pernas dela, mas acho que me contentaria em simplesmente ficar perto dela nos meus últimos momentos.

– A entrevista correu bem.

Summer anda na minha frente enquanto coloco metodicamente bandagens nas mãos.

– Sim. – Posso ouvir a música e a torcida na arena mesmo aqui no vestiário.

– E acho que o cara da Wrangler parecia feliz com o que você estava dizendo a eles.

Com meu olhar periférico, vejo-a torcendo as mãos.

– Hum.

Presto atenção especial ao meu polegar. Ainda dói por ter ficado preso algumas semanas atrás.

– Além disso, você fica bem com a calça.

Eu olho para ela, toda séria e ansiosa.

– Isso foi um elogio?

Ela franze a testa.

– Foi.

– Hum. – Volto a colocar as bandagens, meus lábios se abrindo enquanto os dedos dela tamborilam a lateral da sua coxa.

– Eu sempre te elogio – diz ela.

Como se isso de alguma forma fizesse tudo ser verdade.

– Tudo bem.

– Elogio sim. – Sua bota de couro de cobra bate no chão. – Você quer que eu fique toda assanhada pra cima de você como qualquer outra garota do circuito? Ou como toda Barbie apresentadora que entrevista você?

Eu dou um sorriso maroto para minhas mãos. Se o ciúme de Summer fosse água, eu gostaria de me banhar nele.

– Não, princesa. Ver você com ciúme de mim é vitória suficiente para um homem simples como eu. Nunca imaginei que gostaria tanto disso. Você é absolutamente adorável, com as bochechas rosadas e toda irritadinha.

– Ah! – Ela rosna alto, com descrença. – Não acredito que você tenha coragem de dizer isso depois de praticamente me arrastar para fora daquele bar ontem à noite!

– E eu faria isso de novo. Emmett sabe que há muitos lugares ótimos para enterrar um cadáver no meu rancho. Ninguém voltaria a encontrá-lo, se ele pusesse a mão em você.

Eu rio, mas Summer fica quieta. Seus dedos batem em suas pernas novamente, o que atrai meu olhar para seu lindo rosto. Estou sentado num banco baixo.

– Tem alguma coisa errada?

– Eu fiz você ficar acordado até muito tarde ontem à noite. Era pra você estar descansando, se preparando para hoje. Você é um atleta. Precisa se preparar.

Ela mordisca o lábio inferior. Parece preocupada.

– Summer, estou bem. Vem aqui.

Abro um braço e ela instantaneamente atravessa a distância que nos separa, me abraçando. Pressiono o rosto em seu peito. Sinto seu coração bater enquanto seus dedos deslizam pelas pontas do meu cabelo.

– Toma cuidado, tá? – sussurra. – Não vai me fazer ter um ataque cardíaco.

– Essa piada é de muito mau gosto vinda de você, Summer.

Ela sorri, mas é um riso tênue. Mínimo.

Eu a abraço com mais força, e ela se inclina para dar um beijo no topo da minha cabeça. Por fim, começo a compreender o que ela não está dizendo. O que nós dois não estamos dizendo. Não posso dizer, porque se eu saísse por aí todo fim de semana com um lampejo de medo que fosse, eu nunca mais montaria num touro. A lógica assumiria o controle. Instinto de sobrevivência.

E eu estaria acabado.

Mas tenho esse instinto bem sob controle. Mais um campeonato e talvez eu pegue minha fivela dourada e pendure meu chapéu.

De preferência na cabeça de Summer Hamilton.

## 24

## *Summer*

**Kip:** Por que Rhett me enviou uma mensagem dizendo que estou demitido?
**Summer:** Não. Ele não fez isso.
**Kip:** Ele fez. Dizia: "Que se foda o profissionalismo e que se foda você. Você está demitido."
**Summer:** Bem, ele não está errado. Essa atitude não foi muito profissional da parte dele. Mas eu não acho que você tenha sido realmente demitido.
**Kip:** Claro que não. Esse idiota está preso comigo.

**Summer:** Como está seu ombro? Está colocando as bandagens? Quer que eu vá aí pra colocar?
**Rhett:** Não, tudo bem. Não volta aqui. Tá com cheiro de saco de macho suado.
**Summer:** Obrigada pela descrição vívida. Eu estava lendo sobre terapia de campo magnético para lesões do manguito rotador. Talvez devêssemos tentar. Tem um fisioterapeuta na cidade que faz isso.
**Rhett:** Eu estava esperando que você me fizesse mais massagens... Mas, desta vez, sem blusa.
**Summer:** Eu faço se você for à consulta que eu agendei para a próxima semana.

**Rhett:** Massagens diárias. Com você montada no meu pau enquanto massageia meu ombro. Assim eu aceito.
**Summer:** Seu ombro está tão ruim assim?
**Rhett:** Não, princesa. Você é que é muito gostosa.

Assistir a Rhett esta noite me dá vontade de derramar a cerveja que custou quinze dólares nas pessoas que estão na minha frente na arena. Emmett foi primeiro e fez uma ótima montaria, e sei que Rhett viu porque ele estava sentado no topo do portão, assistindo junto com Theo.

Eu vi o brilho da competitividade em seus olhos. Ele passou a noite toda com o pau dentro de mim e ainda está com cara de que poderia acabar com o sujeito.

Há uma pequena parte de mim que deseja que ele pule daquela cerca e se aposente imediatamente. Eu o quero em segurança. Sim, também quero que ele ganhe. Quero isso para ele.

Mas também o quero para mim.

É bem confuso. Nunca me preocupei com alguém desse jeito, e olha que passei a vida inteira me preocupando com todos ao meu redor.

Theo sobe agora nas costas do touro, dando a Rhett um sorrisinho meio preocupado. Observo como Rhett fala com ele enquanto Theo esfrega a corda, balançando a cabeça – ouvindo. Há uma intensidade na conversa deles que eu não tinha percebido antes.

Em geral, as interações entre eles são alegres e amigáveis, mas a desta noite dá uma sensação bem clara de mentoria. É emocionante e estressante ao mesmo tempo.

O touro bate contra as laterais de metal da rampa. Enquanto Rhett recuava em situações semelhantes, noto que Theo sorri, abaixa o queixo e faz um sinal com a cabeça.

O portão se abre bruscamente, e o touro parece voar como um morcego saído do inferno. Theo parece um Rhett mais jovem e menor, com esporas subindo toda vez que o touro se abaixa. Ele cavalga como se sua vida dependesse disso. E com base no grau de irritação do touro e na quantidade de vezes que ele muda de direção, eu diria que sua vida realmente depende disso.

Mal conheço Theo, mas prendo a respiração mesmo assim. Nas noites que passei sentada na arquibancada, vi outros caras sendo golpeados e pisoteados. Eu os vi sair amarrados em uma maca.

Em muitos aspectos é difícil de assistir, em outros... não consigo desviar os olhos.

Então, quando Theo salta e joga o chapéu para o alto, eu me levanto e torço. O touro sai correndo da arena, perseguindo o palhaço, e Theo recebe os aplausos da multidão. Ele marca 90 pontos, o que o leva para o topo da classificação deste fim de semana.

Quando olho para a cerca, Rhett está sentado ali, sorrindo de orelha a orelha. Tão orgulhoso, peito estufado, orgulho transbordando.

Ele está gostoso demais também. Sombrio e misterioso, com o chapéu puxado para baixo cobrindo o rosto, camisa cor de carvão sob o colete de montaria e aquelas perneiras marrons simples.

Bom demais.

Quando ele desce para se alongar e se aquecer, minha calma momentânea se dissolve e o nervosismo vem à tona.

Odeio essa sensação. Odeio me sentir assim. Passei a aceitar a ideia da morte sob vários aspectos. Saber ainda tão jovem que a minha hora pode chegar a qualquer momento fez coisas estranhas comigo. De alguma forma, a ideia da minha morte é mais fácil de engolir do que a ideia de ter que ficar sentada aqui na arquibancada enquanto alguma coisa pode acontecer com Rhett.

Não quero ser essa garota que diz a ele para não correr riscos porque meu coração não aguenta. Então eu sufoco o medo, como ele me disse que fazia.

Tomo alguns grandes goles de cerveja e me permito escutar as conversas ao redor. E quando Rhett está prestes a entrar, tomo goles maiores ainda.

Eu o observo a cada momento distraidamente consciente de que pode ser o último. É como se o tempo desacelerasse. Vejo seu sorriso arrogante, a maneira como aparecem covinhas ao lado da boca quando ele sorri. Quase consigo sentir a barba áspera dele no meu pescoço só de observá-lo.

Ele puxa a corda, parecendo hipnotizado, e eu tento entrar nesse clima também.

Então ele faz algo que nunca fez. Ele me espia por baixo da aba do chapéu, como se soubesse exatamente onde estou sentada.

Ele pisca para mim.

Em seguida, faz um sinal e o portão se abre.

– Você chegou tão perto...

O som da água escorrendo ecoa enquanto Rhett passa uma toalha nas minhas costas. Esta porcaria de banheira de hotel é pequena demais para nós dois, mas nos apertamos dentro dela. Ele me disse que se eu quiser continuar obrigando-o a tomar banhos de sulfato de magnésio, tenho que tomar banho junto.

E aqui estou eu, sentada entre as pernas dele, na menor banheira do mundo, com a água mais escaldante que existe.

Enquanto Rhett Eaton me esfrega. E me beija.

É *assim* que eu quero partir.

– Ah, se é para perder para alguém, que seja para o Theo. Mais um ou dois anos e ele vai ganhar tudo.

– Tipo... uma versão mais nova e melhorada de você? – provoco, mas acabo soltando um suspiro quando ele envolve meu cabelo no punho e puxa.

– Cuidado com essa boquinha linda, Summer – murmura ele, ao pé do meu ouvido.

Sinto sua ereção pressionando minhas costas, mas até agora basicamente a ignoramos para ficar aqui de molho por um tempo.

– Ou o quê? – Meus lábios se erguem quando viro o rosto, implicante.

Ele ri, provocando arrepios na minha pele corada.

– Ou nada. Estou sem camisinha.

– Não sei se te ensinaram isso na escola de caubóis, mas ninguém engravida pagando boquete.

Ele estende a mão e aperta com força um dos meus seios enquanto me puxa de volta contra ele.

– Meu Deus, garota. As coisas que às vezes saem da sua boca.

Eu rio e me acomodo nele.

– Tá bom. *Tá bom.* Foi você que começou.

– Comecei o quê?

– Isso.

Sinto seu peito roçar contra meus ombros.

– Não comecei nada.

– Começou, sim. Você me beijou primeiro – brinco.

– Ué, achei que você tivesse dito que aquilo não significava nada.

Ele passa a toalha nos meus braços.

Fecho os olhos e suspiro. Eu disse aquilo. E na hora eu falava sério, ou pelo menos queria estar falando sério.

– Eu precisava que não significasse nada para poder manter algum profissionalismo. – É uma declaração dolorosamente sincera, e há uma parte de mim que gostaria de poder voltar atrás.

Mas, por mais que Rhett e eu brinquemos um com o outro, não acho que ele me leve na brincadeira. Homens que estão levando alguém na brincadeira não olham para uma mulher do jeito que Rhett olha para mim.

Esse olhar pode estar apenas na minha cabeça.

Talvez eu esteja me derretendo toda por um olhar que nem existe.

– Tomar banho de sulfato de magnésio com os clientes é algo que ensinam na faculdade de direito?

Seu peito estremece sob o esforço de tentar não rir da própria piada. *Que idiota.*

Eu gemo e cubro meu rosto com as mãos.

– Rhett.

Ele dá um beijo no topo da minha cabeça. Tenho certeza de que foi só para não rir.

– Não tem graça. Não sei o que estamos fazendo aqui. E olha que passei anos na faculdade e gastei dezenas de milhares de dólares com meus estudos para fazer este trabalho. Isso é... não sei o que estou fazendo.

– Acho que sabe. Acho que você está fazendo o que quer pela primeira vez na vida e isso te assusta.

– É. Talvez.

– Acho que você não precisa se preocupar se sou um cliente ou não. Acho que isso não tem nada a ver com o que existe entre nós dois.

– É a percepção... – tento dizer, mas ele me interrompe.

– Que percepção? Você já fez isso antes? Planeja fazer de novo no futuro? Ou o que aconteceu entre nós não tem nada a ver com o trabalho de qualquer um dos dois? Você acha que se a gente tivesse se conhecido em outras circunstâncias, seria diferente?

– Você poderia ter sido menos babaca comigo – digo, tentando desviar a conversa do que parece ser algo maior do que estou pronta para enfrentar.

– Estou falando sério, Summer. Não sei por que você continua falando sobre nosso trabalho como se isso importasse. Não estamos fazendo nada de errado. Acho que o Doutor Paspalho deixou você com medo de que haja algo vergonhoso em estar com outra pessoa. Fez você achar que precisa esconder algo que não tem nada de errado.

Bem, droga. Ele está certo? Folheio meu arquivo mental de relacionamentos anteriores.

Eu nunca apareci em público com os caras. Nunca os apresentei à minha família. Uma vez, Willa me perguntou diretamente se eu era lésbica, antes de me garantir que por ela tudo bem se eu fosse.

Talvez a ideia que eu tinha desde cedo de que precisava esconder um relacionamento com sentimentos genuínos tenha me feito acreditar que isso era verdade.

– Eu... quer dizer... droga.

Ele me aperta e se aconchega na parte de trás da minha cabeça.

– Sempre fiz o que quis. Nunca dei muita atenção para o que as outras pessoas achavam que eu deveria fazer. Imagino que talvez o ideal seja um meio-termo entre o que nós dois fazemos, porque acho que acabei derrubando algumas pontes pelo caminho.

Eu bufo.

– Acho que você não está errado. Eu... – começo a protestar, mas ele me interrompe.

– E se você parasse de se preocupar com tudo que poderia dar errado e só se permitisse aproveitar o fato de que tudo isso parece certo?

Ele dá um beijo molhado nas minhas costas e meu corpo ganha vida quando suas palmas calejadas deslizam sobre minha pele ensaboada da maneira mais sensual. Minha cabeça se inclina para trás e suspiro ao sentir seu toque tão delicado no meu corpo.

Parece certo.

– Vou derrubar mais pontes e chutar o balde com você, Summer. Me dá uma chance.

Meus cílios se abrem e se fecham rapidamente. Meu coração está dando cambalhotas, algo que meu cérebro não consegue processar muito bem.

Meu balde parece totalmente bombardeado por tudo o que ele acabou de dizer. E as palavras simplesmente ficam presas na minha garganta.

Rhett continua, sem esperar resposta:

– Você disse uma vez que queria ser personal trainer?

Fico paralisada. Cheguei a mencionar esse assunto?

– Não me lembro.

– Eu me lembro. Li nas entrelinhas. Vi como você malha. Vi como se esforça e como é responsável. Se pudesse escolher qualquer trabalho, seria isso que você ia querer fazer neste momento? Trabalhar com Kip?

Pressiono os lábios, feliz por não precisar encarar ninguém neste momento.

– É provável que não. – Minha voz vacila quando eu confesso.

– Então por que faz isso? Por que continuar nisso?

Solto o ar.

– Não é... fácil. É que gosto de ver meu pai feliz. Sei como ele se sente orgulhoso de mim. Sei que gosta da minha presença no escritório, mesmo agindo como um psicopata de vez em quando. Ele rachou a família para ficar comigo. Renunciou a muita coisa e, quando adoeci, ele largou tudo para ficar ao meu lado todos os dias. Sinto que o mínimo que posso fazer para retribuir é corresponder a algumas dessas expectativas, sabe? Eu acho... Meu Deus, parece terrível dizer isso, mas sinto que se não fosse por minha causa, a vida dele seria bem mais fácil. E se eu puder ajudá-lo no negócio que ele passou a vida construindo, se eu puder levar isso adiante por ele, bem, é o mínimo que posso fazer para retribuir.

Rhett não responde. Ele só continua acariciando meu braço.

– Não posso falar por Kip, apenas pela maneira como ele falou sobre você e sua irmã ao longo dos anos. E ele pode ser um idiota psicopata, mas não me parece o tipo de homem que espera algo em troca pelo tempo que passou com a filha.

Meus olhos ardem e eu assinto. Há uma vozinha no fundo da minha cabeça ansiosa por agradar todo mundo que está gritando *sim*! Acho que no fundo sei que Rhett tem razão, mas admitir isso também significa admitir que passei os últimos anos da minha vida perseguindo incansavelmente um sonho que na verdade não é meu.

Solto o ar e abaixo a cabeça, fechando os olhos com força, querendo colocar de volta na minha mente aquela barreira que Rhett acabou de quebrar.

Desta vez, ele beija minha nuca, os lábios se movendo contra minha pele molhada enquanto sussurra:

– Vamos para a cama.

Ele fica atrás de mim, recolhendo nossas toalhas, enquanto eu me sento na banheira, observando a água girar em um turbilhão. Um reflexo perfeito de como estou me sentindo por dentro.

Abalada. Mexida. Completamente fora de mim e, ainda assim, mais eu mesma do que nunca.

– Summer?

Quando olho para Rhett, em toda a sua glória rústica, com as pontas dos seus longos cabelos molhados pingando sobre os ombros tonificados, um arrepio percorre minha espinha. Ele está segurando uma toalha aberta para mim, e tudo que eu quero é ir até ele.

E é o que eu faço. Fico de pé, sentindo a água escorrer de mim como uma pele que perdi. Como se Rhett de alguma forma tivesse apagado memórias e problemas com aquela toalha. Quando saio da banheira, espero que ele olhe para o meu corpo, mas ele mergulha profundamente nos meus olhos.

Não sei por que não esperava que ele fizesse isso. Ele está sendo respeitoso o tempo todo. Será por causa da reputação que tem? Da aparência dele? Das coisas arrepiantes que diz?

Parece injusto pensar que ele seria algo menos que um cavalheiro. Caubói de cidade pequena, rude, com reputação de mulherengo, e ele me trata melhor do que qualquer homem que eu já conheci. Do que qualquer outra pessoa.

Suspiro sonolenta quando ele enrola a toalha em volta dos meus ombros. Mas ele vai além. Ele me seca com toda a gentileza. Meu cabelo, meu pescoço, minhas costas. Ele se ajoelha ao meu lado e seca minhas pernas com muito cuidado. Acho que ele faz isso até melhor do que eu mesma.

Depois ele dá um beliscãozinho na minha bunda antes de se levantar, com um sorriso infantil no rosto e um brilho diabólico nos olhos.

– Vai se deitar. – Ele aponta para a cama e, embora em condições normais eu fosse dar uma resposta, dessa vez simplesmente obedeço.

Porque eu quero. Porque não *preciso* mais lutar contra ele. Porque não quero mais lutar contra ele.

Quando chego à cama, caio de bruços, com a sensação de que poderia adormecer ali mesmo, enrolada em uma toalha. Deixo meus olhos se fecharem, mas depois de alguns instantes eles se abrem.

A toalha é arrancada de mim. Ouço o barulho do creme hidratante e o som áspero das palmas das mãos de Rhett sendo esfregadas uma na outra.

Aquelas mãos quentes e calejadas deslizam pelas minhas costas nuas, e eu gemo porque é bom, mas principalmente porque não me canso de Rhett me tocando desse jeito.

– Acho que sou eu quem deveria massagear você.

– Acho que você está errada – diz ele.

E eu me derreto na cama, absorvendo esse lado dele que nem sabia que existia. Doce, terno e alegre.

De alguma forma, o fato de ele ter uma aparência tão rústica me pega mais desprevenida. Ele não parece um homem gentil, que diz palavras bonitas ou que leva você para encontros em lugares luxuosos.

Ele não se parece em nada com nenhum homem com quem já estive.

E isso é uma bênção.

– Eu amo suas sardas – murmura ele atrás de mim, a ponta de seu dedo traçando linhas em minhas costas. – Elas me lembram todas as constelações. Como se eu pudesse ligar os pontos entre elas e formar imagens.

É uma coisa estranhamente adorável de se dizer. Eu mexo os dedos dos pés, cantarolo baixinho e apoio o rosto na cama para olhar para ele.

– Bem aqui tem duas tão próximas que quase parecem uma só.

– Como estrelas binárias – murmuro.

– O que são estrelas binárias? – Seu dedo desliza com ternura pelo local de que ele está falando.

– São duas estrelas que parecem uma só quando a gente olha no céu. Mas, na verdade, são duas. Unidas por uma atração gravitacional, sempre orbitando uma em torno da outra.

– Mais ou menos como nós dois, grudados – reflete ele.

É esse pensamento de nós dois grudados que embala minha consciência fugidia quando ouço o toque do meu telefone na mesa de cabeceira.

O que leva Rhett a tirar as mãos de mim.

O que faz meu estômago embrulhar, porque o que Rhett diz em seguida é:

– Aqui diz que é o Rob.

Eu me apoio nos cotovelos e viro o pescoço para olhar Rhett.

– Por que ele está ligando para você?

– Não sei – respondo com sinceridade.

No entanto, se eu tivesse que adivinhar, diria que tem algo a ver com Rhett piscando para mim antes *e* depois da montaria desta noite. O evento foi transmitido, o que quer dizer que é bem possível que alguém tenha visto aquilo. E esse alguém foi Rob, que costumava me dar um frio na barriga sempre que me ligava, mas que agora, quando olho a tela iluminada do celular na mão de Rhett, só me faz sentir horror.

– Não quero falar com ele – digo, e me sento na cama, enrolando-me na toalha.

Ainda não estou pronta para revelar meus maiores segredos a Rhett. Preciso descobrir o que está acontecendo antes de expor tudo.

Rhett empurra o telefone para mim, com a expressão impassível e indecifrável.

– Atende.

Levanto uma sobrancelha, me perguntando se ele realmente consegue lidar com isso. Com base na maneira como perdeu o controle com Emmett, meu palpite é que não consegue. Mas não estou com vontade de discutir, então me desloco até o topo da cama para me encostar na cabeceira e pegar o telefone da mão dele. Sem olhar em seus olhos, arrasto o dedo na tela para atender.

– Alô?

Rhett desaba na cama ao meu lado.

– Summer? – diz Rob, com uma voz polida e suave.

Isso não me deixa nem um pouco arrepiada. Não soa rouco e sexy, como pneus esmagando o cascalho.

– Sou eu. – Óbvio. Quem mais seria? – O que houve? Algum problema?

– Por que alguma coisa sempre tem que estar errada para eu ligar para você?

Meu rosto se contrai e reviro os olhos. Um ano atrás, eu poderia ter achado isso fofo. Agora só acho estúpido.

– Você não deveria me ligar.

A cabeça de Rhett vira em minha direção e sinto seu olhar sobre mim como um toque.

– Eu sei – diz Rob.

Embora eu mal ouça o que ele diz por causa da onda de consciência que Rhett desperta em mim.

– Ok, então...

Eu sufoco um gritinho quando Rhett de repente se aproxima e me coloca em cima dele. Minha toalha cai, e estou montada em Rhett Eaton, pelado, com as mãos segurando meus quadris enquanto olha para o meu corpo como se fosse sua próxima refeição.

– Desculpe – digo, ofegante, tentando não parecer tão chocada quanto estou. – Eu, hum, deixei cair o telefone.

Rhett arqueia uma sobrancelha e então coloca um dedo sobre os lábios fazendo o sinal universal para pedir silêncio.

Fico momentaneamente confusa.

E então suas mãos levantam meus quadris, enquanto ele desliza por baixo de mim, alinhando seu rosto com a minha...

– Ai, meu Deus – murmuro, fitando os olhos cor de mel de Rhett, que parece estar se divertindo muito com a situação.

Arregalo os olhos para ele, como se dissesse: *Você só pode estar brincando.* Mas a boca de Rhett forma um sorriso diabólico.

– Tudo bem? – pergunta Rob, bem quando as mãos de Rhett seguram meus quadris e me puxam para baixo, me fazendo sentar em seu rosto barbudo.

Respiro fundo e arregalo os olhos enquanto Rhett me devora com a língua. Não consigo desviar o olhar.

– Tudo, tudo. Desculpe, só, hum, me enrolei aqui.

Acho que Rob ri, mas não estou ouvindo direito. Estou muito ocupada vendo o bad boy entre minhas pernas sendo muito, *muito* malvado.

– Onde você está?

Meu cérebro gagueja enquanto Rhett suga minha intimidade.

– No meu quarto de hotel.

O quarto não é meu, é de Rhett. Mas sinto que pertenço a este lugar e, com base no olhar de Rhett, ele também gosta do que está ouvindo.

– Então, escuta, eu queria falar com você. Saber como você está. – Rob tagarela sem jeito, e deve parecer estranho para ele, mesmo sem que ele saiba o que está acontecendo.

– Humm... – Eu suspiro e fecho os olhos quando Rhett desliza a língua sobre meu clitóris.

– Eu vi você no hospital outro dia. Com aquele peão.

– Rhett. – Quando digo o nome dele, soa mais como um gemido. Suas mãos fortes agarram minha bunda enquanto ele me puxa mais contra seu rosto.

– É. Não importa.

Rob parece um pouco irritado com a menção ao nome, o que por sua vez também me irrita. Então, rebolo na cara de Rhett, curtindo como ele geme feliz quando eu faço isso.

Rob que vá à merda por nunca ter feito isso por mim. Ele não reclamava nem um pouco quando era eu que caía de boca nele, e não sei por que nunca vi a injustiça nisso. Mas agora eu percebo com toda a clareza.

– Você precisa ter cuidado com homens assim.

Meu corpo se retesa, minhas coxas se contraem com força enquanto as mãos de Rhett traçam meu tórax cheio de desejo. Eu poderia simplesmente me fundir com ele e ficar aqui para sempre.

– Que tipo de homem, Rob? – disparo, minha voz rouca.

Levanto do rosto de Rhett, subitamente preocupada com a possibilidade de sufocá-lo, mas quando olho para baixo, tudo que vejo é vitória em seus olhos e minha umidade brilhando em sua barba enquanto ele lambe os lábios.

É obsceno.

E eu adoro. Então, sento novamente, enroscando a mão no cabelo de Rhett e puxando-o pela raiz.

– Você sabe, Summer. Ele não é igual à gente. – Ele sempre foi pretensioso assim? – Não tem educação nem classe. É apenas de uma raça diferente.

Uma onda protetora percorre meu corpo. Rob acha que pode me tratar do jeito que fez e depois insultar Rhett? Quer me impedir de todas as formas de seguir com a minha vida?

Ele que vá à merda.

– Você quer saber o que ele é, Rob?

Estou ofegante agora e não tenho bem certeza de como ele ainda não percebeu que não estou sozinha, no meu quarto de hotel, como uma mocinha inocente.

Acho que dá para ser médico e ainda assim ser estúpido.

A língua e os lábios de Rhett trabalham furiosamente entre minhas pernas, e ele me leva à beira do clímax. E nem estou resistindo. É o que estou procurando.

– Ele é homem o suficiente para chupar uma mulher.

– O quê? – Rob gagueja do outro lado da linha, mas é para os olhos arregalados de Rhett que estou olhando, aqui sentada em sua cara. E quando seus dentes roçam meu clitóris, eu explodo.

– Ahh! Rhett!

Clico na lateral do telefone para desligar, depois jogo o aparelho na cama e desabo em seguida, derrubada pelo que parece ser uma onda de água escaldante me cobrindo. Meu corpo se contorce e estremece. Eu me desmancho e amo cada segundo do meu descontrole.

Tudo o que consigo ouvir somos nós dois ofegantes por alguns instantes até que Rhett quebra o silêncio.

– Puta merda, princesa. – Ele dá um tapa na minha bunda enquanto eu tombo a seu lado. – Espero que tenha sido tão satisfatório para você quanto foi para mim.

Eu rio. Não posso evitar. Acho que Rhett Eaton pode ter desintegrado algumas células do meu cérebro. E também alguns dos meus limites, porque tudo isso foi muito, muito fora do comum para a versão educada e agradável de Summer.

– Foi muito. – Eu jogo um braço sobre meu rosto para esconder o rubor pelo que acabei de fazer. Pelo que acabei de *dizer*. – Mas, também, que rude, Rhett Eaton.

Ele ignora completamente minha bronca e pergunta:

– Você acha que ele ouviu quando você gritou meu nome? – A alegria em sua voz não está nem remotamente escondida.

Eu volto a rir e meu outro braço se junta ao primeiro, cobrindo meu rosto quando penso na experiência revigorante e um tanto embaraçosa que acabei de ter.

– Meu Deus. Não sei.

Rhett ri, com as mãos apoiadas no peito nu agora. Ele é só sorrisos enquanto balança a cabeça e olha para o teto.

– Espero que sim. Acho que fico excitado com outras pessoas ouvindo você gritar meu nome.

Eu sorrio e caio de bruços, enterrando o rosto nos travesseiros, porque acho que também fico. Quero cavar um buraco e rastejar até lá para me esconder, mas também quero cair na gargalhada, porque Rhett ultrapassa todos os limites que eu achava que tinha.

Ele não tem vergonha, parece que está orgulhoso de mim e quer que todos saibam que estou ficando com ele. O que é uma experiência totalmente nova.

Reflito sobre isso, sentindo-o levantar da cama e depois ouvindo-o se arrastar atrás de mim. Quando volta para a cama ao meu lado, ele diz:

– Eu descobri o que significam as sardas nas suas costas.

– É mesmo?

– É.

Sinto uma ponta fina nas costas.

– Você está desenhando em mim?

– Não, estou escrevendo em você.

– O que você está escrevendo?

Eu rio, porque é ridículo. Sinto como se tivesse voltado à adolescência.

Sua risada em resposta é baixa e profunda. Isso faz meu estômago revirar e um calor tomar conta das minhas entranhas.

– Você vai ter que dar uma olhada.

Rhett soa tão satisfeito, tão presunçoso, e, quando me viro e olho para ele, sua expressão combina perfeitamente.

– Tá bom – digo, saindo da cama.

Entro no banheiro, aquele que ainda cheira ao nosso banho, e viro de costas para o espelho. Lanço um olhar curioso enquanto ele me observa da beirada da cama, e então viro o rosto para ver o que ele escreveu.

Ele juntou as sardas para escrever *Minha*.

E, meu Deus, neste momento sinto que isso pode ser verdade.

# 25

## Rhett

**Rhett:** Vem para o meu quarto.

**Summer:** Não. Não vou sair pela casa do seu pai na ponta dos pés para trepar com você no mesmo andar em que ele está. É falta de respeito.

**Rhett:** Não tem ninguém mais com quem eu gostaria de ser desrespeitoso.

**Summer:** Minha resposta ainda é não.

**Rhett:** Então eu vou pro seu quarto. Não estaremos no mesmo andar. Todo mundo ganha.

**Summer:** Você é um ogro.

**Rhett:** Podemos chamar de reunião de equipe.

**Summer:** Você está chamando sexo de reunião de equipe?

**Rhett:** Formação de equipe?

**Summer:** O que estamos formando? kkk.

**Rhett:** Entrosamento.

**Summer:** Boa tentativa.

**Rhett:** Você pode pelo menos me mandar um nude para eu bater uma, todo triste e sozinho?

**Summer:** Você é ridículo. Quer dar um passeio na lata-velha? Procurar a constelação que se chama MINHA ;)

**Rhett:** Quero. Se você ficar de quatro pra mim, com certeza vou encontrar essa daí.

– Então, como estão indo essas viagens juntos? – pergunta meu pai com a boca cheia de comida ao meu lado. Os modos à mesa são uma arte perdida nesta casa. Colocar três meninos sentados à mesa para comer já era um desafio e tanto para meu pai. Aliás, quatro meninos, considerando que Jasper poderia muito bem ser um de nós, pelo tempo que ele passava conosco.

Ele está por aqui hoje à noite também. Veio para o jantar de domingo antes de Beau sair em missão novamente.

– Alguém vai me responder? – insiste Harvey.

Olho para Summer, que está do outro lado da mesa com os olhos arregalados e o garfo congelado no ar.

Quase rio. Ela é uma péssima mentirosa.

– Estão indo muito bem – digo.

Dou de ombros e olho para meu espaguete com almôndegas. Cade pode ser um idiota mal-humorado, mas é um idiota mal-humorado que sabe cozinhar.

– É? – pergunta Beau com um sorriso curioso no rosto. – Esse caubói está te tratando bem, Summer?

Ela enche a boca prontamente com uma garfada de macarrão, assente com uma risada estranha e estridente, antes de apontar para a boca, se desculpando, como se esse fosse o motivo pelo qual não está respondendo.

Seus olhos se voltam para os meus. E eu rio. Não consigo evitar.

– Ele está acabando com você, não é? – pergunta Beau.

Tadinho. Ele é tão simpático que não percebe onde está pisando. Cade percebe. Sei disso pela maneira como ele está me olhando do outro lado da mesa.

É difícil saber o que a careta dele quer dizer, mas acho que talvez seja: *Fala sério, você não está transando com a filha do seu agente, não é?*

Também não tenho tanta certeza de que meu pai está por fora.

Eu? Eu não ligo. Se me importasse com o que eles pensam, teria parado de montar há anos. Por mim, eu estaria sentado ao lado de Summer com o braço nas costas da cadeira dela, mas sei que ela ainda não se sentiria à vontade. Ao contrário de mim, Summer *realmente* se importa com o que pensam dela.

Summer levanta o guardanapo, limpando os lábios com delicadeza enquanto respira fundo. Observo como se amoldam sob a pressão dos seus dedos e tenho de me ajeitar na cadeira para conter meu pau ficando duro.

Ela sorri serenamente para meu irmão.

– Não, está tudo ótimo. De verdade. Quando você viaja? Imagino que veremos todos vocês no último fim de semana de rodeio, certo? – Ela olha ao redor da mesa inocentemente, mas sei que o comentário dela é tudo, menos inocente. – É bem aqui na cidade. Tenho certeza de que vocês vão querer ir lá torcer pelo Rhett.

Isso provoca muita perda de contato visual e aumento da taxa de mastigação. Não estou surpreso. Minha família não me apoia nesta empreitada. Não é uma conversa nova para mim.

– Desculpe, Sum. – Franzo a testa olhando para Beau, que abrevia o nome dela como se a conhecesse bem o suficiente para ter essa intimidade. – Vou me ausentar no início desta semana. Papai e eu vamos fazer uma viagem de carro.

Mas Summer é uma pessoa que resolve os assuntos. Que apoia as pessoas que ama. Tenho certeza de que ela não consegue entender isso. Ela continua olhando para todos com ar de expectativa.

– Eu vou! – grita Luke. – Eu quero montar em touros, igual ao tio Rhett! Summer sorri.

– Ótimo, posso levar você...

– Não. – A voz de Cade é absolutamente gelada.

Esta não é uma conversa que ele goste de ter. Longe disso.

É Jasper, por baixo da aba do boné da sua equipe, que assume o controle da conversa.

– Vou com você, Summer. Moro perto da arena e vamos estar de folga nessa noite.

Ela se anima com um aceno conciso, jogando os ombros para trás e olhando com fúria para meu pai e meus irmãos.

– Não ia fazer diferença se fosse ter jogo. Você poderia muito bem tirar a noite de folga. Vocês estão mesmo bem longe de garantir uma vaga nos playoffs. – Beau ri de sua própria piada.

Jasper revira os olhos, balança a cabeça e murmura:

– Que babaca.

Não há raiva em sua voz. Jasper e meu irmão do meio são grandes amigos, do tipo que a maioria das pessoas não costuma ter. Praticamente irmãos.

Deus sabe que Jasper precisava de alguém. Mais do que simplesmente alguém. Precisava de pessoas como nós.

– Muito bem! – exclama Beau, batendo palmas. – Quem topa fazer uma excursão ao The Spur? Quero dançar com Summer antes de ir embora.

Meus dentes rangem enquanto olho para meu irmão.

– Vai estragar os dentes se continuar rangendo assim, meu filho. – Meu pai passa a mão nas costas da minha cadeira e sorri. É um sorriso assustador. Um sorriso de quem sabe das coisas.

– Obrigado, pai.

– De nada. Você sabe que sou uma fonte de bons conselhos. – Ele se aproxima mais enquanto os outros começam a falar sobre planos para a noite. Ele abaixa o tom de voz. – É por isso que vou lhe dar este aqui: sossegue esse facho. Se você tivesse algo que ninguém mais deseja, não ia ter graça nenhuma.

Olho para meu pai, o rosto contraído, confuso.

– O quê?

Ele sorri melancolicamente, observando todos ao redor da mesa.

– Nunca fez diferença para mim se alguém olhava para sua mãe. Porque os olhos dela estavam sempre em mim.

Ele dá um tapinha no meu ombro e depois se recosta na cadeira. Fico encarando o tampo da velha mesa de carvalho sob meus cotovelos. As linhas na madeira atestam todas as refeições que fiz neste exato local ao longo da vida.

Enquanto a conversa animada rola ao meu redor, penso em minha mãe. Penso em Summer.

E, quando a olho, seus olhos estão em *mim*.

Decido seguir o conselho do meu pai. Parar de bater no peito como se fosse um gorila toda vez que alguém olha para Summer. Decido me sentar no The Spur e admirá-la. Beau e Cade arranjaram sofás na parte de cima do bar. É o mesmo lugar que eles sempre ocupam e, magicamente, está sempre livre.

Acho que somos queridos o suficiente na cidade para merecer um lugar especial. Beau chegou aqui antes de mim e de Summer, mas eu não ficaria surpreso se alguém me dissesse que a mesa estava ocupada e que a pessoa saiu quando o viu entrar.

Ou quando viu a cara feia de Cade.

De qualquer forma, de onde me encontro, tenho uma visão perfeita do espaço que eles transformam em pista de dança nos Domingos Country. Tenho certeza de que é apenas uma maneira de tirar as pessoas de casa nas noites de domingo – e funciona.

Música country raiz, dança em linha, dois passos. Chestnut Springs é uma cidade pequena, mas aqui não há apenas vaqueiros e fazendeiros. É por isso que sempre gosto de ver todo mundo se vestindo de caubói nas noites de domingo.

Eric, o consultor financeiro do banco, ostenta uma enorme fivela prateada no cinto e usa uma gravata de vaqueiro de couro. Esse sujeito não põe os pés para fora de um escritório reluzente e limpo há anos, e sei que ele estudou a vida toda em uma escola particular na cidade.

Laura está aqui, tentando chamar minha atenção de uma forma tão óbvia que quase me sinto mal por ela. O sentimento de vergonha alheia é intenso. Ao contrário de Cade, que faz cara feia para qualquer uma que se aproxime dele e vira as costas como se isso pudesse fazê-las desaparecer, tenho dificuldade em rejeitá-las.

Não no sentido físico – já passei muitas noites na companhia de uma mulher qualquer em um bar só porque não queria rejeitá-la. Mesmo que nada acontecesse, bastava uma foto minha com alguém para que começassem as especulações.

Dito isso, nunca senti que precisava afastá-las. Eu não devia nada a ninguém e não estava magoando ninguém.

Mas ao assistir Summer tentando dançar com Beau, toda desajeitada, rindo, os dois tropeçando nos próprios pés, sinto um aperto no coração.

Não tenho certeza de como me apaixonei tanto e tão depressa. Não tenho certeza de nada, na verdade. Nem da minha carreira. Nem da minha saúde. Mas tenho quase certeza de que Summer representa uma virada na minha vida, em diversos aspectos.

Também tenho certeza de que cansei de bancar o maduro e de ver meu irmão dançando e curtindo com minha garota. Coloco a garrafa de cerveja na mesa com força e me levanto do sofá. Cade me dirige uma careta especulativa, e eu o ignoro enquanto me viro e sigo em direção à pista de dança.

Percebo o olhar de Summer por cima do ombro de Beau e ela sorri para mim. Sinto um frio na barriga. As pontas dos meus dedos anseiam tocar aqueles lábios.

Voltamos hoje de manhã e não tê-la beijado desde então está me deixando louco.

Depois de uma temporada inteira sem querer nada além de estar em casa, de repente quero ir para a estrada, só porque posso ficar sozinho com Summer durante as viagens.

Minha mão aperta o ombro de Beau.

– Minha vez.

Ele olha por cima do ombro com um sorriso. Um sorriso de quem sabe das coisas. *Maldito provocador.*

Beau age como um pateta, mas a verdade é que é tudo atuação. Ele é muito mais inteligente do que parece. E às vezes me pergunto se também é mais traumatizado do que deixa transparecer.

– Claro, irmãozinho querido.

Ele me dá um tapinha nas costas e me entrega a mão de Summer antes de se virar com uma piscadela. Quem sabe ele não vai fazer companhia a Cade, que está com um ar infeliz, e assustar Laura, evitando que ela vá falar com ele também.

Paro na frente de Summer, deslizando uma das mãos em volta de sua cintura e entrelaçando meus dedos aos dela antes de encarar seus olhos brilhantes e suas bochechas coradas. Ela parece feliz.

– Está se divertindo?

– Estou – responde ela, ofegante. – Faz muito tempo que não saio para dançar. – Eu a conduzo numa dança simples, dois para lá, dois para cá, tendo muito mais prática em bares country do que Beau. Sei como conduzir sem parecer um completo palhaço. – Isso me faz sentir saudade da Willa.

– Quem é Willa?

Eu me aproximo mais, desejando dar uma de Thanos neste lugar – estalar os dedos e fazer todo mundo desaparecer.

– Minha melhor amiga. Você ia gostar dela. Ela é uma espécie de versão feminina de você.

– Talvez seja por isso que você lida comigo tão bem.

– Lidar com você? Rhett Eaton, não acho que alguém consiga realmente lidar com você. Estou apenas aproveitando a experiência.

– É verdade, você está.

Ela solta uma risada e sinto sua respiração em meu pescoço. O vestido dela é justo na altura do peito, e depois fica solto e esvoaçante em torno das pernas. Está implorando para que eu o levante e me abaixe.

– Conheci Willa nas aulas de equitação. Quando fiquei doente de novo e tive que parar, ela começou a me visitar no hospital. Nunca parou. Compartilhando fotos, vídeos. Tenho certeza de que chegamos a ver você juntas, montando algum touro.

Sua cabeça se inclina timidamente quando ela admite isso.

– Ela sabe sobre nós?

Nós. Isso foi uma coisa estúpida de se dizer. Ainda não existe um "nós". *Ainda não.* Mas não preciso assustar Summer enquanto trabalho nesse *ainda.*

Mas ela não parece assustada. Apenas pressiona os lábios e olha nos meus olhos. A música a seguir é mais lenta, e ela automaticamente se aproxima de mim, alinhando nossos quadris e passando os dois braços em torno do meu pescoço.

– Não. Bem, há algumas semanas a sugestão dela foi que eu deveria... como ela disse... *montar em você como se você fosse um cavalo selvagem.*

Sinto meu pau se manifestar.

Eu me inclino para sussurrar algo em seu ouvido, mas não consigo resistir a dar um beijo primeiro.

– Eu aprovo essa amizade.

Ela ri e passa os dedos pela minha nuca, acariciando meu cabelo como parece gostar de fazer.

– Cuidado. As pessoas vão pensar que o infame garanhão Rhett está comprometido.

Eu rio e dou uma olhada no bar.

– Já está todo mundo olhando – murmura ela.

Eu levanto uma das mãos e viro seu queixo para mim.

– Bom. Deixa olhar.

Ela apenas pisca para mim. E eu odeio que tenham feito com que ela se sentisse indigna de ser vista com alguém. Como se ela fosse um segredo sujo que devia ser escondido.

– As pessoas vão falar.

– Deixa essa gente falar. Você sabe que não dou a mínima para o que as pessoas pensam, Summer. E não tem ninguém com quem eu prefira arruinar minha reputação.

Com uma das mãos ainda segurando seu queixo, eu a beijo.

Que se danem essas pessoas. Que se dane o *Rob*. Que se dane aquela fresca da irmã dela. Que se dane qualquer um que tenha feito essa mulher se sentir menos do que ela é.

Ela fica rígida no início – chocada –, mas quando seus dedos voltam a se mover em meu cabelo e seus lábios se abrem para os meus, eu sei que tenho sua permissão para continuar. Para continuar arruinando minha reputação, aqui e agora, com ela.

Se eu estivesse prestando atenção em qualquer outra coisa além da mulher em meus braços, ouviria o som do coração das meninas se partindo e as risadas e os gritos dos meus irmãos.

Mas tudo que ouço são as batidas do meu coração e o doce suspiro que Summer solta quando minha língua dança com a dela.

Estamos aqui. Na frente de todos. Nos beijando. No meio de uma pista de dança improvisada. Sem dúvida fazendo algumas pessoas erguerem as sobrancelhas. Deixando nossa posição clara.

Fazendo o que queremos e não o que deveríamos fazer.

# 26

## *Rhett*

**Summer:** Quer dar uma voltinha noturna?

**Rhett:** Quem é o ogro agora?

**Summer:** Ainda é você. Eu sou a princesa.

**Rhett:** Você está certa. *Minha* princesa.

**Summer:** Ok, Neandertal. Nos encontramos lá fora? Leve uma camisinha.

**Summer:** Na verdade, algumas camisinhas.

**Rhett:** Acabei de comprar uma caixa inteira. Você tinha que ter visto como o caixa da farmácia me olhou.

**Summer:** Ótimo. Provavelmente estaremos no jornal da cidade amanhã.

**Rhett:** Seria uma manchete e tanto!

**Summer:** Sem dúvida. E aí, vamos sair ou não?

**Rhett:** Coloca uma sainha bem-comportada, mas sem calcinha. Me encontra na lata-velha.

– O que é isso?

Summer coloca uma sacola de presente no meio da mesa onde estou sentado, tomando um café sozinho. Estou um pouco tenso depois de me despedir de Beau mais cedo. Ele e meu pai pegaram a estrada juntos para voltar para Ottawa e, enquanto Summer estava na academia, passei a última hora me perguntando se o que sinto ao me despedir do meu irmão é o mesmo que eles sentem toda vez que viajo para um evento.

– É uma sacola, Summer.

Eu me pergunto como Summer se sente quando me vê subir nas costas de um touro furioso. Não sei por que, mas nunca pensei muito em como meu trabalho poderia afetar todos eles. Tenho estado ocupado demais não dando a mínima para o que os outros pensam.

E tentando não me aterrorizar com a realidade desse esporte.

Ela projeta o quadril e inclina a cabeça, fazendo o rabo de cavalo grosso roçar no pescoço esguio. As mechas rebeldes na testa grudam na pele suada.

– Não brinca, Eaton. De onde veio isso?

Eu dou a ela um sorriso torto.

– De mim.

Ela junta os lábios, me avaliando.

– O que é?

Passamos os últimos dias trocando beijos roubados no corredor. Ou indo na minha velha caminhonete para o campo e caindo nos braços um do outro sob o céu aberto. Muito romântico. E também o melhor sexo que já tive na vida.

Embora eu tenha convencido Summer a violar as regras, ela afirma veementemente que "não devemos transar na casa do seu pai" e ainda acha que precisamos esconder o que estamos fazendo por algum motivo estúpido – mesmo que todo mundo já saiba.

Nunca quis tanto ter minha própria casa, para poder tocá-la sempre que quiser.

– Não sei como gente sofisticada como você costuma agir quando ganha um presente, mas por aqui se descobre o que é quando se abre.

Ela fica contrariada.

– Não tenho nada para dar a você.

Eu rio. É tão típico de Summer dizer uma coisa dessas, sempre preocupada com todo mundo.

– Eu não quero nada, princesa. É um presente, assim, sem motivo. Agora senta essa bunda linda e abre.

Sua cabeça balança de um lado para o outro enquanto ela puxa a cadeira.

– Bem, eu adoro presentes – murmura, com os olhos brilhando enquanto desfaz o laço que fiz de um modo meio improvisado.

Ao enfiar a mão na sacola, ela para e se vira para mim. Num piscar de olhos, puxa o conteúdo para fora.

Segurando as perneiras, ela solta um leve suspiro de satisfação.

– Rhett.

Tomo meu café e aprecio cada pequena manifestação de empolgação que passa por seu rosto. Nunca gostei tanto de dar um presente a alguém.

– Gostou?

– Se eu *gostei*? Está brincando comigo? Eu *amei*. Não são aquelas do primeiro rodeio que fomos?

Eu dou de ombros.

– Você encomendou?

– Não.

– Comprou enquanto a gente estava lá?

– Foi.

Ela abre e fecha a boca segurando as perneiras. São realmente lindas. O trabalho artesanal é de primeira linha. O preço também. Naquele dia, quando ela saiu na minha frente, tratei de comprá-las o mais depressa que pude.

Mas não é um presente completamente desinteressado. Estou morrendo de vontade de vê-la vestida com elas.

– Por quê?

– Onde mais você encontraria um belo par de perneiras no tamanho infantil?

Ela revira os olhos.

– Eu comprei porque vi você olhando para elas. Eu vi a expressão no seu rosto. E então me disse que teve que parar de montar quando adoeceu. Achei que gostaria de recomeçar em algum momento. Talvez por aqui. Comigo. Então eu vi você no meu cavalo e... caramba, um talento natural... ali eu soube que tinha tomado a decisão certa.

Ela pisca para mim, com os olhos mais brilhantes ainda. Seu sorriso é emocionado enquanto ela olha para baixo e passa os dedos delicados sobre os botões de prata polida.

– Eu achava que você me odiava naquela época.

Balanço a cabeça, um pouco envergonhado por ter sido um idiota com ela.

– A única coisa que eu odiava era perceber como eu te queria, princesa.
– Obrigada.

Ela diz isso com tanta sinceridade que me toca de uma forma que eu não conhecia. Aqueles grandes olhos castanhos tão emocionados... Caramba, eu faria qualquer coisa que ela quisesse. Eu sou um caso perdido com essa garota, e nem percebi o que estava acontecendo.

– De nada.

Minha voz está rouca e sei que preciso contar a ela o que sinto. As coisas em que andei pensando. Tipo, quando a temporada acabar, quando eu não for mais cliente dela, vou dedicar todo o meu período de folga para convencê-la a me dar uma chance. Uma chance de verdade.

Uma chance de ser tudo.

Mas estou com medo, sem muita certeza se consigo lidar com uma rejeição, ou com mais uma pessoa me abandonando. Especialmente alguém que se tornou tão importante para mim quanto Summer. Em vez disso, digo apenas:

– Veste. Aí você pode me agradecer de joelhos.

Summer resmunga enquanto eu a conduzo escada acima, a mão perfeitamente entrelaçada à minha. Seus protestos não são muito convincentes e vêm acompanhados por um pequeno sorriso. Algo sobre o que a imprensa diria se descobrisse que sou viciado em sexo.

Quando chegamos ao meu quarto, fecho a porta e a empurro para dentro. No teto com vigas de madeira tem um lustre de chifre pendurado sobre uma cama de dossel de pinho. Grandes portas de correr se abrem para um espaçoso pátio no segundo andar, que abriga um pequeno conjunto de mesa e cadeiras em ferro forjado com vista para a cordilheira, diretamente para as Montanhas Rochosas.

– Uau! – exclama ela, impressionada. – Por que diabos você toma seu café lá embaixo quando tem uma vista dessas?

Eu a observo enquanto ela admira a paisagem – seu pescoço esguio, a curva de sua mandíbula, a orelha delicada adornada com um discreto brinco de ouro. Summer é pura classe. Luminosa, elegante, bem-educada.

É muito linda. Também me dá vontade de rolar no chão com ela.

– A vista lá embaixo tem andado melhor nos últimos tempos.

Ela me lança um olhar brincalhão, franzindo os lábios e balançando a cabeça.

– Coloca as perneiras para eu ver. – Dou um passo para trás e aponto para o couro personalizado em sua mão.

Summer se vira para mim.

– Estou usando roupa de ginástica. Elas combinam melhor com calça jeans.

– Não combinam nada. Tira a roupa. Me deixa ver. – Eu estico meu queixo em sua direção.

Seus olhos escuros brilham.

– Quer que eu vista sem nada por baixo?

– Com certeza.

Suas bochechas ficam rosadas bem diante dos meus olhos.

– Ainda não tomei banho. Estou toda suada.

– Não me importo muito, princesa. – Cruzo os braços. – De qualquer forma, pretendo deixar você mais suada ainda.

Ela contrai o rosto enquanto desvia o olhar momentaneamente. Tímida, mas... sedenta.

As perneiras caem no chão com um baque. Ela pressiona os lábios. A mancha rosa nas maçãs do rosto se torna mais intensa, para combinar com o tom rosado dos lábios.

Summer começa a tirar a roupa e eu a observo como um voyeur. Ela está simplesmente se despindo, sem tentar ser sexy. É que é *ela* e tudo o que ela faz é sexy para mim.

Regata e top se foram. Seios empinados saltam com um molejo brincalhão. Uma pitada de sardas se espalha por cima deles, e eu quero lamber cada uma delas. Escrever *minha* em cada um de seus seios.

Ela começa a tirar a legging apertadíssima, abaixando-se para passar a calça pelos tornozelos e pés, e a joga no chão antes de se endireitar e olhar para mim. Ela é só curvas, linhas suaves e músculos tonificados.

– Assim? – pergunta ela ofegante, lábios cheios entreabertos, olhos semicerrados.

– Sem calcinha? É. Concordo com você sobre a vista daqui. Muito superior.

Ela me responde com um sorriso tímido, e eu avanço, precisando estar perto dela. Precisando de contato. Deslizo as mãos sobre seus quadris e por cima de sua bunda redonda enquanto caio de joelhos na frente dela.

– Você é demais. Linda demais. Maravilhosa demais.

– Não, você é que é. – Sua mão segura meu rosto, as unhas raspando minha barba. – Acho que já perdi muito tempo com homens meia-boca para saber como você é bom. Mais do que bom.

Fecho os olhos e absorvo suas palavras por um momento. Ouvir que sou bom para alguém como Summer. Eu não sabia o quanto precisava ouvir isso.

A única coisa que posso fazer é balançar a cabeça, dar um beijo em sua barriga e estender a mão para as perneiras ao lado dela. Eu as prendo em volta de sua cintura, passando a tira de couro macio pela fivela, observando os detalhes prateados brilharem em seu quadril.

Enrolando um pedaço solto de couro em volta da perna, abro o zíper na parte superior e puxo-o para baixo, com cuidado, para não beliscar a pele exposta. Quando passo para o lado oposto, percebo um leve tremor em minha mão e volto a balançar a cabeça.

Summer enfia os dedos no meu cabelo enquanto puxo o zíper até o fim. Eu me inclino para a frente e dou uma lambida longa e firme na sua fenda. Porque não posso estar tão perto assim e ignorá-la.

Seus dedos se enroscam no meu cabelo e ela me puxa para mais perto. Meu peito troveja quando dou uma boa sugada em seu clitóris.

– Para uma garota que nunca foi comida assim, você passou a gostar bastante.

Ela fica tensa, empurrando minha cabeça para trás.

– Tá demais? – Seus olhos estão arregalados quando ela olha para mim e sussurra: – Ai, que droga, desculpa.

Agarrando meus ombros, ela tenta me puxar para cima, mas enfio dois dedos dentro de sua entrada já escorregadia e quente. Tão pronta para mim.

– Summer, para com isso. *Nunca* é demais. Fui eu que despertei o seu apetite.

Eu me inclino para a frente novamente, de joelhos para essa garota, e dou-lhe outra lambida longa e firme.

– Nunca vai ser demais. Vou te chupar o dia todo, todos os dias, se isso fizer você se contorcer e implorar pelo meu pau. Adoro fazer isso com você.

Meus dedos a massageiam languidamente enquanto chupo com força seu clitóris, sabendo que posso levá-la à beira da loucura e depois parar só pra vê-la toda nervosa e irritada. Desesperada.

Eu também adoro isso.

Quando ela se apoia em mim, eu me afasto e fico de pé, segurando sua cabeça para dar um beijo em sua boca.

– Tá vendo como seu gosto é maravilhoso? – Enfio a língua em sua boca, engolindo o gemido que ela solta no fundo da garganta.

É para onde pretendo ir a seguir.

Afasto-me para ter uma visão melhor. Perneiras de couro sexy e elegantes, peitos arfando, olhos um pouco vidrados.

*Puta merda.*

Sim, eu adoro isso.

– Vira. – Eu giro meu dedo e a vejo engolir em seco. – Me deixa te ver.

Seus lábios se juntam e seus mamilos se empinam ainda mais ao meu comando. Consigo ver a umidade na sua fenda. Se eu olhar muito, porém, vou simplesmente jogá-la no chão e acabar com essa história de uma vez.

Ela se vira lentamente e sinto um aperto no peito. E quando observo as dobrinhas daquela bunda perfeita em formato de pêssego enquanto ela gira, sinto um aperto doloroso dentro da minha calça também. Bunda nua cercada por couro macio. Sim, minha mente safada está *acelerada*.

De frente para mim novamente, ela pergunta com um leve movimento dos lábios:

– Que tal?

– Perfeita. – Minha voz está rouca.

– É? – Ela inclina a cabeça.

Eu a chamo com o dedo. Ela chega mais perto, descalça, e eu levanto seu queixo, deixando seu rosto junto ao meu, o coração disparado em meu peito.

– Que princesa gostosa – elogio, deixando um sorriso tocar meus lábios.
– E você sabe como as princesas gostosas devem ficar, Summer?

– Como? – Sua voz é suave, mas densa.

Aponto para o piso de madeira.

– De joelhos.

Seus olhos se arregalam, mas seus lábios se juntam para esconder um sorriso faminto. Minha garota gosta quando falo com ela assim.

– Tira a camisa, Rhett. – É sua única resposta.

Eu agarro a parte de trás da gola com uma das mãos e puxo a camisa com força, arrancando-a e jogando-a no chão. As palmas da mão dela apalpam meu peito e, suavemente, meus ombros – ainda tão cuidadosa comigo. Ela sorri quando seus dedos apertam a protuberância do meu bíceps.

Isso faz meu pau se contorcer. E então suas mãos deslizam pelo meu tórax enquanto ela se abaixa, aos meus pés. E, de repente, ela está com pressa, as mãos atrapalhadas na minha braguilha como se não conseguisse chegar lá rápido o suficiente. Como se estivesse faminta. A vista daqui de cima é fantástica. Cabelo escuro e brilhante, e mamilos pontudos e empinados.

Meu membro livre se projeta entre nós quando ela puxa minha boxer para baixo. Summer não perde tempo, envolvendo as mãos na minha circunferência, lambendo a cabeça enquanto volta os olhos arregalados para mim.

– Fica me olhando desse jeito que eu gozo na sua cara, Summer.

Ela ri e repete.

– Bom. Faz isso.

Solto um arquejo profundo e selvagem.

Mas Summer não me dá descanso. Ela abre a boca e me engole até o fundo da garganta, suspirando enquanto avança.

Minha cabeça cai para trás e eu fecho os olhos.

– Puta merda, Summer.

Ela me chupa devagar, mas firme, com as mãos trabalhando a base, a cabeça indo para a frente e para trás ansiosamente.

Quando eu enfim me recomponho, encontro-a olhando para mim com uma expressão de quase adoração.

Acaricio seu queixo.

– Você gosta disso, não é?

Ela murmura e assente com a cabeça, inclinando-a um pouco na minha mão.

Minha outra mão envolve seu rabo de cavalo grosso.

– Se toca pra eu ver.

Ela pisca, deslizando uma das mãos entre as pernas, os olhos semicerrados quando chega lá.

– Isso. – Eu meto em sua boca lentamente, deixando-a se concentrar em si mesma, observando-a deslizar um dedo e, na volta, parando no clitóris, as pálpebras tremulando.

Quando seus olhos se fecham e ela geme, quase explodo. Aperto seu rabo de cavalo com mais força, mantendo sua cabeça imóvel, e aumento a velocidade das minhas estocadas em sua boca.

– Isso, gostosa. Esfrega gostoso enquanto eu fodo a tua garganta.

Seus olhos se voltam para os meus instantaneamente, arregalando-se enquanto seu peito e pescoço ficam rosados. Ela parece uma bonequinha de rodeio na minha frente. Geme em volta do meu pau, o corpo estremecendo enquanto ela goza.

E eu sou um filho da puta sortudo por assistir a tudo isso. É demais. Não consigo mais esperar. Eu a pego no colo, termino de tirar as calças e a coloco de bruços na minha cama.

Ela fica de quatro, completamente exposta para mim, arquejando com desespero.

– Rhett, por favor.

Aperto meu pau com força em meu punho, os olhos vidrados em sua intimidade, que ainda estremece com seu orgasmo.

– Porra, Summer. Espera aí. Eu preciso pegar uma camisinha.

– Não – reclama ela. – Eu quero. Quero você. Só você.

Ela olha para mim por cima do ombro, os olhos selvagens e brilhantes. Não acho que ela realmente quis dizer isso, mas suas costas se arqueiam e ela empina a bunda na minha direção.

– Eu nunca deixei de usar camisinha com ninguém – digo, passando a língua nos meus lábios.

– Eu uso DIU. Tá de boa.

Minhas mãos estão em sua bunda, esfregando. Roçando. Voltando a tremer. Meu pau lateja como nunca, e minha cama a coloca na altura perfeita para deslizar para dentro dela.

– Tem certeza, Summer? – pergunto, enfiando dois dedos dentro dela, que está toda molhada.

– Tenho, tenho, tenho, tenho – insiste, rebolando na minha direção.

Eu gemo e encosto a cabeça grossa do meu pau contra ela.

– Mais.

Seus dedos finos agarram os lençóis. Ela não se move, mas está me implorando.

Envolvo seus quadris com minhas mãos e puxo-a lentamente, com cuidado. Ela sempre parece tão pequena, e olhar para baixo, observando o modo como seu corpo se estica para me receber, ainda deixa isso mais evidente.

– Puta merda. – Ela suspira. – Isso tá...

– Incrível – termino, saboreando a sensação de estar dentro dela sem barreiras, enquanto enfio até o fim.

Pele com pele. Memorizando cada pulsação, cada contração e vibração. É uma sensação de outro mundo.

– De novo.

– Princesa, preciso de um segundo. Você deveria ver como você fica daqui.

– Me diz. – Ela rebola na minha frente, espiando por cima do ombro, de novo. Bochechas coradas, mechas de cabelo nas têmporas. Um brilho faminto no olhar. Sinto que ela se contrai em volta do meu pau quando pede: – Me diz como eu estou.

Eu rosno, deslizando uma das mãos por suas costas, pressionando-a na cama enquanto a outra mão agarra a alça traseira de suas perneiras e levanta sua bunda, posicionando-a como eu quero.

Eu saio e enfio de volta.

– Você está perfeita.

– Mais.

Eu entro e saio com força, deixando uma das mãos percorrer suas costas.

– Eu amo esse recuo nas suas costas. E essa bunda.

Aperto com força, agarrando-a e soltando-a, observando as impressões digitais brancas ficarem rosadas e sorrindo quando ela volta a rebolar. Dou uma forte estocada e ouço o ar deixando seus pulmões.

Estico a mão entre nós e esfrego um dedo lá, onde ela aperta meu pau. Um arrepio percorre sua espinha quando eu faço isso.

– Parece que você nasceu para abrigar meu pau.

Ela geme.

– Ai, meu Deus, eu adoro quando você fala assim.

Eu sorrio vitoriosamente e meto com força, observando seu corpo estremecer.

– Princesa, parece que você foi feita para mim.

Sua voz é baixa quando ela responde, mas eu escuto mesmo assim.

– Eu *fui* feita para você.

Isso é tudo de que preciso para me liberar. Agarro a tira de couro em volta de sua cintura com uma das mãos, sua bunda com a outra, e a possuo como se ela tivesse sido feita para mim.

Ela não desmorona. Ela recebe cada estocada arqueando as costas e buscando mais. Deixando-me levá-la mais longe, mais fundo do que jamais fui.

O suor escorre pela minha têmpora e seus gemidos se transformam em gritos.

– Vou meter tudo, Summer. Até o último centímetro. E você vai gritar meu nome quando gozar.

Como se fosse uma ordem, sinto seu corpo tremer e se contorcer à minha frente.

E quando ela grita meu nome enquanto eu me derramo dentro dela, onda após onda, sou atingido por uma constatação que me deixa tonto.

Summer não foi apenas feita para mim.

Ela é *tudo* para mim.

27

# Summer

**Summer:** Você vai ao rodeio comigo neste fim de semana?
**Pai:** Não perderia por nada. As cervejas são por minha conta.
Talvez alguns daqueles minidonuts de canela também.
**Summer:** Bem saudável.
**Pai:** Se este fosse meu último momento na Terra, eu gostaria de
partir com uma cerveja em uma das mãos e um minidonut na
outra.
**Summer:** Eu te odeio.
**Pai:** Eu também te amo.

Entramos no restaurante elegante do centro da cidade – todo branco, prateado e com linhas modernas – e Rhett parece deslocado. Com toda a franqueza, também me sinto deslocada, como se algo dentro de mim tivesse mudado nos últimos meses.

Antes de minha estada em Chestnut Springs, esse era o tipo de lugar onde eu adoraria jantar. Mas esses longos dias que passei nas pradarias, vendo as montanhas, rodeada de pessoas que valorizam coisas diferentes, bem... acho que isso tudo me contagiou. Talvez minhas prioridades tenham mudado.

A mão de Rhett encontra a minha enquanto ele observa o restaurante. Ele estendeu a mão para mim sem sequer olhar, possivelmente sem sequer pensar nisso.

A garota que gosta de lugares como esse surge na minha cabeça, me dizendo que eu não deveria segurar a mão dele em público. Que não é apropriado. Que vou arranjar problemas para um de nós.

Mas a nova garota – a garota beijada pelo vento e pelo sol, com lindas perneiras personalizadas, que faz amor na traseira de uma picape velha e enferrujada no meio de um campo – não dá a mínima.

Ela me diz para enfiar minha mão macia na mão áspera de Rhett e apertar.

Quando sua bochecha se contrai, sei que dei ouvidos à garota certa.

Esse sorriso é minha criptonita. E essas mãos. E a boca, incluindo as coisas arrepiantes que saem dela. O pau também. Sou uma grande fã do pau de Rhett Eaton.

Na verdade, parece que sou simplesmente uma grande fã de Rhett Eaton, e não do caubói arrogante que todo mundo enxerga. O homem que me beija com doçura, que faz com que eu me sinta cuidada, como se eu não fosse um fardo – aquele que é um pouco vulnerável e inseguro.

O homem que ninguém mais vê. Não sei por que ele escolheu me mostrar esse lado dele, mas sei que preciso lidar com ele com cuidado. Eu sei que Rhett é muito mais sensível do que deixa transparecer. Suas feridas são profundas e ele as remendou com uma personalidade pública e um sorriso arrogante que não combinam com o homem emotivo que passei a conhecer.

– Aí está ele. – A mão livre dele se ergue em uma saudação, e a outra aperta a minha com força enquanto atravessamos o salão em direção à mesa onde Jasper já está sentado.

O engraçado é que Jasper também não parece pertencer a este lugar. Sua barba desalinhada cobre a maior parte do rosto, e seu cabelo loiro-escuro e desgrenhado escapa por baixo do boné de time que ele usa.

– E aí, pessoal. – Os olhos de Jasper pousam em nossas mãos entrelaçadas. – Rhett, acho que nunca vi você segurar a mão de uma garota antes – diz ele enquanto puxamos nossas cadeiras na frente dele.

Eu coro e puxo a mão, mas no minuto em que nos sentamos nas cadeiras transparentes, Rhett a segura novamente, esfregando-a com o polegar em movimentos tranquilizadores.

– Não sabia que era costume deixar a barba crescer para os playoffs quando você não está nem perto de chegar lá – diz Rhett.

Jasper sorri e abaixa a cabeça para ler o cardápio à sua frente.

– Que malvado, pequeno Eaton. – Ele levanta a cabeça apenas por tempo suficiente para acrescentar: – Que bom ver você, Summer.

Há algo diferente em Jasper. Algo tranquilo e introspectivo. Algo doce, mas também algo muito distante. Não consigo entendê-lo muito bem. A única coisa que sei é que ouvi meu pai falar que os goleiros são atletas diferentes, quando comparados ao típico jogador de hóquei.

– É bom te ver também – respondo com sinceridade.

– Obrigado por nos encontrar hoje – diz Rhett. – Eu não gosto de jantar fora antes de montar.

Jasper grunhe.

– Sim. Eu entendo. Jogar de barriga cheia me dá vontade de vomitar.

Minha boca se contrai. Terei uma noite interessante tentando conversar com Jasper. Pelo menos isso vai me distrair da ansiedade torturante de ver Rhett montar de novo neste fim de semana.

Meu telefone toca alto na minha bolsa, alto demais no restaurante silencioso.

– Droga. Desculpem, rapazes.

Remexo em minha bolsa enorme, na esperança de encontrar o aparelho e silenciá-lo, me castigando internamente por ter jogado tudo aqui dentro, inclusive recibos de que nunca precisarei.

Minha mão se fecha no aparelho vibrando e eu o puxo assim que o garçom chega para encher nossos copos altos e finos de água. O nome "Doutor Paspalho" pisca na minha tela enquanto diminuo o toque do celular. Meus olhos se voltam para Rhett, que fita o telefone em minha mão, parecendo igualmente divertido e implacável.

– Quando você fez isso? – sussurro.

– Você deixou seu telefone desbloqueado um dia desses – murmura ele, olhando por cima do meu ombro, parecendo um garotinho repreendido que não lamenta nada do que fez.

Minha boca se abre e tento não rir.

– Realmente maduro – respondo enquanto desligo o telefone e o jogo de volta na bolsa enquanto lanço para Jasper um pedido de desculpas com o olhar. – Desculpe por isso. Então, me diga, você já foi a algum evento do Rhett?

– Há muito tempo. Nossas temporadas acontecem na mesma época e minha agenda geralmente está lotada de...

Meu telefone volta a tocar e eu faço uma careta, me encolhendo internamente enquanto tiro o aparelho da bolsa de novo. Não me dou ao trabalho de olhar para Rhett porque posso dizer pela posição de seu corpo próximo ao meu que ele está pronto para quebrar alguma coisa.

Não conversamos muito sobre o que somos ou para onde vamos. Quero tanto não ser carente ou pegajosa que tenho medo de perguntar. Ele não me falou nada, mas seu corpo diz tudo.

Seu corpo diz que sou dele.

Desta vez, quando pego o telefone, o nome da minha irmã pisca na tela, o que me faz franzir a testa. Ela raramente me liga.

Lanço um olhar preocupado para Rhett, cuja expressão me diz que ele está igualmente confuso.

– Desculpe, vou atender só essa – anuncio aos dois, que respondem com murmúrios me dizendo para ir em frente. Deslizo o dedo pela tela e digo: – Winter?

– Summer, onde você está? – A voz dela é fria, como de costume, mas há algo mais.

– Saí para jantar.

– Na cidade ou fora?

Ela nunca se interessou em saber onde estou.

– Estou na cidade. Winter, o que aconteceu?

Rhett olha para mim com preocupação.

– Nosso pai teve um ataque cardíaco.

Sinto um embrulho no estômago.

– O quê?

– Foi muito leve. – Ela funga, e posso imaginá-la inspecionando as unhas, como se eu fosse inferior por não ter me formado em medicina. – Ele vai ficar bem. Mas está aqui no hospital, se quiser vê-lo.

Meu coração troveja contra minha caixa torácica.

– Claro, eu quero vê-lo! – As palavras saem com mais força do que pretendo enquanto o pânico corre em minhas veias. – Quando foi que isso aconteceu? – Já estou de pé, enfiando os braços no casaco.

Os rapazes também estão de pé, prontos para seguir, mesmo sem saber o que está acontecendo. Fico tocada ao ver que tenho pessoas que me apoiam. Parece incomum e, apesar da ansiedade que borbulha dentro de mim, o apoio silencioso deles me acalma.

– Foi há algumas horas – responde Winter.

– Winter, você está de brincadeira? Papai teve um ataque cardíaco há algumas horas e você só está me contando agora?

– Não precisa fazer drama, Summer. Você não poderia ter feito nada por ele, sendo formada em direito – zomba ela, e lágrimas ardem em meus olhos.

– Eu poderia estar com ele! Ele também é meu pai, Winter.

Ela suspira como se eu fosse a pessoa mais inconveniente do mundo. E acho que é possível que eu seja. Ela não pediu esse laço familiar todo errado. Mas nem eu, e estou cansada de ser tratada assim.

– Bem, ele está aqui agora. E está bem. Vai ficar alguns dias em observação. Você está convidada a visitá-lo.

Ela desliga na minha cara.

Rhett está falando comigo, mas vejo tudo branco. Raiva quente e branca. Raiva porque eu poderia ter perdido os últimos momentos com a única pessoa que realmente já se importou comigo. Raiva porque Winter e minha madrasta continuam me tratando assim mesmo depois de todos esses anos.

Rhett massageia minha nuca.

– Vamos, Summer. Eu levo você.

– Sinto muito, Jasper – digo, rigidamente, tentando conter a raiva borbulhante sob a superfície.

Ele faz um sinal com a mão.

– Não tem por que se desculpar. Vão. Diga oi para aquele maluco por mim.

Assinto com a cabeça antes de Rhett me levar porta afora, direto para o meu carro, onde ele abre a porta do carona e me faz entrar como se eu estivesse em algum tipo de coma. Seus movimentos são rápidos e eficientes, cheios de preocupação – cheios de cuidado.

Ele se inclina e beija meu cabelo antes de bater a porta e dar a volta para o lado do motorista. Depois de ajustar o assento e os espelhos, ele apoia a mão no encosto do meu banco para dar ré no carro e diz:

– Eu também sou contra bater em mulher, mas apoio totalmente se você decidir dar uns tapas na sua irmã.

Uma risada sombria escapa de mim, e então ele pisa no acelerador.

Entramos voando na ala de cardiologia. Reconheço tão bem as paredes cor de menta.

– Cadê ele?

Meus olhos se franzem diante da minha irmã. Ela parece uma boneca de porcelana, com cabelo loiro-claro e pele lisinha, ao contrário de mim, com todas as minhas sardas.

– Ele está conversando com o cardiologista. Então, controle esse chilique.

Ela levanta a mão e inspeciona as unhas. É assim que ela me insulta. Agir como se as cutículas dela fossem mais interessantes do que eu.

Minha voz treme quando digo:

– Não acredito que você não me contou.

Ela suspira e olha para a porta fechada do quarto do nosso pai.

– Winter, e se tivesse sido mais sério? E se eu tivesse perdido minha chance de estar com ele? Tudo porque... o quê? – Minha voz falha e Rhett se aproxima de mim, seu corpo firme e sua mão na parte inferior das minhas costas.

Os olhos de Winter baixam para onde ele está me tocando, mas ela pisca.

– Porque você está executando algum tipo de vingança contra mim pela forma como fui concebida? – continuo. – Você sabe que eu não estava lá, certo? Não tive exatamente escolha nesse assunto. Não te ensinaram isso na faculdade de medicina? Porque aquele homem naquela sala – aponto para a porta fechada –, ele é tudo que tenho. Você e Marina garantiram isso. Não sei o que mais você quer de mim.

Tudo está saindo de mim de uma vez, como se eu tivesse aberto uma comporta e não conseguisse evitar que a água jorre. É embaraçoso.

É catártico.

Ou seria, se Winter fizesse algo além de olhar para mim inexpressiva. Ela é tão robótica que quase me sinto mal por ela. *Quase.*

Ela se ilumina com um sorriso falso e olha por cima do meu ombro.

– Ah, que bom, Rob, você está aqui.

Rhett fica rígido atrás de mim e eu congelo, recusando-me a me virar. Neste momento, percebo que estou ferrada. Tudo com Rhett aconteceu rápido demais, um borrão de orgasmos e olhares persistentes. Esqueci-me do mundo que nos rodeia.

O mundo que *me* rodeia. E isso é definitivamente algo que eu deveria ter contado a Rhett antes de ter entrado com ele no hospital.

Quando Rob Valentine aparece, de cabelo penteado e camisa de colarinho sob um suéter arrumado, me pergunto o que me atraiu nele. Ao lado de Rhett, ele é tão... desinteressante.

– O que *esse cara* está fazendo aqui? – rosna Rhett.

Os olhos de Winter ficam arregalados e ela recua.

– *Esse cara* é meu marido. A questão é: o que *você* está fazendo aqui?

– Oi, querida.

Rob dá um beijo na bochecha de Winter, obviamente indiferente a seu comentário rude.

Rhett coloca o braço na minha frente e me empurra para trás dele, usando o corpo como escudo.

– Isso é algum tipo de piada de mau gosto? – Por trás do corpo robusto de Rhett, eu o vejo voltar o olhar para Rob, tão lentamente que é quase assustador. Um predador avaliando sua presa.

Aperto seu braço.

– Podemos ir embora agora, por favor? Preciso falar com você em particular.

Meu coração está batendo tão forte que posso sentir meu peito vibrando. Estou sempre consciente das batidas. A mudança de ritmo, de intensidade – nunca deixarei de pensar nisso.

E agora ele está bombeando com mais força do que jamais pensei que fosse possível. Porque meu segredo mais profundo e sombrio está perigosamente próximo de ser revelado à luz do dia.

– Cala a boquinha, companheiro. – Rob fala como se estivesse se dirigindo a um cachorro.

E Rhett não ignora o insulto. Ele parte para o ataque.

– Se aproveitar de uma paciente adolescente não foi ruim o suficiente? Você teve que se superar e se casar com a irmã mais velha dela?

Meu estômago dá um nó. O medo me paralisa, fico congelada no lugar.

Tudo parece estar se movendo em câmera lenta. Estou agarrando Rhett, sentindo-o avançar. A porta do quarto de hospital de Kip está se abrindo.

– Rhett, para!

Ele não me ouve. Estou em pânico. Não era assim que nada disso deveria acontecer.

– Rhett. – Eu sacudo seu braço. – Por favor, para.

– O quê? – Winter está pálida e abatida.

– Ignora esse caipira, Winter. É assim que essa gente se diverte. Vamos. – Rob tenta puxar sua esposa imóvel para junto dele.

Rob é tão presunçoso, tão seguro de si, que nem imagina o que está prestes a acontecer. Homens como Rhett não fazem parte de sua realidade. Educado e contido pela correção social quando alguém de quem gosta foi ferido. Mas com Rhett tudo é instinto e sentimento.

Ele parece um leão. E Rob está ferindo seu orgulho.

É por isso que ele não me ouve implorando que pare.

Rhett joga os ombros para trás.

– Bem, estou muito feliz que pessoas como eu não se divirtam quebrando códigos de ética profissionais e passando anos coagindo jovens a se contentarem em ser um segredinho sujo para salvar a própria pele. Pessoas como eu dizem o que pensam. – Com um sorriso sombrio, ele levanta um dedo e aponta diretamente para o rosto de Rob. – E você, *companheiro*, é a bosta grudada na minha bota.

A boca da minha irmã está frouxa. Eu posso ver os pensamentos que passam por sua cabeça refletidos no olhar. Todo mundo está assistindo. Sinto os olhares em mim e gostaria de poder me virar e correr. Levar Rhett comigo e me esconder.

Mas não posso. Porque Rob toma a decisão mais estúpida que poderia tomar neste momento.

Ele se vira para mim, os olhos semicerrados, puro veneno na voz.

– Era para você ter ficado com a boca fechada.

É uma barbaridade dizer algo assim para mim, mas não me importo muito com Rob. Não consigo tirar os olhos da minha irmã. Ela não merece isso.

O braço de Rhett se estende novamente na minha frente e, quando sua voz sai, mal a reconheço. Está tão fria que sinto um arrepio percorrer minha espinha.

– Fala com ela assim de novo e vou te mandar para o inferno. E acredite em mim, você não vai fazer falta.

Rob faz um sinal com a mão, cheio de desdém.

– Sai pra lá, moleque.

É a coisa errada a se dizer, porque antes que eu tenha a chance de implorar para Rhett recuar, ele dá impulso com o braço e mete um soco na cara presunçosa de Rob.

– Rhett! – grito assim que o sangue jorra do nariz de Rob e o hospital ao nosso redor ganha vida.

As enfermeiras entram correndo, Rob berra algo sobre processo e Winter encara o marido como se nunca o tivesse visto antes. Sinto um aperto no peito por ela. Ela parece jovem. Perdida.

Eu gostaria de poder abraçá-la.

Por mais tenso que seja nosso relacionamento, ela ainda é minha irmã mais velha. E nunca vou deixar de desejar ter uma relação com ela.

Minhas mãos cobrem a boca enquanto observo a cena diante de mim, e quando viro para a direita, vejo a porta aberta do quarto do meu pai, e ele sentado na cama, pálido, com uma expressão sombria no rosto.

Pressiono as têmporas enquanto encaro os olhos calorosos de Rhett.

– Sinto muito – diz ele, como se tivesse acabado de perceber a confusão ao redor. – Droga. Sinto muito, Summer. Eu só... Caramba. Ninguém vai falar assim com você. Ninguém. Nunca.

Com um grande pedaço de gaze pressionado contra o nariz, Rob se intromete:

– Vou tirar até o último centavo de vocês.

Eu me viro, levantando a mão, a paciência esgotada.

– Rob, vai se *foder*. Vai consertar esse nariz e fica na sua. Se você se meter a processar o Rhett, eu vou abrir o bico. Então cala a boca, está bem?

Ele balança a cabeça para mim, como se não pudesse acreditar que a garota educada e dócil que ele vem enrolando há tantos anos tenha acabado de dizer isso para ele. E é Winter quem o puxa. É Winter que não olha nos meus olhos.

Viro as costas para ele e encaro Rhett.

– Você precisa sair daqui.

– O quê? – Ele parece genuinamente confuso.

– Anda, Rhett! – Não sei se estou gritando ou sussurrando. – Isso aqui é um desastre. Meu pai está no hospital e você acabou de revelar meu maior e mais complicado segredo de uma forma muito, muito espetacular. Você precisa ir embora. Falo com você mais tarde. Não adianta você ficar aqui bancando o possessivo agora.

Rhett pisca, um pouco de cor emergindo sob sua barba por fazer. Depois de um suspiro profundo, ele finalmente diz:

– Ok, tudo bem. – Ele se aproxima, levantando meu queixo e passando o polegar logo abaixo do meu lábio inferior. – Mas quero deixar uma coisa clara. Eu não sou possessivo. Eu sou protetor. E nunca deixarei de proteger você. Eu arrebento a cara daquele filho da puta de novo num piscar de olhos se ele falar com você mais uma vez daquele jeito.

Faço um sinal afirmativo com a cabeça, um pouco confusa com o que ele acabou de dizer, mas cansada demais para fazer algo mais.

– Ok – eu me limito a responder.

Estou agitada demais para entender meus pensamentos e sentimentos neste momento, e temo o que vou descobrir. Tudo que sei é que preciso ficar com meu pai e clarear a cabeça.

Rhett se inclina e dá um beijo na minha testa, a barba raspando na minha pele, me deixando arrepiada. Ele dá meia-volta e sai pela porta. Todos o acompanham com os olhos.

Inclusive eu.

28

# Summer

**Rhett:** Eu sinto muito mesmo.

– Se eu já não tivesse tido um ataque cardíaco hoje, tudo isso poderia ter me causado um.

Inclino a cabeça para trás, contra o encosto da poltrona desconfortável no canto do quarto do meu pai, e fecho os olhos.

– Não tem graça.

– Problemas cardíacos são contagiosos? Porque acho que você me infectou.

Balanço a cabeça, os lábios se curvando nos cantos, num leve sorriso. Ele nunca parou de pegar no meu pé por eu ter perguntado isso quando era mais nova. Eu tinha medo que ele ficasse perto demais de mim, caso meu defeito cardíaco congênito fosse de algum modo contagioso.

– Continua não tendo a mínima graça.

– Acha que o nariz de Rob está quebrado?

Dou um suspiro profundo.

– Não sei. Eu não sou a médica desta família.

– Será que desejar que esteja quebrado faz de mim um babaca?

Solto uma risada triste. Kip e eu temos uma relação de pai e filha que beira a amizade, e eu não mudaria isso por nada no mundo.

– Você não precisa disso pra ser um babaca.

– É, isso é verdade – reflete ele, na cama ao meu lado. Eu disfarço e olho para ele. Seu cabelo escuro está um pouco mais despenteado do que o normal, possivelmente até ostentando mais algumas mechas prateadas do que eu me lembrava. Meu pai parece... mais velho. De uma forma que eu não tinha notado até recentemente. Acho que isso acontece quando se chega aos 60 anos.

Mas a mortalidade dele me atinge com força neste momento, com ele deitado numa cama de hospital e não num escritório lustroso, de terno, sendo o tagarela, o implicante de sempre.

Meus olhos ardem enquanto eu o examino. Pressiono os lábios para evitar que eles estremeçam, para ocultar a respiração irregular.

Quando ele me observa, fecho os olhos. Aperto-os com força e afasto as lágrimas que se acumulam por trás das minhas pálpebras.

– Summer, minha querida, vem cá. Estou bem.

Sua voz é suave, reconfortante. Isso me faz me lembrar dos longos dias que passei na ala pediátrica, com ele ao meu lado.

Um soluço sai de mim e ele levanta um braço, gesticulando. E enquanto as lágrimas escorrem pelas maçãs do meu rosto, eu me arrasto para a cama estreita do hospital e me aconchego debaixo do braço do meu pai. Apesar do odor desagradável dos lençóis, posso sentir o cheiro dele, aquele perfume intrinsecamente reconfortante.

– Tive tanto medo, pai. Eu... Assim que soube, eu vim. Eu deveria ter vindo antes.

Sua mão larga esfrega meu braço para cima e para baixo enquanto ele encosta o rosto no topo da minha cabeça.

– Não, você não deveria. Não é função sua cuidar de mim. Pedi a Winter que não ligasse para você antes. Ela queria. Mas eu não queria que você se preocupasse.

Isso só me faz chorar mais. Eu me aninho em seu peito, esfregando minhas lágrimas no avental áspero do hospital que ele ainda usa.

– Pai, eu realmente fiz uma grande cagada.

– É. – Ele continua a fazer carinho no meu braço. – Eu vi.

– Não queria que descobrissem daquele jeito. Winter. Eu não queria que ela...

A voz dele assume um tom fantasmagórico, embora seus dedos continuem a me apertar.

– Aquele filho da puta obrigou você a fazer alguma coisa?

– Não. Ele... eu, bem, você sabe, sempre tive uma queda por ele. Mesmo quando eram só exames preliminares.

Meu pai grunhe. Eu não sou de ferro, e é difícil não ficar encantada com um médico jovem e bonito que salvou sua vida como ele salvou a minha.

– Foi mais ou menos quando fiz 18 anos. Eu era maior de idade e saí com amigos para tomar uns drinques. Encontrei com ele no bar e, em vez de ficar lá e me divertir, acabei passeando de carro com ele a noite inteira, conversando. As coisas começaram a partir daí.

– E duraram quanto tempo?

Eu solto um assobio e viro a cabeça para olhar para o teto.

– Dois anos.

– Meu Deus – murmura Kip. – E aí?

– E aí... Winter.

Engulo em seco, permitindo-me sentir a dor insuportável que tomou conta de mim quando ele me contou que estava saindo com ela. Eu não conseguia entender isso naquela época, mas agora consigo. Eu era jovem, ali à disposição para um homem sem ética profissional. Não sei como não enxerguei dessa forma. Winter começou a trabalhar no mesmo hospital e ele se encantou instantaneamente.

E fui instantaneamente esquecida.

Ele não me amava. Ele me usou e me descartou. E sinto um arrepio ao pensar nisso.

– Eu prometi a ele que nunca contaria a ninguém. Eu não queria arruinar a carreira dele. Quer dizer, está claro que ele é muito bom no que faz, mas...

– Mas o quê? – Kip tem uma expressão assassina no rosto.

– Ele me enrolava. Telefonava ou mandava uma mensagem aqui e ali. Uma conversa em um evento familiar. Ele teve o cuidado de nunca avançar uma linha física quando Winter estava em cena, mas sempre me manteve pensando que talvez, *talvez*, as coisas pudessem mudar.

Dou uma risada triste. Parece tão óbvio quando digo isto em voz alta.

– Porque ele queria manter você disponível – acrescenta meu pai.

– É. Parece tão evidente agora. Tão manipulador. E pensar em como minha vida pessoal foi limitada nesses últimos anos. É só que... Acho que é por isso que dizem que tudo fica claro quando se olha para trás.

– É uma coisa estúpida – murmura Kip enquanto sua mão desliza para cima e para baixo novamente. – É claro que tudo fica mais claro.

Eu dou um sorriso fraco.

– Preciso falar com Winter.

– Você precisa dar um tempo a ela. E vou ter que lidar com Marina. E você vai ter que contar por que Rhett Eaton está agindo como um dragão cuspidor de fogo ao seu redor. Mas, por enquanto, fique aqui com seu pai por um minuto. Pelos velhos tempos.

Não discuto com ele, apenas respiro profundamente pelo nariz, buscando conforto, de uma forma que faz com que eu me sinta como a garotinha que fui. Neste mesmo hospital. Nesta mesma ala. Com a única pessoa que nunca saiu do meu lado.

E eu cochilo.

Acordo com minha madrasta, Marina, empurrando meu ombro em um quarto escuro. Seu cabelo é loiro-claro e suas feições são severas. Assim como ela. Está usando um vestido cinza, ajustado ao corpo, por baixo do jaleco branco. Ela é uma médica muito respeitada aqui, mas não se deu ao trabalho de verificar como estava o marido nas últimas horas, desde que ele teve um ataque cardíaco.

Mas ela sempre foi cruel.

– Saia – diz, apontando para a porta.

Ela nunca gostou de mim. E, por um lado, quem pode culpá-la? Mas por outro lado... ela teve tempo de superar.

– Não.

Eu me sento e arrumo o cabelo com os dedos, tentando me orientar.

– Sim. Você já aprontou o suficiente por aqui para um dia.

Meu coração afunda com a lembrança do que aconteceu mais cedo. Com Winter. Os músculos do meu peito se contraem e baixo o olhar.

Mais uma razão para ela me odiar. Para minha irmã me odiar.

– Escuta, eu...

Ela ergue a mão, com a palma estendida, para me impedir de falar, e seus olhos brilham com uma fúria gelada.

– Destruir lares está no seu sangue. Você não consegue evitar. Eu entendo. Mas você vai acabar esbarrando no monitor de frequência cardíaca do Kip e dar mais trabalho para todo mundo. Não está na hora de fazer uma festa do pijama. Vai pra casa.

Meu queixo cai enquanto olho para esta mulher. A mulher que só me criou porque Kip não lhe deu opção. Isso não a impediu de fazer comentários como esse ao longo dos anos. Desenvolvi uma casca grossa no que diz respeito a Marina Hamilton. Seus golpes costumavam doer, mas agora...

Dou um beijo na testa do meu pai e saio da cama estreita, com os membros pesados como chumbo e os olhos ardendo como se houvesse areia neles. Provavelmente restos de rímel de tanto chorar.

– Sinto muito por você, Marina – digo com calma, ajeitando as roupas.

– Não preciso da sua piedade – dispara ela baixinho, pegando o prontuário do meu pai e fixando o olhar nos papéis à sua frente.

– Mas minha piedade é toda sua. E você tem meu perdão pela forma terrível como me tratou a vida inteira.

Ela manifesta seu desdém e eu me levanto, o mais ereta que consigo, enquanto me dirijo à a porta, para sair. Brigar com Marina não vale o esforço. No entanto, isso não me impede de compartilhar algumas palavras de despedida, embora minha voz trema ao fazê-lo.

– Você passou a vida inteira machucando meu pai, e eu odeio isso, mas o que quer que aconteça entre você e Kip não é da minha conta. Os dois são adultos. Mas eu *nunca* vou te perdoar por tornar impossível para mim ter um relacionamento com Winter. Todas as suas manobras durante toda a minha vida não machucaram apenas a mim. Machucaram a Winter também. Fizeram com que eu sentisse que não poderia contar a ela coisas que ela merecia saber. Fizeram com que ficássemos ambas isoladas quando poderíamos ter tido uma relação. E isso é – eu aponto bem na cara dela – por sua culpa e por causa da sua vingança.

E então eu me viro e saio. Irritada demais para olhar para ela por mais um segundo que seja.

Vou cambaleando em busca de um banheiro para me ajeitar e fazer xixi. E talvez chorar um pouco mais, sozinha. Preciso encontrar Winter. Ligar para Winter. Explicar-me para minha irmã.

Mas quando entro no corredor e chego à sala de espera, o que encontro é Rhett Eaton, com os braços cruzados, o cabelo solto sobre os ombros, o queixo barbudo levantado, olhando para o teto. Suas íris douradas vão para um lado e para o outro como se ele estivesse observando alguma coisa.

– O que você está fazendo aqui? – pergunto.

Ele endireita as costas, olhando instantaneamente para mim enquanto pigarreia e agarra os braços da poltrona.

– Esperando. Eu acho. Sim, esperando. Eu queria ter certeza de que você estava bem.

– Que horas são?

Ele acena para a parede atrás de mim.

– Quase duas horas.

– Duas da manhã?

– É.

Suspiro e esfrego o rosto.

– Eu pedi para você ir embora.

O zumbido silencioso do hospital atrás de mim é familiarmente pacífico.

– Bem, eu não quis ir embora. Eu quis sentar aqui e esperar para poder me explicar. Vou ficar sentado aqui o fim de semana inteiro, se for preciso.

– Não, você não vai. Você monta amanhã. Era para estar descansando.

– Summer. Você não entende? – Ele se levanta, estendendo as mãos em frustração. – Eu me importo com *você*.

Respiro ruidosamente e faço um sinal com a cabeça enquanto baixo o olhar para suas botas gastas.

– Certo. Mas não o suficiente para calar a boca quando eu implorei. Não o suficiente para pensar nas consequências das suas palavras. As consequências que recaem *sobre mim*.

– Ele mereceu, Summer – rosna Rhett.

– E eu, Rhett? – Minha voz está quase estridente. – O que eu mereço? Não mereço a oportunidade de contar minha própria história? Você não entende? Era o *meu* segredo e cabia a mim contar ou não. – Meus polegares batem no meu peito quase dolorosamente antes de apontar para ele. – Você prometeu guardar esse segredo. E você quebrou essa promessa. Eu *confiei* em você.

Ele pisca, os olhos suavizando, baixando os ombros.

– Segredos como esse vão pesar sobre você, princesa. Você nunca me disse que ele fazia parte da sua família. Caramba. Existe alguém mais nojento do que esse sujeito?

– Não me chame de princesa! Não nos conhecemos há tanto tempo assim! Sinto *muito* por não ter contado todos os meus segredos mais sórdidos para você imediatamente. Que egoísta da minha parte. – Minha voz sobe de volume e sinto que a sonolência cede e dá lugar ao pânico. À dor.

– Você não devia guardar segredos que te consomem por medo do que os outros vão pensar. E menos ainda quando alguém te manipula para você agir assim.

– Eu sei disso! Você acha que eu não sei? Mas era a *minha* história, e você me tirou a oportunidade de contá-la. E fez isso da forma mais pública e humilhante possível. E por mais que Rob tenha me magoado, não estou disposta a destruir a carreira dele.

Essa frase aterrissa como se fosse uma bomba atômica, silenciando tudo ao nosso redor. A expressão de Rhett fica vazia.

Ele desvia o olhar como se doesse manter os olhos em mim e balança a cabeça de leve.

– Deus do céu. Você ainda gosta dele.

Faço um sinal com a mão enquanto passo a outra no cabelo.

– Não! Claro que não! Não. Mas é complicado. Na verdade, não tem relação com ele. Não exatamente. Eu sei que você não se importa com o que as pessoas pensam. Mas eu me importo. E você continua me atropelando. Talvez eu não devesse me importar tanto com o que pensam, e talvez você devesse se importar mais. Talvez sua família não o apoie, ou talvez eles sintam medo de que, toda vez que você sai por aquela porta, possa ser a última vez que eles o verão.

Estou ofegante e Rhett parece chocado com o que acabei de dizer.

– Os sentimentos de outras pessoas estão em jogo. Não se trata apenas de você e do que você quer, Rhett. Não quando se ama alguém. Eu me importo com o que minha irmã pensa de mim, mesmo que não devesse, mesmo que ela seja cruel. E meu pai? – Aponto para trás de mim. – O homem naquele quarto, que poderia ter morrido hoje, é a única pessoa que realmente se importa comigo, a única pessoa que eu tenho. Os dois não mereciam ouvir essa história do jeito que acabou de acontecer. Talvez Rob tenha recebido o que merece, mas e o resto de nós?

Os dentes dele rangem enquanto ele olha para mim, sem piscar. Ele passa a mão na boca.

– Entendi. Entendi mesmo. E sinto de verdade por ter explodido daquele jeito. Mas, Summer – ele estende a mão para mim, mas eu recuo –, você também me pegou de jeito. Não sei bem como provar. Fico repetindo isso, mas parece que você não me ouve.

Meus olhos ardem. Ele está dizendo todas as coisas que eu quero tanto ouvir. Está me oferecendo todo o apoio que tanto desejo dele. Mas também estou furiosa por ele ter traído minha confiança e por estar certo e errado sobre tantas coisas ao mesmo tempo.

Estou com raiva porque isso não é mais tão fácil. Porque nada na minha vida está sendo fácil. Neste momento, não estou me sentindo muito otimista, e desconto no homem maravilhoso que está na minha frente. Porque, por mais que eu queira, não posso contar com alguém que está tão ocupado ignorando o que os outros pensam, a ponto de me machucar para provar seu argumento.

– Ah, já ouvi, Rhett. Eu simplesmente não acredito em você. O que você fez esta noite não parece um gesto de alguém que se importa comigo. Parece que você está perdendo o controle. – Uma onda de náusea me atinge e coloco a mão sobre a boca enquanto o encaro com lágrimas nos olhos. – Vai para casa. Para o seu hotel. Só vai. Não posso lidar com você agora.

– O que isso significa? Para você e para mim?

Meus olhos se fecham. Até esse pequeno movimento dói. Tudo *machuca*. Uma risada que se mistura com um soluço salta dos meus lábios.

– Não sei, Rhett. Eu nem tenho certeza se existe eu e você. Nunca fizemos planos além do aqui e agora.

E então passo por ele para chorar no banheiro, exatamente como planejei.

Bem, foi um pouco mais difícil do que planejei.

## 29

# *Summer*

**Summer:** Winter, podemos conversar, por favor? Estou voltando para o hospital hoje. Posso encontrar você em qualquer lugar, a qualquer hora. Não espero que você me perdoe. Queria só contar o meu lado da história.
**Winter:** Não há nada para perdoar.
**Summer:** Ok. Podemos, por favor, continuar conversando? Eu sei que as coisas estão tensas entre nós, mas eu te amo. E quero ter certeza de que você está bem.
**Winter:** Não estou bem. Estou grávida. E o pai do meu filho está mentindo para mim há anos. Não estou pronta para conversar. Por favor, pare de insistir. Entro em contato com você quando estiver pronta.

**Rhett:** Como está o Kip?
**Summer:** Aparentemente, está tudo bem.
**Rhett:** Como você está?
**Summer:** Cansada.
**Rhett:** O que posso fazer para ajudar? Só me diz.
**Summer:** Nada.
**Rhett:** Já disse o quanto lamento tudo?
**Summer:** Tome cuidado esta noite, por favor.

– E aí, me conta sobre o caubói.

Decido não me virar. Em vez disso, eu me ocupo arrumando algumas das flores do meu pai no vaso.

– Hein? – pergunto como se não tivesse escutado.

– Você sabe. Cabelo longo. Esmurra pessoas que fizeram mal a você. Vivia na parede do seu quarto na sua adolescência.

Eu gemo, abaixando a cabeça.

– Aposto que você achou que eu não me lembrava disso.

– É.

Olho para os tênis brancos em meus pés. Finalmente voltei para casa hoje de manhã. Como se isso pudesse me fazer sentir melhor, tomei um banho, sequei o cabelo e coloquei um lindo conjunto de sutiã e calcinha combinando. Vesti uma calça jeans e um pulôver de jersey cinza macio e voltei para fazer companhia ao papai.

Sinto-me bem como um dia de chuva. Se este fosse meu último momento, eu preferia estar feliz com meu pai. Por isso estou me obrigando a me sentir assim. A fazer isso. A controlar o que posso.

E estou fracassando porque me sinto péssima por Winter. Fiquei *literalmente* doente depois da última mensagem que ela me mandou. Preciso me manter ocupada. Rhett monta hoje à noite e o bar de Willa vai apresentar um show neste fim de semana. Por isso estou aqui com Kip, que está fazendo perguntas que não quero responder.

Com um suspiro, eu me viro e encaro meu pai, que parece terrivelmente satisfeito consigo mesmo.

– Você deveria estar com uma aparência pior. Acabou de ter um infarto.

Ele faz um gesto de desdém.

– Um pequeno infarto. E sabe o que me faria me sentir melhor?

– O quê?

Eu me empertigo, ansiosa por alguma tarefa que me mantenha ocupada e me faça parar de pensar. Algo além de arrumar flores que não precisam ser arrumadas.

– Conta pra mim o que aconteceu com Rhett.

– Aff. – Atravesso o quarto, sentindo-me incrivelmente infantil enquanto desabo na cadeira ao lado dele. – Não sei o que contar.

– Você gosta dele?

Droga, isso é constrangedor. Nem consigo olhar para Kip. Ele descobriu mais sobre minha vida sexual nas últimas 24 horas do que eu gostaria que soubesse durante minha vida inteira.

– É, pai. Gosto dele. Ele não é o que parece. Não é como todo mundo pensa.

– Eu sei.

Viro a cabeça para ele.

– Você sabe?

– Claro que sei. Já faz mais de dez anos que trabalho com esse garoto. Ele me deixa puto da vida porque é tão imprevisível, mas gosto dele. Sabia que vocês dois acabariam se entendendo.

Pisco, pensando na forma como Kip chiou e xingou Rhett quando toda aquela história do leite vazou. Eu interpretei aquilo como frustração, mas agora estou pensando que pode ter sido carinho. Frustração porque as coisas não estavam indo bem para ele, em vez de frustração *com* ele.

– Bem, legal – digo, caindo para trás na minha cadeira. – É uma forma bem esquisita de bancar o casamenteiro. Funcionou.

Posso sentir meu pai me fitando. Seu olhar está consumindo minha decisão de não dizer mais nada.

– Eu deixei que ele visse minha calcinha, ok? – Finalmente deixo escapar.

Meu pai ri.

Levo as mãos à testa enquanto olho para o teto.

– Você me disse para não deixar isso acontecer, e eu te ignorei como se isso fosse uma loucura. E aí eu fiz exatamente isso. Então, quando voltarmos ao trabalho, você pode simplesmente me demitir e me dizer que sou uma decepção pelo meu comportamento pouco profissional. Além disso, podemos, por favor, nunca mais falar sobre minha vida sexual?

Assim que a risada de Kip diminui, ele aperta meu cotovelo.

– Certo. Bem, acho que não lhe disse para não se apaixonar por ele.

– Eu não estou apaixonada.

Ele dá de ombros e faz uma daquelas caras sarcásticas que dizem: *Tudo bem, claro, mas nós dois sabemos que você está mentindo.*

Cruzo os braços, determinada a não lhe dar mais informações para me provocar. Não quero falar no assunto. E definitivamente não quero considerar a hipótese de estar apaixonada por Rhett Eaton.

O atual estado das coisas já dói o suficiente sem usar essa palavra.

– Quer assistir à transmissão do rodeio e falar mal dele?

Eu bufo. A perna que cruzei balança enquanto tento evitar fazer contato visual com meu pai. Ele está jogando a isca e eu quase não consigo resistir.

Por um lado, quero assistir, porque já estou com tanta saudade de Rhett que sinto uma dor constante no peito. Por outro, não quero, porque sinto uma dor constante no peito que só vai piorar com a ansiedade de vê-lo montar.

– Ok. Legal.

Eu sou fraca. Sou muito fraca. Masoquista, na verdade.

Kip sorri e pega o iPad, dando tapinhas na cama enquanto abre espaço para mim. Eu me acomodo ao lado dele e vejo que ele já está com a transmissão ao vivo na fila, pronta para começar.

Traidor.

Cruzo os braços e me recosto, me acomodando para assistir. A abertura envolve muitos fogos de artifício, garotas de calça de couro segurando cartazes e locutores dando um resumo da classificação para o Campeonato Mundial, que será daqui a duas semanas. Só falam daquela maldita fivela dourada. Parecem Rhett.

Reconheço os nomes de muitos caras enquanto eles se sucedem. Conto ao meu pai tudo o que aprendi sobre o esporte. A pontuação, o que torna um touro bom, como eles esfregam as cordas do animal para amolecer a resina e moldá-las em suas mãos.

Ele escuta com atenção, embora uma parte de mim tenha certeza de que ele sabe muito do que estou falando. Acho que só preciso preencher o espaço com algo que não seja relativo à minha vida sexual.

Nós assobiamos e gememos em uníssono quando os caras caem ou quando o palhaço do rodeio escapa por pouco. É um esporte assustador.

– Ah, esse é o Theo. – Aponto para a tela. – Ele é o protegido do Rhett. Tipo um irmão mais novo.

– Ah, que bom. Outro Rhett. Exatamente o que este mundo precisa – brinca meu pai.

Eu rio, mas o primeiro pensamento que me vem à cabeça é que *Rhett é insubstituível*.

A palavra *amor* aparece novamente na minha mente e eu a afasto, cruzando os braços com mais força, como se assim pudesse expulsar o pensamento do meu corpo.

Meus pulmões parecem paralisados no peito quando vejo Rhett subir nos painéis da cerca para ajudar Theo. Ele não é treinador, então não precisava estar lá. Ele simplesmente está presente. Um lampejo de culpa me atinge por dizer o que eu disse sobre nem tudo girar em torno dele.

Foi cruel.

Vejo o portão se abrir e o barulho irrompe da pequena tela do tablet. As pernas de Theo balançam, o braço erguido em posição perfeita. O touro malhado está empinando, reto e não muito alto, então Theo cava suas esporas.

E é aí que a merda acontece.

O touro gira forte e rápido, e Theo não está pronto. Ele é jogado para a frente no pescoço do touro. Seu chapéu voa em uma direção e seu corpo inerte vai para o outro lado. Eu suspiro, minha mão cobrindo a boca enquanto avanço. Quando ele atinge o chão, a poeira sobe ao seu redor enquanto ele jaz, imóvel.

– Droga. – Ouço a voz de Kip, mas não consigo processar muito bem porque o touro parou de perseguir o palhaço e agora todos os seus 900 quilos se precipitam na direção de Theo, que parece sem vida.

Mal registro o que está acontecendo fora do ringue, e é por isso que não consigo prever o que acontece a seguir. Rhett sai correndo pela esquerda da tela e se joga em cima de Theo como um escudo.

Altruísta, heroico e estúpido.

E bem a tempo de suportar o peso do ataque do touro.

A única coisa que sei é que solto um grito.

# 30

## Rhett

**Kip:** Espero que você não esteja morto, mas só porque minha filha está transtornada por sua causa e, se você estiver morto, não posso acabar com sua raça por fazê-la sofrer.

Luzes vermelhas piscam e se projetam ao redor da vaga onde a ambulância estaciona no hospital. Eu enxotei os paramédicos de lá até aqui. Minhas costelas estão ferradas. Não preciso de um profissional para me dizer isso.

Theo alterna momentos de consciência e inconsciência porque ele é estúpido demais para usar capacete, e não vou sair do lado dele.

Eles abrem as portas traseiras e levantam a maca de Theo. Ele está esticado em uma prancha dura. Espero que seja apenas por precaução, considerando que ele pode mover os pés facilmente. Ele ficou acordado o suficiente para que fizessem esse tipo de teste.

Sigo ignorando a dor aguda nas costas e sentindo cada ano da minha vida multiplicado por cem. Não ajuda o fato de eu não ter pregado o olho a noite inteira.

Quando fechava os olhos, só via Summer. Seus lábios perfeitos. Seus olhos castanhos profundos cheios de lágrimas.

Horrível.

Mas agora só preciso saber se Theo está bem. Sigo até a emergência, ignorando os olhares fulminantes que uma paramédica me lança. Ela sabe que estou mentindo sobre meu ferimento. Além disso, fiz um escândalo para ir com Theo na ambulância, então provavelmente eles não me têm em boa conta.

Vou chamar um médico da organização para me examinar mais tarde.

– Você. – Ela aponta para mim. – Senta lá. – Ela aponta para a cadeira de plástico logo após a porta, enquanto eles empurram Theo para dentro, e dessa vez eu obedeço.

Eu suspiro quando me inclino para me sentar, apoiando a cabeça nas mãos e respirando superficialmente, esperando que a dor diminua se eu não me mover.

Não sei bem há quanto tempo estou aqui sentado, distraído com a dor nas costelas e preocupado com meu amigo, quando ouço:

– Rhett. Cabelo comprido. Bonito. Provavelmente um completo idiota?

É a voz perturbada da Summer, cheia de dor, ansiedade e pânico. Como se eu já não estivesse me sentindo mal o suficiente por causa do meu comportamento estúpido de ontem e de tê-la feito chorar – porra, isso acabou comigo –, agora tenho que ouvir sua voz aterrorizada.

Escutá-la tão transtornada é como rolar em cacos de vidro, mil cortes por todo o corpo.

E *eu* fiz isso com ela. Ontem. Hoje.

– Rhett!

Quando a vejo, tento me levantar. A dor irradia por toda parte. O rímel escorre pelo seu rosto enquanto ela avança pelo corredor em minha direção, os dedos enrolados nos punhos das mangas.

Linda e devastada.

*Fui eu que causei isso.*

– Ai, meu Deus. Você está bem? – Ela cai de joelhos na minha frente, as mãos hesitando acima das minhas pernas antes de ela se permitir me tocar. – Você está bem?

Seus olhos me examinam, como se ela pudesse ver ossos quebrados através de minhas roupas e da pele.

– Estou bem.

Eu sinto dor demais para me mover. Uma parte de mim acha que eu deveria tocá-la. A outra sabe que eu deveria protegê-la dessa dor, de me ver fazer isso. Meu pai e meus irmãos deixam suas emoções trancadas. Não sei se eles estão realmente com medo por mim ou se apenas zombam de mim.

Mas, com Summer, tudo está claro como o dia.

O medo.

– Eu vi você. – Suas mãos se movem levemente, tão levemente, pelos meus braços e sobre meus ombros. Ela funga enquanto me observa. – Eu vi quando aconteceu.

Meu coração afunda no peito. Depois das palavras que trocamos ontem à noite, não sei o que pensar. Mas sei que vê-la tão arrasada está me matando. Está revirando meu estômago.

Quando ela toca minhas costelas, eu estremeço. Ela levanta minha camisa antes que eu possa impedi-la.

– Deus do céu. Rhett.

A voz dela falha e eu vejo uma lágrima brotar em seu olho. Ela sai de seus cílios escuros e escorre por sua bochecha.

Isso parte meu coração.

Ainda não olhei para minhas costelas e não planejava fazer isso. Sinto sua unha na pele e pulo, afastando sua mão enquanto a camisa cai para cobrir o que parece ser um hematoma e tanto.

– Vou chamar o médico.

Ela se vira para sair e eu agarro seu pulso.

– Não.

– Não? – Seu rosto se contorce em confusão genuína.

– Não. Depois vou procurar um médico do torneio. Um médico daqui vai querer me internar e me impedir de montar.

Ela pisca. Uma vez. Duas vezes. Três vezes. A ponta de seu nariz está vermelha de tanto chorar.

– Você vai montar?

– Amanhã é improvável. Mas vou montar. Não cheguei tão longe para perder minha chance de ganhar a fivela.

Ela balança a cabeça como se não conseguisse acreditar no que acabou de ouvir.

– É bem possível que você tenha quebrado as costelas. Pode ter lesões internas.

– Eu vou ficar bem – resmungo, desviando o olhar porque não aguento mais encará-la. Dói mais do que as costelas.

– Rhett, por favor. Eu entendo das coisas o suficiente para saber que você não vai montar na sua melhor forma. Não é seguro.

Estou agitado porque ela está me matando. E eu quero ceder. Quero, sim. Por ela, eu cedo.

Ela não está errada. Mas também odeio quando me mandam parar de montar. Eu quero a última vitória. É tudo que tenho. Ontem, ela me disse coisas que me machucaram. Que tocaram fundo. Que me fizeram perceber que não a tenho de verdade.

Então talvez eu esteja bravo. Um pouco ferido.

Eu sei que não é justo fazê-la suportar isso quando já passou por tanta coisa. Quero protegê-la de qualquer idiota que possa machucá-la. Mesmo quando o idiota sou eu.

Talvez seja por isso que digo algo de que me arrependerei.

– Dormimos juntos por algumas semanas, Summer. Não venha me dizer o que fazer.

Cuspo as palavras raivosas e mesquinhas para ela e vejo seus lábios ficarem tensos.

Eu me odeio por isso instantaneamente.

Ela se levanta, respirando fundo e enxugando o nariz enquanto se endireita, tão cheia de graça e classe. Tão fora do meu alcance. Ela se afasta de mim como eu queria que ela fizesse, mesmo que isso me deixe arrasado.

O arrependimento pulsa em todos os membros. Corre por todas as veias. Atinge todos os nervos.

Ela assente para mim e vai embora.

E leva meu coração com ela.

– Cadê a Summer? – pergunta meu pai quando entro na cozinha.

E aí está. A razão pela qual resolvi tomar café no meu quarto esta manhã. Mas nem a vista do meu deque parece mais tão impressionante.

Enquanto penso em como responder à pergunta do meu pai, manco até a cafeteira para pegar outra xícara, tentando não parecer tão contundido quanto estou, mas sentindo que fui atropelado por um caminhão.

Costelas quebradas, conforme confirmado pelos médicos do torneio. Fiquei na cidade por mais uma noite. Eles deram alta para Theo com uma concussão grave, mas ele montou na noite seguinte mesmo assim. Eu queria pedir a ele para não fazer isso e mordi a língua com tanta força que chegou a sangrar.

Eu disse a Summer para não me dizer o que fazer, então quem sou eu para dizer a Theo que ele não deveria montar?

Ele foi bem, e eu assisti dos bastidores. Posso ter alguns parafusos soltos, mas conheço meus limites, e a dor que sinto agora não vai me ajudar a montar num touro. Isso me atrapalha no Campeonato Mundial, mas me deixa só em segundo lugar. Com Emmett em primeiro e Theo em terceiro.

– Está na cidade com o pai dela – respondo finalmente.

É uma resposta segura, e é verdade. Não sei qual a nossa situação. Aguentei um dia inteiro antes de enviar uma mensagem para ela. Pedindo desculpas.

Mas dane-se, não chega nem perto de ser o suficiente. Fiquei tão chateado, tão preocupado, com tanta dor... mas não há desculpa para o que eu disse. Especialmente por estar tão longe da verdade.

À medida que a frustração que queimava minhas entranhas esfriou, também se transformou num peso horrível. Me deixando mal. Enjoado. Tonto.

Nunca fiquei tão mal por causa de uma garota. Nunca cometi um erro tão grande.

E ela ainda não respondeu.

Cade irrompe pela porta dos fundos, indo direto para a cozinha, parecendo um caubói vingador, zangado e vestido de preto, o sol brilhando por trás dele.

– Por que os caras do barracão estão falando que você foi atacado por um touro na outra noite?

Sinto que meu pai fica imóvel enquanto tira os olhos do jornal.

Claro, todos esses imbecis estão falando do que aconteceu.

– Rhett? – Meu pai ergue uma sobrancelha enquanto Cade respira pesadamente e me olha com fúria.

– Um dos caras foi derrubado. Meu amigo. Filho do Gabriel. Quando o touro saiu em disparada contra ele, eu simplesmente... – Esfrego a barba, pensando naquele momento. O que passou pela minha cabeça? Não tenho certeza. Tudo que sei é que não podia ficar sentado ali vendo um dos meus melhores amigos sendo atacado por um touro. – Agi por instinto, eu acho. Pulei em cima dele.

– Você o quê? – exclama meu pai ao mesmo tempo que Cade rosna:

– Eu sempre soube que você era estúpido, mas dessa vez você conseguiu se superar.

– Você está bem, filho?

Abro a boca para responder, mas Cade me interrompe.

– Não, ele não está bem. Ele ganha a vida montando animais furiosos. Ele está torto como um pau quebrado. E está claro que ele tem um monte de parafusos soltos chacoalhando nessa cabeça dura.

Eu olho para meu irmão mais velho, que está fervendo de raiva.

– Você sempre soube usar bem as palavras.

Meu pai ri disso, mas depois se volta para mim.

– Você parece estar inteiro.

– Minhas costelas não estão – respondo, antes de colocar o café fumegante de volta na boca.

– Então você está fora da temporada?

Não deixo de perceber uma ponta de esperança na voz do meu pai.

O que me faz me sentir um lixo ao contar a verdade:

– Não. Vou para Las Vegas. Última chance para ganhar aquela fivela.

– Um cavalo deu um coice na sua cabeça quando você era criança e eu não estava olhando? – pergunta Cade. – Beau bateu no seu traseiro com força demais? Se eu sacudir você com força suficiente, você vai recuperar a razão?

Cade está bravo, mas meu pai parece triste. Ele fica de olhos fechados por alguns instantes enquanto balança a cabeça e dobra o jornal.

– Quando Summer vai voltar? – pergunta ele ao se levantar da mesa.

– Não sei.

Eu olho para os pés quando digo isso.

Cade zomba.

– O pai dela teve um ataque cardíaco, então ela está com ele.

– Então ela vai voltar em breve? Kip está bem?

Meu pai parece tão esperançoso. Ele gosta da Summer. Eu sei que os dois gostavam de tomar café da manhã juntos enquanto conversavam tranquilamente. Acho que todos gostavam de tê-la aqui no rancho.

– Pai, eu não sei. Mas sei que Kip vai ficar bem.

Ele me dá um sorriso inexpressivo e um aceno antes de se virar.

– Tenho que resolver algumas coisas na cidade. Volto mais tarde.

Não respondo nada. Uma casa cheia de homens não é o lugar para longas conversas sobre sentimentos. Nunca tive esse tipo de relacionamento com meu pai. Nem com meus irmãos, aliás. Nós cuidamos uns dos outros, provocamos uns aos outros e às vezes brigamos uns com os outros.

Parece que é isso que Cade está ansioso para fazer enquanto dá alguns passos ameaçadores pela cozinha.

– Garota esperta – diz ele enquanto apoia o quadril na bancada e cruza os braços.

– Vai se ferrar, Cade. – Eu balanço a cabeça.

– Não, Rhett. Vai se ferrar *você*. Seu idiota. Você tinha uma coisa importante com aquela garota.

Eu solto uma risada.

– Cade, você nem gosta dela.

– Eu gosto dela porque ela é boa para você. Eu gosto dela porque ela não aceita nossas babaquices e não sai correndo atrás de você que nem um cachorrinho apaixonado. Eu não gosto dela porque ela é mais esperta do que eu, e isso é irritante pra caramba.

Meus dentes cerram e rangem enquanto meu irmão mais velho me encara.

– Você era uma pessoa diferente com ela. Você era feliz. Não tinha esse olhar de menino triste e perdido. De quem está constantemente em busca de atenção e faz um monte de merda para consegui-la. Porque você tinha a atenção *dela*. Você é estúpido demais para perceber.

– Esta é a sua versão de uma conversa motivadora?

– Não, seu idiota. É a coisa mais próxima de um chute na bunda que posso dar sem bater em um homem com costelas quebradas.

– Eu ainda poderia encarar você.

Não é verdade. Eu não conseguiria. Cade é maior. Mais alto. E mais perverso.

– Você está tão ocupado sendo um astro dos rodeios que nem percebe o que tem. Você acha que todos nós implicamos com você por montar em touros só porque somos idiotas? É porque amamos você. Você não se lembra de quando a mamãe morreu, mas eu me lembro. Eu estava lá. Vi nosso pai a abraçando enquanto ela sangrava. De repente, aos 8 anos, eu estava cuidando de você e do Beau porque o papai era uma sombra de si mesmo, concentrado nos cuidados com Violet. E agora sou pai solteiro. Vejo Luke crescer e temo o dia em que não poderei mais mantê-lo em segurança.

Eu mordo minha bochecha. Sei que Cade está falando sério agora porque acho que não me lembro de ele já ter dito que me ama.

– Quando você tem um filho, todo mundo fala das noites sem dormir. Das trocas infinitas de fraldas. De como eles crescem tão rápido que você gasta uma fortuna com roupas. O que não te contam é que você nunca passará mais um dia da sua vida sem se preocupar com outra pessoa. Você nunca mais relaxará completamente porque aquela pessoa que você criou estará sempre, *sempre* em sua mente. Você vai se perguntar onde ela está, o que está fazendo e se está bem.

A ponta do meu nariz arde com suas palavras, e fungo para limpá-la. A dor atravessa meu peito enquanto faço isso. *Que droga, tudo dói.*

– Não saber onde Beau está ou o que ele está fazendo já é ruim o suficiente, mas ele está servindo este país e tem um bom motivo para partir. Mas você? Você ganhou tudo, porra. *Duas vezes.* Você ganha milhões de dólares. Se você tivesse um cérebro, pegaria esse dinheiro e daria um jeito na sua vida. Quanto é o suficiente para você?

Eu o interrompo.

– Minha intenção é investir meu dinheiro aqui. Pretendo voltar para cá e ajudar você. Preciso fazer alguma coisa pela fazenda.

O olhar de Cade se estreita.

– Quando?

– Não sei.

– Depois desta temporada?

Eu suspiro.

– Não sei. Alguns dias, eu nem sei se gosto disso ainda ou se é apenas o que eu sei fazer. Parar é difícil. Toda a minha identidade está ligada ao rodeio.

– Com ela, não era assim. E não quero receber uma herança porque você morreu. – Ele se afasta do balcão, balançando a cabeça. – Eu quero continuar pobre e ter você vivo me irritando por muitos anos.

Vindo de Cade, essa confissão é, bem, como um tiro no peito. Ele se afasta, parando apenas quando bate na porta, os dedos contra o batente. Ele olha para mim por cima do ombro.

– Rhett, trabalhar no rancho não é uma forma de ocupação. É um trabalho. Um trabalho que eu adoro. Eu não faria isso se não adorasse. Você precisa descobrir o que você ama e fazer disso a sua vida também.

A única palavra na minha cabeça quando a porta bate é *Summer.*

## 31

*Summer*

**Rhett:** Por favor, atende o telefone.

**Rhett:** Eu não quis dizer aquilo.

**Rhett:** Droga, eu me odeio muito por fazer isso com você.

**Rhett:** Você está bem? Pode me dar algum sinal de vida para eu parar de andar por aí me sentindo mal o tempo todo?

**Rhett:** Seu pai me disse que você ainda está viva. Ele também disse que vai cortar meu cabelo enquanto eu durmo.

**Rhett:** Quero me explicar. Quero pedir desculpas. Quero ouvir sua voz. Mesmo que seja para você me esculachar.

Eu mereço. Por favor, atende.

**Rhett:** Vou encher seu celular de mensagens pelo resto da sua vida.

**Rhett:** Não foi só sexo. Nem de longe. Foi tudo para mim. E isso me assustou.

**Rhett:** Não posso perder você.

– Ouvi dizer que você está sendo uma verdadeira carrasca por aqui. Realmente estalando o chicote.

Minha cabeça se levanta do contrato que estou examinando quando Kip entra em meu escritório como se não tivesse tido um ataque cardíaco na semana passada.

– Não era pra você estar aqui.

Ele revira os olhos antes de se sentar na cadeira à minha frente.

– Você vai me denunciar, princesa? – Eu estremeço e meu pai inclina a cabeça em resposta. – Está velha demais pra eu te chamar assim?

Aperto os lábios e engulo a tristeza que sobe pelo fundo da minha garganta.

– Estou – resmungo. – Acho que sim. Teve notícias de Winter?

Giro na cadeira do escritório e me abaixo para puxar alguma coisa – qualquer coisa – do meu arquivo. Preciso passar um tempo sem ouvir esse apelido. Sem as incessantes ligações e mensagens. Rhett Eaton não só partiu meu coração, mas também arruinou minha fantasia e meu apelido favorito da infância.

– Não. – Papai hesita ligeiramente, mas é o suficiente para me convencer de que não estou ouvindo a história completa. – Você está aproveitando seus dias aqui sem mim? – brinca ele, perspicaz o suficiente para mudar de assunto.

Suspiro e levanto os papéis à minha frente, batendo-os contra a mesa para alinhar todas as bordas antes de colocar um clipe no canto superior.

– Sinceramente, pai, não estou. Eu gosto quando você está aqui. Você é um completo maluco. – Eu sorrio e guardo as folhas numa pasta de papel pardo a meu lado. – Mas é um maluco que eu amo.

Espero que ele ria, mas ele entrelaça os dedos sob o queixo e me olha com atenção, como se não conseguisse decidir o que dizer a seguir, o que é realmente raro para um homem como Kip Hamilton.

– Você também é uma maluca que eu amo. Mas você é uma maluca feliz?

– Feliz o suficiente.

Arrumo as coisas na minha mesa como a pilha de nervos que sou. Meu telefone toca e até isso me causa um sobressalto. Rhett tem sido implacável a semana inteira, mas ainda estou dando a ele o tratamento do silêncio. Não estou pronta para falar com ele. Ou talvez eu esteja com medo de falar com ele.

– Vai responder?

Finalmente encontro os olhos do meu pai.

– Não.

– Você sabe que *feliz o suficiente* não é realmente feliz o suficiente, certo?

Um suspiro me escapa enquanto apoio as costas na cadeira, girando os ombros para trás.

– Especialmente porque você não parece tão feliz para mim.

Eu grunho.

– Estou só tendo um dia ruim.

– Não tente me enrolar, Summer. Conheço você desde que nasceu. Sei quando você está feliz, e não é assim que você fica quando está por aqui. Sabe por que trabalho tanto aqui? Tantas horas? Fins de semana?

Não sei mais o que dizer, então digo a ele a verdade.

– Sinceramente, sempre achei que fosse para evitar ficar perto da Marina.

Minha madrasta não é um ser humano agradável.

Agora é ele que estremece. Não falamos muito sobre sua traição. É estranho, porque sou a consequência dela, e não quero ouvi-lo dizer que se arrepende.

– Não. Faço isso porque amo. Eu construí esta empresa do zero e trabalhei duro para levar a Hamilton Elite ao topo.

– Eu sei. E um dia você poderá deixá-la sob os meus cuidados e desfrutar de uma aposentadoria luxuosa.

– Não, Summer. Esse nunca foi meu objetivo. Eu queria te mostrar que tudo era possível. Que nossas transgressões não nos definem. Eu fiz merda, mas uma das melhores coisas da minha vida resultou disso. As coisas sempre serão tensas com Marina porque, por mais que eu peça desculpas a ela, não consigo dizer que me arrependo. Porque eu tenho você.

Lágrimas brotam em meus olhos.

– Pois é, aposto que você não sabia que eu seria tão chata quando decidiu cuidar de mim.

– Summer, para com isso. – Ele se inclina para a frente, uma mão larga estendida sobre a mesa entre nós. – Se Marina ou aquele merda com quem sua irmã se casou fizeram alguma vez você se sentir indigna, tire isso da cabeça. Você não é um fardo. Não é uma perda de tempo. Você é muito amada. E qualquer um que faça você se sentir menos que isso merece o soco de Rhett Eaton na cara. Ou um soco seu. Você pode revidar também, sabia? Eu vou pagar sua fiança em todas as ocasiões.

Uma lágrima escorre pela minha bochecha e eu assinto.

– Eu sei que vai. E eu quero fazer o mesmo por você. Eu quero estar aqui ajudando. Dando continuidade ao seu legado.

– Summer. – O tom de sua voz diminui e seus olhos acompanham. – Este lugar não é meu legado. Este lugar é onde ocupo minha mente e meu corpo. Este lugar é minha paixão. Meu legado é mostrar a você que se for atrás de algo que você ama, você terá sucesso. Sangue. Suor. Lágrimas. E um bocado de amor. Você se sente assim em relação a este lugar?

Fungo e pisco rapidamente, olhando para o escritório brilhante, claro, imaculado e moderno. Tudo que eu quero é o cheiro de colchonetes suados na academia e o barulho dos pesos na ponta de uma barra. Quero campos abertos, ar fresco e as Montanhas Rochosas no horizonte.

Quero um homem que cheire a couro, pareça um copo de bourbon e que me chame de princesa enquanto desenha nas minhas costas.

Quero que Rhett volte atrás no que disse.

Eu quero que ele me queira. Mais do que ele quer qualquer coisa. Eu mereço. Ele me ensinou que mereço.

– Não, não me sinto assim. Só não quero decepcionar você – soluço, perdendo o controle.

Kip estende o braço sobre a mesa, erguendo a palma da mão e mexendo os dedos até que eu coloque minha mão sobre a dele.

– Me escuta com atenção, Summer. A única maneira de você me decepcionar é não viver sua vida da forma mais plena possível. Não ir atrás daquilo que te entusiasma. Você merece. E merece alguém que queira isso para você.

Ele envolve os dedos no meu pulso enquanto tento me afastar.

– Eu não sou idiota. Sei que as coisas estão tensas entre você e Rhett depois daquela explosão. Mas também sei que um homem não olha para uma mulher do jeito que ele olha para você a menos que esteja louco por ela. Sei que você está tão acostumada a agradar todo mundo que entrega tudo o que tem até não ter mais nada para oferecer. Rhett pode ser um pouco bruto, mas talvez você o suavize ou ele bagunce você. Não sei. Só você pode tomar essas decisões, mas o que vi naquela noite foi um homem que faria tudo por você. Eu vi um homem que arriscaria tudo para cuidar de você.

– Eu não preciso que ninguém cuide de mim.

– Talvez não. Mas aquele homem mostra o amor que sente por você para o mundo inteiro. E não dá a mínima se alguém está vendo. Ele gritaria do topo das montanhas se você pedisse. Está escrito nele. E você definitivamente precisa disso.

Solto um suspiro e olho para o teto. Rhett me amando. Parece tão improvável. Tão exagerado.

– Você vai a Las Vegas para as finais?

Kip chama a minha atenção com essa pergunta.

– Você está tentando bancar o casamenteiro de novo? É bem chato.

– Está funcionando?

– Claro que não. Vou ficar aqui trabalhando para compensar o tempo que você está passando de pernas para o ar – tento brincar.

É um tom habitual para nós dois, mas acaba soando meio emotivo.

A ideia de Rhett buscando seu terceiro título sem uma pessoa que seja nas arquibancadas que realmente o conheça é um soco no estômago. Eu não deveria me importar tanto, mas me importo. Choro ao pensar no menino bronco que perdeu a mãe, que não tem o apoio da família, montando ferido pelo que pode ser a última vez. Um estádio cheio de estranhos torcendo por ele, mas sem uma única pessoa que o ame para testemunhar. Ninguém com quem compartilhar aquele momento.

– Não, você não vai. Porque está demitida.

Eu ainda encontro o olhar do meu pai com um sorriso triste brincando em meus lábios.

– Ha-ha. Muito engraçado.

– Eu não estou brincando. Você está demitida. Tem até o fim do dia para limpar sua mesa, e eu lhe darei seis semanas de indenização.

– Está brincando? – Minha frequência cardíaca acelera. Ele não pode estar falando sério. – Fui para a faculdade de direito para poder fazer isso. Para que eu pudesse ser a melhor opção para você aqui.

Ele se levanta, tirando a poeira das mãos como se tivesse feito um ótimo trabalho.

– É. E agora você vai encontrar algo para fazer que seja mais adequado para *você*. Vai parar de se preocupar com o que os outros pensam ou querem. Vai sair pelo mundo e ser egoísta pela primeira vez. Vá atrás do que realmente quer e pare de se sentir culpada por isso. Acredite em mim, a culpa vai te consumir.

Ele bate o punho na minha mesa e sai do meu escritório, dizendo:

– Preciso ir para a minha reunião.

Assim, como se não tivesse explodido toda a minha vida para me ensinar algum tipo de lição.

Eu me olho no espelho, enxugando as lágrimas e esperando que as manchas vermelhas no meu pescoço e peito se dissipem. Meu coração está batendo tão forte que posso ver a pele do meu pescoço se movendo toda vez que ele bombeia.

É reconfortante e perturbador. Estou viva, mas estou realmente vivendo? Ou estou apenas vendo a vida passar, colocando todos os outros em primeiro lugar?

Pressiono a palma da mão no peito, logo acima da cicatriz, para sentir o órgão bombeando.

Será que afastei o único homem além do meu pai que me colocou em primeiro lugar? Ele estava fora do tom? Ou eu estava tão desligada do que queria que perdi a parte em que nos apaixonamos? Eu o dispensei quando era isso que ele estava tentando me dizer?

Passamos semanas juntos. Viajando. Malhando. Comendo. Ele me deu sua última asinha de frango e me deixou aquecer os pés nele sem reclamar.

Não eram declarações de amor explícitas, mas estavam lá. E senti falta delas enquanto ignorava meus sentimentos.

Balanço a cabeça e passo os dedos pelo cabelo, ajeitando em seguida a linda saia lápis marrom que estou usando. As roupas que tenho são as que peguei no meu quarto de hotel e o que deixei na casa do meu pai na cidade. Todas as minhas peças favoritas ainda estão no Rancho Poço dos Desejos, junto com uma boa parte das minhas pessoas favoritas.

Com uma respiração profunda e estabilizadora, viro-me e saio do banheiro, caminhando até meu escritório com saltos altíssimos, recusando-me a andar por este lugar como se tivesse acabado de ser demitida. Mantenho o queixo erguido e assumo minha expressão profissional, deixando que meus quadris balancem.

Eu faço deste corredor estúpido minha passarela.

Até que olho para a sala de reuniões e vejo Rhett Eaton sentado na mesma cadeira em que o conheci há dois meses.

Meus passos vacilam e paro para olhar. Ele se recostou na cadeira e deixou uma das botas casualmente apoiada no joelho.

Ele é lindo de morrer com suas linhas rudes, seus cabelos rebeldes e olhos cor de mel. Masculino demais para estar sentado num espaço tão reluzente. Ele domina.

Ele *me* domina.

Minha garganta dói só de olhar para ele. E quando seus olhos deslizam para encontrar os meus através do vidro, meu peito parece que está rachando.

Lembro-me bem demais de vê-lo em cima de mim, da apreciação em seu olhar quando exibi aquelas perneiras, da maneira como ele me beijou com tanta ternura em um salão cheio de gente.

Também me lembro dele resumindo o que vivemos a "dormimos juntos por algumas semanas". Rob disse algo semelhante quando terminou comigo para ficar com minha irmã. Ele falou que estávamos *apenas dormindo juntos*, então não deveria fazer diferença. Doeu naquela época, mas desta vez foi insuportável.

Mas acho que o que mais doeu foi a maneira como ele ignorou minhas preocupações com sua segurança. Como ele fez eu me sentir como uma louca autoritária por me importar com ele.

E isso é o suficiente para me levar à ação. Viro a cabeça para a frente e sigo pelo corredor, resistindo à vontade de correr e me forçando a parecer calma e controlada.

Não estou calma nem controlada. Mas eu preferiria morrer a deixar Rhett ver como ele me feriu profundamente.

– Summer! – Ele escancara a porta assim que eu passo. Uma onda de seu perfume me envolve como uma memória assustadora. – Quero falar com você.

– Estou bem, obrigada – digo sem me voltar para ele.

– Por favor. Só cinco minutos.

A nota suplicante em sua voz quase me faz parar.

Quase.

– Acho que você já disse o suficiente, não é? – Olho o relógio, imaginando quando poderei dar o fora daqui, e então me lembro que fui demitida e que isso não importa mais.

– Eu não disse o suficiente.

Posso senti-lo andando atrás de mim, a presença quente e sólida dele pairando bem perto, mas sem me ultrapassar.

– Você acabou de sair no meio de uma reunião. Volte.

– Essa reunião não importa.

Eu faço um som de desdém, entrando em meu escritório. Meu escritório? Meu antigo escritório?

– Você é o que importa. – Ele segura meu braço e eu o puxo de volta.

Viro-me, cerrando os dentes. Sentindo-me... encurralada. Como se estivesse prestes a partir para o ataque.

– Rhett. Sai daqui.

– Sem a menor chance, princesa. – Ele fecha a porta e se apoia nela, com as mãos atrás das costas. – Tem algumas coisas que preciso dizer a você e você vai ouvir.

Dou a volta na minha mesa e tento parecer entediada, pegando uma pasta e abrindo-a.

– Bem, vendo como você me encurralou aqui, acho que realmente não tenho escolha.

– Não, acho que não. Estou tentando entrar em contato com você há uma semana.

– Hum. – Olho para a pasta. Nem sei o que estou olhando. Todo o meu corpo está sintonizado com o dele. Na verdade, é tudo em que consigo me concentrar. – Ando ocupada.

– Mentira. Você está me ignorando e eu mereço.

Eu pisco, sem ter previsto essas palavras.

– Escuta, Summer. – Ele passa a mão pelo cabelo e meus dedos formigam com a lembrança de ter feito aquele gesto. – Eu sinto muito. Sinto muito mesmo. Me desculpe por ter traído sua confiança. Acredite em mim quando digo que isso me faz perder o sono à noite.

Meus olhos piscam para verificar. Ele parece cansado.

– Fico repassando aquele dia na minha cabeça quando estou deitado na cama, pensando em como eu poderia ter lidado melhor com a situação. Em todas as maneiras como eu poderia ter defendido você sem te machucar.

Lágrimas brotam dos meus olhos, porque, aparentemente, esse é meu novo comportamento habitual.

Passei a última semana chorando à toa. Depois de anos vendo o copo meio cheio, eu me sinto arrasada, lamurienta, chorona.

– Merda. – Ele geme e seu corpo fica tenso quando ele empurra a porta, como se estivesse se obrigando a ficar longe de mim. – Por favor, não chora. Eu odeio quando você chora. É como levar um tiro no peito.

– Já levou um tiro no peito, por acaso? – Minha voz está fraca e odeio isso.

– Não – responde ele –, mas por você eu levaria muitos tiros.

Eu choramingo baixinho, tentando encobrir com um "Hmm".

– Eu disse muitas coisas das quais me arrependo. Acima de tudo, o que eu disse sobre o tempo que passamos juntos. Posso atribuir ao meu desejo irrefreável de te defender o fato de ter perdido o controle e revelado seus segredos. Porque você talvez ainda não saiba do seu valor, mas eu sei. E ficarei feliz em dar um murro na cara de qualquer um que fizer você duvidar disso. Mas o que fiz no hospital naquela noite foi para te magoar.

– Bem, funcionou.

Ele estremece, mas continua:

– Eu nunca vou me perdoar por isso.

E então voltamos a ficar como no passado. Suspensos no tempo. Olhando um para o outro como se pudéssemos encontrar as respostas para nossos problemas escritas no rosto da outra pessoa.

– Me diz o que fazer, Summer. Me diz e eu farei. Eu não fui claro antes? Então vou ser bem claro agora. Eu te amo. Eu te amei assim que você entrou naquela sala de reuniões e sorriu para mim como se soubesse de algo que eu não sabia. Isso me incomodou e eu não consegui parar de pensar nisso. Queria saber o que você sabe. Eu me fixei nisso, mas acho que só estava fixado em você.

Eu processo suas palavras, absorvendo-as como um gato sob o sol. Suas bochechas ficam vermelhas e os pés se mexem nervosamente. Isso é uma conversa muito sentimental para alguém como Rhett Eaton.

– E ainda estou. Sempre estarei. Essa coisa entre nós? Para mim? É tudo. É *absolutamente tudo*. Você é *absolutamente tudo*. Passei anos pensando que não havia ninguém que realmente me apoiasse, mas era só porque ainda não tinha te conhecido. Você estava lá fora, no mundo, me querendo. E bastou um encontro com você para eu querer você também. Algumas semanas para eu saber que faria qualquer coisa para apoiá-la também. – Ele balança a cabeça e espia pela janela. – Você estava lá o tempo todo e agora sei que você existe e nunca poderei voltar atrás. Não ia querer nem se pudesse.

Lágrimas quentes descem pelo meu rosto. O olhar dele se volta para mim, rastreando-as.

– Então, não tenha pressa. Faça o que for preciso. Continue me tratando com frieza, me odeie, faça um boneco de vodu e espete ele todinho. Eu não me importo. Eu vou suportar. Mas pense no que estou te dizendo. Pense que você é tudo para mim. Continuarei voltando, não importa o que aconteça. Você é minha prioridade. Vou continuar tentando, porque não vou desistir de você. Nunca.

Agora não sei quando as lágrimas começaram a escorrer pelo meu rosto, mas duas torrentes distintas fluem silenciosamente enquanto vejo este homem abrir seu coração para mim.

– Fui claro?

Eu assinto. Fico muda. Sentindo-me incrivelmente frágil.

Ele também assente e se vira para sair, mas para quando eu falo:

– Como estão suas costelas?

Ele olha para trás.

– Bem. Elas estão bem, Summer.

Mordo o lábio inferior, me sentindo um pouco esquisita por ter dado esse tipo de resposta para a declaração de amor de Rhett.

– Você vai para Las Vegas?

Ele suspira e baixa os olhos.

– Vou.

Volto a fazer um sinal afirmativo com a cabeça, sem saber o que dizer sobre isso. Ele diz que sou a prioridade dele, mas vai montar quando sabe que pode ter problemas, quando sabe como fico louca, quando sabe que ficarei num mundo sem ele se as coisas derem errado...

Parece que os touros e a fivela são sua principal prioridade.

## 32

# Summer

**Summer:** Quer ir tomar um brunch?

**Willa:** É sexta de manhã. Não temos que trabalhar?

**Summer:** Fui demitida.

**Willa:** Isso é surpreendente vindo de você! Quando isso aconteceu?

**Summer:** Há uma semana.

**Willa:** Obrigada por me manter informada! Foi o caubói gostoso?

**Summer:** Não. Foi meu pai.

**Willa:** Putz, que droga. The Lark, 10h30. Já vou pedindo as mimosas.

Entro no nosso local de brunch favorito e, da entrada, vejo seu cabelo ruivo, completamente liso sobre os ombros. Duas mimosas estão na frente dela... e mais duas se encontram do outro lado da mesa.

Acho que vai ser uma daquelas manhãs. E depois vou passar a semana inteira deprimida.

– Ei! Você está aqui!

Minha melhor amiga salta da cadeira e me envolve em seus braços. Willa dá os melhores abraços. Ela é muito mais alta que eu, o que coloca minha cabeça na altura do peito.

Então, faço o que faço desde que éramos adolescentes. Abaixo minha cabeça e, brincando, afundo nos seus seios.

– Senti sua falta – digo, principalmente para os peitos de Willa.

Nós duas rimos.

– Isso é o que todos dizem.

Ela bagunça meu cabelo e nos separamos, sorrindo uma para a outra. Às vezes, estou tão focada em sentir que não tenho família que me esqueço de Willa. Ela poderia muito bem ser da minha família.

– Eu estava me perguntando por que você andava sumida – diz ela, enquanto volta para seu assento e arruma um guardanapo no colo. – Imaginei que você estivesse tentando lidar com a bomba atômica que caiu no hospital. Ou então que andava transando por aí. Ocupada demais montando no caubói para ter tempo de falar comigo.

Reviro os olhos, arrumando o guardanapo.

– Não, eu estava sentindo pena de mim mesma.

– Porque o papai Hamilton te demitiu?

– Que tal a gente não falar dele assim? – Estendo a mão para pegar uma mimosa e dou um gole.

Willa mexe as sobrancelhas. Ela sempre faz piadas dizendo gostar do meu pai. Na verdade, não sei bem até que ponto é só uma piada, porque ela vive de olho em homens mais velhos.

– Ele demitiu você. Por quê?

Volto a beber.

– Porque ele disse que não amo trabalhar na firma, como eu deveria.

Ela bufa.

– Fala sério. Fico feliz por ele ter te dado um choque de realidade.

– Agora preciso descobrir o que quero fazer da vida. É uma pergunta difícil de responder. Passei a semana passada praticamente inteira de moletom refletindo sobre o fato de que tudo que já fiz foi aquilo que eu pensava que outras pessoas queriam que eu fizesse. Não tenho ideia do que realmente quero.

– Bem, como a jovem de 25 anos que trabalha em tempo integral no bar do irmão, sem outras perspectivas dignas de menção, vou fazer um brinde.

– Bem, você é uma gerente que trabalha num escritório durante o dia. Não é apenas bartender.

Ela vira a cabeça, os olhos verdes me analisando com um sorriso malicioso.

– Sou mesmo? Ou estou ficando bêbada de manhã com minha melhor amiga?

Brindamos e terminamos nossa primeira mimosa, passando imediatamente para a segunda.

– E aí, você tem alguma ideia? – pergunta Willa.

– Não – respondo um pouco rápido demais.

– Ok, se você não quiser falar sobre isso, podemos conversar sobre o gostosão com jeans Wrangler?

– Aff. – Eu desabo no espaldar alto da cadeira estofada. Este restaurante é eclético, para dizer o mínimo. Cadeiras diferentes em cada mesa. Lustres antigos por toda parte. O papel de parede floral encontra o papel de parede listrado e o papel de parede de bolinhas. Eu me sinto como se estivesse tomando chá na casa do Chapeleiro Maluco. Exceto pelas mimosas. – Nós somos... eu não sei o que somos. Ele apareceu no meu escritório no dia em que fui demitida.

Bebida.

– Porque você estava ignorando todas as ligações e mensagens dele?

– É.

Bebida.

– O que ele disse?

Bebida. Deslizo meus dedos pelos lábios e olho pelas grandes janelas para a rua ensolarada do centro da cidade, lembrando de Rhett beijando minha boca.

– Ele disse que me ama.

– Eita, porra. – Willa também se recosta na cadeira. – E o que você respondeu?

Mordisco meu lábio inferior.

– Perguntei a ele como estavam suas costelas. Eu não sabia o que dizer. Eu realmente estava determinada a ter raiva dele, então isso me pegou de surpresa. Ele disse que eu era sua prioridade. Que ele nunca desistiria de mim.

Willa suspira melancolicamente.

– Tão romântico.

– Claro, e então ele me disse que ainda iria competir nas finais, e não sei o que pensar.

– Como assim?

Mais bebida. Suspiro. Volto a encarar minha melhor amiga.

– Amiga, eu não quero ser a garota que diz a alguém para parar de fazer algo que ama. Todo mundo diz para ele parar. Você sabia que a família dele nem assiste aos eventos quando eles acontecem nas proximidades? Ele fica sozinho. E eu odeio que ele tenha que passar por isso.

Suspiro novamente, pensando no quanto isso me incomoda. Ter toda a família por perto, mas ainda ser tão sozinho.

– Com todas as lesões no ombro e nas costelas, ele está tão machucado que vai ser difícil montar do jeito que ele sempre faz. Com segurança, pelo menos. Eu sei. Ele sabe. Ele sabe que isso pode acabar mal, muito mal. – A amargura se insinua em minha voz. – E ele vai fazer isso do mesmo jeito. Vai me abandonar na sequência, se algo terrível acontecer. Já tive que lidar com tanta merda na minha vida. Não tenho certeza se estou disposta a gostar de alguém que não gosta tanto de si mesmo.

Minha amiga bebe com elegância enquanto murmura, pensativa. Posso ver as engrenagens funcionando em sua cabeça enquanto ela reflete sobre meu discurso.

– Talvez ele não saiba o que significa fazer de você uma prioridade, porque ninguém nunca fez dele uma prioridade.

Minha boca se abre, mas nenhum som sai. Fecho-a novamente, pensando no que Willa disse. Kip garantiu que eu sempre soubesse que era sua prioridade, independentemente do que estivesse acontecendo em nossas vidas. Eu e Winter.

Mas Rhett... ele meio que se perdeu na confusão da vida e da tragédia, e teve de batalhar para sobreviver. Será que ele realmente não sabe o que é ser a prioridade de alguém?

– Vejo que deixei você sem palavras. Obrigada por ter vindo ao meu TED Talk. Agora me diz, você ama esse cara?

Minha frequência cardíaca acelera e juro que posso sentir o sangue circulando em minhas veias. Eu só confessei isso para mim mesma. Na minha cabeça. Dizer isso em voz alta faz com que pareça surpreendentemente real.

Mas talvez seja isso que Rhett precisa de mim.

Levo a mimosa aos lábios, coloco a mão sobre os olhos e murmuro antes de engolir o restante da bebida:

– Amo.

Eles realmente servem em copos muito pequenos.

E então fico sentada com a mão no rosto, tentando descobrir o que isso significa. Ouço Willa pedir a um garçom para servir outra rodada.

– Ela está bem? – pergunta o garçom, porque provavelmente pareço arrasada.

Não estou, mas duas mimosas com o estômago vazio também não são uma boa receita para a sobriedade.

– Ela? Ah, não. Ela está um caco. Traga uma bebida para a senhora.

O cara ri e eu o ouço partir enquanto continuo me escondendo atrás da minha mão.

Sorrio, abrindo os olhos para dizer a Willa que acho que não preciso de outra rodada, mas ela está com a cabeça baixa e olhando para o telefone, os polegares deslizando furiosamente pela tela.

– Para quem você está mandando mensagem?

– Para ninguém. Estou reservando voos para nós duas.

Eu bufo. Ela está sempre fazendo esse tipo de merda para me surpreender.

– Ah, é? Por favor, me diz, melhor amiga. Para onde vamos? México? Ah, sim. Um fim de semana em Paris? Podemos tomar vinho na Torre Eiffel.

– Você tem gostos caros para uma desempregada.

– Por favor, não me lembre disso.

– Vamos para Las Vegas.

Eu me inclino e coloco a taça na mesa, na minha frente.

– Quê?

– Não se faz de boba. Não fica bem. Já me ouviu. – Ela nem me olha.

– Quando?

Um sorriso felino se abre lentamente em seus lábios. Ela parece muito satisfeita consigo mesma, algo que imediatamente dispara alarmes na minha cabeça.

– Daqui a algumas horas. Chegaremos a tempo de jantar e ir ao rodeio. Talvez eu monte um caubói também hoje à noite.

Ela pisca e eu a olho, de queixo caído.

– Você está de brincadeira, não está?

– Por que eu brincaria com uma coisa dessas? – Ela franze as sobrancelhas.

– Você é doida.

Willa ri de leve, passando um dedo pela borda da taça de mimosa.

– Há quem diga que todas as ruivas são.

– Não sei se isso é uma boa ideia.

O garçom deixa nossas bebidas e me olha, provavelmente para conferir se estou prestes a cair da cadeira de bêbada ou algo assim.

– É uma ótima ideia. Vai ser divertido. E você vai ganhar seu Príncipe Encantado. De nada.

O silêncio se prolonga entre nós enquanto eu a encaro. O problema de Willa é que ela não se deixa intimidar. Não de verdade. Ela é muito corajosa. Ela apenas retribui o olhar, arqueando uma sobrancelha bem delineada.

– Se este for o seu último momento na Terra, você...

Eu levanto a mão para impedi-la, balançando a cabeça.

– Eu realmente gostaria que as pessoas parassem de usar esse ditado contra mim.

Solto um suspiro irregular e bebo. Porque hoje vou para Las Vegas. Porque nos meus últimos momentos eu gostaria de estar com Rhett.

Eu ia querer que ele soubesse que eu o amo também. Cada osso quebrado, estúpido e impulsivo de seu corpo.

# 33

## Rhett

**Summer:** Boa sorte hoje.
**Rhett:** Eu te amo.

Os caras conversam ao meu redor enquanto coloco bandagens nas mãos. Tento ignorá-los para entrar naquela zona onde tudo desaparece e a única coisa que vejo é o trabalho a ser feito esta noite.

Só que a única coisa que vejo é uma linda garota com sardas na ponta do nariz, olhos arregalados que me observam como se eu valesse a pena conhecer, dona de uma língua afiada que me faz rir.

Passei as últimas duas semanas repassando tudo que aconteceu na minha cabeça. O cuidado que ela dedicou ao me tratar, a energia planejando entrevistas favoráveis para mim, a maneira como ela assobia no meio da multidão. Ela estava lá sempre, e sinto uma pontada de dor no peito por saber que ela não estará aqui esta noite.

Tive um gostinho de como é ter alguém sempre ao meu lado e agora estou ávido por mais. Só foram necessários dois meses dividindo todos os momentos do dia com outra pessoa ou pensando nessa outra pessoa para que eu começasse a sentir que ela pertence a mim.

E eu pertenço a ela.

É a coisa mais louca e inexplicável que já aconteceu comigo. O que quer dizer alguma coisa, considerando todas as merdas que fiz.

– Pronto? – Theo bate no meu ombro e eu estremeço. As costelas não estão tão ruins quanto antes, mas também não estão ótimas – nem de longe.

Não há realmente nenhuma forma de compensá-las, porque meu ombro ainda está ferrado. Os médicos da turnê fizeram o que dava. E pelo menos eles não caíram em cima de mim, insistindo para que eu não montasse. – Você não vai deixar Emmett vencer, certo?

Uma centelha de dúvida surge em minha mente. Eu a afasto.

– De jeito nenhum.

Peguei um bom touro. Um touro bravo. Um touro que garante o sucesso ou arrasa os homens que o levam para dar uma volta. Tenho a vantagem de ser o último a montar, o que significa que saberei até que ponto preciso me esforçar para conseguir aquela fivela.

A terceira fivela, porque já tenho outras duas.

Não fui capaz de tirar da cabeça as palavras do meu irmão. *Quanto é suficiente?* Essa é a pergunta que tenho feito a mim mesmo há semanas. Reviro-a em minha mente de todos os ângulos para ver se consigo responder.

Mas não consigo.

Não sei quando será suficiente. Tudo que sei é que ainda me sinto incompleto de alguma forma. Como se ainda não tivesse terminado, como se ainda estivesse procurando por alguma coisa.

– Estou em primeiro. – Theo sorri. – Vou dar tudo de mim. Certo, chefe?

Eu sorrio, mas parece forçado. Até aquela noite em que ele foi derrubado, nunca fiquei nervoso por ele. Eu o convenci da necessidade de usar um capacete. Garanti que as meninas ainda vão se derreter se ele usar capacete, porque elas preferem a versão dele que anda e fala à versão em estado vegetativo.

Eu faço um sinal afirmativo.

– Você sabe o que fazer. Acerte-os com as esporas.

Juntamos as palmas das mãos em um aperto firme e damos um tapinha no ombro um do outro. O que, para mim, dói muito. Ele se vira e sai, seguindo pelo túnel em direção ao ringue.

Normalmente, eu sairia para assistir, mas não estou no estado de espírito adequado e sei disso. Não preciso ver outros caras sendo derrubados. Preciso me concentrar em mim. Levantar as barreiras mentais.

Eu os vejo saindo um por um e permaneço curvado na maior parte do tempo, cotovelos apoiados nos joelhos, mãos entre eles. Minhas botas estão gastas, envelhecidas, provavelmente no fim de sua vida útil. Somos almas gêmeas, eu e minhas botas. Dou uma olhada nos emblemas de patrocínio em meu colete, observando cada um deles. Eu os usei com muito orgulho, mas hoje não posso deixar de me perguntar se vale a pena arriscar a vida para mantê-los. É um pensamento que realmente nunca passou pela minha cabeça.

Eu o afasto.

A porta se abre e o barulho lá de fora penetra no aposento. Os gritos da multidão. As explosões dos fogos de artifício. O estrondo da voz do locutor. Tudo tão familiar, como se fosse a trilha sonora da minha vida.

– Está na sua hora, Eaton. – Theo sorri para mim da porta.

– Por que você está sorrindo que nem um psicopata?

Theo abre um sorriso maior ainda. Ele me lembra o pai. Este lugar me lembra o pai dele. Naquele ano em que todos nós vimos sua queda. Um arrepio percorre minha espinha.

– Emmett não bateu minha pontuação. Está entre nós dois, vovô.

Um lado da minha bochecha se ergue e percebo sua excitação e entusiasmo. Acho que já fui assim também. Agora, estou seguindo a corrente.

– Estou orgulhoso de você. – Dou um tapa nas costas dele ao passar e desço o túnel escuro até o brilho e glamour do ringue. Tem até líderes de torcida neste evento. É tudo um show de Las Vegas.

Não faço meus alongamentos porque não acho que eles importam esta noite. Tudo está tenso e dolorido.

Três passos acima e estou na área de preparação, colocando o capacete, observando meu touro, Perverso McBrabo – um nome apropriado –, trotar agressivamente pela rampa. Ele bufa e balança a cabeça, sacudindo a cauda contra o corpo como um chicote. Agitado.

E pela primeira vez em meus onze anos de carreira profissional, eu sinto algo.

*Medo.*

Eu o afasto enquanto subo na cerca e fito as costas largas e musculosas do touro. Uma tonelada de puro músculo. Ele sacode os painéis enquanto bate.

– Suba quando estiver pronto – diz um treinador, fazendo sinal de positivo com o polegar.

Um polegar para cima.

Este momento não parece uma situação digna de um polegar para cima. Parece que estou prestes a passar oito segundos sentindo uma dor terrível.

Assinto com a cabeça e monto no touro, afastando tudo, tentando encontrar aquele silêncio, aquela calma. Passo a mão pela corda, deixando os solavancos vibrarem em minha mão enquanto observo a repetição do movimento, tentando me perder nele.

Mas o barulho da multidão aumenta e, quando olho para o telão, vejo que passa uma filmagem de mim pulando em cima de um Theo inconsciente. Ainda não tinha assistido à cena, nem tinha planejado assistir.

Observo o touro me bater, me jogando no ar antes de se virar para um palhaço e sair do ringue. Eu caio em cima do meu ombro machucado e rolo de joelhos, segurando o flanco.

Poderia ter sido muito pior.

Aquela centelha de medo se acende no fundo da minha mente novamente. Meu estômago embrulha.

Penso em Summer. *Boa sorte.*

Balançando a cabeça, olho para baixo e enfio a luva na corda, apertando-a até ficar perfeita.

Mas não está certo.

Um assobio estridente desvia minha atenção para as arquibancadas. Antes de Summer, eu permanecia alheio à multidão, agora sinto que me tornei um radar para encontrá-la. E algum idiota que assobia do mesmo jeito está acabando com minha concentração.

Meu olho capta um fulgor pálido e o mundo ao meu redor fica turvo.

Summer está aqui.

Ela usa um vestido de linho branco e se destaca como um polegar machucado.

Meu maldito polegar dolorido.

Eu pisco. Pisco novamente. Como se ela pudesse não ser real. Por que ela veio até aqui para me ver fazer algo que ela claramente acha que eu não deveria fazer?

Kip me disse que a demitiu, então sei que não é pelo trabalho.

Eu olho para ela e acho que ela olha de volta. Do outro lado do ringue de terra batida. Do outro lado da multidão. Nós nos encaramos e nos perdemos um no outro.

Ela me oferece um pequeno sinal de positivo, que faz meu peito doer com a lembrança das viagens com ela. Tudo o que posso fazer é olhar. Estou sempre olhando para ela.

Quero passar o resto da vida olhando para ela.

Então ela murmura, *eu te amo*.

Minha mandíbula trava e algo estala dentro de mim. Aquele medo me atinge como um maremoto, e eu arranco minha mão, alcançando a cerca para me levantar.

A fama. A fivela. Nada disso importa. Nem um pouco. Tudo que eu quero é ouvir essas palavras saindo dos lábios dela.

Não quero passar meus últimos momentos em um touro. Quero passá-los ouvindo Summer sussurrar isso em meu ouvido.

E então saio, passando a perna por cima da cerca.

– Eaton! O que você está fazendo? – chama um dos assistentes enquanto eu desço e jogo meu capacete no chão, pegando meu chapéu marrom favorito.

– Estou fora.

– Você o quê? – O sujeito parece genuinamente confuso.

– Considere que estou comunicando minha aposentadoria. Estou fora. Esse touro vai ter uma noite de folga.

Theo, então, conquista seu primeiro título mundial.

E eu vivo para respirar outro dia. Essa parte também é muito importante.

Ando pela área de preparação, indo direto para a porta que dá acesso às arquibancadas. É tudo uma suposição, porque só tenho uma vaga ideia de onde Summer está sentada.

Mas eu disse a ela que não desistiria dela. Que eu nunca iria parar. E é isso que vou fazer.

Subo as escadas e acabo no mezanino movimentado, tentando decidir entre a seção 116 e a 115. Escolho a 116 e continuo subindo, ignorando a pontada nas costelas. Errei por apenas uma seção.

Mas não me importo. Em vez de voltar, viro por um dos corredores. Vejo Summer de pé, as palmas das mãos pressionadas contra o rosto, branca que nem uma vela. Olhos úmidos.

*Eu fiz isso.* Nunca mais quero fazê-la chorar.

– Me desculpe. Com licença. – Eu sorrio e desço enquanto as pessoas se levantam para me deixar passar.

– Pode me dar um autógrafo? – pergunta alguém.

– Daqui a um minuto. Tem uma coisa que eu preciso fazer primeiro.

Murmúrios me seguem por toda a seção, e então chego ao assento de Summer no corredor. Ela está de costas para mim, ainda encarando a rampa do touro, na ponta dos pés tentando ver a área de preparação. Não faz ideia de que não estou mais lá.

Definitivamente vou sair desta liga disputando o posto de aposentadoria mais dramática. Talvez isso conte alguma coisa.

E então não consigo me conter. Eu a alcanço, suspirando quando minhas mãos envolvem seus braços. É como se toda a ansiedade que estava dentro de mim tivesse simplesmente desaparecido.

Como se eu tivesse encontrado o que procurava – quem eu procurava.

Ela gira para mim, grandes olhos castanhos e lábios perfeitos e carnudos.

– O que você está fazendo? – pergunta ela, ofegante, as mãos tocando instantaneamente meu peito, como se estivesse verificando se eu sou real.

– Eu poderia fazer a mesma pergunta, princesa.

– Caramba, ele te chama de princesa também? Aff. Injusto. – Uma ruiva esguia parada atrás dela cruza os braços e revira os olhos, mas ela tem uma expressão divertida no rosto.

Eu gosto dela instantaneamente.

Summer a ignora, ficando tão perdida em meus olhos que por um momento quase parece estar em outro lugar.

– Eu só... eu tinha que estar aqui. Não suportava a ideia de você estar aqui sozinho. Você é... – Sua voz falha e lágrimas brotam de seus olhos. – Você também é absolutamente tudo para mim.

Uma lágrima escorre por uma bochecha e eu a seco antes de colocar suavemente seu cabelo para trás da orelha e envolver sua cabeça na palma da mão.

– Por favor, não chora. Quero morrer quando você chora. – Eu a puxo para perto, pressionando-a contra meu peito.

E parece tão certo. Seus braços serpenteiam ao meu redor gentilmente, os dedos passando cuidadosamente pelo lado dolorido das minhas costelas. Sempre pensando em mim.

Assim como estou sempre pensando nela. Levei um tempo para entender por quê, o que isso significa e como provar isso para ela.

Talvez eu seja tão burro quanto Cade diz.

– Você precisa voltar lá e montar seu touro. Você está com o campeonato nas mãos.

Ela funga contra meu peito. Posso ouvir a conversa ao redor e a voz do locutor, mas não percebo nada. A mulher à minha frente é o centro da minha atenção. O centro do meu universo.

Um sorriso irônico toca meus lábios e eu ergo a cabeça dela para olhar para mim. Parece pequena e frágil em meus braços, e estou morrendo de saudade de como ela estremece quando passo o polegar sobre seus lábios.

– Diga. Eu quero ouvir.

Seus cílios tremulam, unidos pela umidade de suas lágrimas. E então ela mergulha profundamente em meus olhos de novo. Sinto um aperto no peito e a puxo mais, para que nossos corpos fiquem juntos.

Eu não dou a mínima para quem está assistindo.

– Eu te amo – diz ela, com a voz suave, mas segura.

Eu olho para ela e me pergunto o que diabos eu fiz para ter essa sorte do caramba.

– Eu também te amo. E não preciso montar esta noite. Nem nunca mais. Ouvir isso dos seus lábios é a maior vitória da minha vida.

Pego meu chapéu e enfio na cabeça dela. Assim como eu disse a mim mesmo que faria.

E então eu a beijo.

Primeiro suave e vacilante, antes de ela agarrar minha camisa e tornar as coisas um pouco desesperadoras. Ela geme e enfia a língua na minha boca. Minha garota ansiosa é sempre a primeira a fazer isso.

É o melhor beijo da minha vida. É o melhor momento da minha vida. Porque encontrei a peça que faltava. Não tenho ideia do que farei pelo resto da vida, mas sei que farei tudo ao lado de Summer. Jamais desistirei, vou continuar provando a ela que somos melhores quando estamos juntos.

Então, ficamos aqui nos beijando. Com as câmeras rodando. No meio de uma multidão enorme. Sem dúvida levantando algumas sobrancelhas. Fazendo uma declaração pública e sem dar a mínima para quem nos vê.

Escolhendo um ao outro. Encontrando um ao outro. Apoiando um ao outro.

E nada neste momento poderia ser mais perfeito que isso. É tudo sem defeitos.

# EPÍLOGO

## *Rhett*

UM ANO DEPOIS...

Entro no acesso para o Rancho Poço dos Desejos e respiro fundo.

Caramba, é bom estar em casa. Já passei duas semanas na estrada. O que é cerca de catorze dias a mais do que eu gostaria de ficar longe de Summer.

Mas estou feliz. Estou realizado. Eu tenho tudo. Saúde. Um trabalho como treinador no circuito da federação mundial. E a garota dos meus sonhos esperando por mim a alguns minutos de distância nesta estrada de cascalho.

É melhor que ela esteja nua. Nua e pronta. Já sinto um aperto dentro da calça jeans diante dessa perspectiva. Só de pensar em nossas chamadas de vídeo enquanto estive fora.

Em geral, o trabalho me afasta de casa por apenas alguns dias, eventualmente. Pego o avião e volto logo, mas dessa vez fiz uma avaliação com um grupo de novatos promissores entre os eventos do fim de semana. Foi divertido.

Mas senti muita saudade da minha garota.

A estrada contorna a casa principal e depois entra numa parte nova. A *nossa* parte. No final do caminho está a *nossa casa*. E acho que nunca vou me cansar de chamá-la desse jeito.

A única coisa mais satisfatória seria chamar Summer de *minha esposa*.

– Humm – balbucio e bato no volante da minha nova caminhonete.

A caminhonete que Summer me obrigou a comprar por ser "mais segura". E porque a antiga vivia quebrando e eu nunca tinha tempo de consertar.

Mas acho que o carro novo vale a pena apenas porque me faz chegar ao bangalô recém-construído e ver minha garota sentada nos degraus da frente ao lado da...

Minha velha caminhonete.

Mas não é exatamente minha velha caminhonete. Porque essa está pintada num azul muito bonito. Um azul metálico.

O azul dos olhos da minha mãe na minha foto favorita.

Essa visão mexe comigo. A garota que eu gostaria que minha mãe tivesse conhecido sentada ao lado de uma caminhonete que agora me lembra minha mãe – que ela comprou para alguém que amava.

Da maneira mais estranha, parece bem mais do que apenas uma linda garota sentada ao lado de uma linda caminhonete.

Estaciono ao lado dela e saio com as pernas bambas e o queixo caído. A ponta do meu nariz está formigando muito, e minha visão fica apenas ligeiramente embaçada quando Summer passa pela frente da caminhonete, a mão pequena alisando o capô. Regata branca simples e jeans rasgados a deixam sexy naturalmente. Mas a melhor coisa nela é o olhar suave e o sorriso hesitante.

– Mandei bem?

Aperto os lábios enquanto tento respirar fundo. Meu olhar viaja entre ela e a caminhonete.

– Se você mandou bem? Summer, isso é ... como você conseguiu fazer isso? É a mesma caminhonete? Ela tá funcionando?

Ela se aproxima, com os pés descalços na calçada recém-pavimentada. E antes que eu perceba, está acomodada debaixo do meu braço, a mão enfiada no bolso de trás da minha calça enquanto ficamos ali, lado a lado, olhando para minha nova caminhonete.

Ela ri baixinho e fica admirando por um momento.

– Sim, é a mesma caminhonete. A cada viagem sua nesta temporada, eu aproveitei para levá-la à oficina. – Uma risada sufocada borbulha em meu peito e ela inclina a cabeça contra mim, corando. – Eu detestei que você fosse passar duas semanas fora, mas foi a oportunidade perfeita para os caras terminarem.

– Uau.

Ela me deixou quase sem palavras. Isso estava tão no fim da minha lista de tarefas que eu nem imaginava que poderia acontecer. Eu sabia que queria fazer isso. Um dia. Depois de terminar a casa, quando houvesse alguns adoráveis clones de Summer correndo pelo quintal.

– A cor está certa? Passei muito tempo olhando fotos dela. Tentando encontrar o tom ideal.

Eu gostaria de dizer alguma coisa, mas estou engasgado. Então, simplesmente a abraço, inspiro profundamente o perfume em sua pele – cerejas, sempre cerejas – e sussurro na curva de seu pescoço:

– É perfeita, princesa. E você também.

A vida nunca foi melhor.

Trabalho. Família. Casa. *Caminhonete*.

O fato de Summer estar por cima de mim. Montada em mim. Quadris rebolando, a cabeça inclinada para trás, mãos delicadas massageando os seios, exibindo um leve brilho de suor por toda a pele dourada. Seus lábios estão entreabertos e é aí que meus olhos se prendem. Carnudos e rosados soltando os mais deliciosos gemidos.

Ela parece uma deusa à luz da tarde.

Eu nunca a amei tanto.

– Sentiu saudade, princesa? – pergunto, segurando seus quadris logo acima de onde se formam aquelas pequenas dobras.

Ela olha para mim, os olhos cheios de desejo, as bochechas rosadas, o cabelo preso em um coque mais bagunçado. Lembro-me do dia em que nos conhecemos. Seu coque estava tão apertado que parecia quase dolorido quando ela se sentou à minha frente naquela sala de reuniões.

Mas isso foi há mais de um ano. E minha garota mudou muito desde então. Ela está toda desarrumada agora, do jeito que eu gosto. Desarrumada e montada no meu pau.

– Muita. Eu vou com você na próxima vez.

Acho que a amo mais a cada momento que passa.

Um estrondo profundo em meu peito ressoa quando começo a enfiar os dedos dentro dela.

– Você tem seu próprio negócio agora. Não pode ficar acompanhando seu namorado pelo país.

Ela para o que está fazendo, olhando para mim com fúria.

– Não me diga o que posso e o que não posso fazer.

Eu a amo especialmente quando ela me trata desse jeito.

Eu meto nela com um sorriso.

– Rebola mais. – Eu a esfrego com mais firmeza, sabendo que ela não será capaz de resistir a se mover novamente se eu fizer isso.

Eu sorrio porque tenho razão. Ela volta a se mover com um aceno brincalhão de cabeça.

– Isso. Rebola para mim, Summer.

Ela geme, os olhos se fechando.

– Eu vou na próxima vez.

– Querida, você vai ficar fora do ar em mais alguns segundos. Quero ver esses peitos balançando. Vai mais fundo.

– Puta merda! – exclama ela, enquanto sua cabeça se inclina para trás, o sol reluzindo no cabelo, fazendo-o brilhar.

Deixei minha mão percorrer seu corpo, a cintura, a linha leve em seu abdômen malhado.

Paro na cicatriz em seu peito. E agora o olhar que ela me lança é suave, cheio de amor e ternura. Passei duas semanas na estrada e ela está agindo como se eu tivesse ficado ausente por meses.

– Eu odiei ficar longe de você – confesso, adorando o jeito como seus lábios se curvam quando digo coisas assim. – Eu te amo. E adoro ver você gozar. Me deixa assistir. Me deixa ver. Me deixa ouvir.

Ela morde o lábio inferior e eu quase explodo ali mesmo. Quando ela assente, eu redobro meus esforços, encontrando-a, tocando-a com mais intensidade. Seu calor úmido me aperta.

E então ela grita: "Rhett!" com a cabeça inclinada para trás, os cílios fechados, parecendo um anjo. Ainda é o melhor som do mundo. E eu sigo, com a mão ainda em seu coração, enquanto ela cai sobre mim murmurando:

– Eu te amo.

– Maravilhoso – murmuro em resposta, sentindo que deveria me beliscar.

Porque não tenho ideia do que fiz para uma mulher como Summer escolher um homem como eu.

Mas é isso. Estamos aqui, escolhendo um ao outro todos os dias. E quero escolhê-la para o resto da vida.

Eu teria me casado com ela naquele dia, nas arquibancadas, quando me aposentei. Ali. Naquele lugar. Mas sei que ela precisava de tempo para resolver sua vida. Droga, *eu* precisava de tempo para resolver *minha* vida.

A irmã ainda não fala com ela. E essa é uma ferida que eu gostaria desesperadamente de poder curar para ela. Mas não posso. Ainda não, de qualquer maneira. E a madrasta tem sorte de não aparecer, porque eu teria muito o que dizer para alguém que é tão cruel com minha garota quanto Marina é com Summer. Mas ela e o pai estão mais próximos do que nunca. E todos na minha família – caramba, todos na minha cidade – a amam demais.

Ela se tornou a queridinha de Chestnut Springs desde que comprou a academia local e a transformou na Hamilton Athletics. Local voltado para a formação de atletas. Ou para a *tortura de homens adultos*, como gosto de chamar.

É bom para a nossa pequena economia. E as senhoras da cidade adoram. Dizem que vão para a aula de pilates, mas na verdade ficam sentadas olhando os jogadores de hóquei e peões que treinam lá fora da temporada.

Summer se aproxima e me beija, quente e úmida e cheirando a cerejas, os dedos emaranhados em meu cabelo.

– Eu disse que te amo.

– Eu também te amo, princesa. Você sabe disso.

Sinto seu sorriso contra a pele do meu peito antes que ela saia de cima de mim com um suspiro de satisfação.

Dou um beijo na cicatriz em seu peito e me levanto para pegar uma toalha quente.

Acima do som da água corrente, ouço a voz dela.

– Tem certeza?

Rindo enquanto saio do banheiro, avisto-a e o ar em meus pulmões congela. Ela está maravilhosa, esparramada em nosso colchão king size. No momento, é apenas um colchão no chão. O chão inacabado. E ela está cercada por uma parede de gesso que precisa de pintura.

Nossa ampla moradia definitivamente ainda não está completa, mas não conseguimos esperar mais pela mudança. Eu estava cansado de vê-la morando no conjugado acima da academia. Construímos no lugar onde a gente gostava de se encontrar. Para onde nos dirigíamos com "a lata velha", como chamávamos carinhosamente minha caminhonete. Era o lugar onde jogávamos um cobertor no banco de trás e fazíamos amor sob as estrelas. Este local tem a melhor vista das montanhas – e era isso que Summer queria.

E eu a quero comigo o tempo todo. É um sentimento que me consome. Mas ela é minha pessoa favorita no mundo. Depois de algum tempo de convivência, qualquer pessoa começa a me irritar.

Mas isso não acontece com Summer. Ela é minha. E eu sou dela. Duas metades do mesmo todo.

– Me diz. Me diz se você me ama mesmo. – Seus lábios se inclinam para cima e seus olhos dançam.

– Mulher, estou te enxugando com uma toalha quente depois de transarmos. É claro que eu te amo.

– Fala mais.

Eu me agacho ao lado dela e continuo a secá-la, com a mente acelerada, meu membro voltando a se avolumar por estar tão próximo da sua intimidade.

Sinto os olhos dela em mim. Ela está esperando que eu diga mais.

Deslizo a calcinha rendada de volta pelas pernas, porque ela fica fantástica com lingerie cara.

– Vira. Eu vou te mostrar.

Seus lábios se contraem, perguntas dançando em seus olhos, mas ela cede com um suspiro, mostrando-me sua linda bunda redonda.

Não posso deixar de dar um tapa leve na bunda dela antes de voltar para o outro lado da sala para jogar a toalha no cesto, vestir um moletom e pegar a sacola que deixei cair no quarto antes de tirar a roupa toda junto com ela. Busco uma caneta e volto até ela, percebendo o olhar curioso que ela lança por cima do ombro.

– Ok. Preste muita atenção, princesa.

Ela ri e balança a cabeça.

– Está bem.

Eu monto nela, e é uma péssima ideia, porque tudo o que consigo pensar é meter o pau entre suas pernas, mas eu me concentro em tirar a tampa da caneta.

E então começo a escrever. Conectando os pontos em suas costas do jeito que costumo fazer com a ponta do dedo quando estamos deitados juntos. Suas costas são como o céu noturno, cheio de constelações. Ela e eu somos realmente estrelas binárias, presas na órbita uma da outra, unidas por forças que não podemos ver ou compreender – mas que podemos sentir.

O que estou escrevendo hoje são quatro palavras. E eu juro que quase posso ouvi-la pensando, seu corpo um pouco tenso, a cabeça inclinada enquanto ela tenta decifrar.

– Pronto – digo, assim que termino.

– Rhett?

Ela se vira para olhar por cima do ombro, mas seus olhos estão menos brincalhões desta vez. E mais úmidos.

– Você acabou de escrever o que eu acho que você escreveu?

Dou de ombros e sorrio para ela.

– Acho que você vai ter que olhar.

Ela sai da cama e eu a observo dar passos rápidos em meio ao que é basicamente uma zona de construção, rumo ao banheiro. As formas de sua bunda, a renda emoldurando-a e as palavras *Quer se casar comigo?* escritas nas costas dela.

É tão maravilhoso.

Corro até minha bolsa e pego a caixa de veludo que escondi. Vou rápido, porque não quero perder a expressão no rosto dela quando ela a vir.

Meus olhos a acompanham quando ela vira as costas para o pequeno espelho temporário do banheiro privativo. Ela lança um olhar por cima do ombro e então...

Summer dá aquele pequeno sorriso que costumava me irritar e que agora me deixa louco. Ela nem se vira na minha direção. Fica lá, olhando para seu reflexo, sorridente.

Eu me ajoelho e seguro o anel na mão – um solitário canário com pontas de diamante menores para fazer com que pareça uma estrela –, e sinto como se estivesse segurando meu próprio coração.

Porque essa garota é dona de cada pedaço de mim. E ela fez isso desde o primeiro dia em que abriu aquele sorriso sem graça para mim.

Quando Summer se vira, seu sorriso fica maior. Ela nem olha para o anel, só fica ali parada me encarando, suas íris dançando com as minhas e falando uma língua que só nós dois conhecemos.

– Quero.

Ela faz um sinal afirmativo com a cabeça, lágrimas brotando de seus olhos.

– Princesa, *por favor*, não chora.

Ela se aproxima de mim, envolvendo-me em seus braços e pressionando minha cabeça em seu peito. Seus batimentos são altos, fortes e constantes, e tão seguros. Assim como eu me sinto pensando nela.

– São lágrimas de felicidade.

Estico a mão e enxugo uma lágrima que escapou de seus olhos.

– Eu ainda as odeio. Mas estou feliz que você esteja feliz. Se fossem seus últimos momentos, você partiria feliz?

Pego sua mão, deslizo o anel em seu dedo, adorando como ele combina perfeitamente com ela.

Nós dois passamos alguns segundos o olhando. Admirando – mas talvez admirando mais ainda o que ele significa.

Ela agarra minha cabeça, esfregando os polegares na minha barba.

– Sim, mas este não será meu último momento. Tem muitas coisas que quero fazer com você primeiro.

Um enorme sorriso surge em meu rosto e eu me levanto, pegando-a em meus braços. Eu a carrego de volta para o colchão.

– Eu também, princesa. Tipo, levar para a casa principal para apresentar a futura Sra. Eaton. Talvez te dar uns amassos no The Spur hoje à noite para que todos fiquem comentando. Mas primeiro... – Eu a jogo na cama, aproveitando a risada que escapa dela. – Primeiro, vou passar a tarde ouvindo você gritar meu nome.

Ela ri e levanta a mão para olhar o anel. Está tão feliz.

E vê-la feliz...

Vê-la feliz é tudo.

E estou feliz também, porque estarei preso à sua órbita pelo resto da vida.

## CENA BÔNUS

### *Harvey*

– Você nunca se sente sozinho?

Eu me pego sorrindo para minha xícara de café. Summer pode ter cursado a faculdade de direito, mas consegui perceber essa linha de questionamento chegando a um quilômetro de distância.

*O que você faz durante a noite?*

*Está planejando férias?*

*Como está sendo a aposentadoria para você até agora?*

Eu sei também porque toda vez que Rhett viaja, ela fica por aqui. Com a casa praticamente pronta, ela vem se dedicando à sua academia de ginástica. Mas isso não a impede de entrar em minha casa todas as manhãs como se fosse a proprietária. Faz uma xícara de café e algumas torradas para mim e depois se senta à minha frente para tomar o café da manhã.

Alguns dias até saímos para dar um passeio.

– Como eu poderia me sentir sozinho com você sempre por perto, Summer?

Ela zomba e revira os olhos.

– Você entendeu.

Eu sufoco meu sorriso e decido mexer um pouco com ela. Só porque estou velho, não significa que não goste de fazer graça. Criei esses pestinhas sozinho na maior parte do tempo e agora sinto que tenho todo o direito de dar o troco.

Só um pouco.

E embora Summer não seja minha filha, ela sente que poderia ser. Adoro essa garota por tudo que representa para o meu garoto, mas também por tudo o que ela é.

– Não faço ideia do que você quer dizer. – Meus olhos se arregalam enquanto meu rosto permanece impassível.

– Sério? – Seus lábios se contraem e ela se inclina um pouco para trás. Como se olhar para mim de um novo ângulo fosse ajudá-la a decifrar se estou mentindo ou não.

– Quer dizer, vocês, crianças, estão sempre perambulando por aí como se fossem os donos do lugar. Luke é uma fonte constante de entretenimento. Eu admito que... – Ela se inclina para a frente agora, olhos castanhos brilhando, balançando a cabeça como se estivesse pronta para me ouvir abrindo o jogo. – Às vezes penso em comprar um cachorro.

Isso a faz cair para trás, a decepção derrubando seus braços.

– Harvey. Estou falando de companhia humana.

– Você está tentando falar comigo sobre sexo, Summer?

Ela leva uma das mãos à testa para pressionar os dedos e o polegar nas têmporas.

– Você está zombando de mim? Estou tentando ser legal.

– Você é sempre legal, Summer. – Assinto com a cabeça, tomando café. – Provavelmente é por isso que você está sentada aqui, tentando cuidar de mim.

– Eu acho que seria bom para você ter alguém. Não precisa ser nada tão complicado. Podia ser apenas...

– Ah, já ouvi falar em amizade colorida.

– Ai, meu Deus. – Ela baixa a cabeça encarando a mesa, balançando os ombros com o riso. – Como?

– Ainda não estou surdo. Os garotos não são tão discretos quanto pensam. Eu escuto *tudo*, Summer. Acha que não sei das suas saídas com Rhett para *olhar as estrelas*?

Dou uma risada e me recosto na cadeira enquanto ela se endireita, soprando fios castanhos em suas bochechas rosadas, e me lança o olhar menos ameaçador de todos os tempos.

– Tudo bem, vamos lá, Harv. Responda à pergunta: você já se sentiu sozinho? Você acabou de enumerar seus filhos, seu neto e um cachorro imaginário. Nunca quis alguém para... sei lá... compartilhar as coisas?

Quando tudo que faço é olhar para ela, sua testa se franze.

– Falar sobre suas dores de joelho ou algo parecido?

Levo a mão ao peito como se tivesse levado uma flechada.

– Uau. Pesado. Mas claro que sim. Eu deveria procurar mais os amigos ou andar mais com pessoas da minha idade.

Agora suas sobrancelhas se erguem sugestivamente para mim.

Com um suspiro, me inclino para a frente, apoiando os cotovelos na mesa.

– Eu não sei, Summer. O que Isabelle e eu tínhamos era um tipo de coisa que só acontece uma vez na vida. Interrompido cedo demais. Não sei como começar isso de novo. Não conheço muitas mulheres que gostariam de viver sob essa sombra. Não parece justo.

Ela assente, parecendo contemplativa agora.

– Mas talvez não precise ser igual, entende? Você nunca vai ser capaz de substituir o que havia entre vocês dois. Então nem tente. Mas talvez você possa ter algo diferente. Certo?

Eu resmungo e cruzo as pernas. Meus joelhos estão doloridos – ela está certa nessa parte.

– Sim. Talvez. Só nem sei por onde começar. Esta cidade... todo mundo sabe tanta coisa. *Coisas demais*. Não quero que todos fiquem bisbilhotando a minha vida.

– Pois bem, tem muitas outras cidades por aqui. Você nem está tão longe da capital. Talvez precise de uma amiguinha da cidade – brinca ela, e não consigo deixar de revirar os olhos.

– O que vou fazer, passear pelas ruas na minha caminhonete e torcer para ser notado por alguma viúva ou divorciada? Não é assim que funciona hoje em dia.

O dedo indicador de Summer bate em seus lábios carnudos, e juro que posso ver sua mente perspicaz trabalhando, examinando o problema, procurando uma solução.

Eu não deveria ter admitido isso para ela. Ela não vai me deixar esquecer que essa conversa aconteceu. Ela é gente que faz, que leva uma tarefa até o fim.

E com base no modo como parece levar tudo isso muito a sério... eu me tornei seu novo projeto.

– Não, as coisas não funcionam mais assim. Tudo acontece na internet.

Minhas sobrancelhas se franzem.

– Na internet?

– Sim, tipo namoro on-line.

– Summer, estou velho demais para...

– Não, é perfeito! Você vai poder escolher a localização, a idade e as expectativas. Vai poder arranjar tudo do jeito que quiser. Manter um envolvimento casual ou algo assim.

– Não sei se isso é bom...

Ela não está ouvindo meus protestos. Ela está a todo vapor.

– Me passa seu telefone. Vou te ajudar a criar um perfil no *Finder*.

Acho que não sou tão durão quanto pensava, porque mal resisto. Deslizo o telefone sobre a velha mesa da fazenda e não consigo impedir que meus lábios se manifestem quando ela me atinge com toda a força de seu sorriso.

– Isso vai ser tão bom!

Está de cabeça baixa. Os polegares não param. Parece tão feliz. Vale a pena deixá-la fazer isso, mesmo que eu exclua tudo mais tarde.

A porta da frente bate e ela nem pisca.

– Como você quer seu nome de usuário?

– Nome de usuário para quê? – diz Jasper, que entra na cozinha. Ele parece ser quase alto demais para esta casa. Seu cabelo ainda está úmido e sua pele está dourada por causa do sol. – Você tem Gatorade, Harv?

Eu estalo a língua. Criei esse garoto como se fosse meu filho desde a sua adolescência. Claro que tenho Gatorade.

– Na geladeira.

Ele faz um sinal com a cabeça e atravessa a cozinha.

– Você veio correndo da cidade para cá, Jas? – pergunta Summer, sem tirar os olhos da tela em sua mão.

– É. Você vai me levar de volta de carro? Posso treinar na academia hoje também?

Ela ergue os olhos enquanto ele abre a garrafa de Gatorade e senta com seu corpo grande em uma cadeira quase pequena demais.

– Só se você me ajudar a escolher um nome para o novo perfil de namoro do Harvey.

Jasper fica paralisado com a garrafa no ar.

– Como é que é?

– Estou criando um perfil de namoro para o Harvey no *Finder*.

– Ah, claro – responde Jasper aparentando indiferença, olhando para nós dois.

Esse moleque e seu senso de humor seco. Ele nunca vai permitir que eu me esqueça de tudo isso.

Esfrego o rosto, perguntando a mim mesmo onde é que fui amarrar minha égua.

– E aí? Alguma sugestão? – Summer olha para Jasper, que adora ficar aqui no interior e se exercitar na academia de Summer fora da temporada, longe da agitação e do reconhecimento que recebe na cidade.

Ele coça a barba com ar contemplativo e depois sugere:

– Que tal PapaiCaubói69? Ou CoroadoRancho69?

Summer solta uma gargalhada e eu apenas balanço a cabeça. Sim. Esta foi uma má ideia.

– Eu posso aproveitar o "Caubói". As periguetes adoram um caubói. Mas vamos deixar de fora a parte do papai e do 69.

– CaubóiVeterano? VovôCaubói? CaubóiGostoso?

Lanço um olhar de desaprovação para Jasper, mas ele está rindo, o punho pressionado contra os lábios como se nunca tivesse achado nada tão engraçado.

Summer interrompe minha óbvia cara feia.

– Quantos anos você tem, Harvey?

– Sessenta e quatro – respondo, sem tirar os olhos de Jasper, que tenta sem sucesso ficar com aquele ar taciturno de jogador de hóquei.

– Ok. Então vai ser CaubóiRústico64.

– Rústico?

Summer dá de ombros.

– Sim, você é rústico, maduro. Tipo o Kevin Costner.

– Ele é um astro do cinema. Não há nada de rústico nele.

Ela faz apenas um sinal com a cabeça, me ignorando.

– Ok, vou bloquear o entorno para que ninguém de Chestnut Springs veja o seu perfil. Procurando... – Ela para, olhando para mim, e então acena com segurança. – Relação casual.

– Legal, Harv. – Jasper me oferece o punho para eu dar uma batidinha e tudo que faço é revirar os olhos.

– Qual faixa etária? Quarenta ou mais?

– Quarenta! – exclama Jasper.

Summer levanta as mãos como se estivesse se rendendo.

– Ei, se você quiser mais jovem, não vou julgar. Mas aí eu poderia apresentá-lo à minha amiga Willa. Ela adora homens mais velhos.

Balanço a cabeça.

– Não, não, não. Não vou namorar alguém da mesma idade dos meus filhos. Deus me livre. Não quero ser CaubóiTarado ou algo assim. Defina para cinquenta em diante.

Uma risadinha escapa da minha futura nora, mas ela balança a cabeça e simplesmente volta a atenção de novo para o telefone.

– Ok! – exclama ela, cheia de vivacidade. – Agora só precisamos de uma foto. Vamos lá fora, Harv. Sou boa em encontrar o ângulo certo.

– Hoje é o melhor dia da minha vida – murmura Jasper, nos observando de perto enquanto eu me levanto.

Sigo Summer até a varanda da frente como se ela estivesse me levando para a forca.

Ela sai pela porta com um andar animado, desce as escadas e entra na garagem. Jasper vai atrás dela, adorando cada minuto. Mas ele passou por momentos muito difíceis. Por isso nunca consigo implicar com ele como faço com os outros meninos.

Vou deixar que ele se divirta à vontade.

– Ok, fica aí em cima, Harvey. Agora encosta na grade.

Encosto um ombro na viga de madeira e cruzo os braços. Tenho certeza de que estou dirigindo um olhar confuso para ela.

Não posso acreditar que estou fazendo isso.

Ela dá meu telefone para Jasper e depois segura o dela.

– A câmera é melhor. Continue assim.

Então ela anda à minha volta testando ângulos. De lado. De baixo.

– Ok, agora apoia um braço na viga e olha para a terra como se você fosse pensativo e introspectivo. Até um pouco solitário. Você é apenas um caubói rústico, procurando por ela.

Eu levanto um braço e depois olho para os dois, secamente.

– O que diabos isso quer dizer?

– Não sei. Faça um ar de que está perdido em pensamentos.

– Que pensamentos? – pergunto, confuso.

– Harv – diz Jasper –, só faz sua melhor imitação de Cade.

Eu rio disso.

– Ah, *isso* eu sei fazer.

Faço uma leve carranca fitando o campo, como se sua simples existência me deixasse irritado.

– Isso. Muito bom. Perfeito.

Summer fotografa como se fosse um paparazzo. E não consigo evitar, caio na gargalhada olhando para minhas botas.

– Ah. É essa, Harvey! – exclama ela no momento exato em que Cade contorna o canto da casa e diz:

– Que palhaçada é essa aqui?

Jasper dá um gole na garrafa, um olhar de pura alegria em seu rosto jovem, enquanto observa o desenrolar de toda a cena.

– Estamos fazendo o perfil de namoro de seu pai – responde Summer alegremente ao meu filho mais velho.

Ele apenas franze a testa com mais força.

– Por que ouvi você dizer a ele para me imitar?

– Porque eu estava buscando um ar sombrio e misterioso, mas então ele riu e eu tirei essa foto.

Summer se vira para mostrar a Cade a foto que ela considera a vencedora, e ele apenas olha furioso para o telefone.

– É uma foto linda – acrescenta Jasper, esticando-se por cima do ombro de Summer para ver.

– Estão de brincadeira. – Cade faz uma cara feia para cada um de nós, como se não conseguisse decidir se estamos brincando ou não.

– Por que seria brincadeira seu pai encontrar uma companhia?

Summer mal olha para Cade. Ela nunca se abala com seu mau humor. Simplesmente vai em frente, como se ele não fosse uma nuvenzinha furiosa de tempestade pairando ao seu redor.

Os dois estão assistindo a Summer configurar as coisas no meu telefone sem dizer mais nenhuma palavra.

– Ok, venha aqui, Harvey – diz ela finalmente, assentindo com entusiasmo.

Vou até ela um pouco envergonhado, para ser sincero. O que começou como uma conversa bastante inocente entre mim e Summer se transformou de repente em um assunto de família. E não tenho certeza de como me sinto sobre isso.

– Ok, então aqui está o seu perfil...

– CaubóiRústico64?

– Cala a boca, Cade – dispara Summer sem nem olhar. – Basicamente, ele vai propor matches para você. Você pode dar uma olhada nos perfis... assim.

Ela clica no perfil de uma mulher e ela...

Pego o telefone e o aproximo dos meus olhos envelhecidos. Provavelmente preciso de óculos, mas venho adiando o exame de vista.

– Ela está vestindo...

– Uma cinta-liga? E lingerie vermelha? – Summer também se aproxima.

– Ela está fazendo o mesmo gesto com o braço que você fez na sua foto, Harv. – Jasper gargalha.

– Puta que pariu – geme Cade, e se afasta alguns passos.

Está claro que ele não quer ver mais nada.

Não era isso que eu tinha em mente.

– Ok, então como faço para recusar o match?

– Você desliza o dedo para a direita para dizer sim e desliza para a esquerda para...

Por alguma razão, entro em pânico, e quando Summer diz para deslizar para a direita, meu cérebro simplesmente assume o controle e faz isso.

– ... esquerda para dizer não. Ah, Harvey.

Todo mundo fica em silêncio quando aparece na tela uma mensagem que diz: "Você e BiscoitinhoDoce deram match!"

É o gemido de Cade que corta o silêncio.

– Uau, pai, parabéns. Aproveita sua incursão de volta à vida amorosa com a BiscoitinhoDoce. Vai ser um jantar de família emocionante quando você a trouxer para uma visita.

Summer tenta me tranquilizar.

– Sabe, você não precisa fazer isso. Você pode simplesmente ignorar.

– Ou mandar uma mensagem para ela dizendo que foi por engano – sugere Jasper.

– Ou excluir o aplicativo e tentar encontrar sua dignidade onde quer que Summer a tenha escondido – resmunga Cade, olhando em volta como se estivesse preocupado que alguém pudesse aparecer de repente e testemunhar seu constrangimento.

– Não, não e não. Esta é uma experiência de aprendizado para todos vocês. Um cavalheiro não deixa uma dama na mão.

Três pares de olhos arregalados me fitam, claramente esperando que eu diga que é piada ou algo parecido.

– Vou levar BiscoitinhoDoce para jantar. Um jantar educado, porque qualquer coisa diferente seria uma grosseria.

– Meu Deus do céu – diz Cade, e passa a mão pelo cabelo bem aparado.

E agora é minha vez de rir. Porque talvez isso não seja tão ruim. Talvez seja bom, para mim, voltar à ativa depois de tantos anos na reserva.

Talvez eu ainda tenha tempo de encontrar o meu final feliz, afinal de contas.

Dou um tapa nas costas do meu filho enquanto corro de volta para casa.

– Não se preocupe, Cade, não vou obrigá-lo a chamá-la de mamãe... por enquanto.

# AGRADECIMENTOS

Se há um ano alguém me dissesse que eu estaria aqui fazendo algo parecido, eu teria zombado dessa pessoa. Mas o mundo funciona de maneiras misteriosas e, como diz a citação no início deste livro: às vezes o momento se aproveita de você.

Que viagem. Que aventura. Que bênção absoluta ter esbarrado em uma carreira que me traz tanta alegria.

Mas este trabalho só é tão incrível porque muitas outras pessoas ajudam a torná-lo assim.

Aos meus leitores, obrigada. Do fundo do meu coração. Obrigada por gastar seu precioso tempo livre lendo minhas histórias. Por amá-las, por compartilhá-las, por encher minha caixa de entrada com suas mensagens. Eu amo tudo isso.

Para meu marido: você é tão perfeito quanto um namorado saído de um livro. Você sempre inspira pequenos trechos dos meus livros. Eu te amo além da medida.

Para meu filho: você me faz rir todos os dias. Você dá os melhores abraços. Tenho muita sorte de ser sua mãe. Eu te amo mais do que tudo.

Para meus pais: vocês sempre souberam que eu descobriria o que queria ser. Mesmo quando eu não tinha tanta certeza de que tinham razão. Vocês são os melhores torcedores que alguém poderia pedir. Amo vocês dois de todo o coração.

Para minha assistente Krista. Odeio chamá-la de minha assistente. Eu sinto que você é uma amiga muito legal e divertida que me ajuda com TODAS AS COISAS. E eu não aceitaria que fosse de outra maneira.

Para Lena. Você é meu tudo ou nada. Minha companheira deliciosa e safadinha. Você torna esse trabalho mais divertido a cada dia. Para quem mais eu diria todas as coisas inapropriadas?

Para Catherine. Você é a mentora secreta mais maravilhosa que se poderia desejar. Eu me sinto muito feliz por ter você ao meu lado.

Para Kandi: você é uma das minhas pessoas favoritas... de todos os tempos. Jamais esquecerei sua generosidade e sua gentileza. Mal posso esperar para retribuir um dia. Tenho muita sorte de contar com você entre meus amigos.

Para Sarah, do Social Butterfly: adoro nossa relação de trabalho. Mas também mal posso esperar para comer um waffle em forma de pênis e fazer ioga com cabras junto com você.

Aos meus leitores-beta, Amy, Krista e Kelly, obrigada pelo seu trabalho árduo e o olhar atento. Vocês captam as coisas que meu cérebro está confuso demais para perceber.

Para minha editora Paula: basicamente... sou obcecada por você. Haha. Obrigada por estar sempre disponível para trocar ideias e piadas. Você é insubstituível.

Para meu designer de capa Casey/Echo. Você trabalhou tanto nessa capa e, caramba, valeu a pena. Sua experiência e suas opiniões são inestimáveis para mim. Você também me faz rir, então é isso.

Finalmente, aos meus leitores das cópias antecipadas e membros da equipe de rua... Nem sei por onde começar. Vocês fazem uma diferença maior do que um dia saberão. Cada postagem me faz sorrir, cada crítica tem um impacto. Eu não me importo com quantos seguidores vocês têm, vocês são todos maravilhosos e merecedores, e eu sou grata por cada um de vocês mais do que imaginam.

Leia a seguir um trecho do próximo livro da série

CHESTNUT SPRINGS • 2

# Sem Coração

*Meu contrato diz que o acordo é por dois meses...
Mas meu coração diz que é para sempre.*

# 1

## Cade

Lucy Reid pisca para mim. Os olhos dela demonstram um *pouquinho* de admiração demais para o meu gosto.

– Bem, eu adoro artesanato. Passo meu tempo livre quase todo fazendo *scrapbooks*. E tricô. Aposto que o Luke adoraria fazer tricô. Não acha, Cade?

Quase solto uma gargalhada ao ouvir o jeito como ela ronrona meu nome. Aliás, queria ver alguém convencendo Luke a ficar parado por tempo suficiente para manusear dois palitos pontudos e criar alguma coisa.

Ela sorri para Summer, a noiva do meu irmão caçula, antes de acrescentar:

– Você sabe como é. Nós, mulheres, precisamos de um hobby, não é mesmo?

Ouço meu pai, Harvey, dar uma risadinha do canto onde está sentado na sala. Contratar uma babá se transformou em um tema para a família inteira.

Em um completo pesadelo também.

Summer junta os lábios e abre um sorrisinho falso.

– É claro.

De novo, por pouco não solto uma gargalhada. A noção de entretenimento feminino de Summer é fazer agachamentos com anilhas pesadíssimas na academia e torturar homens barbados com a desculpa de ser "personal trainer". Está mentindo descaradamente, mas é possível que Lucy não tenha percebido, porque Summer mora na cidade há relativamente pouco tempo.

Ou talvez Lucy esteja curtindo uma com a minha cara junto com minha futura cunhada.

– Muito bem. – Eu me levanto. – Bem, obrigado. A gente se fala.

Lucy parece um pouco surpresa com a rapidez com que mudei o rumo da conversa, mas já vi e ouvi tudo que precisava.

E a etiqueta, com certeza, não é o meu forte. Sou do tipo que prefere arrancar o esparadrapo de uma só vez.

Giro sobre os calcanhares, baixo o queixo e saio antes que fique óbvio demais que vi a mão estendida de Lucy e não tive a mínima vontade de apertá-la. Vou para a cozinha com passos pesados, apoio as mãos na bancada diante da janela e deixo meus olhos percorrerem os campos até os picos das Montanhas Rochosas que se projetam até o céu.

Esta vista selvagem e escarpada transborda de cores agora no início do verão – a grama está um pouco verde demais; o céu, um pouco azul demais; o sol brilha tanto que deixa tudo meio desbotado e obriga a gente a franzir os olhos.

Depois de jogar alguns grãos de café no moedor para fazer mais um bule, aperto o botão para ligar a máquina e encher a casa com o som, tentando não pensar no que farei com meu filho nos próximos meses. Isso só me enche de culpa. Sentir que eu deveria fazer mais por ele. Estar mais presente.

Basicamente, não serve para nada.

O ruído do moedor de café tem o benefício adicional de abafar a troca de gentilezas entre meu pai, Summer e Lucy na porta da frente.

A casa não é minha, então a responsabilidade não é minha. Estamos fazendo as entrevistas com candidatas a babá na sede do rancho, onde meu pai mora, porque não gosto de pessoas aleatórias entrando na minha casa. Especialmente as que olham para mim como se eu fosse o passaporte delas para realizar suas fantasias de família feliz pronta para consumo.

Harvey, por outro lado, seria capaz de transformar essa casa numa pousada, porque adora cuidar das pessoas. Desde que ele se machucou e me deixou a cargo de cuidar do rancho, é como se ele passasse o tempo todo por aí socializando.

Observo os grãozinhos moídos caindo no filtro de papel branco, na parte superior da cafeteira, e depois me viro para encher a jarra com água na pia.

– Meio tarde para um bule de café, não acha?

Harvey entra, com Summer não muito atrás.

Eles não fazem ideia. Hoje estou entupido de café. Uma pilha de nervos.

– É para vocês tomarem amanhã de manhã.

Summer ri e meu pai revira os olhos. Os dois sabem muito bem que estou mentindo descaradamente.

– Você não foi muito legal com ela, Cade. – Esse é o próximo comentário dele. E agora é minha vez de revirar os olhos. – Na verdade, você está sendo um problema desde o início desse processo.

Cruzo os braços e encosto na bancada.

– Eu não sou muito legal. E fico feliz em ser um *problema* quando se trata de proteger meu filho.

Juro que os lábios do meu pai se contraem quando ele se senta à mesa e cruza as pernas, apoiando a bota sobre o joelho. Summer fica lá, parada, com o quadril encostado no batente da porta, me encarando. Ela faz isso às vezes, e me dá nos nervos.

Ela é inteligente. Não deixa passar nada. Dá até para ouvir as engrenagens girando em sua cabeça, mas ela não tem a língua solta, então nunca se sabe o que ela está pensando.

Gosto dela e estou feliz por meu irmão caçula ter sido inteligente o suficiente para pedi-la em casamento.

– Você é legal – diz ela, pensativa. – Do seu jeito.

Mordo a língua porque não quero dar a eles a satisfação de ver que estou me divertindo com o comentário.

Ela suspira.

– Olha, já entrevistamos todo mundo. Fiz tudo o que podia para eliminar as candidatas que pareciam menos interessadas em ficar com Luke e mais interessadas em ficar... com você.

– Aí, garoto! – Papai dá um tapa na mesa. – E eram muitas. Quem diria que tantas mulheres estariam dispostas a suportar suas caretas e seu mau humor? O salário nem é tão bom.

Eu faço uma careta para ele antes de voltar a atenção para Summer.

– Não eliminou o suficiente. Quero alguém sem *nenhum* interesse por mim. Sem complicação. Talvez alguém bem casado?

– Mulheres bem casadas não querem passar o verão na sua casa.

Eu solto um grunhido.

– E alguém de outra cidade? Alguém que não conheça nossa família. Nem toda a minha bagagem. Alguém que não tenha dormido com um dos meus irmãos. – Torço o nariz. – Ou com meu pai.

Harvey faz um som abafado, quase uma gargalhada.

– Estou solteiro há décadas, filho. Cuide da sua vida.

As bochechas de Summer ficam vermelhas, mas não deixo de ver um sorriso em seus lábios quando ela se vira para olhar pela janela.

– Você sabe que eu poderia cuidar dele – acrescenta Harvey.

E não é a primeira vez que ele me diz isso.

– Não.

– Por que não? Ele é meu neto.

– Exatamente. E é assim que deve ser. Você já ajudou o suficiente. Suas costas, seus joelhos... você precisa descansar. Sabe que pode ser divertir com ele sempre que quiser. Mas não se esfalfar até altas horas, desde cedo e até noite adentro. Não é justo e não vou me aproveitar de você dessa forma. Ponto final.

Então me dirijo a minha futura cunhada:

– Summer, que tal você? Você seria perfeita. O Luke te ama. Você não gosta de mim. Você já mora no rancho.

Eu vejo a tensão no queixo dela. Summer está ficando cansada da minha insistência, mas não quero deixar meu filho com qualquer uma. Ele dá trabalho. Quer dizer, ele dá *bastante* trabalho. E não vai dar para cuidar de tudo o que preciso neste rancho durante o verão sem alguém para cuidar dele. Alguém em quem eu confie para mantê-lo em segurança.

– Você sabe muito bem que eu estou começando um novo negócio e que os meses do verão são os mais movimentados. Não dá. Para de pedir. Fico me sentindo mal. Porque eu amo você e amo o Luke. Mas estamos ficando cansados de entrevistar pessoas e não sair do lugar.

– Ok, tudo bem – resmungo. – Então eu quero alguém como você.

Ela vira a cabeça depressa, o corpo paralisado.

– Acho que tive uma ideia.

Ela põe um dedo sobre os lábios e Harvey se vira para ela, cheio de perguntas no olhar.

Parece tão esperançoso. Se eu estou cansado da saga para encontrar uma babá para o verão, então Harvey deve estar completamente exausto.

Franzo a testa.

– Em quem você está pensando?

– Você não conhece.

– Ela tem experiência?

Summer me encara com os olhos escuros bem abertos, e eles não revelam nada.

– Pode ter certeza que ela tem muita experiência em lidar com garotos levados.

– Ela vai se apaixonar por mim?

Summer ri pelo nariz de uma maneira nada condizente com uma dama.

– Não.

A certeza dela provavelmente deveria me ofender, mas não me incomoda. Eu me afasto da bancada e giro um dedo no ar.

– Perfeito. Vamos em frente – digo a ela enquanto saio pela porta dos fundos em direção à minha casa, para longe do desastre que é encontrar uma babá competente para um menino de 5 anos.

Só preciso de alguém que venha, faça seu trabalho e vá embora. Alguém profissional e descomplicado.

São só dois meses. Não deveria ser tão difícil.

Calculo mentalmente quanto tempo faz que transei pela última vez.

Ou pelo menos tento calcular.

Dois anos? Três anos? Foi naquela vez em janeiro em que passei uma noite na cidade? Faz quanto tempo? Qual era mesmo o nome da garota?

A mulher na minha frente troca o pé de apoio, um lado do quadril ficando saliente, o jeans skinny delineando seu traseiro arredondado de uma forma que deveria ser ilegal. A dobra abaixo da nádega é quase tão sedutora quanto o balançar de seu cabelo ruivo em suas costas esbeltas.

Não dá para não olhar. Camisa justa enfiada na calça jeans. Cada curva em exibição.

Perco a conta. Mas eu só comecei a calcular por causa dessa visão na minha frente, na fila para comprar café.

Chego à conclusão de que faz tanto tempo que transei que já nem lembro. O que não dá para esquecer é por que nem me permito pensar em ninguém do sexo oposto.

Uma criança que estou criando sozinho. Um rancho que administro sozinho. Um milhão de responsabilidades. Pouquíssimo tempo. Pouquíssimas horas de sono.

Já não tenho tempo para mim há anos. Só não sabia que eram tantos.

– Como posso ajudar, senhora?

A mulher na minha frente ri, e seu riso me lembra os sinos do alpendre dos fundos da minha casa, quando são agitados pelo vento – um som melódico e leve.

*Que risada.*

É uma risada que eu reconheceria. Com certeza nunca vi essa mulher antes. Eu me lembraria, porque conheço todo mundo em Chestnut Springs.

– "Senhora"? Não sei como me sinto em relação a isso – diz ela.

Juro que posso ouvir o sorriso em sua voz. Eu me pergunto se seus lábios combinam com o resto do que estou vendo.

Ellen, gerente do Le Pamplemousse, o pequeno café gourmet da cidade, sorri.

– Bem, como prefere que eu te chame? Normalmente reconheço todos os rostos que passam por aqui, mas nunca vi o seu.

Ah, eu não sou o único. Inclino-me um pouco para a frente, na esperança de ouvir o nome. Mas um dos atendentes escolhe este exato momento para moer café. O que só me faz ranger os dentes.

Não sei por que quero saber o nome dela. Quero porque quero. Eu sou de uma cidade pequena, tenho permissão para ser bisbilhoteiro. É só isso.

Quando o barulho da moagem é interrompido, o rosto enrugado de Ellen se ilumina.

– Que nome bonito.

– Obrigada – responde a mulher, antes de acrescentar: – Por que é que esse lugar se chama A Toranja?

Ellen solta uma gargalhada divertida e abre um sorriso maroto do outro lado do balcão.

– Eu disse para o meu marido que queria que o nome da loja fosse chique. Alguma coisa em francês. Ele respondeu que a única coisa que ele sabia falar em francês era *le pamplemousse*. Achei bom e acabou virando uma espécie de piada entre nós dois.

O olhar de Ellen fica mais suave quando ela menciona o marido e eu sinto uma ponta de inveja no peito.

Seguida por uma ponta de irritação.

Só não reclamei ainda da tagarelice das duas porque estou muito ocupado disfarçando uma ereção em público, provocada pela risada dessa garota. Em circunstâncias normais, eu ficaria furioso com tanta demora para comprar um simples café. Eu disse ao meu pai que voltaria para pegar Luke... olho o relógio... agora mesmo. Preciso ir logo para me encontrar com Summer e a pessoa que, espero, será a babá de Luke.

Mas minha mente está vagando por caminhos que eu não me permitia, literalmente, há anos. Talvez eu deva apenas aproveitar o passeio. Talvez não haja problema em me permitir sentir alguma coisa.

– Quero um médio, extraquente, sem espuma, pouco açúcar...

Reviro os olhos sutilmente enquanto abaixo a aba do meu chapéu preto. É claro que a desconhecida com corpo rebolativo tinha que fazer um pedido irritantemente longo e complicado.

– São três dólares e setenta e cinco centavos – diz Ellen, com os olhos fixos na tela da caixa registradora à sua frente, enquanto a mulher vasculha a bolsa enorme, claramente em busca da carteira.

– Ah, merda – resmunga ela, e pelo canto do olho vejo algo cair da bolsa e ir parar no chão de concreto polido, perto de suas sandálias.

Sem pensar, me agacho e pego o tecido preto do chão. Vejo suas pernas girando e me levanto de novo.

– Aqui está – digo, com a voz rouca.

Uma onda de nervosismo me atinge. Conversar com desconhecidas não é uma das minhas habilidades.

Já fazer caretas para elas... nisso eu sou profissional.

– Ai, meu Deus – diz ela.

Já voltei a ficar de pé e dou uma boa olhada em seu rosto. Meus pés se fincam no chão e meus pulmões param de funcionar. Sua risada não tem nada a ver com o rosto. Olhos felinos, sobrancelhas arqueadas e pele sedosa.

Ela é deslumbrante.

E suas bochechas estão vermelhas como uma viatura do corpo de bombeiros.

– Sinto muito – diz com um suspiro, a mão cobrindo os lábios em forma de botão de rosa.

– Não se preocupe. Está tudo bem – digo, mas ainda sinto que tudo está acontecendo em câmera lenta.

Estou com dificuldade para reagir, ainda grudado ao rosto dela.

E *puta merda.*

Com os olhos grudados nos seus peitos.

Sou oficialmente um velho tarado. Meus olhos descem para minha mão, o tecido macio despontando entre meus dedos.

Ela grunhe enquanto meus dedos se abrem. E de um modo lento e seguro, eu percebo por que ela parece tão horrorizada ao me ver agindo como um cavalheiro e pegando...

Sua calcinha.

Encaro o pedaço de tecido preto em minha mão e é como se tudo ao nosso redor ficasse turvo. Meus olhos encontram os dela, verdes e arregalados. Tantos tons. Um mosaico.

Não sou conhecido por sorrir, mas os cantos da minha boca se contraem.

– Bem, hum, a senhora deixou cair a calcinha.

Um riso estrangulado explode nela enquanto seu olhar se desvia para minha mão e volta para meu rosto.

– Caramba. Que constrangedor. Estou realmente...

– Seu café está pronto, querida! – exclama Ellen.

A ruiva desvia o rosto, aliviada pela interrupção.

– Obrigada! – responde um pouco animada demais, antes de colocar uma nota de cinco no balcão e pegar o copo de papel. Sem outro olhar, ela vai direto para a porta. Como se não pudesse sair dali rápido o suficiente. – Pode ficar com o troco! Até a próxima.

Eu juro que a ouço rindo baixinho enquanto sai, evitando obviamente meu olhar enquanto murmura algo para si mesma sobre esta ser uma boa história para contar aos filhos um dia.

Eu me pergunto que tipo de histórias essa mulher planeja contar aos seus futuros filhos antes de chamá-la:

– Ei, você esqueceu sua...

Paro no meio da frase porque me recuso a gritar isso em plena cafeteria cheia de pessoas que tenho que encarar todo dia.

Ela se vira e pressiona as costas contra a porta enquanto sai, fitando meus olhos por um instante, o bom humor mal contido em todos os seus traços.

– Achado não é roubado – diz ela, dando de ombros.

E dá uma gargalhada, sonora e calorosa, parecendo se divertir horrores. Depois vai para a rua ensolarada, o cabelo brilhando como fogo e os quadris balançando como se ela fosse dona da cidade.

Ela me deixa atordoado.

Quando olho para a palma da minha mão aberta, percebo que ela já se foi há muito tempo. Não faço ideia de como se chama e ainda estou aqui...

Com sua calcinha na mão.

2

## *Willa*

– Quem era? – A voz de Summer parece sair com dificuldade.

– Não faço a mínima ideia.

Penso na minha calcinha preta caindo no chão e na forma como o constrangimento se transformou lentamente numa gargalhada.

Só podia ser eu.

Essas coisas só acontecem comigo.

Minha melhor amiga suspira, dando impulso no balanço do alpendre.

– Você não pegou de volta?

Eu sorrio e dou um gole na cerveja.

– Não. Ele parecia tão... não sei... Atordoado? Tipo, não estava ofendido, mas também não parecia nada tarado. Foi uma graça. Como se eu tivesse libertado um elfo doméstico ou coisa parecida.

– Ele se parecia com o Dobby?

Eu dou um grunhido e em seguida levanto e abaixo as sobrancelhas para ela, sugestivamente.

– Só se o Dobby fosse um gostoso.

– Willa, que nojo! – exclama. – Por favor, me diga que era uma calcinha limpa.

– Claro. Era minha sobressalente. Você sabe que não gosto de usar calcinha. Mas de vez em quando surge a necessidade, sabe?

Summer estreita o olhar em minha direção.

– Eu sinto essa necessidade todos os dias.

– Necessidade de sentir desconforto? Não, obrigada. A vida é curta demais. Sutiãs e calcinhas são superestimados. Além do mais, agora eu posso passar a noite acordada e imaginar o que ele está fazendo com ela.

Summer volta a rir.

– Ele já deve ter jogado fora, como qualquer pessoa normal faria.

Summer anda tão feliz. Desde que se afastou da sua família complicada e da vida frenética da cidade. Conheceu um sujeito que montava touros em rodeios e saiu cavalgando com ele ao pôr do sol. E agora está aqui. Minha melhor amiga. Toda sorrisos e sardas, encolhida no balanço do alpendre de um lindo rancho com vista para as Montanhas Rochosas.

Nada nunca combinou mais com ela do que isso.

Gosto de implicar com ela dizendo que ela mora "no cu do mundo", mas a verdade é que a vista de Chestnut Springs é de tirar o fôlego. As pradarias são tão planas que quase parecem impossíveis. Montanhas escuras e escarpadas erguendo-se como um maremoto, indo direto para você.

Na cidade dá para ver as montanhas, mas não assim. Como se você pudesse alcançá-las e tocá-las.

– E aí, o que você vai fazer nos próximos meses?

Eu suspiro. Não faço ideia. Mas também não quero que Summer se preocupe comigo. Ela é assim. Vai ficar toda preocupada e depois vai tentar resolver as coisas para mim enquanto eu só quero deixar a vida me levar.

– Quem sabe eu venha morar com você e Rhett por um tempo? – digo inocentemente, olhando ao redor. – A casa está tão bonita agora que as obras terminaram. Você não se importaria, né?

Ela junta os lábios como se estivesse realmente pensando no assunto. Caramba, essa mulher tem um coração de ouro.

– Sum, estou brincando. Eu não faria isso com vocês dois. – Solto um suspiro ofegante e olho para os campos. – Não sei. Quando Ford me disse que ia fechar o bar pra obras, fiquei animada, juro. Imaginei passar o verão viajando, participando de todas as competições de equitação e torrando minhas economias. Evitando fazer planos pra minha vida e sendo simplesmente uma jovem de 25 anos sem nada além do dinheiro da família.

Ela tenta me interromper. Summer não gosta quando eu pego pesado comigo mesma por administrar o bar do meu irmão super bem-sucedido. Ou por ir junto nas férias dos meus pais super bem-sucedidos. Ou por apenas seguir a vida sem nenhum senso de direção em uma família cheia de gente bem-sucedida.

Ignoro os protestos e prossigo:

– Mas é claro que meu cavalo teve que estragar todos os meus planos e se machucar bem antes da temporada. Tux precisou de cirurgia, e agora vou passar o verão inteiro dando cenoura pra ele e escovando o pelo dele obsessivamente.

Minha melhor amiga apenas me encara. Quero entrar em sua cabeça e arrancar seus pensamentos, porque sei que ela está repleta deles.

– Vou ficar bem. É um privilégio ter um problema desse tipo. Venho te visitar bastante. Você pode arrancar meu couro na academia e eu posso pegar um ou outro jogador de hóquei ou peão de rodeio. Todos saem ganhando.

– Certo... – Seu dedo indicador bate no lábio superior. – E se...

– Ah, não. Por favor, não começa a ter ideias pra dar um jeito na minha vida. Você ajuda demais as pessoas, sabia?

– Willa, cala a boca e me escuta.

Apoio a bunda na grade do alpendre, de frente para ela, e pego a garrafa de cerveja ao meu lado. A garrafa está suando, e o líquido lá dentro nem está mais tão gelado. Ainda é o início do verão e já está quente à beça. Foi um erro usar calça jeans.

Dando um grande gole, giro os ombros para trás. Pronta para ser repreendida.

– E se tivesse um jeito de você morar aqui durante o verão? Mas não com Rhett e comigo.

Não era isso que eu esperava que ela dissesse.

– Não quero acampar no seu quintal. Não nasci pra dormir ao relento. Posso não saber ainda qual é o meu caminho na vida, mas garanto que ele não inclui colchões infláveis nem sacos de dormir.

Summer revira os olhos e continua:

– Não. O irmão mais velho do Rhett precisa de ajuda com o filho durante as férias. A mulher que cuidava dele não consegue mais acompanhar o ritmo. Ele está com 5 anos.

Encaro minha amiga, a garrafa de cerveja balançando entre os dedos.

– Você quer que *eu* cuide de uma criança?

– Isso. Você é divertida. E cheia de energia. E se você consegue lidar com um bar cheio de caras bêbados, vai tirar de letra um garotinho que precisa de diversão. Você gosta de crianças, você sempre disse isso.

Analiso a ideia. Meu primeiro impulso é dizer não, mas na verdade estou apreensiva em relação a esses meses sem trabalho, sem competição e sem minha melhor amiga. Sempre gostei de crianças. Deve ser porque às vezes ainda me sinto um pouco criança também.